本论集为国家社科基金重点项目"中国中古文学理论文献整理与研究"（项目编号：17AZD027）阶段性研究成果。

党圣元　夏　静　陈民镇　袁　劲
王晓玉　杨　康　宋　宁　康　倩◎著

中古文学理论研究论集

中国社会科学出版社

图书在版编目（CIP）数据

中古文学理论研究论集／党圣元等著 . —北京：中国社会科学出版社，
2022.7

ISBN 978 - 7 - 5227 - 0526 - 2

Ⅰ.①中… Ⅱ.①党… Ⅲ.①中国文学—古典文学—文学理论—文集
Ⅳ.①I206.2 - 53

中国版本图书馆 CIP 数据核字（2022）第 131576 号

出 版 人	赵剑英
责任编辑	慈明亮
责任校对	冯英爽
责任印制	戴　宽

出　　　版	中国社会科学出版社
社　　　址	北京鼓楼西大街甲 158 号
邮　　　编	100720
网　　　址	http://www.csspw.cn
发 行 部	010 - 84083685
门 市 部	010 - 84029450
经　　　销	新华书店及其他书店

印　　　刷	北京明恒达印务有限公司
装　　　订	廊坊市广阳区广增装订厂
版　　　次	2022 年 7 月第 1 版
印　　　次	2022 年 7 月第 1 次印刷

开　　　本	710 × 1000　1/16
印　　　张	19.25
插　　　页	2
字　　　数	276 千字
定　　　价	99.00 元

前　言

　　收入此《中古文学理论研究论集》中的十九篇论文，系我们在进行中古文学理论批评编年史研究过程中的一些阶段性成果，所收论文作者均是课题研究组成员。该课题的名称为"中国中古文学理论文献整理与研究"，为 2017 年国家社科基金重点项目，项目编号为17AZD027。该课题自立项始，课题组就积极地展开在研工作，为了更加明确研究重心和方法，结项时最终研究成果的著述体式和具体的结构框架，经过充分讨论和反复权衡，根据已有中古文学理论批评研究情况和文献整理编撰情况，我们决定以"编年"这一著述体式，将文献整理与观念史梳理和理论阐述融通在一起，秉持"大文论""大批评"的学术理念和研究视野与方法，尽量突破现代学科划分的畛域，兼及经史子集，通过纵向编排展开、纵向与横向交织并行，理论阐释与文献梳理选录并重，在每个编年条目之下再由若干元素或曰单元组成新旧参半之"编年"体式，我们希望通过这一尝试性的研究与撰述方法，对中古文学理论批评和文献进行一次系统而细致的思想观念研究阐释和文献要籍整理辑要。在确定了具体的编撰体式和体例之后，课题组成员进行了具体分工，课题研究工作便正式启动，其间我们也数次开会讨论交流，解决一些在研究和撰写过程中遇上的学术和理论方面的具体问题和难题。

　　这一项目研究之主旨定位和学术创新点追求，虽然意欲主要通过"编年"体式来梳理和辑要中古文学理论批评文献，并且在坚实的文献基础上分析阐释中古文学理论批评发展历程，尤其是文学思想观念史衍生演化轨迹，以尽可能地还原性呈现中古文学理论批评生发演进的场景、语境，使我们的研究和阐述是一种"在场"性的书写。但是，我们所进行的课题研究工作，并非仅仅是一般文献学层面的耙梳、选编或长编，也不是做一部中古文论选本，因此在对中国文学理论批评进行"编年"的过程中，面对大量直接的、相关的文献资料，我们除了需要做文献方面的考量之外，更主要的是对这些文献史实所体现的中古文学理论批评发展演化中的节点性问题、重大理论现象、重要批评"事件"、理论关键词和术语等进行研究，作出深入的考察与分析，这样庶几可以使我们对中古文学理论批评所进行的"编年"避免成为对一堆文献资料的简单的按照时间先后顺序的排列，尽管这样也可以为愿意使用者提供省却查找翻检之役的便利，然而这并不是我们进行这一项目研究之初衷。在项目研究进行的四年时间里，课题组成员围绕中古文学理论批评及其编年问题，撰写发表了一些专题学术性论文，数量并不仅仅为收入本论集中的这十九篇，但是因于字数篇幅的原因，我们只从中选了十九篇汇为一编，作为该课题之阶段性研究成果先期出版，并且期望得到学界专家同行的批评指正。

收入本论集中论文的作者，均为该课题组成员，他们分别是：党圣元（中国社会科学院研究员、陕西师范大学人文社会科学高等研究院特聘教授）、夏静（首都师范大学文学院和曲阜师范大学文学院教授）、陈民镇（北京语言大学中华文化研究院副教授）、袁劲（武汉大学文学院副研究员）、王晓玉（北京第二外国语学院副教授）、杨康（中国社会科学出版社编辑）、宋宁（山东师范大学齐鲁文化研究院讲师）、康倩（北京大学中文系博雅博士后、助理研究员），这些成员不论研究资历深浅，都对中古文论与美学研究、对尝试编撰中古文学理论批评编年史具有浓郁的学术兴趣，愿意下一番功夫进行编年体文论史书写的实践，在这方面积累学术经验。现在该课题研究已经接近尾声，基本完成统稿，并且正在收集材料准备进行结项。作为该项目主持人，方此之时，以及想起几年来大家查找阅读文献、相互讨论交流、研思撰述，如期顺利完成研究任务，吾人内心确实有所欣然，并且对他们数位所付出的辛苦的学术劳动，表示由衷的感谢！同时，我也要感谢中国社会科学出版社为该论集之出版提供机会。

党圣元
2022 年 7 月 12 日草于京西北寓所

目　录

"气"与建安文学

党圣元

汉末以来时局的动荡不安，社会政治、经济结构的剧变，以及精神文化气候的变迁，使作为汉代文化、学术主流的经学逐步走向消解，一种新的人文思想在时代精神的浇灌下迅速滋生壮大起来，并首先表现在当时的文学之中，这就是以"三曹"与"七子"为主的建安文人群体的文学创作，他们的思想情感抒发和精神气质风貌，代表了建安文人审美主体精神的主要特征，从华夏审美风尚演变的历史轨迹来看，确确实实开了一代之新风。

魏晋南北朝文人主体精神的转变是传统文人精神演变史上极其重要的一个环节，而建安文人主体精神的觉醒则正式掀开了魏晋南北朝文学、美学主体精神转折的第一页。这一转折是在当时特殊历史条件下出现的人性的觉醒开始，并进而产生文学的自觉而逐步展开的，所以我们也只有循着这一历史的轨迹来进行考察，才可以对魏晋南北朝文学、美学主体精神的形成及其特点作出准确的把握。事实上，建安文人的思想与情感具有非常丰富的内涵，其作为一种精神复合体，人们可以从不同的层面、不同的角度加以体认，作出种种概括，但是无论如何重"气"都是一个主要的特点。建安文人的重"气"，形成于主体意识觉醒和文学自觉的过程之中，而反过来又有力地促进了其时人性的觉醒与文学、美学的自觉，以重"气"为主要特征的建安文学主体精神犹如一束强光，投射到当时正处于转型之际的文化舞台上，解构了维护纲常名教统治的包括审美文化在内的整个文化价值体系，驱散了由名教思想所造成的盘踞在人们心中的精神阴影；又如一曲气势磅礴的乐曲，以其振聋发聩的力量，呼唤着新的人文精神、新的审美观念之诞生，从而开创了中国文学、美学历史发展的一个崭新的时代。

一　从"气论"到"文气论"

"气"是中国古代哲学、文论和美学中的一个重要范畴。"气"的概念出现较早，如西周末周太史伯阳父云："夫天地之气，不失其序。若失其序，民乱之也。阳伏而不能出，阴迫而不能蒸，于是有地震。"① 又春秋时医和云："天有六气，降生五味，发为五色，徵为五声，淫生六疾。六气曰阴、阳、风、雨、晦、明也，分为四时，序为五节，过则为灾。"② 这里的"气"，显然指决定天地自然运行的一种物质性的东西。春秋战国以来的思想家们经常用"气"这一概念来表示构成宇宙万物包括人的生命现象的一种基本物质要素。如《老子》曰："万物负阴而抱阳，冲气以为和。"③《管子》则进一步提出了"精气"说，该书《内业》篇云："凡物之精，此则为生。下生五谷，上为列星。"④ 又"精也者，气之精者也。……凡人之生也，天出其精，地出其形，合此以为人。和乃生，不和不生。"⑤ 又《枢言》篇云："有气则生，无气则死，生者以其气。"⑥《管子》还认为人的精神也由"气"构成，如《心术》篇曰："气者身之充也。……思之思之……其精气之极也。一气能变曰精。"⑦ 庄子则提出了万物为一气之变化的观点，如《庄子·知北游》云："人之生也，气之聚也，聚则为生，散而为死。……故曰通天下一气耳。"⑧ 荀子则认为"气"为宇

---

① 徐元诰撰，王树民、沈长云点校：《国语集解》，中华书局2002年版，第26页。
② 杨伯峻：《春秋左传注》，中华书局1990年版，第1222页。
③ （三国魏）王弼注，楼宇烈校释：《老子道德经校释》，中华书局2008年版，第117页。
④ 黎翔凤撰，梁运华整理：《管子校注》，中华书局2004年版，第931页。
⑤ 黎翔凤撰，梁运华整理：《管子校注》，中华书局2004年版，第937—945页。
⑥ 黎翔凤撰，梁运华整理：《管子校注》，中华书局2004年版，第241页。
⑦ 黎翔凤撰，梁运华整理：《管子校注》，中华书局2004年版，第778—780页。
⑧ 陈鼓应：《庄子今注今译》，中华书局1983年版，第559页。

宙间万事万物赖以存在之基础,《荀子·王制》云:"水火有气而无生,草木有生而无知,禽兽有知而无义,人有气、有生、有知,亦且有义,故最为天下贵也。"①《周易·系辞上》亦有"精气为物"云云。《吕氏春秋·尽数》云:"精气之集也,必有入也。集于羽鸟与为飞扬,集于走兽与为流行,集于珠玉与为精明,集于树木与为茂长,集于圣人与为琼明。"②

"气"之概念除了指构成宇宙万物之基始和生命之源泉,又用来指人的精神状态和道德境界。《左传·昭公九年》云:"味以行气,气以实志,志以定言,言以出令。"③《孟子·公孙丑上》云:"夫志,气之帅也;气,体之充也。夫志至焉,气次焉;故曰:'持其志,无暴其气。'"④又云:"志一则动气,气一则动志也,今夫蹶者趋者,是气也,而反动其心。"⑤又云:"我善养吾浩然之气。敢问何谓浩然之气?曰:'难言也。其为气也,至大至刚,以直养而无害,则塞于天地之间。其为气也,配义与道;无是,馁也。是集义所生者,非义袭而取之也。行有不慊于心,则馁矣。'"⑥汉代以来,"气"的概念又有进一步的发展与深化。《淮南子·天文训》云:"道始于虚廓,虚廓生宇宙,宇宙生气,气有涯垠,清阳者薄靡而为天,重浊者凝滞而为地。清妙之合专易,重浊之凝竭难,故天先成而地后定,天地之袭精为阴阳,阴阳之专精为四时,四时之散精为万物。"⑦将"气"看作宇宙生成演化过程中的一个环节,即"道"是经由"气"这一中介环节而产生宇宙万物的。董仲舒则糅合阴阳学说与人性论,将"气"人格化,把"气"与人的性情善恶联系在一起,赋予"气"以道德的属性,目的则在于使其所主张的道德伦理价值本体化,这也就使"气"的概念神秘化了。如《春秋繁露·五行相

---

① (清)王先谦:《荀子集解》,中华书局1988年版,第164页。
② 许维遹:《吕氏春秋集释》,中华书局2009年版,第66页。
③ 杨伯峻:《春秋左传注》,中华书局1990年版,第1312页。
④ 杨伯峻:《孟子译注》,中华书局1960年版,第62页。
⑤ 杨伯峻:《孟子译注》,中华书局1960年版,第62页。
⑥ 杨伯峻:《孟子译注》,中华书局1960年版,第62页。
⑦ 张双棣:《淮南子校释》,北京大学出版社1997年版,第245页。

生》云："天地之气，合而为一，分为阴阳，判为四时，列为五行。"①
但又认为："天之大经，一阴一阳；人之大经，一情一性。性生于阳，情
生于阴。阴气鄙，阳气仁。曰性善者，是见其阳也；谓恶者，是见其阴
者也。"② 王充论"气"，是对董仲舒出于神道设教目的而将"气"人格
化、道德化之解构。《论衡·谈天》篇云："天地，含气之自然也。"③ 又
《自然》篇言："天地合气，万物自生，犹夫妇合气，子自生也。"④ 又
《率性》篇曰："人之善恶，共一元气。气有多少，故性有贤愚。"⑤ 认为
万物之间、人与人之间之所以有不同，并非天意所安排，而是自然禀气
之多少所决定的。王充的自然元气论不但在理论上有力地批判了董仲舒
气论中的天命论成分，而且他的以气释性的观念与方法，对魏晋以来重
视人的自然禀赋和个性特点产生了深刻的影响。

　　从先秦两汉思想家对"气"的认识来看，"气"可分为"物质态"
与"精神态"两种，前者主要用以诠释宇宙自然的构成与演化，属于本
体论范畴；后者主要用以阐释人的气质形成及精神境界，属于主体论范
畴。何休《公羊传解诂》隐公元年释"元"云："元者，气也，无形以
起，有形以分，造起天地，天地之始也。"⑥ 这里之"气"，正指"物质
态"之气；郑玄注《礼记·祭义》曰："气也者，神之盛也。"⑦ 这里之
"气"，当指"精神态"之气。但是，由于受中国传统哲学"天人合一"
思想方法的影响，古人论到人的生命、性情时往往与自然联系起来，所
以二者结合紧密。

　　"气"范畴进入文论与美学，有一个过程。孟子的"养气"说是讲
人的道德修养的，他所谓的"浩然之气"是道、义经由主体内化而成为
心理现实，从而形成一种充满道德力量的精神状态，这实际上开了后世

---

①　（清）苏舆撰，钟哲点校：《春秋繁露义证》，中华书局 1992 年版，第 362 页。
②　黄晖：《论衡校释》（附刘盼遂集解），中华书局 1990 年版，第 139—140 页。
③　黄晖：《论衡校释》（附刘盼遂集解），中华书局 1990 年版，第 473 页。
④　黄晖：《论衡校释》（附刘盼遂集解），中华书局 1990 年版，第 775 页。
⑤　黄晖：《论衡校释》（附刘盼遂集解），中华书局 1990 年版，第 81 页。
⑥　李学勤主编：《春秋公羊传注疏》，北京大学出版社 1999 年版，第 6 页。
⑦　（汉）郑玄注，（唐）孔颖达疏：《礼记正义》，北京大学出版社 1999 年版，第 690 页。

将"气"与人的主体性情联系起来之先河。由于"气"关乎人的性情，所以"气"概念便频频地出现在论诗乐的文字之中。如《礼记·乐记》云："德者，性之端也。乐者，德之华也。金石丝竹，乐之器也。诗，言其志也。歌，咏其声也。舞，动其容也。三者本于心，然后乐器从之。是故情深而文明，气盛而化神，和顺积中，而英华发外，唯乐不可以为伪。"① 认为诗、乐、舞本于人之性情，性情的善恶决定着诗乐好坏，所以注重"养气"，达到"情深""气盛"的境界，便成为产生既美且善的音乐之关键。所以，"气"之"象"决定着乐之"象"，故《礼记·乐记》又曰："逆气成象，而淫乐兴焉""顺气成象，而和乐兴焉。"②

魏晋以来，"气"这一概念被广泛运用于人物品鉴和文学批评之中，从而完成了其由哲学范畴向文论、美学范畴的会通。刘劭《人物志》云："凡有血气者，莫不含元一以为质，禀阴阳以立体，体五行而著形。"③ 这里之"元一"即指"气"，刘劭用"气"来释人之性，与董仲舒的最大不同之处是他将"气"视为赋予人之自然生命和性格特征的本根，而不再将"气"与人的性情善恶直接挂钩，这自然是受王充"自然"观念的影响而来的，魏晋名理学关于人的性格、才能的认识即是以王充的"自然之气"学说为哲学基础的。正因为"气"范畴在这时已经被用来说明人的性格和才情的特点，所以其便被引入文学批评，用来说明、品藻一个作家的个性与风格特点，从而成为一个既涉及文之本源，又涉及作家主体性以及作品风格诸多方面的范畴，而这一切又是以曹丕《典论·论文》为开端的。曹丕在《典论·论文》中云："文以气为主，气之清浊有体，不可力强而致。譬诸音乐，曲度虽均，节奏同检，至于引气不齐，巧拙有素，虽在父兄，不能以移子弟。"④ 在此，曹丕吸收了从先秦以来"气"分清浊以及"气禀"等观念，而提出了自己的"文气

---

① （汉）郑玄注，（唐）孔颖达疏：《礼记正义》，北京大学出版社1999年版，第1111—1112页。

② （汉）郑玄注，（唐）孔颖达疏：《礼记正义》，北京大学出版社1999年版，第1108页。

③ 伏俊琏：《人物志译注》，上海古籍出版社2008年版，第12页。

④ （三国魏）曹丕撰，魏宏灿校注：《曹丕集校注》，安徽大学出版社2009年版，第313页。

说"。他所说之清"气"，指具有俊爽豪迈特点的阳刚之气，与孟子所说"浩然之气"相似，浊"气"则指具有凝重沉郁特点的阴柔之"气"。在曹丕看来，这种或清或浊之"气"，是由一个人生来对气的禀受所决定的，同于王充所说的"人禀气而生，含气而长"①，所以既不能"力强而致"，又不能传授给他人。"气"作为一种生命元素，由生理和心理两方面的因素所构成，其决定着一个作家的个性、才能、情感乃至思想与行为，而又由于文学作品的风格实际上是作家的主体精神的综合体现，所以"气"亦决定着文章的风格特征。曹丕提出了"文气说"，并在《典论·论文》和《与吴质书》中从文气的角度对建安七子作了品评，如认为王粲虽然"长于辞赋"，但因于"体弱"而"不足起其文"；徐干"怀文抱质，恬淡寡欲，有箕山之志，可元素谓彬彬君子矣"②，虽然"时有齐气"，但足以与王粲匹敌；应场"斐然有述作之意，其才学足以著书"只是"和而不壮"；刘桢"壮而不密"，"有逸气，但未遒耳"；孔融"体气高妙"，但是"不能持论，理不胜辞"。指出由于各人的气质不同，因而在风格方面便有所差异，甚至这种气质个性还影响到对文体的选择与驾驭，有人擅长某文体，有人则擅长另一种文体，王粲、徐干、刘桢、孔融长于诗赋，而陈琳、阮瑀、应场则长于章表书记之类的文体，都与他们自身的禀"气"有关。这就是说，曹丕不但将作家的气质个性与其文章风格联系在一起品鉴，而且与所适应的文体一并观之，所谓"文非一体，鲜能备善"云者，根本原因便在于一个作家的气质对他擅长的文体有所限制。

总之，"气"这一范畴具有非常浑厚的文化内涵，其从文化哲学领域引入文学、美学领域，产生了"文气说"，用以诠释作家的个性、精神风貌以及独特的审美创造力等，确实具有重大的理论创新意义。曹丕的以"气"论文，开了传统文论作家与作品风格批评之先声，在他之后，以"气"论文便逐渐被批评家采用，并予以充实发展，如刘勰在《文心雕龙》中、钟嵘在《诗品》中均使用"气"这一范畴来批评作家与作品，再后来

---

① 黄晖：《论衡校释》（附刘盼遂集解），中华书局1990年版，第48页。

② （三国魏）曹丕撰，魏宏灿校注：《曹丕集校注》，安徽大学出版社2009年版，第258页。

就成为中国诗文评之老生常谈了。又由于"文气"说是由先秦以来的"气"论哲学逐步演变而来的，所以它亦带有传统文化哲学范畴体用合一、即体即用的特点，具有多向度的理论阐释功能，简言之，它涉及关于文学的本体论、主体论、文本论以及风格论等理论层面，诚如有的论者所言的那样："曹丕正是借助气这一人的生命元素，建立起了他的文学主体论。这一文学主体论，强调的是作家的创作个性，作家独立的存在价值。而作家的创作个性和作家独立的存在价值，莫不本原于人的生命元素——气。这就使曹丕的文学主体论，具有了本体论的色彩。"①

同时，从孟子发端的"养气"说也得到了进一步的发展充实，体现于刘勰《文心雕龙·养气》篇。传统哲学认为，气是构成万物并赋予其生命运动能力的基本要素，故而人的智慧才能、思想情感、气质个性、人格道德等均与气有直接的关系。所谓"养气"，是对人的生命和精神的一种营卫活动，以达到自我充实、净化、完善、升华之目的。文论中的"养气"说亦如此，其目的也是提高主体素质，从而达到最佳的创作状态。孟子最早提出"养气"说，其所谓"养气"，指人的一种道德修养，"气"为"集义所生"，需"配义与道"，即只要按照儒家的道义标准加强人格修养，便可生成"至大至刚"的"浩然之气"，并且这种"浩然之气"与"知言"即辨别言辞的能力有密切的联系。曹丕以"气"论文的"文气"说前面已经说到，这里简要地介绍一下刘勰的"养气"说。刘勰在《文心雕龙》中专门列出《养气》篇，可见他对此问题之重视。在篇中，刘勰从作家心态和精神的生理养护的角度，探讨了"养气"与创作的重要关系，其见解集中体现于下面这段话之中：

> 志于文也，则申写郁滞，故宜从容率情，优柔适会。若消铄精胆，蹙迫和气，秉牍以驱龄，洒翰以伐性，岂圣贤之素心，会文之直理哉！且夫思有利钝，时有通塞，沐则心覆，且或反常，神之方昏，再三愈黩。是以吐纳文艺，务在节宣，清和其心，调畅其气，烦而即

---

① 詹福瑞：《中古文学理论范畴》，河北大学出版社1997年版，第170页。

舍，勿使壅滞，意得则舒怀以命笔，理伏则投笔以卷怀，逍遥以针劳，谈笑以药倦，常弄闲于才锋，贾余于文勇，使刃发如新，凑理无滞，虽非胎息之迈术，斯亦卫气之一方也。①

在文章写作中，文思利钝和文笔之通塞，取决于作家内在之气的状态如何，如果精神饱满，心态从容优柔，则最有利于艺术创造力的发挥，所以善于养气调适营卫精神，于写作至关重要。这也从另一个侧面说明当时文学、美学对"气"的重视程度。

二 "气"与建安文人

刘师培在《中国中古文学史》中认为："汉魏之士，多尚骈词，或慷慨高厉，或溢气坌涌。"② 之所以如此，与当时的社会现实有着密切的联系。我们知道，魏晋美学、文学主体精神是在消解汉代经学话语权威这一大的思想文化背景下产生和成长起来的。从汉武帝"罢黜百家，独尊儒术"，立五经博士始，经学便成为汉代文化之主流话语系统，而其所诠释的名教观念更成为一种思想律令，规范、垄断着士人的精神世界。董仲舒的公羊经学以阴阳五行学说为认知方法论，作为官学在统治者的支持下得以传播，就性质而言属于神学目的论，其"天人合一"论是以神道设教为价值旨归的，所以在发展的过程中谶纬色彩越来越浓，最后终于成为一种迷信色彩十分浓重的官方文化哲学。在这种情况下，人只能作为名教的符号、工具而存在，而没有自身的人格独立性。汉末以来，时势乱离卸除了人们精神上的负重，这时原先备受挤压的主体性的要求就会从角落之处挪移到中心位置，并展现其资质，形成各自的独特个性。名理学的兴起更加促进了关于人的价值思想的发展，刘劭在《人物志》中所体现出的肯定人物个性气质的鉴识人物的方法，实际上代表了当时社会中普遍流行的注重

---

① 范文澜：《文心雕龙注》，人民文学出版社 1958 年版，第 647 页。
② 刘师培：《中国中古文学史讲义》，上海古籍出版社 2000 年版，第 22 页。

人的精神气质和才情能力的风气，而且这种风气一旦形成，又对当时文士们的精神生活以及文学艺术产生了广泛的影响。曹丕所提出的"文以气为主"就是这种风尚在文学艺术领域中的具体体现。

魏晋时期推崇自然，以坚持和发展个性为美的审美风尚，由于具体的时代环境的不同，在内涵和表现特征方面有所差别。在建安至魏正始这一段时期里，便主要体现为重"气"。这里之"气"，指一个人先天禀赋而来之气质、个性，与后天的德行修持无关；亦不同于传统哲学中作为物质元素的混沌之"气"，而是指一个人禀受自然"元气"而形成的独特气质、个性及其表现这种气质、个性的才华。建安时期的文士身处乱世而能保持建功立业、昂扬向上的思想格调与情感力度，便与他们追求、发展个性即所谓重"气"的主体精神密切有关。追求和发展个性，倡扬个性之美，是建安文人生命主体意识觉醒的一大特点，也是建安时期社会审美风尚的一个显著的特点。人的觉醒不仅表现为对生命的热爱，而且表现为发现和重视个性。然而，传统的儒家道德伦理观认为生活在一定群体、社会中的人，应始终把群体和宗法制的利益放在第一位，并将社会群体规范的道德伦理作为衡量人格美丑的标准指数，如孔子言"里仁为美"，孟子说"充实之谓美"，董仲舒把道德伦理本体化，所言"仁之美者在于天"① 以及所谓"孝悌""明经修行"等人格律令，均是只强调人的德行之善，而忽视人的个性之美。尤其是两汉时期，在董仲舒"屈民以伸君，屈君以伸天"理论基础上所实行的礼法统治，更是将人视为一种社会、群体符号，否定人的个体存在性，使人的个性在宗法制的道德伦理关系的严密束缚和禁锢中完全消解，而成为迷失自我、毫无个性的礼法标本，阮籍在《大人先生传》中描写并嘲讽的那种"服有常色，貌有常则，言有常度，行有常式，立则磬折，拱若抱鼓，动静有节，趋步商羽，进退周旋，咸有规矩，心若怀冰，战战栗栗，束身修行，日慎一日"② 的"儒生"，堪可为身处礼法统治之下的汉代儒生写真。汉末以来，儒家思想衰颓，礼法名教禁锢渐松，道家生

---

① （清）苏舆撰，钟哲点校：《春秋繁露义证》，中华书局1992年版，第329页。
② 陈伯君：《阮籍集校注》，中华书局1987年版，第163页。

命哲学的影响日渐扩大，清议与人物品鉴之风日盛，这些无不促进了人的自我价值的觉醒，作为对先前礼法统治的一种强烈反弹，社会上出现了个性解放的大潮。在才性之辨和人物品鉴风气的直接影响下，人们对于人的价值的思考、对于人格美的认同标准产生了新的变化，即抛弃了传统的以礼法风范为人的价值尊严、人格之美所在的观念，而从天道自然的哲学本体观出发，认识、评价人性、人格美，赋予人以新的意义和地位。于是，魏晋人的以追求和发展个性为特征的主体意识逐步形成，并成为一种审美风尚，在士林中蔓延。一批富有历史正义感和责任心的知识分子，冲破纲常伦理的罗网，以狂狷的精神，反抗虚伪的礼教对人的个性、价值的抹杀，追求真个性、真面貌。于是，所谓"人以克己为耻，士以无措为通，时无履德之誉，俗有蹈义之愆"①，便成为当时士风之真实写照。

重"气"的表现之一是超越礼法而追求"通脱"。汉末以来，礼法松弛坠废，已失去了其精神约束作用，然而统治者又常常假借礼法来为自己的奸邪行为辩解或剪除异己分子，而士人中的一些激进者亦越发不拘礼法，以种种言论与行动来揭露统治者之虚伪无耻。于此，敢以正气凌暴虐，宁可被杀而不可受辱，以生命捍卫自身气节之孔融与祢衡堪为代表。他们二人均属生活于建安时期的文人，在人格方面他们能做到慷慨任气，自然率真；在文章写作方面，他们则以气遣词，体高气妙。孔融被曹操杀害之罪名是"大逆不道，宜极重诛"②，但实际上他是因为揭露曹操"大逆不道"破坏礼法而丧命的。孔融对曹操的篡汉之心有所不满，时袁绍、曹操的势力正盛，均有取天下之意，但他"无所协附"，史载："融知绍、操终图汉室，不欲与同。"③而对曹操等乱世奸雄假窃礼法掩饰自己的虚伪面目和除掉反对者的行为，则更是不能见容，每以辛辣的讽刺揭露之。据《后汉书·孔融传》记载，曹军破邺城后，曹丕私纳袁绍子袁熙之妻甄氏，孔融就给曹操写了一信，信中有"武王伐纣，以妲己赐周公"的怪话，曹操不明其意，问出自何典，孔融便回答说："以今度之，想当然耳。"又曹操颁

①　（唐）房玄龄等：《晋书》，中华书局1974年版，第1966页。
②　（南朝宋）范晔：《后汉书》，中华书局1999年版，第1540页。
③　（南朝宋）范晔：《后汉书》，中华书局1999年版，第1530页。

发禁酒令，理由是酒可亡国，孔融亦深不以为然，在致曹操的信中偏偏为酒大唱赞歌，称"酒之为德久矣"，并说："昨承训答，陈二代之祸，及众人之败，以酒亡者，实如来诲。虽然，徐偃王行仁义而亡，今令不绝仁义；燕哙以让失社稷，今令不禁谦退；鲁因儒而损，今令不弃文学；夏商亦以妇人失天下，今令不断婚姻。而将酒独急者，疑但惜谷耳，非以亡王为戒也。"① 一下子就揭穿了曹操的老底。在与曹操往来中，孔融类似这样的偏宕乖忤之言甚多，在曹操看来自然是一种侮慢之语了。

重"气"的主体审美精神的另一方面的表现特点是逞才弄学，唯才是论，通过才学来显示自己的人格魅力和自我价值。王充认为："人，物也，万物之中有知慧者也。"② 又认为："天地之性人为贵，贵其知识也。"③ 然而，在汉代礼法统治的社会中，并不是以一个人的自然天赋的才情智慧来作为评量其优劣的依据，而是从伦理的角度来评量，即所谓"尚贤"者是也。"别贤不肖"最为汉儒们所强调，虽然他们也谈"才"，但是并不是将"才"作为一种独立的评价人的标准，而是附带于"贤"之下，于是评价一个人优劣的唯一标准便是"贤"或"不肖"。汉魏之际开始的思想文化转型，使得人们否弃了汉儒的价值观，将人看作与天地并列的"三才"之一，并认为才性本为一体，因此自然天赋所决定的才学智慧应成为人格之特质，评价人的价值标准应是这种自然才学，而不应是礼法名教律令准则。曹操"唯才是举"的思想，刘劭将自然才学作为品第人物的标准，"四本才性"辩论中对才与性离合异同的争论，促进了这种人的价值思想的发展，使之成为建安以来人们追求人生价值、主体自我实现的一个目标。加之名士清谈、品藻人物风气的推波助澜，终于酿成一种时代风尚，便是不饰自我，随时随处尽情地显露才华，务求超人，以此而展现自己的价值，博取身价美誉。在这种风气的影响下，魏晋士人们渴望在可以在任何场合、任何领域毫无忌讳地展露自己的学识，逞弄自己的才华，以博取生命价值中不可缺少之世人的美誉。曹丕在《典论·论文》中形容建安时期的文士

---

① （南朝宋）范晔：《后汉书》，中华书局 1999 年版，第 1536 页。
② 黄晖：《论衡校释》（附刘盼遂集解），中华书局 1990 年版，第 1011 页。
③ 黄晖：《论衡校释》（附刘盼遂集解），中华书局 1990 年版，第 600 页。

是："今之文人，鲁国孔融文举，广陵陈琳孔璋，山阳王粲仲宣，北海徐干伟长，陈留阮瑀元瑜，汝南应玚德琏，东平刘桢公干，斯七子者，于学无所遗，于辞无所假，咸以自骋骐骥于千里，仰齐足而并驰。以此相服，亦良难矣。"① 曹植在《与杨德祖书》中说："昔仲宣独步于汉南，孔璋鹰扬于河朔，伟长擅名于青土，公干振藻于海隅，德琏发迹于大魏，足下高视于上京。当此之时，人人自谓握灵蛇之珠，家家自谓抱荆山之玉。"② 刘勰《文心雕龙·明诗》篇说："暨建安之初，五言腾踊，文帝陈思，纵辔以骋节；王、徐、应、刘，望路而争驱。"③ 钟嵘则在《诗品序》中说："降及建安，曹公父子，笃好斯文；平原兄弟，郁为文栋；刘桢、王粲，为其羽翼。次有攀龙托凤，自致于属车者，盖将百计。彬彬之盛，大备于时矣。"④ 此外，《三国志》中所记如曹操炫卖才智，杨修矜持才情之类的事迹亦不胜枚举，而《晋书》中如嵇康"少有奇才"、吕安"才气高奇"、齐王攸"少以英奇见称"、夏侯湛"才华富赡，早有名誉"此类的记载更是比比皆是，无不证明才学已成为评价一个人的价值和人格魅力的主要依据。恰如刘勰所说，这的确是一个"俊才云蒸"的时代。

建安时期如此，其实在整个魏晋时期又何尝不是如此呢？《世说新语》一书对此多有精彩的记录，如《赏誉》篇载："荀与邢乔俱司徒李胤外孙，及胤子顺并知名。时称：'冯才清，李才明，纯粹邢。'"⑤《品藻》篇载："简文问孙兴公：'袁羊何似？'答曰：'不知者不负其才；知之者无取其体。'"⑥《排调》篇记："魏长齐雅有体量，而才学非所经。被宿当出，虞存嘲之曰：'与卿约法三章：谈者死，文笔者刑，商略抵

---

① （三国魏）曹丕撰，魏宏灿校注：《曹丕集校注》，安徽师范大学出版社 2009 年版，第 313 页。

② （三国魏）曹植撰，赵幼文校注：《曹植集校注》，人民文学出版社 1984 年版，第 153 页。

③ 范文澜：《文心雕龙注》，人民文学出版社 1958 年版，第 66 页。

④ 吕德申：《钟嵘诗品校释》，北京大学出版社 1986 年版，第 37 页。

⑤ 余嘉锡：《世说新语笺疏》，中华书局 1983 年版，第 433 页。

⑥ 余嘉锡：《世说新语笺疏》，中华书局 1983 年版，第 534 页。

罪。'魏怡然而笑，无忤于色。"① 另外，又如《璞别传》记："（郭璞）奇博多通，文藻粲丽，才学赏誉足参上流。"又王隐《晋书》记：（挚虞）与太叔广名位略同；广长口才，虞长笔才，俱少政事。众坐，广谈虞不能答，虞退，笔难广，广不能答。于是更相嗤笑，纷然于世。"犀利的谈锋，巧妙的应对，美文的制作，等等，均被视为才华超众绝伦之证明。在当时，清谈和诗文创作是人人跃跃欲试以求一显身手的比武擂台。自建安以来，士人们无不将作文赋诗看作表现个人天赋才能的最佳途径，如祢衡吊张衡说："南岳有精，君诞其姿；清和有理，君达其机。故下笔绣辞，扬手文飞。"② 曹丕称应场"其才学足以著书"③；曹植评王粲"文若春华，思若涌泉。发言可咏，下笔成篇"④；吴质谓"陈、徐、应、刘，才学所著"⑤；《世说新语·言语》篇记："法畅著《人物论》，自叙其美云：'悟锐有神，才辞通辩。'"⑥《晋书·顾恺之传》记顾撰《筝赋》后自云："吾赋之比嵇康琴，不赏者必以后出相遗，深识者亦当以高奇见责。"⑦ 如《续晋阳秋》称许询"有才藻，善属文"，《世说新语·文学》篇著引《文士传》谓夏侯湛"有盛才，文章炳思"，至于清谈中才士们逞才斗学，以犀利的谈锋、巧妙的应对征服对方众人，甚至以一言而博得天下名的例子，在《世说新语》中随处可见，此不赘述。人们不但以才自重，寻找一切机会表现自己的才学，而且社会上重才、爱才的风气亦甚为浓重，曹氏父子网罗众才的事迹自不必言说，其他如贾谧罗致西晋著名文士为"二十四友"，自称领袖；"（潘）岳总角辩慧，

① 余嘉锡：《世说新语笺疏》，中华书局 1983 年版，第 813 页。

② （清）严可均辑：《全上古三代秦汉三国六朝文》（第二册），中华书局 1958 年版，第943 页。

③ （三国魏）曹丕著，魏宏灿校注：《曹丕集校注》，安徽师范大学出版社 2009 年版，第258 页。

④ （三国魏）曹植著，赵幼文校注：《曹植集校注》，人民文学出版社 1998 年版，第164 页。

⑤ 夏传才主编，张兰花、程晓菡校注：《三曹七子之外建安作家诗文合集校注》，河北教育出版社 2013 年版，第 145 页。

⑥ 余嘉锡：《世说新语笺疏》，中华书局 1983 年版，第 111 页。

⑦ （唐）房玄龄等：《晋书》，中华书局 1974 年版，第 2404 页。

离藻清艳，乡邑称为奇童，弱冠辟太尉（掾）"（王隐《晋书》）；"（鲍照）少有文思。宋临川王爱其才，以为国侍郎"①。从上引之例可以看出，重视才学，或持之以自诩，或持之以论人，争价才学，博取美誉，确为魏晋南北朝时期文人中的一种风气。他们的尚才，甚至走向了唯美主义的路子，其中的极端者唯才是论，以自然才学的高下作为评价一个人个性价值的唯一标准，而不顾及人的社会性和道德责任感，这与魏晋文人持以十分开放的思想精神境界，基于自然的独特个性，而自由地将人间美丑善恶向极端发展的总体时代精神特点正相吻合。

三 "气"与建安文学

刘勰曾在《文心雕龙·时序》篇中以酣畅淋漓的笔调对建安文学之格局与风格体貌特点作了如下之描述：

> 自献帝播迁，文学蓬转，建安之末，区宇方辑。魏武以相王之尊，雅爱诗章；文帝以副君之重，妙善辞赋；陈思以公子之豪，下笔琳琅；并体貌英逸，故俊才云蒸。仲宣委质于汉南，孔璋归命于河北，伟长从宦于青土，公干徇质于海隅，德琏综其斐然之思，元瑜展其翩翩之乐，文蔚休伯之俦，于叔德祖之侣，傲雅觞豆之前，雍容衽席之上，洒笔以成酣歌，和墨以藉谈笑，观其时文，雅好慷慨，良由世积乱离，风衰俗怨，并志深而笔长，故梗概而多气也。②

这里指出了建安文学的特点是"梗概而多气"，所谓"梗概"即慷慨，亦及豪壮；"多气"则指充满生命意识，这种生命意识之形成既与作家的气质个性有密切联系，又与当时"世积乱离，风衰俗怨"的社会现实相关

---

① （南朝宋）鲍照著，钱仲联增补集说校：《鲍参军集注》，上海古籍出版社 1980 年版，第 5 页。

② 范文澜：《文心雕龙注》，人民文学出版社 1958 年版，第 673—674 页。

联。所以，建安时期的文学创作既体现了鲜明的主体气质个性特征，又表现了深刻的思想内涵，其时的作家正是通过个人的生命境遇来表现对于社会、人生的忧思、慨叹与怨恨。如果我们将刘勰在此处讲的建安文学"梗概多气"与钟嵘用"建安风力"概括建安诗歌的特点合而观之，便可以有充分的理由相信重"气"确实是建安文学的一个主要特征。

于此，有必要对"建安风力"这一审美范畴作一简要的阐述。"风力"一词，本是魏晋以来的人物品鉴用语，"风"指人禀受天地自然之气而充满生机的内在生命活力及其运动；"力"也就是"气"，如王充在《论衡·儒增》中所言："人之精乃气也，气乃力也。"① 故"风力"实为赞誉人物内在所具有的那种生命劲气勃发、意志昂扬的精神气质之美的用语。但是，"风力"一词同时又被引入艺术理论批评，广泛地运用于书法、绘画和文学批评之中。钟嵘在《诗品序》中将"风力"引入诗评，用来概括建安时期诗歌创作所具有的那种遒劲刚健、悲凉慷慨的美学品格与风貌。建安诗人，如曹操、曹植、王粲、陈琳等，受汉乐府诗歌精神的影响，在诗歌创作中积极地表现社会现实和民生疾苦，以及抒发自己渴望建功立业的理想和统一天下的志向，语言清新，词采华茂，感情炽烈充沛，情调慷慨高昂。钟嵘在《诗品序》中评述魏晋诗歌创作风格演变时，把建安诗歌的这种思想与艺术方面的特点称为"建安风力"，并主张诗歌创作要"干之以风力，润之以丹采"，又据此而批评了当时如孙绰、许询等玄言诗人专意在诗中讲述玄学理念，缺乏文采与情趣的创作倾向。"建安风力"与刘勰所说的"风骨"在含义方面多有相通之处，而唐代以来所出现的"汉魏风骨""建安风骨"等术语，与"建安风力"的内涵亦基本相同。

建安文学的这一特征自然源于当时的文人普遍重"气"的主体精神。刘勰曾指出建安文人的主体特征是"慷慨以任气，磊落以使才"（《文心雕龙·明诗》篇）。也正因为如此，方能做到"志深笔长"。钟嵘则在《诗品》中评曹植："骨气奇高，词采华茂，情兼《雅》怨，体被

---

① 黄晖：《论衡校释》（附刘盼遂集解），中华书局 1990 年版，第 364 页。

文质，粲然今古，卓而不群。"① 又评刘桢："仗气爱奇，动多振绝，真骨凌霜，高风跨俗。但气过其文，雕润恨少。"② 沈约亦在《宋书·谢灵运传》中指出曹植、王仲宣等文士俱"以气质为体"。这些均可以看作对建安文士重个性而尚"气"这一具有时代特征的审美风尚的说明。

"气"作为一种审美特质，在文学创作中的体现可以从三个方面加以体认。

第一，通过作品来表现主体强烈的生命意识。魏晋作家的生命意识与他们所处之时代关系密切，社会离乱，战祸频繁，因此感时叹世，渴望功业，忧生惧死，伤逝悼亡，就成为其时文学的主题内容。曹操在《短歌行》中发出了"对酒当歌，人生几何"③ 的英雄悲唱；阮籍的《咏怀》诗则传出"徘徊将何见，忧思独伤心"④ 的愁吟；刘琨在《重赠卢谌》诗中则有"功业未及建，夕阳忽西流"的忧感。这种哀思伤悲实际上正说明作者精神深处对人的生命、价值的恋恋难舍之情，所以我们读其时的作品，所获得的强烈感受首先就是文人们对自己的人生体验的酣畅淋漓的描述与诠释，不管是蒙上了一层忧伤的情调，还是闪耀着明亮的色彩，总之是充盈在字里行间，耐人寻思。刘勰指出阮籍是"使气以命诗"（《文心雕龙·才略》篇），何以言之呢？我们可以从李善注阮籍诗时所讲的几句话中得到解释："嗣宗身仕乱朝，常恐罹谤遇祸，因兹发咏，故每有忧生之嗟。"⑤ 正是这种在时代重压下所产生的忧生之叹，使阮籍的《咏怀》诗具有震撼人心的力量。

曹植在诗歌艺术上取得了极高的成就，钟嵘《诗品》评其诗："骨气奇高，词采华茂，情兼《雅》怨，体被文质……"⑥ 之所以如此，主要就是与他通过诗篇所传达出的强烈的生命意识，以及这种生命意识所具有的意蕴丰厚的审美感染力密切相关。我们可以通过他的《薤露行》

---

① 吕德申：《钟嵘诗品校释》，北京大学出版社 1986 年版，第 69 页。
② 吕德申：《钟嵘诗品校释》，北京大学出版社 1986 年版，第 72 页。
③ （三国魏）曹操：《曹操集》，中华书局 1959 年版，第 5 页。
④ 陈伯君：《阮籍集校注》，中华书局 1987 年版，第 210 页。
⑤ （南朝梁）萧统编，（唐）李善注：《文选》，上海古籍出版社 1986 年版，第 1067 页。
⑥ 吕德申：《钟嵘诗品校释》，北京大学出版社 1986 年版，第 69 页。

一诗来加以体味：

> 天地无穷极，　阴阳转相因。
>
> 人居一世间，　忽若风吹尘。
>
> 愿得展功勤，　输力于明君。
>
> 怀此王佐才，　慷慨独不群。
>
> 鳞介尊神龙，　走兽宗麒麟。
>
> 虫兽犹知德，　何况于士人。
>
> 孔氏删诗书，　王业粲已分。
>
> 骋我径寸翰，　流藻垂华芬。①

曹植曾在《与杨德祖书》中说："吾虽薄德，位为藩侯，犹庶几戮力上国，流惠下民，建永世之业，流金石之功，岂徒以翰墨为勋绩，辞赋为君子哉！"② 又说："若吾志未果，吾道不行，则将采庶官之实录，辩时俗之得失，定仁义之衷，成一家之言。"③ 正可以与本诗互读。在本诗中，曹植慨叹于天地之无穷，人生之有限，希望能在短暂的生命过程中建功立业，而即使不能，也要退而求其次，驰骋笔翰，通过文采成就来留名于后世。《左传》曰："太上有立德，其次有立功，其次有立言，虽久不废，此之谓三不朽。"④ "三不朽"事业，是传统的文人士大夫普遍的价值追求，曹植在兄弟中最有才华，曹操也认为他"最可定大事"⑤。因此，他怀有输力明君的强烈愿望，执着于对勋业、荣名的追求。但是由于政治上的失意，竟使他的意念无法实现，便只好转而以著述来求得

---

① （三国魏）曹植著，赵幼文校注：《曹植集校注》，人民文学出版社 1984 年版，第 433 页。

② （三国魏）曹植著，赵幼文校注：《曹植集校注》，人民文学出版社 1984 年版，第 154 页。

③ （三国魏）曹植著，赵幼文校注：《曹植集校注》，人民文学出版社 1984 年版，第 154 页。

④ 杨伯峻：《春秋左传注》，中华书局 1990 年版，第 1088 页。

⑤ （晋）陈寿撰，（南朝宋）裴松之注：《三国志》，中华书局 1959 年版，第 417 页。

垂名于后世。史书中记载："陈思王精意著作，食饮损减，得反胃病。"（《太平御览》卷三六七引《魏略》）正可见他虽处忧患而不厌弃人生的志向。诗中充满了感慨忧生、愤怨不平之气，集中抒发了作者在特定时空中形成的生命意识，以"天地""阴阳"起篇，议论与抒情巧妙结合，语势浑阔，气象雄浑，悲歌慷慨，正是建安诗歌"梗概多气"特点之具现。当然，魏晋时期这种表现生命意识的作品在美学上之成功，也与其中的自然纯朴、生动鲜明的意象营构有着密切的关系，如曹植在《赠徐干》诗中以"惊风飘白日，忽然归西山"① 来喻写人生之易于流逝；又在《七哀》诗中通篇运用比兴，借"闺怨"来寄托自己的苦闷之情；阮籍在《咏怀》第一首中以"孤鸿号外野，翔鸟鸣北林"来形容生命的孤寂，张协在《杂诗》中通过"朔风动秋草，边马有归心"来传达思乡情怀，等等，从而达到了形神兼备、生气贯注的艺术境界。

第二，在作品中表现对社会、命运的抗争，并张扬个性、才智。社会的不公，人生的受阻，以及个性被压抑，最能牵动诗人敏感的情怀，所以每每发为咏叹，一股不平之气喷涌而出。如"建安七子"之一的刘桢，是一个性格倔强之人，他不诣权贵，好为不平，因此在内心压抑中，往往从精神深处升腾起一种强劲的抗争意识。他在《赠从弟》之二中这样写道：

> 亭亭山上松，　瑟瑟谷中风。
> 风声一何盛，　松枝一何劲。
> 冰霜正惨凄，　终岁常端正。
> 岂不罹凝寒，　松柏有本性。②

该诗通篇纯用比兴手法，以挺立于高山之上勇于抗迎风寒冰霜的松树为喻，勉励堂弟要坚贞自守，不要屈服于外力的压迫。这既是勉励别人，

---

① （三国魏）曹植著，赵幼文校注：《曹植集校注》，人民文学出版社 1984 年版，第 42 页。

② 俞绍初辑校：《建安七子集》，中华书局 1989 年版，第 185 页。

也是自况，其中所体现的情操和抗争意识相当浓烈。钟嵘《诗品》评刘桢："仗气爱奇，动多振绝。真骨凌霜，高风跨俗。但气过其文，雕润恨少。然陈思以下，桢称独步。"① 从本诗言近意远、平淡而有思致来看，也确实如此。这种情况，我们从魏晋时期曹植、嵇康、左思、刘琨、陶渊明等诗人的作品中也可以看到。梁代萧子显在《南齐书·文学传论》中云："文章者，盖情性之风标，神明之律吕也。蕴思含毫，游心内运，放言落纸，气韵天成，莫不禀以生灵，迁乎爱嗜。"② 魏晋时期抒发抗争意识、表现个性才情的篇什，正充分地体现了这一点。而从这一意义上说，重"气"也就是指在创作中真实地表露主体对于社会、人生的情感体验，刻画主体的个性风貌，而所谓神思飞扬、情感勃发、爱恶鲜明、气韵生动等审美特点的获得，亦正源于此。更主要的还在于在这种咏唱之中，体现着诗人主体对于生命价值的关注，以及为求伸张个性所激发出的生命情感。

第三，对于创作灵感的激发与艺术韵味的内在关联。气作为生命元素，无不体现着一个人内在的精神运动的韵律与节奏，其一旦受压必进发，遇阻将曲进，从而使生命过程更加丰富多彩，变化不尽，而对于审美创作来讲，正可以带来灵感契机。曹植的《洛神赋》写得如此飞舞灵动、曲尽运思之妙，与他在曹丕的迫害下所产生的生命压抑之感和苦闷意识是不无关系的，文中的韵律节奏与主体内在的生命情感轨迹是合拍的。陶渊明田园山水诗的写作动力与韵味情趣，也与他"少无适俗韵，性本爱丘山"③ 息息相关。

这实际上涉及六朝时期产生的"气韵""风神"以及"风流"几个审美范畴。在艺术批评中，"气"指流动不息的生命活力以及与之相关的气质、个性、志趣和情操等，"韵"指超越于形表的幽微淡远的意味，合为一词则指艺术作品、艺术形象所蕴含和表现出的鲜活灵动、余味悠长的情趣、韵味。其既可用以评人，也可用以评论艺术作品，后者体现

---

① 吕德申：《钟嵘诗品校释》，北京大学出版社1986年版，第72页。
② （南朝梁）萧子显：《南齐书》，中华书局2000年版，第617页。
③ 袁行霈：《陶渊明集笺注》，中华书局2003年版，第76页。

了中国传统文艺批评"人化"的特点。从六朝时期开始，"气"与"韵"即连为一词，成为一个极其重要的美学范畴，广泛用于画论、诗论等艺术批评之中，绘画以"气韵生动"为上品，诗歌以"气韵天成"为至境。论艺强调"气韵"，体现了传统艺术创作重"传神"，以及讲求生气流转、意味深长的特点。

"风神"本为魏晋人物品评用语，因具有审美品鉴的意义，故又转用于文艺批评，用来指艺术作品所具有的风韵神采。汉代相人重筋骨，魏晋识鉴重神明，所以多用"神气""神情""风韵""风神"等语评人。《晋书》《世说新语》中"风神"的用例有"风神高迈""风神清令""风神秀彻""风神魁梧"等。风为气之流动状态，神为气之主宰，则"风神"实为人之精神气质的外部表现。唐代以来，"风神"被广泛用于文艺批评，成为一个重要的审美范畴。在书画理论方面，如在孙过庭、张怀瓘、姜夔等人的书画评论中，"风神"这一术语的使用非常频繁，尤其是姜夔，更在《续书品》中专列"风神"一节，并将"风神"作为书法美学的基本范畴，视之为书法美诸因素的综合体现。在诗文评方面，如胡应麟云："作诗大要不过二端，体格声调，兴象风神而已。"①将"兴象风神"与"体格声调"对举。茅坤则云："《史记》以风神胜，而《汉书》以矩矱胜。"将"风神"与"矩矱"（即法度）对举。标举"风神"，将文本看作一个有机的生命个体，强调其应具有自身独特的风韵神采，此为"风神"术语被使用的一般情况，由此可见这一范畴所体现出的审美趣味。涵泳"三曹"或"七子"的有关篇什，亦不难体味到建安诗歌因重"气"而在创作构思和艺术韵味中所呈现出的具有独特的"气韵""风神"之美学新气象。如曹操的《观沧海》《龟虽寿》，前人评曰："魏武帝如幽燕老将，气韵沈雄。"②前者不但写出了浩渺无际的大海的形象和魅力，而且其中也融进了诗人自己的人格理想与政治抱负，全诗力度浑壮，气势恢宏，意境深远，表现出作者如海一般壮阔、豪迈

① （明）胡应麟：《诗薮》，上海古籍出版社1958年版，第100页。
② （清）邓石如：《邓石如书敖陶孙诗评》，天津杨柳青画社2005年版，第1—2页。

的激越情怀，诗中所表现的大海的豪放疾迅、浩瀚不羁、包容一切的形象，与作者之内在之气，是互为表里的。后者气势雄浑，刚迈俊爽，跌宕悲凉，诗语古直，境界浑远，独臻超越，亦无不来之于诗人奋发昂扬、英雄天下之气，确如古人所评，是"以写己怀来"，"根在性情"①。

"风流"亦为人物品鉴用语，指一个人所具有的神采风韵，尤偏重于那种柔婉优美的神采风韵，如《汉书·樊英传》："世之所谓名士者，其风流可知矣。""风流"之显现，与人物内在的"气"之特质相关，禀气不同，个性气质便不同，至于何种气质所产生的精神个性和人格魅力之美能被称为"风流"，系由时代的审美风尚所决定。建安文士的神采是一种"风流"，清谈名士的韵度是又一种"风流"，而嵇康、阮籍的放达也是一种"风流"。由于传统文艺批评之"人化"批评的特点，"风流"又转用于诗文评，指艺术作品所具有的独特的风格之美，有时则特指具有柔婉优美特点的风格。如葛洪《抱朴子外篇·辞义》："苟以入耳为佳，适心反快，鲜知忘味之九成，雅颂之风流也。"② 此处之"风流"，即指《雅》《颂》的风格之美。又如钟嵘《诗品》卷中评谢瞻、谢混等："才力苦弱，务其清浅，殊约风流媚趣。"③ 则指谢瞻等人诗作的柔婉优美的风格特点。须指出的是，"风流"这一范畴皆有指述文本的独特风格之美和揭示作者主体精神特点之功用，如苏轼《书唐氏六家书后》："颜鲁公书雄秀独出，一变古法，如杜子美诗，格力天纵，奄有汉、魏、晋、宋以来风流，后之作者，殆难复措手。"④ 元好问《论诗三十首》："邺下风流在晋多，壮怀犹见缺壶歌。"⑤ 皆属是也。

谢赫曾说："风范气候，极妙参神。但取精灵，遗其骨法。若拘以体物，则未见精粹；若取之外，方厌高腴，可谓微妙也。"⑥ 文艺作品之所

---

① （清）陈祚明编，李金松校：《采菽堂古诗选》，上海古籍出版社2008年版，第130页。
② 杨明照：《抱朴子外篇校笺》（下），中华书局1997年版，第395页。
③ 吕德申：《钟嵘诗品校释》，北京大学出版社1986年版，第125页。
④ （宋）苏轼撰，孔凡礼点校：《苏轼文集》，中华书局1986年版，第2206页。
⑤ 郭绍虞集解、笺释：《杜甫戏为六绝句集解　元好问论诗三十首小笺》，人民文学出版社1978年版，第60页。
⑥ （南齐）谢赫著，王伯敏标点注译：《古画品录》，人民美术出版社1959年版，第8页。

以含韵见妙，究其原委，无非有一种生命之气在顿挫飞舞。所以，文本的气韵生动，首先是主体精神情感的呈现，须有气贯注其间。当然，魏晋文学的内容与艺术特点是丰富多样的，但"以气为主"，在作品中扬举主体的生命意识却是最为核心的一点。

四 "气"与"文的自觉"

自从鲁迅先生在《魏晋风度及文章与药及酒之关系》中指出"曹丕的时代可说是'文学的自觉时代'"之后，魏晋时期是一个"文学的自觉时代"的说法便被人们普遍接受，遂差不多成为学界的一种流行话语。鲁迅先生的这篇文章是于1927年7月23日、26日分两次在广州夏期学术演讲会上所作演讲的记录，其中"文学的自觉时代"是用引号引起来的，可见是有所出处，查同年3月日本弘文堂书房所出铃木虎雄《中国诗论史》一书，在该书第2篇第1章有"我认为魏代是中国文学的自觉时代"之语，鲁迅所言是否本之于此，也未必没有可能，但是深究这个似乎没有多大的必要，也未必能验证清楚。重要的是鲁迅此言确实道出了一个事实，即从汉末建安时期开始，中国文学进入了一个自觉发展的时期。

魏晋时期之所以能成为"文学的自觉的时代"，自然与当时的社会现实、文化氛围的影响以及文学自身的发展演进有着密切的关系。首先，"文学的自觉"是建立在"人的自觉"的基础之上的，也就是说，"人的自觉"为"文学的自觉"提供了前提条件，如果没有"人的自觉"是断断不会有"文学的自觉"出现的。其次，无论是"人的自觉"还是"文学的自觉"，都不是突如其来的，而是有一个历史的发展演进过程。汉代的文人，可以分为文学之士与文章之士两类，前者主要指儒生，后者主要指文章家。汉代的"文章"的概念，包括辞赋、史传、奏议三种文体，诗歌并不包括在内。"文学的自觉"的一个首要的前提条件是文人或曰文士角色的产生，而文士角色的出现，并不仅仅标志着社会分工的变化以及知识阶层的分化，也体现了人对自身价值实现的一种肯定。没有大量的文士、文章之徒的出现，是不可能出现文学的繁荣的，这些文士可称为"文章之徒"，诗文歌赋是他们的长项，也是他们实现自身价值的途径。汉代尤其西汉是经学笼罩整个思想与学术领域的时代，儒生是当时知识界的主流，他们终生治经，以经术作为自我实现的途径。但是，汉代也是一个文学侍从辈出的时代，在朝廷和各封国都有一批文学侍从之臣簇拥在皇帝或诸侯王周围，如《汉书·贾邹枚路传》云："吴王濞招致四方游士，阳与吴严忌、枚乘等俱仕吴，皆以文辩著名。……是时，景帝少弟梁孝王贵盛，亦待士。于是邹阳、枚乘、严忌知吴不可说，皆去之梁，从孝王游。"① 又班固《两都赋序》云："大汉初定，日不暇给。至于武、宣之世，乃崇礼官，考文章，内设金马、石渠之署，外兴乐府协律之事，以兴废继绝，润色鸿业……故言语侍从之臣，若司马相如、虞丘寿王、东方朔、枚皋、王褒、刘向之属，朝夕论思，日月纳献。而公卿大臣，御史大夫倪宽、太常孔臧、太中大夫董仲舒、宗正刘德、太子太傅萧望之等，时时间作。或以抒下情而通讽喻，或以宣上德而尽忠孝，雍容揄扬，著于后嗣，抑亦雅颂之亚也。故孝成之世，论而录之，盖奏御者千有余篇，而后大汉之文章，炳焉与三代同风。"② 班固在此极力渲染了汉帝国的文章之盛，但是有一点可以看得很清楚，就是文士的角色都属于"文学侍从"，类同俳优，他们的任务或曰职责是为统治者"润色鸿业"，前曰这些文士通过诗文辞赋实现自己的价值也只能建立在这一点上，因此这种价值实际上是缺乏独立性的。所以，尽管汉代的文章事业确为空前兴盛，但从社会对文士角色的认同以及文士们自身的生存和写作立场来看，离人的自觉与文的自觉尚有不远的距离。

建安以来，由于中央政权崩溃，军阀割据、南北对峙，社会进入了大动荡、大分化、大组合的过程，传统的维系人心的思想规范和价值理想的消失，导致了思想上的漫无所归；儒学衰颓，佛道大兴，玄风盛行，形成了一代社会思潮，深刻地影响着文化个体的精神面貌。置身于如此

---

① （汉）班固：《汉书》，中华书局 1962 年版，第 2338—2343 页。
② （南朝梁）萧统编，（唐）李善注：《文选》，上海古籍出版社 1986 年版，第 2—3 页。

现实环境之中的文人士大夫阶层，他们的价值世界无不经历了一次毁灭而重建的过程。汉代的文士，在独尊的儒家教义的统摄下，一般都屈从于神学目的论和宿命论，自命清流，迂腐执拗。而魏晋文士则不同，他们已经从儒生们惨淡经营的经学中解脱出来了，由于受名理学所提倡的道德才性观念以及玄学本体论和佛、道的影响，开始格外关注个体生命的问题。生命意识的觉醒，拓宽了他们的价值视野，于是崇尚自然，崇尚清峻通脱，看重精神风貌，希冀能发现人性之自然，返回自然人格，以求获致个体人格的自由。与此紧密相关，消极悲观、颓废享乐的倾向也日益滋长，士人阶层的生活准则由崇尚功业而改变为追求狂放，或遁入山林，或溺于佛道，或沉湎于杯酒仙药，或放荡不羁。社会氛围、时代特点和文化风气方面出现的特点，促使魏晋时期的人生观念和审美意识发生了新变，塑造了魏晋文人心态和魏晋文学的审美主体精神，由此形成了独具一格的魏晋文人形态。这一切无不为文学艺术的创作注入了主体生命的活力剂，而魏晋时期人的自觉与文的自觉，魏晋文学在主体意识、个性特征、抒情色彩等方面的特点之呈现，以及在主题内容、体裁形式、艺术技巧、美学风格等方面特色的形成，俱可以从当时思想文化氛围的变化中找到答案。

　　建安文人的审美主体精神所高扬的是人的个性，而这种个性又是以追求自然人性的释放为基本价值目标的。所谓人性的解放，就是在人的发展中确认"自然"这一主题，每个人都能立足于个人的自然禀赋，并能自觉地认识到这一禀赋自身的价值，这样所谓个性的自然与自然的个性也就是一回事情了，这就不可避免地引发了魏晋文人主体自觉的出现。在此情况下，文人们可以不再像汉代"循吏"那样循规蹈矩，也不再像经生们那样皓首穷经，而是如刘勰在《文心雕龙·明诗》篇中所描述的那样，"纵辔以骋节"，"望路而争驱"，"怜风月，狎池苑，述恩荣，叙酣宴"，纵意地从事自己所要做的事情，主体审美意识的自觉以文学自觉的形式就表现了出来。而主体审美意识的自觉又利用文学的自觉不断地冲击着旧有的观念，拓展着人们的精神视野，曹丕在《典论·论文》中揭橥文章乃"经国之大业，不朽之盛事"，以及曹氏父子雅好艺事所产生的感召效应，亦对文章脱离儒学获得独立地位起了积极的推动作用。所以，尽管其时干戈扰攘，但文士们犹不废吟咏，事出沉思，义归翰藻，竞相通过文章而获誉天下。文学的自觉鼓励着文人们自由地发挥自己的思想与想象，积极地展开自己的审美体验活动，而不再像汉儒那样，"以多同自减，思不出位，使奇事绝于所见，妙礼断于常论"①（嵇康《答难养生论》）。具体而言，文学的自觉是从文与质两个方面展开的，在文的方面是追求文辞的华丽和形式的完美，在质的方面则以爽朗刚健、意气风发的精神，以及饱满的现实内容取代汉赋的那种铺陈排比、雍容华贵、歌功颂德的面孔，确实做到了"以情纬文，以文被质"②。建安以来，五言诗创作生机勃勃，并且逐渐成为诗歌的主要体裁，其他文体亦迅速发展，创作数量大增，《隋书·经籍志》著录三国时的文集即达六十余种之多，可见这确是一个文士辈出、制作如林的时代，云为"文学的自觉时代"是恰切的。

（作者单位：陕西师范大学人文社会科学
高等研究院、中国社会科学院）

---

① （三国魏）嵇康著，戴明扬校注：《嵇康集校注》，人民文学出版社1962年版，第187—188页。
② （南朝梁）沈约：《宋书》，中华书局1974年版，第1778页。

通变与时序

党圣元

　　通变和时序是中国古代文学理论批评中关于文学发展以及文学与时代关系的两个主要范畴，或曰关键词。它们并不相同，有着各自的理论指向，但是相互之间又有密切的关联，而就中国古代文学理论批评范畴、概念、术语体系的逻辑层面而言，通变所处的层面高于时序。

　　通变与时序范畴的形成，有着久远的思想文化渊源，而作为中国传统文学理论批评史关于文学发展和文学与时代关系的主要概念，其最后形成、定型于南北朝时期，以刘勰《文心雕龙》中的《通变》《时序》两篇为标志。《通变》与《时序》两篇，集中体现了刘勰的文学发展史观，以及对于文学创作与时代关系的认识。在《通变》篇中，刘勰通过考察文学传承过程中的内部演变规律，深入论述了文学发展过程中的继承和创新的关系，主张文学创作要会通适变，通中有变，并且在具体的论述中，对文学发展中诸如源流正变、质文代变、崇古抑今、厚今薄古、贵远贱近等现象，一一进行了分析，在此基础上形成了主张参伍因革、复古新变的文学发展观。在《时序》篇中，刘勰全面分析了文学发展的外部因素，包括时代语境、政治盛衰、社会治乱、帝王好尚等所谓"世情"对于文学创作、文学发展的影响，也即所谓"时运交移，质文代变"，"歌谣文理，与世推移"云云。两文在对大量的文学史现象进行理论总结的基础之上，具体阐发了历代文学的发展脉络及其规律，系统详备，相映生辉，从而形成了中国古代文学理论批评中关于文学发展的具有原理性质的理论言说模式。刘勰的以"通变"和"时序"为关键词的文学发展观，既有对前人相关文学史理论的继承和接受，也有自己的理论创新之处，并且对后世产生了深刻的影响。我们主要以《通变》篇和《时序》篇之内容诠释为基础，结合历代相关文献，来梳理、讲述一下中国文学理论批评关于文学发展、文学创作与时代关系的理论言说方式及其观念演变的轨迹。

一　通变而成天下之文

作为一个对立统一的辩证范畴，"通变"出自《周易》，刘勰将其引入文学批评，用以指陈文学创作和文学发展中继承和革新之间的关系。《周易·系辞上》曰：

> 通变之谓事。
> 一阖一辟谓之变，往来不穷谓之通。
> 参伍以变，错综其数。通其变，遂成天地之文。极其数，遂定天下之象。
> 日新之谓盛德，生生之谓易。①

《周易·系辞下》曰：

> 变通者，趣时者也。
> 易，穷则变，变则通，通则久。
> 易之为书也不可远，为道也屡迁，变动不居，周流六虚，上下无常，刚柔相易，不可为典要，惟变所适。②

刘勰在《文心雕龙·通变》篇中言"通变"者，有如下几处：

---

① 高亨：《周易大传今注》，齐鲁书社1979年版，第516、537、532、533、515页。
② 高亨：《周易大传今注》，齐鲁书社1979年版，第556、562、587页。

　　参伍因革，通变之数也。

　　凭情以会通，负气以适变。

　　文律运周，日新其业。变则其久，通则不乏。①

　　通过对照，我们可以看出刘勰所论通变与《周易》的渊源甚深。《周易》在阐发事物发展的规律时所体现的基本观念是"变"，认为万事万物变动不居，时刻处于变化之中，没有一个固定的地位和永恒的标准，因此必须"惟变所适"，积极地适应、顺从事物的变化。《周易》哲学体系包含了一些朴素的辩证法思想，如天地、日月、阴阳等。"穷"与"通"相对，是矛盾运动的无穷往复。在《周易》中，"通"与"变"本身并不构成矛盾，但是在《文心雕龙》中，刘勰为了表达辩证的文学史观，创造性地将二者对举成文，"通"指会通，指文学发展中的继承；"变"指变易，指文学发展中的革新，"通"与"变"组合在一起使用，就成为一个用来阐述文学发展过程中继承与革新之关系的文论范畴。刘勰在使用"通变"这一范畴来论析文学发展中继承与革新的关系时，引入了一些对立范畴，如有常之体与无方之数、本与末、同与异、质与文、古与今、远与近、雅与俗、因与革、会通与适变、定法与制奇，等等，这是我们理解通变内涵和文学创作和文学发展中继承与革新关系的关键。

二　文变染乎世情

　　"质文代变"论是魏晋南北朝时期文学史观的一个中心命题。刘勰在《文心雕龙·通变》篇中对此进行了全面的论述和总结，提出了"斟酌乎质文之间""可与言通变矣"，以及"质文代变""质文沿时"的重要论断。

　　在中国传统文学批评中，质与文这对理论范畴，主要指文章的义理与文辞及其之间的关系，刘勰在《文心雕龙》中曾反复提及，如《情采》篇云：

---

① 范文澜：《文心雕龙注》，人民文学出版社 1958 年版，第 521 页。

　　圣贤书辞，总称文章，非采而何！夫水性虚而沦漪结，木体实而花萼振，文附质也。虎豹无文，则鞟同犬羊；犀兕有皮，而色资丹漆，质待文也。

　　心定而后结音，理正而后摛藻，使文不灭质，博不溺心，正采耀乎朱蓝，间色屏于红紫，乃可谓雕琢其章，彬彬君子矣。①

　　这里"情"即"质"，"采"即"文"，刘勰在此强调，写作文章时，必须做到内容与形式相结合，二者兼顾，不可偏废。

　　刘勰所主张的这种质文关系的思想渊源，来自先秦儒家伦理哲学。先秦时期，孔子首先在儒家政教伦理范围内提出质文概念。《论语·雍也》云："子曰：质胜文则野，文胜质则史。文质彬彬，然后君子。"孔子认为理想而健全的人格，应该是文质兼具，内在道德修养与外在言行相统一。孔门的这种质文兼备观，影响深远。从汉代开始，人们就把质文范畴引入文学批评之中。如王充《论衡·书解》云："或曰：士之论高，何必以文？答曰：夫人有文质乃成。物有华而不实，有实而不华者。《易》曰：'圣人之情见乎辞。'出口为言，集札为文，文辞施设，实情敷烈。"② 这里的所谓文质、华实、情辞，既指文章、言论的内容和形式，亦指人品与文品之关系。又如《后汉书·班彪传》中班彪评司马迁《史记》云："善述序事理，辩而不华，质而不野，文质相称。"③ 陆机《文赋》云："理扶质以立干，文垂条而结繁。"这里"质"指文学的思想内容，是文章写作的根本；"文"则指文章的语言形式。沈约《宋书·谢灵运传论》在评价曹操父子时说："咸蓄盛藻，甫乃以情纬文，以文被质。"④ 沈约在这里将"质文"与"情辞"对应起来，认为"三曹"既重视文采，又能做到以情纬文，以文被质。钟嵘在《诗品》中称

　　① 范文澜：《文心雕龙注》，人民文学出版社1958年版，第537、539页。
　　② 黄晖：《论衡校释》（附刘盼遂集解），中华书局1990年版，第1149页。
　　③ （南朝宋）范晔：《后汉书》，中华书局1999年版，第891页。
　　④ （南朝梁）沈约：《宋书》，中华书局1974年版，第1778页。

曹植为"建安之杰",并且认为曹植之所以如此,是因为他的诗"骨气奇高,词采华茂",具有"体被文质"① 的特点。

刘勰的质文论,正是在孔子文质论的基础上,对两汉魏晋及南朝宋以来的文学批评中关于质文关系认识的全面总结,并且在此基础上提出了他自己的斟酌乎质文之间、"质文代变"、"质文沿时"的文学发展观。其《通变》篇云:

> 是以九代咏歌,志合文则。黄歌"断竹",质之至也;唐歌在昔,则广于黄世;虞歌《卿云》,则文于唐时;夏歌"雕墙",缛于虞代;商周篇什,丽于夏年。至于序志述时,其揆一也。暨楚之骚文,矩式周人;汉之赋颂,影写楚世;魏之策制,顾慕汉风;晋之辞章,瞻望魏采。榷而论之,则黄唐淳而质,虞夏质而辨,商周丽而雅,楚汉侈而艳,魏晋浅而绮,宋初讹而新。从质及讹,弥近弥澹,何则?竞今疏古,风味气衰也。②

刘勰认为九代咏歌的发展脉络是:黄唐虞夏之世,文学质朴有余而文采不足;商周文学"丽而雅",文质相称;而楚汉魏晋宋的文学,则愈来愈文多质少。历代文学的发展过程体现为质文互为交替,但总体发展趋势是"从质及讹,弥近弥澹"③。在这里,刘勰更为推崇的当是商周的"丽而雅",即文质彬彬。至于他对于黄唐虞夏之质过于文和楚汉魏晋宋之文过于质的文学发展倾向,由其"从质及讹,弥近弥澹""风味气衰"④ 的结论,结合其宗经的思想和"文不灭质"⑤ 的观点,以及他对今世宋、齐文学弊端的批判来看,他应该更加反对楚汉之后的文胜质,而对黄唐虞夏之质胜文是有所认可的。整体来说,刘勰主张,在文学的

---

① (南朝梁)钟嵘著,周振甫译注:《诗品译注》,中华书局 2004 年版,第 37 页。
② 范文澜:《文心雕龙注》,人民文学出版社 1958 年版,第 519—520 页。
③ 范文澜:《文心雕龙注》,人民文学出版社 1958 年版,第 520 页。
④ 范文澜:《文心雕龙注》,人民文学出版社 1958 年版,第 520 页。
⑤ 范文澜:《文心雕龙注》,人民文学出版社 1958 年版,第 539 页。

发展过程中，要"斟酌乎质文之间"，如此，方"可与言通变矣"。

在《文心雕龙》中，刘勰还从质与文的角度，对于"时序"问题进行了阐述。阮瑀在《文质论》中提出的"二政代序，有文有质"的政治历史观，可以说直接影响了晋代挚虞的"质文时异"和葛洪的"醇素雕饰""时移世改"的文学发展观。在此基础上，刘勰综融诸家之论，提出了"时运交移，质文代变"的文学发展观。

受汉魏以来"质文互变"的政治历史观的影响，在《文章流别论》中，挚虞考察了各种文体的源流发展，具体说明了文学由质而文的变化趋势。如论"铭"体曰："夫古之铭至约，今之铭至繁，亦有由也。质文时异，则既论之矣。"① 在挚虞看来，时代的发展变化，正是"铭"体古约今繁之质文演变的重要因素。挚虞之后，东晋的葛洪也阐发了质文变化的文学发展观。《抱朴子·钧世》云："且夫古者事事醇素，今则莫不雕饰，时移世改，理自然也。"② 这里，古者醇素为质，今者雕饰为文，文学古质今文的变化是"时移世改"的自然演变规律。挚虞、葛洪把各体文章演变与时世变化相联系的观念，明显地影响了刘勰"时运交移，质文代变""歌谣文理，与世推移"和"质文沿时"的文学发展观，刘勰通过"质文代变"来阐述文学"时序"问题，无疑是对挚虞、葛洪观点的总结和理论提升。

在《时序》篇中，刘勰在描述文学发展演变的过程时，通过对历代文学历史变迁的具体分析，指出"蔚映十代，辞采九变"③，明确提出了他的"质文代变"论。《时序》开篇称"时运交移，质文代变"④，赞语言"质文沿时，崇替在选"⑤，前后呼应。在文中，刘勰则通过对"十代九变"之历代文学的全面勾画和具体分析，说明了文学的内容和形式随着时代的推移而变化，亦即"质文代变""质文沿时"，并且从中归纳出

---

① 郁沅、张明高编选：《魏晋南北朝文论选》，人民文学出版社1996年版，第181页。
② 杨明照：《抱朴子外篇校笺》（下），中华书局1997年版，第21页。
③ 范文澜：《文心雕龙注》，人民文学出版社1958年版，第675页。
④ 范文澜：《文心雕龙注》，人民文学出版社1958年版，第671页。
⑤ 范文澜：《文心雕龙注》，人民文学出版社1958年版，第675页。

了"歌谣文理，与世推移"①"文变染乎世情，兴废系乎时序"② 等结论性命题，意在说明文学的"质文代变"受"世情"制约，并遵从"时序"而"与世推移"。

如果说，刘勰在《通变》篇中分析"九代咏歌""从质及讹"的发展变化，多着眼于揭示文学内部发展规律的话，那么，他在《时序》篇中通过"质文代变"论来讨论"时序"问题，则更注重挖掘文学发展变化的外在原因。所以，《通变》篇与《时序》篇的质文发展观两相结合，则"质文代变"这一文学发展观就获得了全面而充分的论证，从而使"通变"与"时序"所构成的该时期文学发展观的中心命题得以确立。

作为文学发展演进的基本规律，"时运交移，质文代变"论的提出和确立，一方面受到先秦两汉魏晋以来政教理论中"质文互变"论的影响，另一方面则继承了晋代挚虞、葛洪等文学批评家关于"质文时异"的文学史观，是对此前有关文学发展观念的总括与提升，并对后世文学史观产生了深远影响。

三　望今制奇　参古定法

除了质文关系，文学发展的另一个重要问题，就是历代文学发展演变中的古今关系问题，对此，刘勰亦提出了自己的看法。对于文学古今问题的不同崇尚，反映出文学史观的不同倾向和文学批评的不同标准。概况而言，一般不外如下三种观念形态：其一，尊古卑今、贵远贱近；其二，竞今疏古、薄古厚今；其三，复古新变、古今一也。前两种观念代表两个极端的思想倾向，第三种则是一种颇为通达辩证的文学史观。这三种观念形态，在先秦、两汉、两晋和南朝时期，或是其中的某一种观念占主流，或是同时并存，不一而论。刘勰在《文心雕龙》的《通变》篇和《时序》篇中，比较系统地阐述了自己对于文学发展过程中古今关系的看法。所以，

---

① 范文澜：《文心雕龙注》，人民文学出版社 1958 年版，第 671 页。
② 范文澜：《文心雕龙注》，人民文学出版社 1958 年版，第 675 页。

刘勰的文学古今观，亦为我们认识他的文学通变观提供了一个重要的理论线索。其中，《通变》篇赞语中的"望今制奇，参古定法"①体现了刘勰的融通古今观，可视为古今文学发展观的理论总结，具有承上启下的地位和意义。

《时序》篇云："时运交移，质文代变，古今情理，如可言乎！""故知歌谣文理，与世推移。"在刘勰看来，质文代变的文学发展观是随着古今之时代历史演进而发展变化的，所以在该篇赞语中他又说，"终古虽远，旷焉如面"②。也就是说，其所谓"文变染乎世情，兴废系乎时序"之"时序"，就是古今历史的发展演进。对于古今文学的态度，刘勰在《通变》篇里反对文学创作上"竞今疏古"，认为"虽古今备阅，然近附而远疏矣"③。在这点上，由于他受宗经思想观念的制约，提倡以复古为创新，似乎体现出一定的尊古卑今的态度。但是在《通变》篇赞语中，刘勰又将文学创作中处理古今关系的原则概括为"望今制奇，参古定法"④，体现出明显的融通古今的态度，因此刘勰的古今文学观最终还是反映了他的通变文学发展观。这一点在《知音》篇也有论述。在《知音》篇中，刘勰对"古来知音，多贱同而思古"⑤的现象提出了批评，明确反对"贵古贱今"。"观通变"既是刘勰文学批评的三个标准之一，也是他鉴赏文章的"六观"方法之一。

文学上的复古主义观念，最早是由孔子确立的。孔子在整理与传授文献时，自称"述而不作，信而好古"。其后形成了儒家思想学说中的尊古宗经观念，而征圣、宗经也便成了儒家所遵循的创作原则。其后孟子、荀子等从儒家立场出发，皆提倡宗经复古。与此对立的是，在先秦诸子百家中，以韩非子为代表的法家是明确反对儒家的复古主义思想的。另外，道家在历史哲学观上虽然也崇尚复古征圣，但由于其理论上与儒

---

① 范文澜：《文心雕龙注》，人民文学出版社 1958 年版，第 521 页。
② 范文澜：《文心雕龙注》，人民文学出版社 1958 年版，第 676 页。
③ 范文澜：《文心雕龙注》，人民文学出版社 1958 年版，第 520 页。
④ 范文澜：《文心雕龙注》，人民文学出版社 1958 年版，第 521 页。
⑤ 范文澜：《文心雕龙注》，人民文学出版社 1958 年版，第 713 页。

家思想针锋相对，也具有某种意义上的反复古主义色彩。

到了汉代，尤其是自汉武帝时期提出了"罢黜百家，独尊儒术"的主张后，儒家思想一统天下，经学繁荣，复古宗经思想成为时代主流思潮，其中尤以西汉时期扬雄所提出的征圣、宗经主张最具代表性。到了东汉时期，由于时代与社会思潮的变化，思想文化领域产生了对于儒家复古思想的批判力量，其中最引人瞩目的是东汉杰出思想家桓谭、王充的批判复古、力求创新的文学发展观，这在中国古代学术思想史上可以说是振聋发聩，影响深远。桓谭《新论·闵友》云："世咸尊古卑今，贵所闻贱所见也，故轻易之。"① 其明显地表现出反对"尊古卑今""贵所闻贱所见"的观点。王充对复古主义文学倾向进行了尖锐而彻底的批判，如《论衡·案书篇》曰："夫俗好珍古不贵今，谓今之文不如古书。夫古今一也，才有高下，言有是非，不论善恶而徒贵古，是谓古人贤今人也。……善才有浅深，无有古今；文有伪真，无有故新。"② 可以看出，王充并不是一味地否定复古，而是辩证地看待古今关系，认为"古今一也"，正确而全面地阐明了文学的古今关系，在中国古代文学批评史上占有重要地位。

两晋的复古新变文学史观以西晋挚虞和东晋葛洪为代表，二者观点各异。挚虞《文章流别论》对文学的古今发展持崇古抑今的复古观念。如论颂体，批判"今颂"弄文失质，非诗而似赋，其"文辞之异"，乃"古今之变也"。论赋体，称"古诗之赋，以情义为主，以事类为佐；今之赋，以事形为本，以义正为助。情义为主，则言省而文有例矣"③。从赋体创作的古今、质文、情辞的变化上，表明了他尊古卑今的文学史观。与挚虞不同，葛洪在文学发展观上则持"今胜于古"的观念。在《抱朴子·外篇》的《钧世》《尚博》《喻蔽》等篇中，葛洪集中阐明了他对于文学发展历史的观念性认识。如在《钧世》篇中，他认为古书之所以

---

① （汉）桓谭：《新论》，上海人民出版社 1977 年版，第 61 页。
② 黄晖：《论衡校释》（附刘盼遂集解），中华书局 1990 年版，第 1173、1174 页。
③ 郁沅、张明高编选：《魏晋南北朝文论选》，人民文学出版社 1996 年版，第 179—180 页。

"隐而难晓"，是因为时代的发展带来了语言的变化，而方言的不同和古籍流传过程中残缺朽蚀等因素，都可能造成今人阅读理解的困难。在《尚博》篇中，他强烈反对俗士所云"今山不及古山之高，今海不及古海之广"① 之论调，指出今人"重所闻，轻所见，非一世之患矣！"② 诸如此类，反复申述，以见其鲜明的"今胜于古"之文学史观。

南朝文学批评的繁荣，是与以刘勰为代表的众多批评家全面观照历代文学发展演变规律分不开的。在文学史观上，除了刘勰以复古为革新的"通变"发展观，其他代表人物如沈约、萧子显、萧统、萧纲、萧绎等则大多持"新变"的文学史观。沈约的《宋书·谢灵运传论》是一篇著名的文学史论。他站在史学家的角度来看待文学的发展，称："自汉至魏，四百余年，辞人才子，文体三变。"③ 对历代文学均予以肯定。萧子显在《南齐书·文学传论》中也明确地提出"新变"的观点："在乎文章，弥患凡旧。若无新变，不能代雄。"④ 萧统《文选序》认为文学是发展的，"随时变改"的，即所谓"踵其事而增华，变其本而加厉，物既有之，文亦然。"⑤ 萧纲在《与湘东王书》中说："若以今文为是，则古文为非；若昔贤可称，则今体宜弃。俱为盍各，则未之敢许。"⑥ 萧绎也提出"世代亟改，论文之理非一；时事推移，属词之体或异"⑦ 的观点。由此可见，在南朝，这种文学随世而变的发展观已成为一股强劲的文艺思潮。

刘勰是六朝时期文学发展理论的集大成者。在刘勰、萧氏之后，中国文学理论批评史上又一次文学古今问题的大论战，是明代公安派反对"前后七子"复古之争，以袁宏道为代表。《雪涛阁集序》云："文之不

① 杨明照：《抱朴子外篇校笺》（下），中华书局1997年版，第120页。
② 杨明照：《抱朴子外篇校笺》（下），中华书局1997年版，第120页。
③ （南朝梁）沈约：《宋书》，中华书局1974年版，第1778页。
④ （南朝梁）萧子显：《南齐书》，中华书局1972年版，第908页。
⑤ （南朝梁）萧统：《文选序》，《四部丛刊》，上海商务印书馆1922年版，第1页下。
⑥ （南朝梁）萧纲：《与湘东王书》，载（清）严可均辑《全上古三代秦汉三国六朝文》，中华书局1958年版，第3011页。
⑦ （南朝梁）萧绎：《内典碑铭集林序》，载（清）严可均辑《全上古三代秦汉三国六朝文》，中华书局1958年版，第3053页。

能不古而今也，时使之也……近代文人，始为复古之说以胜之。夫复古是已，然至以剿袭为复古，句比字拟，务为牵合，弃目前之景，摭腐滥之辞。”[①] 袁宏道认为时代和语言都是发展的，“时有古今，语言亦有古今”，而前后七子之复古派却无视“今语异古”的事实，一味模拟秦汉盛唐，违背了文学发展的历史规律。

推源溯流、原始本末是刘勰考察古今文学发展演变时所采用的重要理论方法，他通过这种考察，尤其是文体源流方面的考察，得出了征圣宗经、“同祖风骚”等结论，并且在《通变》篇和《时序》篇中对此进行了详细的论析。

在《通变》篇中，刘勰认为，文学发展过程中会出现一些弊端，如文学内容形式、风格体貌的“从质及讹”，这是因为师法的路径错误所致，即“竞今疏古”，只学习当代作家作品，未能远师古人。故而提出“还宗经诰”的主张，这就是《通变》篇所指出的：“矫讹翻浅，还宗经诰。斯斟酌乎质文之间，而隐括乎雅俗之际，可与言通变矣。”[②] 所谓“矫讹翻浅，还宗经诰”，是说历代文学由“黄唐淳而质，虞夏质而辨，商周丽而雅，楚汉侈而艳，魏晋浅而绮”直至“宋初讹而新”的发展变化，即“从质及讹，弥近弥澹”。每变愈下的原因是什么呢？那是因为学者“竞今疏古”，未能继承古代经典，所以文学“风味气衰也”。所谓“竞今疏古”，就是其所云：“今才颖之士，刻意学文，多略汉篇，师范宋集，虽古今备阅，然近附而远疏矣。夫青生于蓝，绛生于蒨，虽逾本色，不能复化。……故练青濯绛，必归蓝茜。”[③] 也就是说，文学的发展需要创新变化，但是文学的变化出新不能背离古代经典的内容和形式。所以，懂得宗经，方“可与言通变”，这才是通变的文学发展观。

刘勰的这种文学发展观，源于他的“原道、征圣、宗经”的创作思

---

① （明）袁宏道著，钱伯城笺校：《袁宏道集笺校》，上海古籍出版社 2008 年版，第 709—710 页。

② 范文澜：《文心雕龙注》，人民文学出版社 1958 年版，第 520 页。

③ 范文澜：《文心雕龙注》，人民文学出版社 1958 年版，第 520 页。

想。在《序志》篇中，刘勰将"本乎道，师乎圣，体乎经"①视为"文之枢纽"②。又，他在《文心雕龙》中把"原道""征圣"和"宗经"作为总纲置于全书之首，认为三者是为文的指导思想。三者之间，由于"道沿圣以垂文，圣因文而明道"，即圣人是通过经书而明道的，故三者中"宗经"为关键，为归结点。这里的经指五经，五经乃"文章奥府"和"群言之祖"。刘勰认为，五经是各类文章的源头和本根，所以他在《宗经》篇中说：

> 故论说辞序，则《易》统其首；诏策章奏，则《书》发其源；赋颂歌赞，则《诗》立其本；铭诔箴祝，则《礼》总其端；纪传铭檄，则《春秋》为根；并穷高以树表，极远以启疆，所以百家腾跃，终入环内者也。③

在刘勰看来，"文能宗经"，就可做到"情深而不诡、风清而不杂、事信而不诞、义直而不回、体约而不芜、文丽而不淫"④，从而避免文学发展中出现的"楚艳汉侈"之流弊，达到"正末归本""矫讹翻浅"的效果和目的。由此可见，《宗经》篇与《通变》篇在文学发展观上是相联相通的。

刘勰征圣、宗经的理论源于儒家思想。儒家的征圣、宗经学说，自先秦、两汉以来有一个清晰的传承脉络。孔子提倡尊古征圣，反对不合圣王之道的淫声巧言。孟子则"言必称尧舜"，强调修身养性、锻炼人格要诵读《诗》《书》。到了荀子，原道、征圣、宗经思想便基本形成体系。如《荀子·儒效篇》云："圣人也者，道之管也。天下之道管是矣，百王之道一是矣。故《诗》《书》《礼》《乐》之归是矣。"⑤《劝学篇》

---

① 范文澜：《文心雕龙注》，人民文学出版社 1958 年版，第 727 页。
② 范文澜：《文心雕龙注》，人民文学出版社 1958 年版，第 727 页。
③ 范文澜：《文心雕龙注》，人民文学出版社 1958 年版，第 22—23 页。
④ 范文澜：《文心雕龙注》，人民文学出版社 1958 年版，第 23 页。
⑤ （清）王先谦：《荀子集解》，中华书局 1988 年版，第 133 页。

云："学恶乎始？恶乎终？曰：其数则始乎诵经，终乎读《礼》；其义则始乎为士，终乎为圣人。……《礼》之敬文也，《乐》之中和也，《诗》《书》之博也，《春秋》之微也，在天地之间者毕矣。"① 汉代扬雄继孟子、荀子之后，明确地提出明道、征圣、宗经的思想，形成了三位一体的理论体系。

把文章各体归诸经典，除了前面所引刘勰之外，还有北朝颜之推。《颜氏家训·文章》云："夫文章者，原出《五经》：诏命策檄，生于《书》者也；序述论议，生于《易》者也；歌咏赋颂，生于《诗》者也；祭祀哀诔，生于《礼》者也；书奏箴铭，生于《春秋》者也。"② 其后历代多有论述，如唐韩愈、柳宗元等，明代文体学家徐师曾亦称"凡文各本五经，良有见也"③。兹不赘述。

刘勰对于文体源流演变的观念认识和理论阐发，是魏晋六朝时期文学发展观的又一重要理论贡献。《文心雕龙》从《明诗》至《书记》二十篇，分论各类文体，大多是按照"原始以表末"进行的，可以说是一部详尽的分类文体文学史。"原始以表末"④ 是刘勰文体研究的主要方法之一，他通过这种推源溯流的历史方法，清晰地梳理出每种文体的发展脉络，因此我们可以从中看出刘勰鲜明的文学发展观。

刘勰"原始以表末"的文体源流发展观明显是其"宗经"说的延展，并受到曹丕"文本同而末异"的影响。这在《通变》篇开篇就反映出来：

> 夫设文之体有常，变文之数无方，何以明其然耶？凡诗赋书记，名理相因，此有常之体也；文辞气力，通变则久，此无方之数也。名理有常，体必资于故实；通变无方，数必酌于新声；故能骋无穷

---

① （清）王先谦：《荀子集解》，中华书局 1988 年版，第 11—12 页。
② 王利器：《颜氏家训集解》（增补本），中华书局 1993 年版，第 237 页。
③ （明）徐师曾著，罗根泽校点：《文体明辨序说》，人民文学出版社 1998 年版，第 77 页。
④ 范文澜：《文心雕龙注》，人民文学出版社 1958 年版，第 727 页。

之路，饮不竭之源。①

他引入"常"与"变"这对古代文论发展观范畴，进一步阐明了文学发展在继承和革新上所应遵循的基本原则，也从中体现出他的文学通变发展观。

在坚持文本于五经和"原始以表末"这一文体源流思想的前提下，刘勰又提出了"同祖风、骚"的文体发展观。将以《国风》为代表的《诗经》和以《离骚》为代表的《楚辞》作为中国文学的源头，汉代以来的文学批评家多有论述。刘勰在《通变》篇和《时序》篇中更是集中地阐述了这一问题。《通变》篇云："暨楚之骚文，矩式周人；汉之赋颂，影写楚世。"这是在说《离骚》继承了《诗经》传统，汉赋则受到《楚辞》的影响。《时序》篇亦云屈宋艳说，"笼罩雅颂"，"辞人九变，而大抵所归，祖述《楚辞》，灵均余影，于是乎在"②。同时代的钟嵘在《诗品》中，将汉魏至齐梁的五言诗之源头推溯到《国风》《小雅》《楚辞》三系，亦"同祖风、骚"。再如沈约《宋书·谢灵运传论》："自汉至魏，四百余年，辞人才子，文体三变。……原其飙流所始，莫不同祖风、骚。"③刘宋时期檀道鸾《续晋阳秋》："自司马相如、王褒、扬雄诸贤世尚赋颂，皆体则《诗》《骚》，傍综百家之言。"④由此可见，"同祖风、骚"在当时是一种得到普遍认同的文体观念。

四　会通适变　参伍因革

前面我们分别从质文、古今和源流三个方面分析了《通变》篇和《时序》篇的文学史观，并简要地梳理了中国古代文学批评史中文学发

①　范文澜：《文心雕龙注》，人民文学出版社 1958 年版，第 519 页。
②　范文澜：《文心雕龙注》，人民文学出版社 1958 年版，第 672 页。
③　（南朝梁）沈约：《宋书》，中华书局 1974 年版，第 1778 页。
④　（南朝宋）檀道鸾著，（清）汤球辑，乔治忠校注：《续晋阳秋》，《众家编年体晋史》，天津古籍出版社 1989 年版，第 247 页。

展观的历史演变脉络。其实，在刘勰看来，质文、古今、源流是三者合而为一的问题，如果我们将他对于这三个问题的看法归纳、整合起来，便可以形成刘勰的完整的"通变"的文学发展观。

首先，刘勰以文学发展史上的具体事实为例，通过批判偏执于通而不变或变而不通所形成的弊端，确立了有通有变、通变兼融的文学发展观。在具体的论析中，他通过纵观上古至南朝宋初之文学发展的历史而指出，虽然"文"随时代发展而不断变化，其"变"是无方的，但是一方面历代歌诗在思想本质上都是相通的。既通且变，故而黄唐虞夏能做到淳而质、质而辨、丽而雅，这是刘勰所赞赏和认可的。另一方面，从楚汉、魏晋到南朝宋初，虽然能够对前代之文有所继承，但每一代都是继承模仿"今"代，未能通于古代，故而这几代的文章便显示出侈而艳、浅而绮和讹而新的缺陷。这实际是变而未通，对此刘勰显然是持批判意见的。究其根源，刘勰认为是作家们竞今疏古，即争相模仿今代作品而忽略借鉴古代经典。刘勰既批评了当时文士变而不通，在创作上近附而远疏的风气；又批评了汉初赋颂创作中的夸张声貌、通而不变、循环相因的弊端，进而指出，变当以通为基础、为前提，并且提出了他自己主张的通变之术，即"斟酌乎质文之间，而隐括乎雅俗之际"。

其次，刘勰认为，在文学创作上，要想达到"骋无穷之路，饮不竭之源"① 的境地，进而写出万里逸步的颖脱之文，首先需要懂得"通变之术"。所谓"通变之术"，指"体必资于故实"② 与"数必酌于新声"③。前者当"通"，后者须"变"。各种文体，因其名称的恒定和写作规范、文体规范的不变有常，是相通的，可以历代前后相因袭相继承，故而要借鉴过去的作品。"数"指"文辞气力"等无方之数，语言文辞是随着时代的发展而变化的，而作家的气质才力也因人而异，故而在具体创作时，必须参照当代的新人新作。也就是说，通者、变者为文学发

---

① 范文澜：《文心雕龙注》，人民文学出版社 1958 年版，第 519 页。
② 范文澜：《文心雕龙注》，人民文学出版社 1958 年版，第 519 页。
③ 范文澜：《文心雕龙注》，人民文学出版社 1958 年版，第 519 页。

展的必然趋势。除了懂得"通变之术",尚需"凭情以会通,负气以适变"①。但是如何做到会通适变呢?刘勰认为要做到这一点,就必须博览古今文章,有所因循,方能会通;精阅具体的作家作品,才能发现不同之处,才能适变,有所革新。总之,在刘勰看来,文章创作的规律如日月运行,周而复始,相循相因,此为"通";日月虽循环升落,但光景常新,日新月异,自有其变化不居之处,此为"变"。正因为如此,刘勰主张有通有变,有因有革,做到"望今制奇,参古定法"。也就是说,在创作中,既要参照今之文,制奇革新,有所变;然而,这种变又需要参照古代作品恒定的创作方法,有所相因,有所通。

概而言之,刘勰主张在文学创作中,需要参伍因革,有继承有革新,辩证地认识和处理好古今、质文和雅俗之间的关系,这就是他提出的讲求"通变之术"的文学发展观。刘勰主张的"通变之术"或"通变之数",主要包含如下几种内涵:第一,"体必资于故实","数必酌于新声";第二,"斟酌乎质文之间,而隐括乎雅俗之际";第三,参伍因革;第四,"凭情以会通,负气以适变";第五,"望今制奇,参古定法"。这五点,充分体现了刘勰主张有通有变、不可偏废,以及反对竞今疏古、近附疏远的思想观念,亦可以看作刘勰提出的做到"通变"的五种具体方法。围绕"通变"理论的阐释,《文心雕龙》还形成了奇正、正变、雅俗等相关概念,对后世也有很大影响。如清叶燮《原诗》之"正变说"理论和"时有变而诗因之"的观点,就颇为系统详备,可与刘勰通变观对照参看。

文学创作,以及一个时期文学的发展演变,均与当时的社会息息相关。也就是说,文学创作、文学的历史进程,无不受其所处时代的由诸如政治、思想、文化等因素所构成的整体社会语境的影响,此即所谓文学的"时序"问题。"时序"亦是关系到文学发展的一个重要问题,刘勰对于文学的"时序"问题的看法,是他"通变"的文学发展观的有机组成部分。在《文心雕龙》中,刘勰对于文学的"时序"问题进行了专

---

① 范文澜:《文心雕龙注》,人民文学出版社 1958 年版,第 521 页。

门的论析，而他在《时序》篇中所言之"文变染乎世情，兴废系乎时序"①，可以看作他关于文学"时序"问题的核心看法。所谓"世情"，大体而言是指一个时代的社会政治道德崇尚、治乱兴衰状况以及学术文化风貌②。

刘勰认为，一个时代的文学，与这个时期国家的盛衰有着密切的关系。因此，他提出："故知歌谣文理，与世推移，风动于上，而波震于下者。"③ 在刘勰看来，唐尧虞舜时期，政治上德盛化钧，政阜民暇，而其时的歌谣便充分地反映了这点，并且体现出心乐而声泰、勤而不怨、乐而不淫的时代特点。而在周代，由于幽王、厉王昏庸，平王衰微，当时的文学创作便出现了诸如《板荡》《黍离》等表现怨哀的篇什。在中国古代，战乱亦是影响文学创作和文学发展的一个重要时代因素，对此刘勰在阐述"时序"问题时，亦有较为详尽的分析。刘勰指出了战乱影响文学创作和文学发展的正、负两个方面的效应：一方面，战乱让人无暇顾及文学，如春秋以后，由于诸侯乱战，英雄角逐，以致文学衰微，唯齐楚两国，颇有文学，其余无足观矣；另一方面，战乱亦可能催生文学繁荣，并影响文学的内容和风格，如建安时期文学的勃兴，便为一例。他指出，"自献帝播迁，文学蓬转，建安之末，区宇方辑。……观其时文，雅好慷慨，良由世积乱离，风衰俗怨，并志深而笔长，故梗概而多气也"④。在刘勰看来，建安文学的繁荣，并且形成"梗概多气""雅好慷慨"的"建安风骨"，就与当时社会"世积乱离，风衰俗怨"⑤ 分不开。

关于社会治乱与文学的密切关系，先秦、两汉以来的文学批评多有论及，大多注意到诗乐与社会治乱的关系，这与早期诗、乐不分有关。如《左传》季札观乐，已认识到了社会治乱与文学的密切关系，《礼

① 范文澜：《文心雕龙注》，人民文学出版社 1958 年版，第 675 页。
② 王运熙主编：《魏晋南北朝文学批评史》，上海古籍出版社 1989 年版，第 427—428 页。
③ 范文澜：《文心雕龙注》，人民文学出版社 1958 年版，第 671 页。
④ 范文澜：《文心雕龙注》，人民文学出版社 1958 年版，第 673—674 页。
⑤ 范文澜：《文心雕龙注》，人民文学出版社 1958 年版，第 674 页。

记·乐记》则总结为："治世之音安以乐，其政和；乱世之音怨以怒，其政乖；亡国之音哀以思，其民困。"《诗大序》所谓"声音之道与政通"，可以说是对文学与政治关系的最为集中的概括，而刘勰对于文学与政治、社会关系的认识，正是受此影响而来的。

五　文采相尚　华实所附

由于受中国古代社会政治形态的影响，传统文学的发展演变与帝王的崇尚和提倡也有着密切的关系，这实质上就是君主帝王的思想文化领导权、话语权对文学的影响制约问题。刘勰在论析"时序"问题时，也充分地关注到了这一点。他认为，一方面，君主的崇尚和提倡可以带来文学的繁荣，如曹魏时期，"魏武以相王之尊，雅爱诗章；文帝以副君之重，妙善辞赋；陈思以公子之豪，下笔琳琅"①，所以才出现了建安文学"俊才云蒸"、七子竞展文才的文学繁荣局面。再如南齐明帝因为自身"雅好文会""振采于辞赋"，当时一批如庾信、温峤等文士被重用，所以才出现了"彼时之汉武也"的文坛局面。另一方面，君王如果不好文学，则文学不盛，如汉初因"高祖尚武，戏儒简学"②，故而"虽礼律草创"，但"《诗》《书》未遑"③。

此外，帝王自身爱好文学并有所成就，也会以其示范和带动作用而成为推动文学繁荣发展的重要因素。帝王的好尚和提倡，往往与帝王自身擅长文学有关，刘勰在《文心雕龙》中所列举的诸如三曹、明帝、高贵乡公、宋武帝、文帝、孝武帝等，情况均属如此，如《南史》卷二二："宋孝武好文章，天下悉以文采相尚。"④《南史》卷七二："盖由时主儒雅，笃好文章，故才秀之士，焕乎俱集。"⑤ 应该说，在中国古代文

① 范文澜：《文心雕龙注》，人民文学出版社 1958 年版，第 673 页。
② 范文澜：《文心雕龙注》，人民文学出版社 1958 年版，第 672 页。
③ 范文澜：《文心雕龙注》，人民文学出版社 1958 年版，第 672 页。
④ （唐）李延寿：《南史》，中华书局 1975 年版，第 595 页。
⑤ （唐）李延寿：《南史》，中华书局 1975 年版，第 1762 页。

学发展的历史过程中，帝王的崇尚和提倡对文学产生影响是一种客观的事实存在，刘勰之后的文学批评也多少注意到了这一现象，如《全唐诗·太宗小传》："有唐三百年风雅之盛，帝实有以启之焉。"① 另据史书所载，南唐后主、清乾隆等皇帝均讲究文治，文学成就很高，对当时的文学创作均产生了极大的影响，关于这方面的历史记载和批评文献很多，兹不赘举。

我们知道，中国古代文学的发展与历史、哲学密不可分，文学家、批评家大都兼具政治家、思想家、艺术家、史学家等身份，历代哲学、宗教、文化、学术思想等都会对文学创作和批评，以及文学进程产生一定的影响。刘勰对这一问题也予以了充分的关注，在《时序》篇中，他具体考察和分析了一个时代的学术思想对于文学创作和文学总体风貌的深刻影响。比如，刘勰在考察先秦文学时指出，战国时代，由于群雄纷争，诸子百家风起云涌，游说盛行，而屈原、宋玉之作意奇藻丽，乃"出乎纵横之诡俗"②，故曰："屈平联藻于日月，宋玉交彩于风云。观其艳说，则笼罩《雅》《颂》。故知炜烨之奇意，出乎纵横之诡俗也。"③ 又如，汉武帝以后，罢黜百家，独尊儒术，经学繁荣，这一学术思想在文学中得到了充分的反映："然中兴之后，群才稍改前辙，华实所附，斟酌经辞，盖历政讲聚，故渐靡儒风者也。"④ 再如，东晋由于玄学清谈兴盛，带来了玄言诗的繁荣，这也深刻地影响了当时的诗风："自中朝贵玄，江左称盛，因谈余气，流成文体。是以世极迍邅，而辞意夷泰，诗必柱下之旨归，赋乃漆园之义疏。"⑤

刘勰重视一个时代的政治状况、学术思想文化对该时期文学总体风貌的影响的批评方法，对于后世的文学批评影响颇大，历代文学批评中关于文学发展与时代政治、学术思想文化等关系的论述很多，难以列举，

---

① 《全唐诗》，中华书局 1999 年版，第 1 页。
② 范文澜：《文心雕龙注》，人民文学出版社 1958 年版，第 672 页。
③ 范文澜：《文心雕龙注》，人民文学出版社 1958 年版，第 672 页。
④ 范文澜：《文心雕龙注》，人民文学出版社 1958 年版，第 673 页。
⑤ 范文澜：《文心雕龙注》，人民文学出版社 1958 年版，第 675 页。

我们仅以清代著名诗论家叶燮的《原诗》为例，以见大概。其曰如："盖自有天地以来，古今世运气数，递变迁以相禅。"又曰："其正变系乎时，谓政治风俗之由得而失、由隆而污。此以时言诗，时有变而诗因之。时变而失正，诗变而仍不失其正，故有盛无衰，诗之源也。"[1] 叶燮以时言诗，认为《诗经》中《风》《雅》与时代的政治、风俗有关，二者由兴隆到衰落，即由正风、正雅转为变风、变雅，正是受时代风气影响所致，而整个诗歌发展的历史，便是一部正变相续、盛衰循环的历史。

（作者单位：陕西师范大学人文社会科学

高等研究院、中国社会科学院）

---

[1] （清）叶燮：《原诗》，人民文学出版社 1998 年版，第 4、7 页。

思想的相似性与理论的连续性

——以曹魏文学思想研究为例

夏 静

在思想史的研究中，思想的相似性是否等同于理论的连续性，是一个根本性的前提问题。见于过往的思想史研究，以特定的问题意识为抓手，甄别不同经典文本的相似性特质，以期找寻理论的连续性脉络，是颇为常见的做法。如此这般建构的思想史，是一种历史的还原或是一种理论的幻象，的确令人思量。

在经典文本的阐释中，我们很容易发现，总有一些基本概念或根本问题是历代思想史家所津津乐道的。正如列奥·斯特劳斯所认为的那样，在人类的处境没有得到根本改善之前，思想史家所面对的"根本问题"是相同的，这些"根本问题"是具有持久性和超越性的①。正因为如此，思想史家常常会全神贯注于经典文本就哪些经典问题进行了言说，以及不同文本在哪些相似的词汇或问题上有或同或异的言说，从中找出其思想变化的连续性线索，据此总结出某些带有规律性的结论。这一研究方法的旨趣，在诺夫乔伊倡导的"观念史"研究以及时下流行的"关键词"研究中，体现得相当鲜明。但显而易见的问题在于，在相似性中找寻连续性，极易忽略历史的丰富性和复杂性以及经典诠释中的多种可能性，极易形成简单化的结论，并且有将研究对象化约为一个自在有机体

---

① ［美］列奥·施特劳斯：《自然权利与历史》，彭刚译，生活·读书·新知三联书店2003年版，第25页。

的倾向。这一点，我们从"剑桥学派"昆廷·斯金纳对诺夫乔伊的激烈批评中，可以看得非常清楚。斯金纳所批评的"学说的神话"（the mythology of doctrines）、"融贯性的神话"（the mythology of coherence）、"预见的神话"（the mythology of prolepsis）等谬误①，均是针对思想史研究中各种流行的理论预设而言的。

先举个例子。研究曹魏时期的文学思想，很容易发现这一时期有两篇著名的《文质论》，分别为阮瑀、应玚所写。后世学者一般认为，应玚的文章是对阮瑀文章的辩驳。我们知道，应玚、阮瑀同属"建安七子"，前者善赋，后者以章表书记闻名。就这一时期的文艺思想史料来看，虽然我们知道"建安七子"被曹操收归麾下后，一项重要的工作便是"陪太子读书"，因此写了不少"应教"之作，但就现存文献来看，还找不到充分的证据证明两人之间曾经就"文质"问题展开过激烈的论辩。后世思想史家常常会在意两篇文章的区别。譬如应文提出"质者之不足，文者之有余"，有重"文"的倾向；阮文提出"文虚质实"，有重"质"的倾向。但从现存文献来看，两篇文章均系片段，辑录于《艺文类聚》卷二二"人部"六"质文"引文，以及清人严可均辑录的《后汉文》，因此他们二人的完整主张很难借此定论。两篇主旨虽然不同，但文中并未见明显的回应文字，因此是否属于相互辩难的文章，实难定论。加之"文质"问题，向来就不是一个单纯的文艺问题，晚周以来的"文质"诸论具有丰富而复杂的内涵，涉及历史、宗法、人文各个方面，素来是思想家谈论的重点话题，其中"尚文""尚质"的不同取向，历来是判断诸子之学的重要标准。但是，后世的研究愣是要从中找出思想史家所期待的某些争论，从而建构起理论的连续性脉络，但仅仅依据片段言论臆断两人之间发生了一场连他们自己都不知道的辩论，恐怕不仅不恰当，而且预示了一种危险的研究倾向。

不可否认的是，思想史研究常常借助某些特有的、相对稳定的词汇

---

① ［英］昆廷·斯金纳：《观念史中的意涵与理解》，任军锋译，载丁耘主编《什么是思想史》，上海人民出版社 2006 年版，第 95—135 页。

展开，因为离开了某种词汇或问题的相似性，思想史家很难准确分辨或认定不同的思想活动，而某些词汇的相似性确实能够将这一类思想活动的各种资料串联或关联起来（即便冒着貌似相似性误入之危险）。而在对这些相似性的甄别与领会中，思想史家的预期、先见及其思维定式也就被自然而然地带入了。如果没有这些预期、先见，思想史家也就很难确定哪些思想史家的言论应该纳入研究视野。同样还在于，如果没有包括这些理论预期、先见在内的种种过往经验，思想史家也很难做出研究方法和理论范式上的选择，尤其是在完全陌生的文化语境中。虽然对于这些预期、先见及其相关思维定式，在中西经典解释传统中的理解不尽相同，但无论是承认其正当合理性还是企图破除其遮蔽的种种努力，都显示出思想史家对其作为研究中的决定性因素，已经有了相当的警觉。

在那些追求连续性的思想史家眼中，往往关注的是思想家与历史人或同时代人之间的相似，对他们之间的差异却视而不见。因此就这一类研究而言，如何在相似中找出差异，比如何在差异中找出相似，显得更为重要。就前者而言，可以举个例子。譬如同样谈虚静，谈养气与为文的关系，儒家式的养心之术与道家式的养生之术，旨趣大不相同。孟子的"知言养气"，强调主体心性之修养，所谓"浩然之气"，偏于积极性的进取，源于内在心性的培育，以刚正充沛为特征。刘勰《文心雕龙》中谈虚静、养气，情况更为复杂，既有道家式的被动存养，也有儒家式的主动培养，譬如《神思》篇谈主动性的才气培养、德性提升，《养气》篇谈的，则偏于防御性的情性存养、爱精自保。这种对于自然之气资养的偏好，重在顺和性情，带有强烈的养生色彩①。因此，虽然同样是谈养气，上述两种养气思想与文学创作之间形成的种种关联，以及在传统诗文评中的表现形态及审美旨趣，有很大的不同。就后者而言，也可以举个例子。譬如在儒家思想史的研究中，常常强调孟子和荀子在人性论上的差异，但他们的养气思想却极为相似。孟子重视养气，强调主体心

---

① 有关孟子、刘勰养气思想的研究，参见夏静《孟子气论在文学批评史上的意义》（《中国社会科学院研究生院学报》2014年第2期）和《〈文心雕龙〉与气学思辨传统》（《文学评论》2015年第5期）。

性修养的功夫，除了有关"知言养气"的说法外，还有"养生""养弟子""养公田""养口体""养老""养勇""养君子""养志""养其性""养心"等说法，对于价值主体实践的功夫，诸如修身养性、培养本原等，孟子看得很重。荀子虽然与孟子在人性论上相左，但同样有大量关于"养"的说法，如"养口""养目""养鼻""养体""养信""养威""养生""养财""养情"等，在其倡导的"全粹"之学中，"持养"也是自我修养提升的重要功夫①。养气的重要性，就在于养气即为人。儒家的修养功夫论，无论他们的出发点与理论预设有多么不同，但均强调从知识和经验中去认识世界和完善自我，因此，对于"养"的重视是一以贯之的传统。

在一切理论皆有萌芽、发展、成熟、总结的连续性预设中，思想史家常常不遗余力地从思想的相似性线索中，建构起理论发展的理想范式，以期更加清楚明晰地呈现出思想演变的历程。因此，在各种惯见的文学思想发展阶段论中，诸如先秦萌芽期、汉魏六朝发展成熟期、唐宋金元深化扩展期、明清繁荣鼎盛期的断语，比比皆是。但是，问题的复杂性在于，许多思想观念的发展演变并没有按照这样的逻辑进行，其发生、发展的脉络也就不可能呈现出这样的理想范式。有些思想观念一经出现，便显得十分成熟，譬如文质、文德、中和等，虽然而后也存在从哲学、历史领域向文艺领域的渗透、稀释过程，但其基本含义乃至审美意蕴并没有发生根本性的变化，因此，就我们目前所掌握文献资料来看，也就很难描绘出所谓阶段性的演变轨迹。譬如以"气"字的研究为例。从甲骨文、金文中寻觅"气"的字形、字义，是惯见的小学研究方法。但就目前的研究进展而言，由于缺乏关键性的考古证据，先秦时期"气"的思想发展呈现出一个"很大的断层"②，还无法呈现出一条完整而清晰的脉络来。具体来讲，在殷商甲骨文和西周、春秋时期的铭文，以及《尚

---

① 有关儒家重"养"的研究，参见夏静《"养"的意义脉络与诠释维度》(《中原文化研究》2014 年第 6 期)。

② 相关论述，参见［日］小野泽精一、福永光司、山井涌编《气的思想——中国自然观和人的观念的发展》，李庆译，上海人民出版社 1990 年版，第 3 页。

书》一部分和《诗经》等典籍中，未见有意味的"大气""气息"文字。后来写作的"气"字，是"乞取"以及"迄至""讫终"的意思，"气"字战国初期的青铜器上才出现。这种情形与春秋以后各种"气"的概念在多领域共时性的出现，形成了一个大的知识断层与思想断裂，因此，目前我们对气学知识在早期学术传统以及民间信仰中的发展衍生轨迹还不甚清晰①。这就意味着，如果我们愣是要从中归纳、提炼出早期的唯物观或阴阳观的发展演变脉络，那就不得不借助一些合理的推断甚至想象了。

在对体系连贯性和思想连续性的追求中，思想史家会过于关注一种思想观念的影响效应及其影响史、接受史，而在分析经典文本自身的意图与言论主体的意蕴方面没有留下太多余地。由此滋生的一个问题便是，觉得经典文本中提及的每个观念都具有重要意义甚或具有开创性。究其根源，那是因为在具体的个案中，思想史家在研究某些经典文本对于思想史的意义时，很容易受到某些先在判断的左右，常常会倾向于描摹出该著作的所谓思想相关性或历史连续性，以及对于而后的影响效应，而缺乏对该著作的遣词造句及论证层面的分析，也甚少对其思想渊源进行抽丝剥茧般的追溯。例如，在过往的文学思想史论著中，思想史家往往强调曹丕《典论·论文》一出，"文学自觉时期"的序幕便拉开了。于是，《典论·论文》的各种观念、提法，譬如曹丕对于"文人无行"的批评、"文以气为主"的说法，"四科八体"的文体思想以及有关文学价值的阐发，等等，也就成为文学思想史上连续性链条的重要一环，有的甚或被赋予奠基性或第一的美誉。虽然我们也知道，《典论·论文》在其时是倍享荣光的。譬如曹丕自己对《典论·论文》颇为自得，他曾以绢素书成一部赠孙权，又以纸写一部送张昭，其子魏明帝还诏令勒石立于太庙之外。凡此种种，并不妨碍我们对于上述结论的重新审视，尤其是曹丕的这些观点，是曹魏时期的一般观点，还是原创性观点，是否具

---

① 详细论述，参见夏静《文气话语形态研究》（商务印书馆 2014 年版）第三章"气学知识谱系及其扩展"第二节"作为前知识状态"。

有后世思想史家所期待的那种一般思想史的谱系脉络与理论连续性特质。

细细分析起来，《典论·论文》上述观念的形成，亦是各有所本、各有源流的。譬如有关"文人无行"的批评。我们知道，自东汉中后期以来，随着儒士与文人冲突的加剧，便形成了一股批评文人品行不端的社会思潮。曹魏时期，"文人无行"业已成为社会的流行评语，曹丕《与吴质书》亦有"观古今文人，类不护细行，鲜能以名节自立"的断言，同时，他在《典论·论文》中也列举了"文人相轻""贵远贱近""向声背实"等毛病。整体来看，整个魏晋南北朝时期，对于"文人无行"的批评不绝于耳。稍早于曹丕的王符有《潜夫论·务本》，稍晚的杨遵彦有《文德论》、颜之推有《颜氏家训·文章》，均有批评文人德行的言论。又譬如在文学批评史上，常常视曹丕为提出"文气论"的第一人。从文献来看，《典论》至宋而全书亡，清严可均辑《全三国文》收有若干佚文，完整的仅《论文》一篇。就谈文气的这一段文字而言，曹丕虽然明确提出"文以气为主"，但他仿佛并没有深入展开的意思，而是话锋一转，"气之清浊有体"就直接进入了汉代气化宇宙观的言说套路中。接下来的"譬诸音乐，曲度虽均，节奏同检"，也是先秦以来气学、乐论常见的解释话语，但结尾"虽在父兄，不能以移子弟"，这样一个先天论的推断却颇出人意料。当然，这样的结论不能不令人想到曹丕此时的处境。但通观现存《典论·论文》的这一段文字，我们很难断定，曹丕的本意就在于论述文气问题，而且考察现存的其他文献，如《文选》和《汉魏六朝百三家集》中收录的《让禅第三令》《感离赋》《与钟繇九日送菊书》《封张辽李典子为关内侯诏》《答繁钦书》《又与吴质书》等，曹丕论气的文字，与他同时代的人相比，并没有什么特别之处。所以，我们不能排除另外一种可能，那就是曹丕碰巧使用了"文以气为主"的说法，后世思想史家所认定的、意义重大的"文气论"，并不是他文中所关注的中心问题。正因为如此，他并没有对自己的主张做出系统阐释，但后世的思想史家却如获至宝，就此作出了比曹丕本人更为充分、更为系统的阐释。据此，我们要引出的问题便是，思想家在使用某一概念术语时，有可能是有意为之，也有可能是碰巧用了该概念或类似的术语，但后世的思想史家却不遗余力地将其著述中种种零散的言说汇集起来，并且认为这是某种经典思想的滥觞或阶段性标志。而这种做法存在的问题就在于，若思想家确欲将后世思想史家所认定的某一重要概念术语作为讨论对象，那他为什么事实上并没有这样做，而只是留下了某些隐含的线索或蛛丝马迹让后世的思想史家费尽心思地去重建他的意图呢？

至于《典论·论文》中有关文体方面的论述，曹丕将此前的若干文体分为"四科八体"，对"八体"的文体特征均一一予以指出，强调"诗赋欲丽"，并认为八种文体是"本同而末异"。曹丕此论，开启了重视"六经"之外的包括诗、赋在内的各体诗文的路径，在文体史上确有突出价值。但问题的另一面在于，正如饶宗颐先生曾经十分肯定地认为，刘勰文体论的写作，是大量利用了六朝以来各类总集材料的结果①。那么，曹丕的文体论，又何尝不是如此呢？我们知道，从西汉开始，个人著述风气渐起，东汉中期以后，学人析理之风盛行，个人著述更盛，体制渐弘，其思想内容、逻辑结构愈加严密，诸如《论衡》一类的著书形式对《典论》有着直接的影响。加之两汉目录学的兴起，其中亦包含了编者明确的文体观念与学科意识。这种学术背景对于曹魏时期《典论》一类批评著作的产生，不乏示范效应。《典论》五卷，虽今已佚，但从目录上仍不难看出其是体制完整、规模宏大的大部头著述，因此在文体问题方面的论述有所推进，也并不是难以理解的问题。关于《典论·论文》文学价值论的问题。《典论·论文》虽然提出文学是"经国之大业"，但文人重视个人立德建言的传统，可以追溯到春秋时期的"三不朽"。当然，曹丕所说的文章，包括了诏策、奏表、盟誓、檄文、封禅文等在内，但诗、赋毕竟也包括进去了，一并成为"经国之大业"，这也确实属于他的创见。纵观曹魏时期有关文学价值的言说，除了《典论·论文》外，发表相似言说的，王粲、桓范等人也是需要注意的。王

---

① 饶宗颐：《从对立角度谈六朝文学发展的路向》，《饶宗颐二十世纪学术文集》卷11《文学》，中国人民大学出版社2009年版，第649页。

粲的《荆州文学记官志》写于建安元年，因为刘表在荆州兴办官学，卓有成效，王粲作此文以褒之。文中"夫文学也者，人伦之首，大教之本也"的说法，较之建安二十四年左右完成的《典论·论文》而言，可以视为曹丕文学价值论的先声。桓范《序作》认为："唯篇论俶傥之人，为不朽耳。夫奋名于百代之前，而流誉于千载之后。"① 这与曹丕的说法极为相似。桓范曾受命曹丕编写《皇览》，他在《世要论》的《赞像》《铭诔》《序作》诸篇中，谈论了赞像、铭诔、书论的写作，也是有关文体的专门论述。凡此种种，亦可佐证，曹魏时期有关文学价值以及文体问题的论述，大体上属于这一时期的公共话题，相关的言论不少，相互的借鉴也不少，共同构成了文学自觉期丰厚的思想土壤。因此，如果将这种历史的光荣榜放在某一个人头上，这可能只是后世思想史家的一厢情愿。

上述问题之所以存在，与追求体系的连贯性和思想的连续性，以及从思想的相似性中寻找连续性的理论幻觉不无关系。如果为了满足理论发展的阶段性和连续性需要，放大了少数伟大心灵的精神思想而忽略了那些一般性的思想或人物，也就无法呈现出历史的全部丰富性。当然，问题的另一面还在于，从某些预先设定的连续性中，寻找同一时期或不同阶段的相似思想、类似观点，也是一种惯见的本末倒置的研究方式。某些言说的连续性并不意味着其所回应的问题具有连续性，如果我们要对一个文本作出历史的理解，那就意味着不仅要搞清楚文本言说的意蕴，还要理解言说者的意图。当然，以《典论·论文》的思想史意义而言，这或许只是部分事实。但是，以此为逻辑前提去讨论曹丕思想中的那些观念具有自觉性或开创性，那就是一种相当幼稚的因果论了。其危险在于，思想史家在他们已经预设的历史连续性中去寻找思想相关性，那些不在此连续性链条上的思想史资料也就自我屏蔽，甚至视而不见了，这也意味着，思想史家声称某一特定历史时期发现的重要意义，与这一时

① （三国魏）桓范：《世要论·序作》，载（清）严可均辑《全上古三代秦汉三国六朝文·全三国文》卷37，商务印书馆1999年版，第389页。

期自身的意蕴，可能并非对应、合拍，极有可能只是一种生拉硬扯的合并。

思想史研究离不开预设，但思想史研究最大的危险莫过于预设。如果我们单单从一些建立在前置预设基础之上的连续性线索出发，去找寻并析出那些具有相似性特征的思想，也就意味着在材料来源、逻辑前提、提问方式乃至论证策略上已然被限制了，那么，我们的研究将会变得毫无意义，因为所有的结论都是已知的。我们知道，思想史研究的价值，主要在于它为经典阐释提供了多种多样的可能性，可以穷尽一切可能的情况，因为可能的世界总是远远大于实现的世界，仅仅实现的世界并不就构成思想史，思想史包括实现的以及没有实现的一切可能性，因此，只有将其放在全部可能出现的背景之中，才能理解思想史的全部丰富性和复杂性。鉴于此，思想的相似性与理论的连续性之间的种种问题，也就成为思想史家所要面对的"永恒问题"。

（作者单位：曲阜师范大学文学院）

玄学清谈与六朝文论

党圣元

玄学兴起于正始时期，但是在当时并不称为"玄学"，而更多地被称为"玄远"之学或"三玄之学"，现存的三国两晋典籍中也没有发现"玄学"这样的称谓。"玄学"之称，是后来的人们对它的一种通称。玄学之"玄"，出自《老子》第一章："无名天地之始，有名万物之母。故常无欲，以观其妙；常有欲，以观其徼。此二者同出而异名，同谓之玄，玄之又玄，众妙之门。"① 在这里，老子以"玄"来形容道之高深、幽远及神妙的特点。关于"玄"字，许慎《说文解字》的解释是："幽远也，黑而有赤色者为玄，象幽而入覆之也。"②《周易·坤·文言》有"天玄而地黄"之言，系通过"玄"字来表示天的幽深邃远的特点。王弼《老子指略》云："玄，谓之深也。"即深远难测之意。王弼、何晏等人开创的这种思想学说之所以被人们称为"玄学"，是因为当时谈玄理的人士以《周易》《老子》《庄子》为思想库藏，而这三种典籍所包含的宇宙论、本体论方面的学说，确实具有"玄"的特点，在当时被称为"三玄"。如《颜氏家训·勉学》云："何晏、王弼，祖述玄宗，递相夸尚，景附草靡。……洎于梁世，兹风复阐，《庄》、《老》、《周易》，总谓三

---

① （三国魏）王弼注，楼宇烈校释：《老子道德经注校释》，中华书局 2008 年版，第 1—2 页。

② （汉）许慎撰，（清）段玉裁注：《说文解字注》，上海古籍出版社 1981 年版，第 159 页下。

玄。"① 在魏晋南北朝时期，将《周易》《老子》《庄子》称为"三玄"的现象十分普遍，于其时的典籍中随处可见。所以，以"玄学"一词来命名王、何等人的学说，应该说是颇为恰当的。

一 玄学流变及其影响

玄学的产生有其特定的社会历史背景和深刻的思想文化根源。汉末的社会大动乱引发了思想文化的裂变，西汉以来一直居于统治地位的儒家思想逐渐式微，道家思想开始流行，加之佛、道二教的传播，形成了一种多元化的文化和思想格局，玄学就是在这种社会现实与思想文化的土壤上产生的。汤用彤在《魏晋玄学论稿》中论及玄学兴起之因缘时指出："夫历史变迁，常具继续性。文化学术虽异代不同，然其因革推移，悉由渐进。魏晋教化，导源东汉。王弼为玄宗之始，然其立义实取汉代儒学阴阳家之精神，并杂以校练名理之学说，探求汉学蕴摄之原理，扩清其虚妄，而折衷于老氏。于是汉代经学衰，而魏晋玄学起。"②

玄学所讨论的内容，看起来似乎是一些非常深奥玄妙而远离现实的问题，但实际上与时代现实息息相关。从政治学的角度来看，它的产生是为了适应曹魏政治形势的变化，以维护其统治这一现实需要为目的的。在曹操、曹丕之后，曹魏政权日见衰落，"九品中正制"的实行，使朝政被门阀士族所把持，朝纲涣散，享乐腐化成风，尤其是到了正始年间，曹爽擅权，朝中奢侈淫逸之风更加盛行，在曹魏政权日趋衰颓的同时，司马氏集团的权力则越来越强大起来，直接威胁到了曹氏政权的生存。在这种情况下，曹氏集团的一些思想家便意欲通过倡导老子学说中的朴素自然思想，以及清静和无为而治的政治思想措略，达到改善、巩固其统治之目的。所以，就实质而言，玄学的产生正好是曹魏政权衰弱的一种表现。从思想的角度来看，玄学的产生是为了填补汉代经学堕坏所造

---

① 王利器：《颜氏家训集解》（增补本），中华书局1993年版，第186—187页。
② 汤用彤：《汤用彤学术论文集》，中华书局1983年版，第214页。

成的思想空缺。其吸收先秦老庄思想和汉代黄老学说，调和儒道，是一种适合当时现实所需的思想体系。经学作为汉代的官学，在发展的过程中逐渐丧失了生命力，到了汉末已彻底堕坏，以崇尚老庄思想、强调自然之道为核心的天人新义作为一种社会思潮发展迅速，在这种情况下不对儒学加以改造，不融入新的时代内容，是无法改变其失去人心的现状的。所以，在此情况下正始年间以崇尚老子学说为主的何晏、王弼的贵无玄学便应运而生。何、王从现实需要出发改造老子思想，然后又据以解释孔子思想，从而达到了改造儒学的效果，其终极目的则是援引道家的宇宙本体论来论证儒家名教的合理性。所以，玄学实际上又是调和自然与名教的思想产物。

从文化、学风的角度来看，玄学产生是汉末魏初的清议与清谈发展演变的必然结果。汉末魏初的清谈，内容偏重于人物品题以及与之相关的才性问题，从徐干、刘劭等人对于人才价值的有关论述来看，以自然元气解释才性的形成，强调人的个性才性的价值，以及倡导无为政治与贵柔哲学，均已表明了意在通过吸收老子思想来为曹魏政权的用人政策服务之目的。而何、王二人的玄学清谈，则只是在内容上超越了人物品题、才性评价的认识范围，而援引老子的道论，进一步从本体论的角度，通过对宇宙本体、本质的探讨解释，为儒家的道德学说与名教思想加上一层本体论的色彩，使其继续发挥作用。所以，从汉末魏初人物识鉴到正始时期的玄学清谈，在文化与学风方面上有其内在的发展演变规律。

魏晋玄学的发展经历了四个阶段。《世说新语·文学》"袁伯彦作《名士传》成"条刘注曰："（袁）宏以夏侯太初、何平叔、王辅嗣为正始名士，阮嗣宗、嵇叔夜、山巨源、向子期、刘伯伦、阮仲容、王浚仲为竹林名士，裴叔则、乐彦辅、王夷甫、庾子嵩、王安期、阮千里、卫叔宝、谢幼舆为中朝名士。"① 这里将玄学的发展划分为三个时期，即正始、竹林、中朝三个阶段。正始玄学亦称正始之音，为玄学的第一个阶段，代表人物为王弼、何晏，其特点是以老子学说为主，在哲学思想方

---

① 余嘉锡：《世说新语笺疏》，中华书局1983年版，第272—273页。

面主张"以无为本""以有为末"以及"以无为体""以有为用",由此而构成其"本无末有"的宇宙本体论。在政治思想方面崇尚老子的自然、无为而治之术,以为名教出于自然,因而提出治理天下应以自然无为为本,以名教为末。因此,人们一般将王弼、何晏一派的玄学观点称为"贵无派"玄学。以竹林名士嵇康和阮籍为代表的玄学为玄学发展的第二个阶段,他们的特点是与何、王二人同样崇尚老子的自然无为思想,并进而提出"越名教而任自然"的主张。同时,他们又都激赏庄子逍遥遁世思想,在生活行为方面不拘礼法,狂放任诞,因而被称为"旷达派"玄学。元康时期以郭象为代表的独化论玄学为玄学发展的第三个阶段,郭象的"独化"论说是在向秀《庄子注》的基础上发展而来的,其特点是反对王弼、何晏等人的贵无说,而主张"有"为自生独化而来,无须以"无"作为本体,因而被称为"崇有派"玄学。在政治思想方面,郭象主张名教即自然,儒道为一家,逍遥无须遁世,宏内即游外,成为在传统思想史上影响极大的"内圣外王"说。其实,讲到玄学的发展还应该加上东晋时期,因为这一时期玄学的发展又出现了新的特点,主要体现在调和贵无与崇有两派的思想方面,如其时出现的张湛的《列子注》就明显具有这一特点,此为玄学发展的第四阶段。另外,其时还出现了佛、玄合流的现象,许多佛徒如道安、支遁、僧肇等纷纷以老庄玄学解释佛学,将佛学玄学化或曰老庄化,并且在认识论上表现出合有无为一的倾向。自此而后,从理论发展的角度来看,玄学便不再有什么新的思想创造变化了,但在社会中的影响依然很大,《宋书·雷次宗传》记载:"元嘉十五年,征次宗至京师,开馆于鸡笼山,聚徒教授,置生百余人。会稽朱膺之、颍川庾蔚之并以儒学,监总诸生。时国子学未立,上留心艺术,使丹阳尹何尚之立玄学,太子率更令何承天立史学,司徒参军谢元立文学,凡四学并建。"[①] 又《宋书·何尚之传》云:"(元嘉)十三年,彭城王义康欲以司徒左长史刘斌为丹阳尹,上不许。乃以尚之为尹,立宅南郭外,置玄学,聚生徒。"这是"玄学"之称较早见于史

---

① (南朝梁)沈约:《宋书》,中华书局1974年版,第2293—2294页。

书的记载。从这些记载，我们可以知道，"玄学"于南朝刘宋时期被立于学官，与儒、文、史并称"四学"，可见其作为一种思想学说，在当时影响之大。而且，它被立于学官，则更说明在当时甚至成了一门学科，与儒学、文学、史学并列。

玄学的中心话语为"本末""有无"，即天地万物存在的根本依据问题，属于宇宙本体论范畴。从思想内容来看，玄学实际上融合了先秦至汉魏儒道思想的精华，基本上是以老庄道论的观点来解释儒家经典，将道家的自然无为思想与儒家的纲常名教结合起来，即所谓以老解孔、援道入儒者是也。玄学作为继魏晋名理学之后兴起的一种新的主流社会思潮，是魏晋思想发展演变的必然结果。魏晋玄学的形成影响了一代社会思潮，其中便包括文学、美学思潮，因而对魏晋南北朝的文学、美学主体精神发展起了巨大的推动作用。首先，玄学的产生动摇了汉代的以儒家伦理道德为思想基础的文学、美学价值观念，儒家诗教原则独占统治地位的局面被打破，先秦道家的美学思想进入了文学和美学的话语系统，开始发挥它的历史影响，使文学不再是经学的附庸，而走上了相对独立发展的道路。文学创作与理论批评取得相对独立的地位，这在中国古代文学发展史上是一个历史性的转折、历史性的进步。其次，相对于汉代的"天人感应"神学体系而言，玄学的产生具有思想解放的意义，玄学清谈家们所探讨的一些涉及本体论、认识论以及人格价值方面的问题，其内在实质上隐含着人性这一主题，因而促进了当时人性的进一步觉醒以及主体价值的确认。尤其是庄子学说价值的被发现，使得庄子人生哲学中不受世俗羁绊、追求精神绝对自由、超越现实存在、保持个人独特品格等内容，影响了一代文人的精神风貌，对其时的文学从主体精神到创作风格都留下了深刻的印记。从"建安七子"开始，思考人生的意义和表现社会现实，成了魏晋文学的中心主题，使得文学不再单纯是"厚人伦，美教化"的政治伦理工具，而走向个人精神领域的深处，吟唱人生命运之悲欢离合。其时的文学创作，从《古诗十九首》开始，到建安诗歌，经正始、太康诗歌，以及东晋玄言诗、山水诗，直到陶渊明的田园隐逸诗，无不充满对社会秩序重建和生命价值实现的渴望，以及对世道荒谬、人生无常、欢寡愁殷的苍凉感慨，体现于思想到风格两个方面。所以，无论是昂扬、积极，还是消极、悲观、颓废；无论是建安风力，还是响逸调远的嵇、阮风格；无论是繁缛绮合的太康之风，还是玄风弥漫的东晋诗坛；无论是左思、鲍照的抗争，还是陶渊明的自挽，都是特定的时代精神之折射，而这种文学、美学精神的形成，应该说玄学清谈都从中起了程度不等的发酵作用。

玄学清谈不但为当时的思想领域注入了新的活力，而且促进了人们思维方式的变革与思辨水平的提高。许多思想家、文人，或者在陶醉与清谈之同时，或者受清谈所带来的文化氛围之影响，或者在清谈风气弥漫于整个社会公共文化空间从而形成一种诗意化的文化气氛之激发下，对诗文、音乐、绘画、书法亦格外赏爱，以此展露自己的才情，更有人潜心于诗心、文心及其他艺术规律的体察与探究，产生了如曹丕《典论·论文》、陆机《文赋》、挚虞《文章流变论》、刘勰《文心雕龙》、钟嵘《诗品》以及宗炳《画山水序》、谢赫《画品》等著作，提出了一系列极其重要的美学概念与范畴，其中的一些，如"气韵""风神""意象"等，都是通过玄学，直接或间接地受老庄美学思想的影响而引发出来的。所以，玄学清谈尽管向来有"误国"之恶谥，但是似乎还鲜有人说过它"误"了文学、美学。

二　言意之辨的美学新义

在玄学的发展过程中，言意之辨始终是一个重要的问题，之所以如此，是因为这一问题关系到玄学自身认识论方法的建构。任何一种新的思想学说的形成与发展，往往首先从解决认识方法起步，这是思想发展史上的一般性规律。具体到魏晋玄学而言，玄学家们既要创建适合当时所需要的新的思想体系，然而又不能彻底脱离作为思想总源头和最高价值标准的儒家经典而另起炉灶，也就是说，只能还是通过注经的方式来发挥自己的见解，以求得思想的革新。在这种情况下，找到一种能充分满足思想表述的注经方法，就成为当务之急，而言意之辨作为一个问题正是在这一背景下被提出来的。言意之辨与魏晋玄学所探讨的本末问题有着密切的联系，所谓"言意"之"意"，就是关乎本体的义理，而讨论言意关系的主题就是要解决如何认识、如何观照本体之方法论问题，所以在魏晋玄学中，言意之辨与本末之辨两个问题始终交织在一起，成为跨越本体论与认识论两个范畴的问题。

大体而言，魏晋玄学中的言意之辨可划分为两个派别，就是"言尽意"与"言不尽意"两派，当然一个派别中的见解也不尽相同，如同样是主张"言不尽意"，但每个主张者之间又存在或明显或极其细微的差别，衍生出种种不同的说法，有人主张"立象尽意"，有人主张"微言尽意"，有人则以为"妙象尽意"，还有人主张"望象求意"，都是在"言不尽意"这一共同出发点下派生出的不同命题。言意之辨虽然是一个玄学方法论问题，但是与美学、文学有着密切的关系，对于当时的清谈、玄言诗、山水诗以及书法、绘画、音乐等产生了广泛而深刻的影响。

言意关系辨析其实是一个非常古老的问题。《左传》襄公二十五年记："仲尼曰《志》有之：'言以足志，文以足言。'不言，谁知其志？言之无文，行而不远。"这里的"志"显然不等同于庄子以及后来的玄学家的"意"，"志"是一种主体的意向，而"意"则是对作为本体的"道"的一种体认，但是从中也体现了孔子重视言之功能的认识态度。庄子是一个"得意忘言"论者，他曾说："可以言论者，物之粗也。可以意致者，物之精也。言之所不能论，意之所不能察者，不期精粗焉。"[1] 又云："筌者所以在鱼，得鱼而望筌；蹄者所以在兔，得兔而忘蹄；言者所以在意，得意而忘言。"[2] 可见，庄子也不是完全否定"言"的功能，而只是反对将"言"作为目的，"得意"之目的一旦实现了，就应该立即将作为工具的"言"抛弃掉。《周易》中也有论及言意关系之处，云如："子曰：书不尽言，言不尽意。然则圣人之意其不可见乎？

---

① （晋）郭象注，（唐）成玄英疏，曹础基、黄兰发整理：《庄子注疏》，中华书局 2011 年版，第 311 页。

② （晋）郭象注，（唐）成玄英疏，曹础基、黄兰发整理：《庄子注疏》，中华书局 2011 年版，第 492 页。

子曰：圣人立象以尽意，设卦以尽情伪，系辞焉以尽其言。"① 认为"言"尽管不能"尽意"，但"象"是可以"尽意"的。在魏晋之前，言意关系问题并没有引起大的哲学争论，也还没有上升为一个哲学方法论问题，而后来之所以成为如此重要的问题，与玄学方法论的建构有着密切的关系，汤用彤对此有言：

> 夫玄学者，谓玄远之学。学贵玄远，则略于具体事物而究心抽象原理。论天道则不拘于构成质料，而进探本体存在。论人事则轻忽有形之粗迹，而专期神理之妙用。夫具体之迹象，可道者也，有言有名者也。抽象之本体，无名绝言而以意会者也。迹象本体之分，由于言意之辨，普遍推之，而使之为一切论理之准量，则实为玄学家所发现之新眼光新方法。②

"言意之辨"竟然成为"一切论理之准量"，可见其重要性。言意关系问题是由魏晋名理学重新提出来的，然后过渡到玄学继续加以讨论，于此汤用彤亦有论：

> 名家原理，在乎辨名形。然形名之检，以形为本，名由于形，而形不待名，言起于理，而理不俟言。然则识鉴人物，圣人自以意会，而无需于言。魏晋名家之用，本为品评人物，然辩名实之理，则引起言不尽意之说，而归宗于无名无形。夫纵核名实，本属名家，而其推及无名，则通于道家。而且言意之别，名家者流因识鉴人伦而加以援用，玄学中人则因精研本末体用而更有所悟。王弼为玄宗之始，深于体用之辨，故上采言不尽意之义，加以变通。于是名学之原则遂变而为玄学家首要之方法。③

---

① （三国魏）王弼撰，楼宇烈校释：《周易注》，中华书局2011年版，第358页。
② 汤用彤：《汤用彤学术论文集》，中华书局1983年版，第214页。
③ 汤用彤：《汤用彤学术论文集》，中华书局1983年版，第216页。

汤氏所言魏晋言意之辨起于人物识鉴这一点，我们还可以从《艺文类聚》卷一九引西晋欧阳建的《言尽意论》中看出："世之论者，以为言不尽意，由来尚矣，至乎通才达识，咸以为然。若夫蒋公之论眸子，钟会之言才性，莫不引此以为谈证。"这就是说，曹魏政权中期之时，蒋济、钟会、傅嘏等人在讨论人物品评中的才性问题时，就将"言不尽意"作为自己的立论依据了。

"言不尽意"成为玄学的一个基本命题，王弼所起的作用最大。他以老庄解《周易》，将庄子的"得意忘言"与《周易》的"言不尽意""立象以尽意"融合为一，提出了儒道融合的玄学认识方法论——"得意忘言"论。他在《周易略例·明象篇》中说：

> 夫象者，出意者也。言者，明象者也。尽意莫若象，尽象莫若言。言生于象，故可寻言以观象；象生于意，故可寻象以观意。意以象尽，象以言著。故言者所以明象，得象而忘言；象者，所以存意，得意而忘象。犹蹄者所以在兔，得兔而忘蹄；筌者所以在鱼，得鱼而忘筌也。①

这里的"象"指"易象"，即卦、爻象，"意"指玄学本体论范畴之哲理。王弼认为意通过象来表达，象通过言来表达，言、象是可以尽意的。但是，仅仅讲到这里，离玄学所主张的"得意忘言"宗旨还是有一段距离的，所以王弼又说：

> 然则，言者，象之蹄也；象者，意之筌也。是故，存言者，非得象者也。存象者，非得意者也。象生于意而存象焉，则所存者乃非其象也；言生于象而存言焉，则所存者乃非其言也。然则，忘象者，乃得意者也；忘言者，乃得象者也。得意在忘象，得象在忘言。

---

① （三国魏）王弼著，楼宇烈校释：《王弼集校释》，中华书局1980年版，第609页。

故立象以尽意，而象可忘也；重画以尽情，而画可忘也。①

言、象为得意之工具，而意则为认识的终极目的，不能为工具而舍弃终极目的，也就是说认识不能仅仅到言、象为止。所以，必须得象忘言，进而得意忘象。王弼此处之"意"实际上就是绝言超象之"无"，也就是作为本体之"道"。

王弼的言、象、意之辨在当时产生了相当广泛而深刻的影响，竹林名士、中朝名士以及江左名士大多以"得意忘言"为方法论，来注解儒道典籍，或者阐发自己的思想。如嵇康的《声无哀乐论》就是以此为立论根据而展开自己的议论的，他指出："夫言非自然一定之物，五方殊俗，同事异号，举一名，以为标识耳。"② 故而"得意忘言"，不落言筌，而直接体认本体之道与生命之妙象。又如郭象实际上也是依循得意忘象、得象忘言的方法来注解《庄子》，建构起了自己的"独化论"玄学，他以"寄言出意"的方法解读《逍遥游》就突出地体现了这一点："鹏鲲之实，吾所未能详也。夫庄子之大意在乎逍遥游放，无为而自得，故极大小之致，以明性分之适。达观之士，宜要其会归而遗其所寄，不足事事曲与生说，自不害其弘旨，皆可略之耳。"③ 对照他的《庄子》注解，也确实是如此。言意之辨还波及佛学。《高僧传》载僧肇《涅槃无名论》云："夫涅槃之为道也，寂寥虚旷，不可以形名得，微妙无相，不可以有心知。……所以释迦掩室于摩竭，净名杜口于毗耶，须菩提唱无说以显道，释梵乃绝听而雨花。斯皆理为神御，故口为缄默。岂曰无辩？辩所不能言也。经曰：真解脱者，离于言数。"④ 明显地将得意忘言引入佛理，以为言象全无用，佛理靠灵妙冥寂之悟来达致，不靠言、象传达，这就比玄学家走得更远了，这自然与释家的世界观有关。以"彻

---

① （三国魏）王弼著，楼宇烈校释：《王弼集校释》，中华书局1980年版，第609页。
② （三国魏）嵇康著，戴明扬校注：《嵇康集校注》，人民文学出版社1962年版，第211页。
③ （晋）郭象注，（唐）成玄英疏，曹础基、黄兰发整理：《庄子注疏》，中华书局2011年版，第1页。
④ （南朝梁）释慧皎撰，汤用彤校注：《高僧传》，中华书局1992年版，第250—251页。

悟言外"附会玄学的意在言外，在魏晋南北朝佛理学中是一种很普遍的现象。

言意之辨对当时及后来中国的文学和美学思想的发展产生了非常深刻的影响。自然，文学中的言、象、意不同于玄学中的言、象、意，二者各自对言、象、意之间的关系的处理也明显不同，对此，钱锺书在《管锥编》中曾作过极其精彩的阐述，其曰如：

> 理赜义玄，说理陈义者取譬于近，假象于实，以为研几探微之津逮，释氏所谓权宜方便也。……求道之能喻而理之能明，初不拘泥于某象，变其象也可；及道之既喻而理之既明，亦不恋着于象，舍象也可。到岸舍筏、见月忽指、获鱼兔而弃筌蹄，胥得意忘言之谓也。词章之拟象比喻则异乎是。诗也者，有象之言，依象以成言；舍象忘言，是无诗矣，变象易言，是别为一诗甚且非诗矣。故《易》之拟象不即，指示意义之符也；《诗》之比喻不离，体示意义之迹也。不即者可以取代，不离者勿容更张。王弼恐读《易》者之拘象而死在言下也，《易略例·明象》篇重言申明……是故《易》之象，义理寄宿之蘧庐也，乐饵以止过客之旅亭也；《诗》之喻，文情归宿之菟裘也，哭斯歌斯，聚骨肉之家室也。倘视《易》之象如《诗》之喻，未尝不可撷我春华，拾其芳草。……哲人得意而欲忘之言，得言而欲忘之象，适供词人之寻章摘句、含英咀华，正若此矣。苟反其道，以《诗》之喻视同《易》之象，等不离者于不即，于是持'诗无达诂'之论，作'求女思贤'之笺；忘言觅词外之义，超象揣形上之旨；丧所怀来，而亦无所得返。以深文周内为深识底蕴，索隐附会，穿凿罗织；匡鼎之说诗，几乎同管辂之射覆，绛帐之授经，甚且成乌台之勘案。自汉以还，有以此专门名家者。洵可免于固哉高叟之讥矣！①

---

① 钱锺书：《管锥编》（第一册），中华书局 1979 年版，第 11—15 页。

将正、反两方面的情况都讲到了，堪称圆照。总之，玄学之"言"重在承载形而上之理义，文学之"言"重在描绘刻画形神。玄学之"象"微妙无形，寂寞无听；文学之"象"可闻可见，声情并茂；玄学之"意"重在"识"，文学之"意"重在"情"。但是，这样说，又并非否认它们二者之间在思维机制和人文精神方面层面上的联系，在看到玄学与文学各自的独立性之同时，密切注意在魏晋精神文化氛围中二者之间所发生的影响渗透现象，这应该是我们考察玄学言意之辨对六朝以及整个中国文学产生深刻影响的一个基本的出发点。

言意之辨对六朝文学批评所产生的积极的影响促进作用是非常明显的。传统的赋、比、兴之说，在魏晋以前是附庸于经学的，但到了挚虞、刘勰、钟嵘那里，已经将它们作为艺术思维机制和传达手段来从理论上加以体认，尤其是比、兴二法，如钟嵘在《诗品序》中论赋、比、兴时所说的"因物寓志""寓言写物"以及"文已尽而意有余"等，均与王弼所谓"立象以尽意"、荀粲所谓"象外之意"和"系表之言"在逻辑义理上相通。又如文学与玄学都寓意体用，差别在于前者作用于人的情感，后者作用于人的理识。但在思维构想过程中，往往出现相同的心理状况，陆机《文赋》谈创作构想有"课虚无以责有，叩寂寞而求音"云云，刘勰在《文心雕龙·神思》篇中论艺术传达有"意授于思，言授于意"之说，这与正始以后玄学清谈中的"得意忘言""言不尽意"广泛传播并进入文学批评家的理论视野，文学批评家自觉不自觉地接受其影响有非常密切的关系。当然，文学批评家们对玄学与文学之界限还是清楚的，这从刘勰一再强调文学需"藻饰"，要"文质附乎性情"[1]，应"谈欢则字与笑并，论戚则声共泣偕"[2]，以及他在《文心雕龙·物色》篇中所主张的种种观点，可以得到证明。阮籍作有《清思赋》，在文中认为可闻之音、可见之形，非为音声之体，也无从见出美善，而只有从无形微妙、无听寂寞之中，方可"睹窈窕

---

① 范文澜：《文心雕龙注》，人民文学出版社1958年版，第537页。
② 范文澜：《文心雕龙注》，人民文学出版社1958年版，第609页。

而淑清"。阮籍的八十二首《咏怀》诗，钟嵘《诗品》叹为"厥旨渊放，归趣难求"，李善《文选注》则云为"百代以下，难以情测"，大约与其文本具有如嵇康在《琴赋》中所说的"至精""至妙"而"不能与之析理"的特点不无关系。陆机《文赋》认为文学创作所孜孜以求的象外精意、文外曲致，其"犹舞者赴节以投袂，歌者应弦而遣声"，妙处只可意会，不可言传。而刘勰《文心雕龙·神思》篇更进一步申说其旨："至于思表纤旨，文外曲致，言所不追，笔固知止。至精而后阐其妙，至变而后通其数。伊挚不能言鼎，轮扁不能语斤，其微矣乎！"①玄学言意之辨对六朝文论之影响和促进，可谓历历在目。而且这种影响与促进，是在思维方式与观念价值两个层面上发生的，尤其是对于批评主体思辨精神的培植这一点，最为卓著。

玄学言意之辨对当时清谈人士的主体精神所产生的影响也是不容忽视的，一些六朝名士重视风神气度，相对而言不讲究外在形迹的人格审美倾向，当与玄学思潮中的"言不尽意""得意忘言"有内在的联系，而这种倾向对六朝文学、美学风格追求产生了极其深刻的影响，为当时的美学、文学批评和书画理论增添了新的内容，如陆机在《文赋》中对于文学创作中如何处理"意"与"物"、"文"与"意"关系的探讨，书画理论对于形神关系的讨论，等等。至于对后世所产生的久远影响，就更不用说了。

三 "清""远"的审美品格

玄学清谈还促进了中国美学中"清""远"两个审美范畴的形成，而"清""远"所代表的美学精神又是六朝人的审美意识的主要特征之一，所以它们也是我们考察玄学清谈对当时审美风尚影响的一个重要方面。

"清"为清爽美好、雅洁不俗之义，常常用来赞美人的个性气质之

---

① 范文澜：《文心雕龙注》，人民文学出版社 1958 年版，第 495 页。

美，或文艺作品风格、意境之独特，在魏晋时期，其差不多是"美"的同义词。"清"之概念，最早见于《老子》三十九章："天得一以清，地得一以宁。""清"的对立面是"浊"，分别指"气"之两种状态，而以"气"论人的精神个性时，则分别代表两种不同的内在气质特点。言"清"或"浊"，往往带有道德评价的意义，如魏晋时期的袁准在《才性论》所云："凡万物生于之间，有美有恶，物故何美？清气之所生也；物何故恶，浊气之所施也。"但也不尽其然，如曹丕在《典论·论文》中所言"气之清浊有体"，"清"指秀逸豪迈的阳刚之气，"浊"指沉郁凝重的阴柔之气，应该说其中并没有明显的道德评价意味。"清"作为美学范畴在艺术评论中出现较早，如《淮南子·汜论训》即有"浊之则郁而无转""清之则燋而不讴"的论乐之言，在此"清"指憔悴之音，"浊"指沉郁之声。

东汉以来，流行以清浊品评人物高下，其中"清"的概念主要用来评价人的神资、神气、神韵之美，是对人的神态之美的一种赞美。如王充云："孟子相人以眸子焉，心清而眸子瞭，心浊而眸子眊。"[1] 又云："贵贱贫富，命也；操行清浊，性也。"[2] 到了魏晋，此风益盛，《世说新语》对此多有记载，如《赏誉》篇："王公目太尉：'岩岩清峙，壁立千仞。'"[3] 又："武元夏目裴（楷）、王（戎）曰：'戎尚约，楷清通。'"[4] 又："世目谢尚为'令达'。阮遥集云：'清畅似达。'"[5] 《容止》篇："嵇康身长七尺八寸，风姿特秀。见者叹曰：'萧萧肃肃，爽朗清举。'"[6] 《世说新语》中以"清"品评人物，含义不尽相同，主要有高雅、高洁、清新、清洁、清悠、清廉等意思。如《忿狷》篇："子敬实自清立，但人为尔多矜咳，殊足损其自然。"[7] 这里的"清立"为处世清高、立身高

---

① 黄晖：《论衡校释》（附刘盼遂集解），中华书局 1990 年版，第 135 页。
② 黄晖：《论衡校释》（附刘盼遂集解），中华书局 1990 年版，第 120 页。
③ 余嘉锡：《世说新语笺疏》，中华书局 1983 年版，第 442 页。
④ 余嘉锡：《世说新语笺疏》，中华书局 1983 年版，第 426 页。
⑤ 余嘉锡：《世说新语笺疏》，中华书局 1983 年版，第 477 页。
⑥ 余嘉锡：《世说新语笺疏》，中华书局 1983 年版，第 609 页。
⑦ 余嘉锡：《世说新语笺疏》，中华书局 1983 年版，第 888 页。

洁的意思。又《德行》篇："李元礼尝叹荀淑、钟皓曰：'荀君清识难尚，钟君至德可师。'"① 又《赏誉》篇注引《晋后略》："（刘）漠，少以清识为名，与王夷甫友善，并好以人伦为意，故世人许以才智之名。"② 这里的"清识"为卓识远见之意。又《赏誉》篇："司马太傅为二王目曰：'孝伯亭亭直上，阿大罗罗清疏。'"③ 这里的"清疏"为清高放诞、不拘礼法之意。又《品藻》篇："抚军问孙兴公：'刘真长何如？'曰：'清蔚简令。'……'谢仁祖何如？'曰：'清易令达。'……'袁羊何如？'曰：'洮洮清便。'"④ 这里的"清蔚"为清高而富有才思之意，"清易"为清高简易之意，"清便"为善清谈、有口才之意。又《赏誉》篇："王戎目阮文业：'清伦有鉴识，汉以来，未有此人。'"⑤ 这里的"清伦"为高雅之意。又《品藻》篇："卞望之云：'郗公体中有三反：方于事上，好下佞己，一反。治身清贞，大修计较，二反。自好读书，憎人学问，三反。'"⑥ 《栖逸》篇："李廞是茂曾第五子，清贞有远操。"⑦ 这里的"清贞"为廉洁正派之意。在当时的文艺批评中，运用"清"来评论作家、作品，在当时也很普遍，曹丕的"文气"说以"清浊"评人评文自不待说，陆机《文赋》中的"箴顿挫而清壮"之言，便以"清"作为箴这种文体的标志性风格。刘勰在《文心雕龙》中更是大量使用"清"这一概念，有"清典""清要""清畅""清省"等，均是评价作家、作品用语。钟嵘《诗品》亦然，有"清润""清拔""清雅"等。甚至在当时的文论家那里，辨析清浊成为风格批评的一个主要的着眼点，如钟嵘既云："辨彰清浊，掎摭利病。"⑧ 萧纲云："辩兹清浊，使如泾、渭；论兹月旦，类彼汝南。"⑨

---

① 余嘉锡：《世说新语笺疏》，中华书局 1983 年版，第 6 页。
② 余嘉锡：《世说新语笺疏》，中华书局 1983 年版，第 433 页。
③ 余嘉锡：《世说新语笺疏》，中华书局 1983 年版，第 497 页。
④ 余嘉锡：《世说新语笺疏》，中华书局 1983 年版，第 521 页。
⑤ 余嘉锡：《世说新语笺疏》，中华书局 1983 年版，第 425 页。
⑥ 余嘉锡：《世说新语笺疏》，中华书局 1983 年版，第 517 页。
⑦ 余嘉锡：《世说新语笺疏》，中华书局 1983 年版，第 653 页。
⑧ 吕德申：《钟嵘诗品校释》，北京大学出版社 1986 年版，第 99 页。
⑨ （唐）姚思廉：《梁书》，中华书局 2000 年版，第 479 页。

总之，无论是用来品评、赞美人物的气质、个性、才情之美，还是用来指陈艺术作品所独具的一种风格、意境之美，"清"在六朝时期确实是一个使用频率很高的概念，并且衍生出了大量的以"清"为词根的词汇，如清立、清高、清识、清疏、清便、清贞、清和、清伦、清淳、清心玉润、清远、清通、清朗、清士、清才、清真、清婉、清蔚、清贵、清畅、清易、清鉴、清令、清悟、清恬、清韶、清正、清虚、清约、清彻、清鲜、清洁、清夷、清惠、清静、清操、清历、清闲、清粹、清昭，另外还有清言、清论、清歌、清称、清流、清选、清析、清职、清誉，等等。

"远"也是六朝时期产生的一个重要的审美范畴，广泛地运用于人物品评和绘画批评中，代表了当时社会审美风尚的一种趣向。"远"的审美意识的形成，与玄学有密切的关系。"远"与"玄"同义，"玄学"又称"玄远"之学，在一定程度上，"远"即是玄学所追求的境界。

《世说新语》中出现了大量与"远"有关的词汇，如"玄远""清远""通远""旷远""平远""深远""弘远""远志""远意""远致"等，都是在以"远"品藻人物时使用。如《德行》篇："晋文王称阮嗣宗至慎，每与之言，言皆玄远，未尝臧否人物。"① 及"王戎云：太保居在正始中，不在能言之流。及与之言，理中清远，将无以德掩其言！"② 及"安弘粹通远，温雅融畅。"③ 又《言语》篇："会稽贺生，体识清远，言行以礼。不徒东南之美，实为海内之秀。"④ "祖东海太守承，清淡平远。"⑤ 又《文学》篇："傅嘏善言虚胜，荀粲谈尚玄远。"⑥ 又《雅量》篇："桓惮其旷远，乃趣解兵。"⑦ 又《赏誉》篇："见山巨源，如登山临

---

① 余嘉锡：《世说新语笺疏》，中华书局1983年版，第17页。
② 余嘉锡：《世说新语笺疏》，中华书局1983年版，第22页。
③ 余嘉锡：《世说新语笺疏》，中华书局1983年版，第34页。
④ 余嘉锡：《世说新语笺疏》，中华书局1983年版，第96页。
⑤ 余嘉锡：《世说新语笺疏》，中华书局1983年版，第132页。
⑥ 余嘉锡：《世说新语笺疏》，中华书局1983年版，第200页。
⑦ 余嘉锡：《世说新语笺疏》，中华书局1983年版，第369页。

下，幽然深远。"① 又《赏誉》篇："康子绍，清远雅正。"② 又《规箴》篇："王夷甫雅尚玄远，常嫉其妇贪浊，口未尝言'钱'字。"③ 又《贤媛》篇："雅素恢达，度量弘远，心存事外，而与时俯仰。"④ 由此可见，作为一个审美范畴，"远"在当时士人的心目中代表着高尚的人格品性和理想的人生境界，其特点是清雅洒脱、自由放达。形成"远"的心理条件不外乎空、静、素、清、闲、简、旷、达、散、淡等，对此当时人亦有所认识，如"蹈德冲素，思心清远"⑤。艺术创作追求"远"的审美情趣，在当时亦广泛地体现于山水诗、山水画中，通过山水形象及其内在生气的艺术表现，可以使人产生超越世俗凡尘之感，向往那种平淡、冲融、缥缈的"远"境，这在本质上合于沉浸在玄风中的士人的精神追求，所以在当时艺术创作和品评中出现重"远"的审美倾向，便是玄学清谈风气的合乎逻辑的延伸了。

作为审美意识，"清"与"远"堪称比邻，在哲学基础上它们具有共同的玄学生命意识内涵，所以经常连在一起使用，产生了"清远"这一审美范畴，指一种清幽淡远、虚旷放达的境界，既可以用于人物品藻，也可以用于诗文评，成为风格术语。用于人物品评的，如《晋书·王导传》："导少有风鉴，识量清远。"⑥ 又如《世说新语·言语》篇："会稽贺生，体识清远。"⑦ 又如《世说新语·赏誉》篇："康子绍，清远雅正。"⑧ 大凡能超凡脱俗、游心方外者，即可称"清远"，而能"清远"者，则必为名士，故"清远"实含玄学之义。用于诗文评的，如钟嵘《诗品》："嵇康诗托清远，良有鉴裁。"无非指嵇康诗如其人，以至"清远"成为他的诗歌风格的一个重要标识。概而言之，中国传统审美概念，

① 余嘉锡：《世说新语笺疏》，中华书局 1983 年版，第 422 页。
② 余嘉锡：《世说新语笺疏》，中华书局 1983 年版，第 437 页。
③ 余嘉锡：《世说新语笺疏》，中华书局 1983 年版，第 557 页。
④ 余嘉锡：《世说新语笺疏》，中华书局 1983 年版，第 680 页。
⑤ （唐）房玄龄等：《晋书》，中华书局 1974 年版，第 666 页。
⑥ （唐）房玄龄等：《晋书》，中华书局 1974 年版，第 1157 页。
⑦ 余嘉锡：《世说新语笺疏》，中华书局 1983 年版，第 96 页。
⑧ 余嘉锡：《世说新语笺疏》，中华书局 1983 年版，第 437 页。

大多体现出体用合一的特色，"清远"范畴亦不例外，"清远"意境之获得由心境之淡远和物境之清幽而来，因而在倡导此种风格的同时，实际上也对审美主体的人格提出了一种规定，此种规定即为不囿于世俗庸凡，游心于淡泊之所。

（作者单位：陕西师范大学人文社会科学
高等研究院、中国社会科学院）

以"怨"为美：汉魏六朝的审美风尚与诗学实践

袁　劲

　　继孔子提出"诗可以怨"命题、孟子捍卫《诗》中之"怨"的正当性与合理性、司马迁推许屈原及其《离骚》"发愤以抒情"之后，何休、曹植、江淹、沈约、刘勰、钟嵘等文人，或是进行理论层面的诗史溯源与诗学批评，或是直接参与诗歌创作，从文学发生、文人创作、文本接受三个维度合力推动了汉魏六朝"以'怨'为美"诗学新风尚的生成。之所以说"以'怨'为美"是新风尚，是因为在传统的政治伦理语境中，积聚了委屈、不平乃至愤恨体验的"怨"多被视为有碍个体道德修养与国家政治安定的负面因素。诸如"唯女子与小人为难养也，近之则不孙，远之则怨"（《论语·阳货》），"乱世之音怨以怒，其政乖"（《礼记·乐记》），"今取怨思之声，闻其音者，不淫则悲。淫则乱男女之辨，悲则感怨思之气，岂所谓乐哉"（《淮南子·泰族训》）等经典论说，均秉持以"怨"为"恶"为"乱"（或曰以"不怨"为"善"为"美"）的主张。与之相较，《宋书·王微传》中传主王微与从弟僧绰书信所言"文词不怨思抑扬，则流澹无味。文好古，贵能连类可悲，一往视之，如似多意"①，非但不再拒斥"怨"，反而敞开诗学审美之门，将"怨"奉为文辞具有兴味和美感的必备要素。这一"以'怨'为美"诗学审美风尚的转捩，接续汉初刘安、司

---

　　① （南朝梁）沈约：《宋书》，中华书局1974年版，第1667页。

马迁等人对屈原"发愤以抒情"风格的认可，经由汉魏六朝文人诗史溯源、逸诗解题、诗篇命名的系列实践，终在"昭君怨""婕妤怨"等诗学母题的经典化之中达成。至于此后中国诗歌史中"哀怨""凄怨""骚怨"风格、"宫怨""闺怨"主题、"湘怨"情结①，等等，皆可视作汉魏六朝以"怨"为美诗学风尚的赓续。

一　男女有所怨恨，相从而歌："怨"与诗史溯源

"男女有所怨恨，相从而歌"语出东汉何休，与班固"感于哀乐，缘事而发"（《汉书·艺文志》），陆机"悲落叶于劲秋，喜柔条于芳春"（《文赋》），沈约"刚柔迭用，喜愠分情"与"志动于中，则歌咏外发"（《宋书·谢灵运传论》），等等，一同代表了时人对作诗情感动机的认识。《公羊传》宣公十五年有"什一行而颂声作矣"之说，何休不惟直言"太平歌颂之声，帝王之高致也"，还进一步涉及采诗制度，揭示"五谷毕，人民皆居宅，里正趋缉绩，男女同巷，相从夜绩至于夜中。故女功一月得四十五日作。从十月尽正月止，男女有所怨恨，相从而歌，饥者歌其食，劳者歌其事"的背景信息。② 钱锺书先生在《诗可以怨》一文中对此曾有精妙的分析，认为何休的解诂应分为两个层次来理解：先是提及"颂声作"的理想状态，后又不忘拿出篇幅补充"怨恨而歌"的真实情况。③ 从魏晋南北朝文人的征引阐发来看，"男女有所怨恨，相从而歌"的概括非常符合经学权威消散后人们对诗作成因的理解。

所谓"止怒莫若诗，去忧莫若乐"（《管子·内业》），诗歌确实具有发泄情绪、解除怨怒的作用。"男女有所怨恨，相从而歌"并非无根之谈。随着诗体的独立与自觉，魏晋南北朝文论家不约而同地回顾过去，

---

①　潘链钰：《中国诗史中的"湘怨"情结——以唐诗宋词为中心》，《海南师范大学学报》（社会科学版）2016 年第 9 期。

②　（清）阮元校刻：《十三经注疏》，中华书局 1980 年版，第 2287 页。

③　钱锺书：《诗可以怨》，《七缀集》，生活·读书·新知三联书店 2002 年版，第 117 页。

将诗的历史追溯至《诗》以前。且看南朝梁沈约、刘勰和钟嵘的三则说法：

> 民禀天地之灵，含五常之德，刚柔迭用，喜愠分情。夫志动于中，则歌咏外发。六义所因，四始攸系，升降讴谣，纷披风什。虽虞夏以前，遗文不睹，禀气怀灵，理无或异。然则歌咏所兴，宜自生民始也。（《宋书·谢灵运传论》）
>
> 昔葛天氏乐辞云：《玄鸟》在曲，黄帝《云门》，理不空绮。至尧有《大唐》之歌，舜造《南风》之诗，观其二文，辞达而已。及大禹成功，九序惟歌；太康败德，五子咸怨，顺美匡恶，其来久矣。（《文心雕龙·明诗》篇）
>
> 昔《南风》之辞，《卿云》之颂，厥义夐远。夏歌曰："郁陶乎予心。"楚谣曰："名余曰正则。"虽诗体未全，然略是五言之滥觞也。（《诗品序》）

本着情动为诗的观点，沈约旗帜鲜明地提出"歌咏所兴，宜自生民始"。在他看来，虞夏以前的诗歌年久失传，但"禀气怀灵"的道理应没有太大变异。沈约论说的重点在汉至南朝宋，没有涉及《诗》《骚》以前的具体篇目。其实早在战国末期，《吕氏春秋·音初》述说东南西北之音起源时，所提到的《破斧之歌》、"候人兮猗"与"燕燕往飞"，以及殷整甲思念故居所作的"西音"，皆可视为诗歌的雏形。其中，孔甲有感于命运、涂山氏之女思念夫君、殷整甲怀念故居，都带有与"怨"相近的情感特征①。

在追溯诗歌起源，胪列早期诗篇时，刘勰与钟嵘皆提到《南风》。据《礼记·乐记》"昔者舜作五弦之琴，以歌《南风》"的说法，此诗至少在大舜时便已产生。当然，舜歌或舜造《南风》之事只是传言。郑玄

---

① 许维遹：《吕氏春秋集释》，中华书局 2009 年版，第 139—142 页。

在为《礼记》做注时便言"其辞未闻"①。《孔子家语·辩乐解》倒是记载了歌辞："南风之熏兮，可以解吾民之愠兮；南风之时兮，可以阜吾民之财兮。"② 对此，崔述《唐虞考信录》早已根据诗句风格质疑其真实性："此歌则词露而意浅，声曼而力弱，不类唐虞时语，盖后世工于琴者所拟作。"③ 崔述的质疑颇有道理。《孔子家语》成书于魏王肃之手，抛开诗作内容真伪不谈，"可以解吾民之愠"即便无法远及唐虞，也至少代表了魏晋知识界对诗的一种认识或想象。《礼记·乐记》在"舜歌《南风》"之后还并举"夔始制乐，以赏诸侯"，进而追慕观乐舞以知德行的先王之制："其治民劳者，其舞行缀远；其治民逸者，其舞行缀短。"这种"乱世之音怨"与"乐至则无怨"看法，上承《荀子·乐论》"先王导之以礼乐而民和睦"的构想，又向下触发《诗大序》"美刺"之说，其影响亦可谓夐远。

刘勰与钟嵘共同提到的另一首诗《五子之歌》也包含着类似的思想。刘勰所言"太康败德，五子咸怨"语出伪《古文尚书·夏书》，是书交代诗作背景为太康因畋猎无度而失国，其昆弟五人皆怨，故作歌重申先祖大禹之戒。伪《古文尚书》载此歌五首。其一说理，直陈防范民怨之道："予视天下愚夫愚妇，一能胜予……怨岂在明，不见是图。"其五抒情，曲写因太康之乱而无处依归的悲怨："呜呼曷归，予怀之悲。万姓仇予，予将畴依。郁陶乎予心，颜厚有忸怩。弗慎厥德，虽悔可追。"《五子之歌》属于伪《古文尚书》，不可视为夏朝的真实史料，但因其书作伪于魏晋，亦可印证时人对"诗可以怨"的理解与接受。

二 商周秦逸诗解题中的"怨"元素

《南风》歌颂德政，顺便提及诗能解民怨的功用；《五子之歌》记载乱世，因而收录具体抒怨之例，二者恰成一体之两面。其实，刘勰和钟

---

① （清）阮元校刻：《十三经注疏》，中华书局1980年版，第1534页。
② 杨朝明、宋立林：《孔子家语通解》，齐鲁书社2009年版，第400页。
③ （清）崔述：《唐虞考信录》，中华书局1985年版，第77页。

嵘所揭示的"诗可以怨"在商周秦曾广泛存在，除去今人较为熟悉的《诗经》《楚辞》，兹辑录"逸诗"中能够体现"怨恨而歌"特色的十三例，整理编次如下。

相传夏末一则：

《吕氏春秋·慎大览》载"夏民怨诗"

伊尹奔夏三年，反报于亳，曰："桀迷惑于末嬉，好彼琬、琰，不恤其众，众志不堪，上下相疾，民心积怨，皆曰：'上天弗恤，夏命其卒。'"汤谓伊尹曰："若告我旷夏尽如诗。"①

伊尹向商汤描述夏朝民众积怨之言："上天弗恤，夏命其卒。"此语押韵近于民谣，也有可能只是民怨至极后的诅咒，但联系其后商汤"尽如诗"的评价来看，归为民间诗作亦无不可。清儒俞樾称此句与《尚书·汤誓》"时日曷丧，予及女偕亡"近似，皆为是时有韵之民俗歌谣②。此诗原无题名，根据背景与内容拟题为"夏民怨诗"。

反映两周民情者八则，其中西周初年与末期各一则，春秋战国七则。

《史记·宋微子世家》载《麦秀》

于是武王乃封箕子于朝鲜而不臣也。其后箕子朝周，过故殷墟，感宫室毁坏，生禾黍，箕子伤之，欲哭则不可，欲泣为其近妇人，乃作《麦秀》之诗以歌咏之。其诗曰："麦秀渐渐兮，禾黍油油。彼狡僮兮，不与我好兮！"③

《麦秀》中比兴言志的手法与今本《诗经》非常相似。其中"禾黍"蓬勃于王都故墟的黍离之感，又见于《王风·黍离》，而"彼狡僮兮，不与我好兮"句式更是与《郑风·狡童》近乎一致。如《史记》所载为真，那么

---

① 许维遹：《吕氏春秋集释》，中华书局 2009 年版，第 355 页。
② 其说见许维遹《吕氏春秋集释》，中华书局 2009 年版，第 355 页。
③ （汉）司马迁：《史记》，中华书局 1959 年版，第 1620—1621 页。

"彼狡僮兮，不与我好兮"的责怪与埋怨则正寄托了箕子的哀怨。《史记》所谓"欲哭则不可"故"以歌咏之"，也大有"长歌当哭"的意味。

《琴操》载《履霜操》

伯奇编水荷而衣之，采檊花而食之，清朝履霜，自伤无罪见逐，乃援琴而鼓之曰："履朝霜兮采晨寒，考不明其心兮听谗言。孤恩别离兮摧肺肝，何辜皇天兮遭斯愆。痛殁不同兮恩有偏，谁说顾兮知我冤？"①

此诗又见《乐府诗集》《风雅逸篇》《古诗纪》《古谣谚》，皆题《履霜操》。汉蔡邕（一说晋孔衍）《琴操》言其诗为尹吉甫之子伯奇作于周宣王时，抒发无罪见逐的哀怨之情。若依赵岐《孟子注》之说②，《履霜操》与《诗·小雅·小弁》皆为伯奇所作，向天哭诉冤情的模式也大致相同。

《琴操》载《龙蛇歌》

重耳复国，舅犯、赵衰俱蒙厚赏，子绥独无所得，绥甚怨恨，乃作"龙蛇之歌"以感之，遂遁入山。其章曰："有龙矫矫，遭天谴怒。卷排角甲，来遁于下。志愿不与，蛇得同伍。龙蛇俱行，身辨山墅。龙得升天，安厥房户。蛇独抑摧，沉滞泥土。仰天怨望，绸缪悲苦。非乐龙伍，惔不晒顾。"③

与《履霜操》一样，《龙蛇歌》也见于《琴操》。介子推辅佐晋文公接任王位而不受赏赐，此事经后世文献的不断复述已成著名的典故，只是其中涉及的赋诗历来有不同的版本。《吕氏春秋·介立》《新序·节士》认为诗乃介子推所作，而《史记·晋世家》《说苑·复恩》则称此

---

① 吉联抗辑：《琴操》（两种），人民音乐出版社1990年版，第29—30页。
② 其说见（清）焦循《孟子正义》，中华书局1987年版，第817页。
③ 吉联抗辑：《琴操》（两种），人民音乐出版社1990年版，第43页。

诗乃介子推之从者悬书宫门。所谓"子推自割而饲君兮，德日忘而怨深"①，《琴操》所录版本采介子推自作说，其中明言"仰天怨望"，属于"怨恨而歌"无疑。

《晏子春秋·外篇》载"晏子谏齐景公诗"

　　景公筑长庲之台，晏子侍坐。觞三行，晏子起舞曰："岁已暮矣而禾不获，忽忽矣若之何。岁已寒矣而役不罢，惙惙矣如之何。"舞三而涕下沾襟。景公惭焉，为之罢长庲之役。②

此诗原无题名，根据情境拟作"晏子谏齐景公诗"。其诗为晏子代齐国征夫所作，诗中"禾不获"与"役不罢"的呼告，高度契合何休"饥者歌其食，劳者歌其事"之概括。

《琴操》载《退怨歌》

　　平王死，子立为荆王，和复欲献之，恐复见害。乃抱其玉而哭荆山之中，昼夜不止，泣尽继之以血。荆王遣问之，于是和随使献王，王使剖之，中果有玉，乃封和为陵阳侯。和辞不就而去，作"退怨之歌"曰："悠悠沂水，经荆山兮。精气郁泱，谷岩中兮。中有神宝，灼明明兮。穴山采玉，难为功兮。于何献之，楚先王兮。遇王暗昧，信谗言兮。断截两足，离余身兮。俛仰嗟叹，心摧伤兮。紫之乱朱，粉墨同兮。空山嘘唏，涕龙钟兮。天鉴孔明，竟以彰兮。沂水滂沛，流于汶兮。进宝得刑，足离分兮。去封立信，守休芸兮。断者不续，岂不冤兮。"③

卞和献玉与介子推不受赏之事皆带有很强的故事性，前者明言"仰天怨望"，后者更是以"怨"为题而留下《退怨歌》。所谓"退怨"，亦

---

①　（宋）洪兴祖：《楚辞补注》，中华书局 1983 年版，第 247 页。
②　张纯一：《晏子春秋校注》，中华书局 2014 年版，第 345 页。
③　吉联抗辑：《琴操》（两种），人民音乐出版社 1990 年版，第 45—46 页。

有作诗解怨之义。

另有以吴越争霸为背景的"怨诗"一组四则，三则出自东汉《吴越春秋》，一则出自东晋《搜神记》。其诗较为整饬，多半为后人托名所作，或经过后人的增饰与润色。

《吴越春秋·阖闾内传》载《河上歌》

吴大夫被离承宴，问子胥曰："何见而信喜？"子胥曰："吾之怨与喜同，子不闻河上歌乎？同病相怜，同忧相救。惊翔之鸟，相随而集。濑下之水，因复俱流。胡马望北风而立，越燕向日而熙。谁不爱其所近，悲其所思者乎！"①

《吴越春秋·阖闾内传》载《扈子怨歌》

乐师扈子非荆王信谗佞，杀伍奢、白州犁，而寇不绝于境，至乃掘平王墓戮尸，奸喜以辱楚君臣；又伤昭王困迫，几为天下大鄙，然已愧矣。乃援琴为楚作穷劫之曲，以畅君之迫厄之畅达也。其词曰："王耶，王耶，何乖烈，不顾宗庙听谗孽。任用无忌多所杀，诛夷白氏族几灭。二子东奔适吴越，吴王哀痛助忉怛。垂涕举兵将西伐，伍胥、白喜、孙武决。三战破郢王奔发，留兵纵骑虏荆阙。楚荆骸骨遭发掘，鞭辱腐尸耻难雪。几危宗庙社稷灭，严王何罪国几绝。卿士悽怆民恻悷，吴军虽去怖不歇。愿王更隐抚忠节，勿为谗口能谤亵。"昭王垂涕，深知琴曲之情，扈子遂不复鼓矣。②

《河上歌》与《扈子怨歌》皆因"怨"而作，前者是被离、伍子胥因吴王阖闾信用白喜而托诗言情，后者乃楚乐师扈子哀叹吴破郢之难。一则曲通心志，一则怨中有劝。

---

① （汉）赵晔：《吴越春秋》，江苏古籍出版社1986年版，第28—29页。
② （汉）赵晔：《吴越春秋》，江苏古籍出版社1986年版，第45—46页。

《吴越春秋·勾践入臣外传》载《乌鸢歌》

越王夫人乃据船哭，顾乌鹊啄江渚之虾，飞去复来。因哭而歌之曰："仰飞鸟兮乌鸢，凌玄虚号翩翩。集洲渚兮优恣，啄虾矫翮兮云间。任厥兮往还。妾无罪兮负地，有何辜兮谴天。飘飘独兮西往，孰知返兮何年！心惙惙兮若割，泪泫泫兮双悬。"

又哀今曰："彼飞鸟兮鸢乌，已回翔兮翕苏。心在专兮素虾，何居食兮江湖。徊复翔兮游飏，去复返兮於乎！始事君兮去家，终我命兮君都。终来遇兮何幸，离我国兮去吴。妻衣褐兮为婢，夫去冕兮为奴。岁遥遥兮难极，冤悲痛兮心恻。肠千结兮服膺，於乎哀兮忘食。愿我身兮如鸟，身翱翔兮矫翼。去我国兮心摇，情愤惋兮谁识！"越王闻夫人怨歌，心中内恸，乃曰："孤何忧？吾之六翮备矣。"[1]

《搜神记》载《紫珪歌》

吴王夫差小女，名紫珪。童子韩重有道术，紫珪悦之，许与韩重为婚。韩重乃学于齐鲁之间，临去，属其父求婚。王怒，不与女，紫珪结气亡，葬于阊门之外。重三年归，闻其死哀恸，至紫玉墓所哭祭之。紫玉忽魂出冢傍，见重流涕。重与言，乃左顾宛颈而歌曰："南山有鸟，北山张罗。鸟既高飞，罗将奈何。志欲从君，谗言孔多。悲结生疾，没命黄垆。命之不造，冤如之何！"[2]

《乌鸢歌》与《紫珪歌》同为女子所作，勾践夫人有感于生离而紫玉亡魂哭诉死别。前者之"冤悲痛""情愤惋"与后者"命之不造，冤如之何"皆不离"怨恨而歌"的概括。

《庄子·大宗师》载"子桑歌诗"

子舆与子桑友，而霖雨十日。子舆曰："子桑殆病矣！"裹饭而

① （汉）赵晔：《吴越春秋》，江苏古籍出版社 1986 年版，第 94—95 页。
② 李剑国：《新辑搜神记》，中华书局 2007 年版，第 389—390 页。

往食之。至子桑之门，则若歌若哭，鼓琴曰："父邪！母邪！天乎！人乎！"有不任其声而趋举其诗焉。子舆入，曰："子之歌诗，何故若是？"曰："吾思夫使我至此极者而弗得也。父母岂欲吾贫哉？天无私覆，地无私载，天地岂私贫我哉？求其为之者而不得也。然而至此极者，命也夫！"①

"子桑歌诗"可作寓言解，其辞质朴却具有很强的感染力，也从侧面体现怨天尤人的常情。《庄子·让王》另有曾子"曳縰而歌商颂"一事，其辞已佚，困顿情境和歌诗不怨之主旨可与此诗参照。

秦朝两则"怨"诗皆为民众苦于劳役所作。

《三秦记》载《甘泉之歌》

始皇作骊山，陵周回跨阴盘县界，水背陵，障使东西流，运大石于渭北渚，民怨之，作《甘泉之歌》曰："运石甘泉口，渭水不敢流。千人唱，万人讴，金陵余石大如堰。"②

《物理论》载"秦民苦于筑长城之歌"

蒙恬筑长城，人不堪苦，白骨山积。乃有歌曰："生男慎勿举，生女哺用脯。不见长城下，白骨相撑拄。"③

东汉辛氏《三秦记》称《甘泉之歌》乃"民怨之"所作，而三国杨泉《物理论》所录秦朝民众苦于修筑长城之歌，与前者修筑骊山陵而劳民伤财非常相似。

上述逸诗均有题解交代成因，但《履霜操》《龙蛇歌》《退怨歌》《乌鸢歌》《紫玤歌》等与当时同类诗作风格差异较大，或是出于伪托，或是经过后人的增改润色。这就尤其需要注意，在题解所言诗作本事以外，其实还存有解说者的立场。所以不妨如此认为，上述"怨"诗即便

① （清）郭庆藩撰，王孝鱼点校：《庄子集释》，中华书局2012年版，第285—286页。
② 刘庆柱：《三秦记辑注·关中记辑注》，三秦出版社2006年版，第60—61页。
③ 王韧：《意林校释》，中华书局2014年版，第561页。

在本事所属的时间层面失真，也至少代表了汉魏晋南北朝文人对 "诗可以怨" 命题的理解与接受。

三　汉魏六朝诗歌创作中的以 "怨" 为题

上述十三则逸诗辑录中，除了《退怨歌》一例以 "怨" 为题，其他诗作与 "怨" 的关系还需要结合题解来确认。从兴起到繁荣，汉魏晋南北朝以 "怨" 为美的思潮，更突出地表现为文人直接以 "怨" 为题的创作。刘勰在《文心雕龙·辨骚》篇中曾言，后世辞赋家继武屈原而 "叙情怨" "述离居" "论山水" "言节候"。验之《楚辞》，贾谊、严忌、王褒等人确实追随屈原郁伊怆怏的文风而进入美的境界。其中可留意的是，东方朔《七谏》中有《怨世》和《怨思》，刘向《九叹》中有《怨思》，王逸《九思》中还有《怨上》。东方朔等人以 "怨" 为题的创作，多属 "昭忠信，矫曲朝" ①（《七谏序》）、"追念屈原忠信之节" ②（《九叹序》）和 "嘉其义，作赋骋辞，以赞其志" ③ （《九思序》）之类的有感而发。在上述作品中，诸如 "独冤抑而无极兮，伤精神而寿夭" ④ （《七谏·怨世》），"志隐隐而郁怫兮，愁独哀而冤结" ⑤ （《九叹·远逝》）等描写还表明，作者已开始聚焦屈原之 "怨"，并将其视作独立的审美范畴。这类以 "怨" 为题的创作肇始于《楚辞》，并在汉魏晋南北朝诗歌中大量涌现。

依据逯钦立先生辑校《先秦汉魏晋南北朝诗》所收诗作，自汉至陈，以 "怨" 为题之诗歌作品共计 70 篇，几可谓无代无之。现将具体情况整理如下：

① （宋）洪兴祖：《楚辞补注》，中华书局 1983 年版，第 236 页。
② （宋）洪兴祖：《楚辞补注》，中华书局 1983 年版，第 282 页。
③ （宋）洪兴祖：《楚辞补注》，中华书局 1983 年版，第 314 页。
④ （宋）洪兴祖：《楚辞补注》，中华书局 1983 年版，第 247 页。
⑤ （宋）洪兴祖：《楚辞补注》，中华书局 1983 年版，第 292 页。

表1　　　　　　　　汉魏晋南北朝以"怨"为题诗歌一览

作者	诗篇名称	出处	备注
班婕妤	《怨诗》	《汉诗》卷二	说明一
张衡	《怨诗》	《汉诗》卷六	
相和歌辞	《怨诗行》	《汉诗》卷九	
琴曲歌辞	《信立退怨歌》	《汉诗》卷一一	说明二
琴曲歌辞	《怨旷思惟歌》	《汉诗》卷一一	说明三
曹植	《怨歌行》	《魏诗》卷六	说明四
曹植	《怨诗行》	《魏诗》卷七	
皇甫谧	《女怨诗》	《晋诗》卷二	
翩风	《怨诗》	《晋诗》卷四	说明五
梅陶	《怨诗行》	《晋诗》卷一二	
陶渊明	《怨诗楚调示庞主簿邓治中》	《晋诗》卷一六	
王微	《七襄怨诗》	《宋诗》卷四	
汤惠休	《怨诗行》	《宋诗》卷六	
谢朓	《玉阶怨》	《齐诗》卷三	
谢朓	《和王主簿季哲怨情诗》	《齐诗》卷四	
虞炎	《玉阶怨》	《齐诗》卷五	
范云	《登城怨诗》	《梁诗》卷二	
江淹	《卧疾怨别刘长史诗》	《梁诗》卷三	
江淹	《征怨诗》	《梁诗》卷三	
江淹	《休上人怨别》	《梁诗》卷四	
丘迟	《敬酬柳仆射征怨诗》	《梁诗》卷五	
沈约	《怨歌行》	《梁诗》卷六	
沈约	《秋晨羁怨望海思归诗》	《梁诗》卷七	
柳恽	《长门怨》	《梁诗》卷八	
何逊	《昭君怨》	《梁诗》卷八	
何逊	《和萧咨议岑离闺怨诗》	《梁诗》卷八	
何逊	《为人妾怨诗》	《梁诗》卷九	
何逊	《闺怨诗》二首	《梁诗》卷九	
吴均	《闺怨诗》	《梁诗》卷一一	
王僧孺	《何生姬人有怨诗》	《梁诗》卷一二	

续表

作者	诗篇名称	出处	备注
王僧孺	《春闺有怨诗》	《梁诗》卷一二	
王僧孺	《秋闺怨诗》	《梁诗》卷一二	
王僧孺	《为人宠姬有怨诗》	《梁诗》卷一二	
王僧孺	《春怨诗》	《梁诗》卷一二	
陆罩	《闺怨诗》	《梁诗》卷一三	
陶弘景	《寒夜怨》	《梁诗》卷一五	
刘孝绰	《班婕妤怨》	《梁诗》卷一六	
吴孜	《春闺怨》	《梁诗》卷一七	
刘孝威	《怨诗》	《梁诗》卷一八	
刘孝仪	《闺怨诗》	《梁诗》卷一九	
萧纲	《怨歌行》	《梁诗》卷二〇	
萧纲	《怨诗》	《梁诗》卷二〇	
萧纲	《独处怨》	《梁诗》卷二〇	
萧纲	《倡妇怨情诗十二韵》	《梁诗》卷二〇一	
萧纲	《倡楼怨节诗》	《梁诗》卷二〇二	
萧纶	《代秋胡妇闺怨诗》	《梁诗》卷二〇四	
萧绎	《代旧姬有怨诗》	《梁诗》卷二〇五	
萧绎	《闺怨诗》	《梁诗》卷二〇五	
费昶	《长门怨》	《梁诗》卷二〇七	
邓铿	《和阴梁州杂怨诗》	《梁诗》卷二〇七	
刘氏	《昭君怨》	《梁诗》卷二〇八	
刘令娴	《和婕妤怨诗》	《梁诗》卷二〇八	
沈满愿	《彩毫怨》	《梁诗》卷二〇八	
褚士达	《徐铁臼怨歌》	《北齐诗》卷四	
庾信	《怨歌行》	《北周诗》卷二	
庾信	《闺怨诗》	《北周诗》卷四	
阴铿	《班婕妤怨》	《陈诗》卷一	
阴铿	《秋闺怨诗》	《陈诗》卷一	
阴铿	《南征闺怨诗》	《陈诗》卷一	
张正见	《怨诗》	《陈诗》卷二	

续表

作者	诗篇名称	出处	备注
张正见	《山家闺怨诗》	《陈诗》卷三	
陈叔宝	《昭君怨》	《陈诗》卷四	
李爽	《山家闺怨诗》	《陈诗》卷六	
江总	《怨诗》二首	《陈诗》卷七	
江总	《赋得空闺怨诗》	《陈诗》卷八	
江总	《闺怨篇》	《陈诗》卷八	
江总	《姬人怨》	《陈诗》卷八	
江总	《姬人怨服散篇》	《陈诗》卷八	
何楫	《班婕妤怨》	《陈诗》卷九	
吴思玄	《闺怨诗》	《陈诗》卷九	

说明一，《怨诗》传为班婕妤所作，又名《怨歌行》《扇诗》或《咏扇诗》《纨扇诗》。此诗不见于《汉书》，在《文选》中位列"诗戊·乐府上"，题为《怨歌行》；在《玉台新咏》中题为《怨诗》，另有附序称此诗为班婕妤失宠后于长信宫中自伤而作①。诗以团扇设喻，书写捐弃之怨。刘勰在《文心雕龙·明诗》篇中已指出汉成帝时品录诗作"莫见五言"，故班婕妤作五言《怨诗》一说"见疑于后代"。李善注《文选》引《歌录》认为古有此曲，"而班婕妤拟之"②。另，逯钦立先生以为"此诗盖魏代伶人所作"③。无论是可能性较小的自作，还是后人托名而作，此诗至少在齐梁以前便已存在。

说明二，《信立退怨歌》载于《琴操》，本文第二部分已有分析，兹不赘述。

说明三，《怨旷思惟歌》又作《昭君怨》或《怨诗》。逯钦立先生指出诗句"远集西羌"与出使匈奴史实不合④，似为后人托名而作。

说明四，此诗作者众说纷纭，有魏明帝曹睿说、魏文帝曹丕说和陈思王曹植说。视为曹植所作，依据《艺文类聚》《乐府诗集》《文章正宗》，且与"周公佐成王，金縢功不刊。推心辅王室，二叔反流言"的诗义更为接近。

说明五，翾风作《怨诗》一事依据王子年《拾遗记》，其说指出翾风因年老色衰，被石崇退为房老，怀怨而作此诗。⑤

① （陈）徐陵编，（清）吴兆宜注，（清）程琰删补：《玉台新咏笺注》，中华书局 1985 年版，第 26 页。
② （南朝梁）萧统编，（唐）李善注：《文选》，上海古籍出版社 1986 年版，第 1280 页。
③ 逯钦立辑校：《先秦汉魏晋南北朝诗》，中华书局 1983 年版，第 117 页。
④ 逯钦立辑校：《先秦汉魏晋南北朝诗》，中华书局 1983 年版，第 316 页。
⑤ 其说见逯钦立辑校《先秦汉魏晋南北朝诗》，中华书局 1983 年版，第 646 页。

从表 1 至少可以得出三点结论：一，自东汉张衡《怨诗》算起，以"怨"为题的诗作随着时间推移逐渐增多，并在南朝梁陈之际蔚然成风，此乃以"怨"为美历时性观念演进的一大表征；二，拟代与酬和是该类诗作的两种主要形式，这也反映出以"怨"为美观念的内部承传和共时性拓展；三，女性形象，尤其是王昭君、班婕妤成为众多诗人竞相书写的"母题"。

四　"昭君怨"与"婕妤怨"："怨"主题的经典化

汉魏晋南北朝以"怨"为题的诗歌创作多依托特定的人物形象，比如卞和之于《信立退怨歌》、曹植之于《怨歌行》、陈皇后之于《长门怨》、翾风之于《怨诗》。这类诗作将其文之"怨"与其人身世关联起来，可以说是延续了自司马迁以来，知屈原而论《离骚》的接受模式。在汉魏晋南北朝 70 首以"怨"为题的诗作中，"昭君怨"和"婕妤怨"因不断被复述而具有典范性。属于"昭君怨"的同题作品有《怨旷思惟歌》、何逊《昭君怨》、刘氏《昭君怨》、陈叔宝《昭君怨》四首。可归入"婕妤怨"系列的有传班婕妤所作《怨诗》、刘孝绰《班婕妤怨》、刘令娴《和婕妤怨诗》、阴铿《班婕妤怨》、何楫《班婕妤怨》五首。另外，谢朓《和王主簿季哲怨情诗》、沈约《怨歌行》、刘孝威《怨诗》还用到"掖庭聘绝国""辞宠悲团扇""邅沦班姬宠""王嫱向绝漠"的典故[1]。我们不禁要问：为何"昭君怨"与"婕妤怨"如此受到诗人的青睐？这两类诗作又是如何照应"怨"的主题？

先看"昭君怨"。《怨旷思惟歌》传为昭君所作，"离宫绝旷，身体摧藏。志念抑沉，不得颉颃""父兮母兮，道里悠长。呜呼哀哉，忧心恻伤"等诗句，重点刻画诗人辞宫去境后的心理。如题名所示，有姿容而不获元帝赏识（怨旷）与背井离乡和亲匈奴（思惟）是"昭君怨"的

---

① 本文所引用诗作除特殊说明，均据逯钦立辑校《先秦汉魏晋南北朝诗》，中华书局1983 年版。

两处情感来源。晋朝石崇模拟昭君心态作《王明君辞》，大谈和亲匈奴后"积思常愤盈"之情，而南朝诗人也是围绕着"怨旷"和"思惟"两点做文章。何逊《昭君怨》云："昔闻白鹤弄，已自轸离情。今来昭君曲，还悲秋草生。"若说何逊强调的是离愁感人，那么刘氏和陈后主的两篇《昭君怨》除了离愁别怨，还提到画工毛延寿作梗一事：前一篇称"丹青失旧仪，匣玉成秋草。相接辞关泪，至今犹未燥"，后一篇亦言"图形汉宫里，遥聘单于庭。……啼妆寒叶下，愁眉塞月生"。按照《后汉书·南匈奴列传》的记载，昭君自请和亲乃因"不得见御，积悲怨"：

> 昭君字嫱，南郡人也。初，元帝时，以良家子选入掖庭。时呼韩邪来朝，帝敕以宫女五人赐之。昭君入宫数岁，不得见御，积悲怨，乃请掖庭令求行。呼韩邪临辞大会，帝召五女以示之。昭君丰容靓饰，光明汉宫，顾景裴回，竦动左右。帝见大惊，意欲留之，而难于失信，遂与匈奴。①

另有说法称，王昭君之所以久不受汉元帝宠爱，是因为不肯向画工毛延寿行贿，导致绝好姿容被埋没。此说以《世说新语·贤媛》为代表：

> 汉元帝宫人既多，乃令画工图之，欲有呼者，辄披图召之。其中常者，皆行货赂。王明君姿容甚丽，志不苟求，工遂毁为其状。后匈奴来和，求美女于汉帝，帝以明君充行。既召见而惜之。但名字已去，不欲中改，于是遂行。②

画工作梗一事又见于《西京杂记》，宋王观国《学林》指出其说不可信③。与《离骚》中的"众女谣诼"相似，画工受贿也属于小人离间

---

① （南朝宋）范晔：《后汉书》，中华书局1965年版，第2941页。
② 余嘉锡：《世说新语笺疏》（下），中华书局2007年版，第782页。
③ （宋）王观国：《学林》，中华书局1988年版，第123页。

君臣（妾）关系。这一背景元素的加入，可视为《离骚》余波，但从根本上讲还是由于如此解释，更能唤起文人骚客的不遇之感。

再看"婕妤怨"。与《怨旷思惟歌》相似，《怨诗》也有很大可能是后人托名班婕妤所作。与"昭君怨"的"未承恩"不同，"婕妤怨"的触发点是"君恩无常"，情感内核是"基于思念基础上的埋怨以及感伤不平"①。诗人以团扇遭弃比喻恩情中断，这一意象也被多位梁陈诗人沿用：

> 应门寂已闭，非复后庭时。况在青春日，萋萋绿草滋。妾身似秋扇，君恩绝履綦。讵忆游轻辇，从今贱妾辞。（刘孝绰《班婕妤怨》）
>
> 日落应门闭，愁思百端生。况复昭阳近，风传歌吹声。宠移终不恨，谗枉太无情。只言争分理，非妒舞腰轻。（刘令娴《和婕妤怨诗》）
>
> 柏梁新宠盛，长信昔恩倾。谁谓诗书巧，翻为歌舞轻。花月分窗进，苔草共阶生。接泪衫前满，单暝梦里惊。可惜逢秋扇，何用合欢名。（阴铿《班婕妤怨》）
>
> 齐纨既逐箧，赵舞即凌人。履迹随恩故，阶苔逐恨新。独卧销香炷，长啼费锦巾。庭草何聊赖，也持秋当春。（何楫《班婕妤怨》）

齐梁诗人为"婕妤怨"增添了一些新元素，比如刘令娴《和婕妤怨诗》的"宠移终不恨，谗枉太无情"，阴铿《班婕妤怨》的"谁谓诗书巧，翻为歌舞轻"。君主移情别恋，另有新欢所带来的委屈哀怨自不必说，如若新欢无美好德行，只是靠姿色甚至是谗言胜出，那么旧爱的感伤不平便会更重一分。这类新欢与旧爱的对举，亦远绍《离骚》"户服艾以盈要兮，谓幽兰其不可佩"的经典模式。

---

① 廖春艳：《汉唐诗歌思妇之怨的时空叙写》，《湖南社会科学》2016 年第 5 期。

不妨说，自《离骚》一脉延伸下来的"昭君怨"和"婕妤怨"，多是"写怨夫思妇之怀，寓孽子孤臣之感"①。这种别有寄托，建立在诗人认可"怨"具有动人心魄作用的基础上。至于此后单纯欣赏而非别有寄托的"宫怨"和"闺怨"，更是以"怨"为美的突出标志。

（作者单位：武汉大学文学院）

①（清）陈廷焯：《白雨斋词话》，人民文学出版社1959年版，第5页。

"女子善怨"说的文学赋值

袁　劲

在"怨"的历史语义与社会语用中，"女子善怨"说成为凝淀其身份意识与性别视角的核心概念。就其本义而言，"女子善怨"说主要指"女子易于感怨"，这是基于性别心理差异的经验描述。但在先秦两汉政治伦理语境中，以"女德无极，妇怨无终"（《左传·僖公二十四年》）、"唯女子与小人为难养也，近之则不孙，远之则怨"（《论语·阳货》）为代表的"女子善怨"说，还与"女戎""美女破国""哲妇倾城""妻妾造怨"等偏见相呼应，构成一组否定性的道德伦理评判。到了魏晋南北朝的诗学语境中，欣赏女子"怨态"乃至托名女子写"怨"的"男子作闺音"现象和"文词不怨思抑扬，则流澹无味"（《宋书·王微传》）的审美新风尚，则标志着"女子善怨"说情感色彩的翻转。至此，"女子善怨"说中的"善"除了批评意味较浓的"易于"或"多于"以外，还彰显出肯定式的"长于"与"娴于"之义。而从"易于"到"娴于"的背后，是情感色彩的转负为正，更是"怨"由污名而至正名，以及文学审美摆脱政治伦理束缚的思想演变。鉴于已有研究对此鲜有关注①，

---

① 已有的相关研究主要包括三类：一是有关女性的性别史研究，旨在揭示不同时期女性的生存状况，如肖发荣《先秦女性社会地位研究》，宁夏人民出版社 2013 年版。二是着眼于"女"字旁汉字与性别观念的阐释，如谭学纯《"女"旁字和中国女性文化地位的沉落》，《民间文学论坛》1998 年第 4 期。三是结合文艺作品的女性形象与女性审美分析，如刘淑丽《先秦汉魏晋妇女观与文学中的女性》，学苑出版社 2008 年版；程勇真《先秦女性审美研究》，中国社会科学出版社 2013 年版。上述研究长于宏观的历时性描述或断代史梳理，较少聚焦女性与"怨"这一专题，尤其是"女子善怨"说在政治伦理与文学审美两个不同文化语境中的语义演变。

本文试以中国传统文化及文论中的"女子善怨"说为中心，依次考察该现象的社会塑形之因、历史转义之迹和审美生成之法。

一　家国同构视野下的"女子善怨"说

作为一种基本的负面情感体验，"怨"是人际关系中弱势方遭遇不公平待遇后的心生委屈，是"主体在生活的境遇中自感受伤却又无力做出即时的报复回应，只好强抑情绪激动和情感波动而形成的生命情态"①。言其基本，乃因无论在国还是居家，群己中的强弱关系均系相对而言，即便贵为一国之君也难免于"怨"。比如，《左传·隐公元年》载郑庄公对母后武姜偏爱其弟共叔段的耿耿于怀，就属于著名的君主之"怨"。《韩非子·亡征》在归纳国家灭亡征兆时，也包括主上的"藏怨而弗发"。可以说，只要身处人际关系之中，谁都可能心生怨情。谓其负面，则因隐忍内蓄的"怨"在特定时机有可能发酵为"悲""愤""怒""恨"，诱发情感主体的不寐、悲鸣、歌咏、逃避、怀恨、迁怒、报复、杀伐等不同程度的反应。小至春秋战国时侠客的"怨言过于耳，必随之以剑"（《韩非子·显学》），大到"争私结怨"以致"怨结难起"的历代战争（《尉缭子·攻权》），均彰显了"怨"的杀伤力。故古今中西哲人对"怨"的破坏性皆有体认，《左传·成公十六年》谓"怨之所聚，乱之本也，多怨而阶乱"，《资治通鉴·魏纪二》称"怨之所聚，有覆家之祸"，便是对"怨"之破坏性的经典概括。西哲舍勒亦言"怨"之"血液中已在孕生一切可能的敌意"②。同时，"怨"还被中国传统文化赋予阴性色彩。一方面，人际关系中的"怨"多郁积于心，随着情感主体的独自咀嚼而潜滋暗长，遂具有不公开的阴暗特质；另一方面，负面的"怨"又往往与特定的身份如女子、小人、嬖臣相关联，彰显出不阳刚的阴柔属性。

---

① 刘美红：《先秦儒学对"怨"的诊断与治疗》，中山大学出版社 2010 年版，第 1 页。
② ［德］马克思·舍勒：《道德意识中的怨恨与羞感》，林克等译，北京师范大学出版社 2014 年版，第 4 页。

　　"女子善怨"说便是将"怨"与身份意识、性别视角相关联的典型一例，它同先秦两汉主流话语对"怨与小人""怨与嬖臣"的评判构成并列乃至领属关系，遂使"善怨的女子"成为家国同构视野下的负面形象。文献所见较早论说"女子善怨"者系《左传·僖公二十四年》。这一年，即公元前636年，周襄王讨伐郑国夺取栎地，因感激狄人相助而欲娶狄女为王后。富辰进谏有言："狄固贪惏，王又启之。女德无极，妇怨无终，狄必为患。"① 周襄王不听，遂娶狄女为隗后。其后，隗后因与襄王之弟甘昭公私通而被废黜，导致狄人出兵击败周师。在这场变乱中，太后惠后和王后隗后可谓两个关键人物：惠后宠溺甘昭公，欲立其为周王，为后来甘昭公的叛乱埋下隐患；隗后私通甘昭公，她的被废直接导致狄人与周天子反目成仇。若说狄人因废后一事出兵击败周师，印证了富辰有关"狄固贪惏"和"必为患"的政治预言；那么，惠后和隗后对王政的干扰亦契合了"女德无极，妇怨无终"的道德评判。另据《史记·匈奴列传》所载："已而黜狄后，狄后怨，而襄王后母曰惠后，有子子带，欲立之，于是惠后与狄后、子带为内应，开戎狄，戎狄以故得入，破逐周襄王，而立子带为天子。于是戎狄或居于陆浑，东至于卫，侵盗暴虐中国。"② 这一明言"狄后怨"的叙述，在补充前因后果的同时也凸显了"妇怨"的杀伤力。

　　"妇怨无终"既是当时谋臣的劝谏之语，亦是后世史官的镜鉴之言。在宫廷进谏的语境中，富辰之语应言之有据；而在史官笔下，"妇怨无终"的应验还有将"女子善怨"与"女戎"③"美女破国"④"哲妇倾城"⑤ 等"祸水论"联系起来的意味。在先秦两汉史家看来，国运兴衰

　　① （清）阮元校刻：《十三经注疏》，中华书局1980年版，第1818页。
　　② （汉）司马迁：《史记》，中华书局1959年版，第2881—2882页。
　　③ 《国语·晋语》载史苏提出"女戎"之说，将妹喜、妲己、褒姒视为魅惑君主以致亡国的利器，并认为"有男戎必有女戎，若晋以男戎胜戎，而戎必以女戎胜晋"。
　　④ 在《逸周书·史记解》以史为鉴的归纳中还有"美女破国"一条，曰："昔者绩阳强力四征，重丘遗之美女，绩阳之君悦之，荧惑不治，大臣争权，远近不相听，国分为二。"
　　⑤ 《诗·大雅·瞻卬》云："哲夫成城，哲妇倾城。懿厥哲妇，为枭为鸱。妇有长舌，维厉之阶。乱匪降自天，生自妇人。"

不唯系乎明君贤臣，还常常为宫廷中的太后、王后、嫔妃等女性所左右。有批评太后干政者。如前述《左传·隐公元年》所载，武姜因庄公"寤生"而"恶之"，转而偏爱共叔段，险些酿成大祸。有警惕后妃乱政者。如《汉书·谷永传》所录谷永的对策，就鉴于"幽王惑于褒姒，周德降亡；鲁桓胁于齐女，社稷以倾"而特意强调"息白华之怨"和"后宫亲属，饶之以财，勿与政事"①。更有因"怨"而废后者。如光武帝《废郭后立阴后诏》明言废立缘由："皇后怀执怨怼，数违教令，不能抚循它子，训长异室。宫闱之内，若见鹰鹯。既无关雎之德，而有吕霍之风。岂可讬以幼孤？"② 对于"怨"，钱锺书《管锥编》有一持平之论："恩德易忘，怨毒难消，人情皆然，无间男女。"③ 可现实却是，家国语境中的"怨妇"，往往因嫉妒或谄媚而被视为扰乱正常秩序的"怨府"。《诗·鄘风·载驰》云："女子善怀，亦各有行。"女性本就情感细腻，加之古代内敛式的活动空间和依附性的生存状态，更易多怨善感。至于宫廷后妃，还常因失宠而有"白华之怨""长门之怨"④。在这种意义上讲，"妇怨无终"式的"女子善怨"说确有一定的合理性。可问题是，将"狄后怨"等特例泛化为"妇怨无终"的全称判断，使"怨妇"成为历史镜鉴中的"怨府"，显然有失公允。

此后，"妇怨无终"式的偏见在孔子言论中亦有体现，那便是原出《论语·阳货》而为后人不断复述的"唯女子与小人为难养也，近之则不孙，远之则怨"。刘宝楠《论语正义》引杜预《左传》注"妇女之志，近之则不知止足，远之则忿怨无已"以释"难养"⑤，可见《左传》"妇怨无终"与《论语》"女子难养"两说在接受史上的关联。不唯如此，

---

① （汉）班固：《汉书》，中华书局 1962 年版，第 3446 页。

② （清）严可均辑：《全上古三代秦汉三国六朝文》，中华书局 1958 年版，第 480 页。

③ 钱锺书：《管锥编》（第一册），生活·读书·新知三联书店 2007 年版，第 315 页。

④ 这一情况类似于马克思·舍勒所言，"脆弱的女人"在情感关系中多处于被动地位，还要"与自己的同性争夺男人的欢心"，因而形成了一种"积聚怨恨危险"的典型"境遇"。见《道德意识中的怨恨与羞感》，林克等译，北京师范大学出版社 2014 年版，第 28—30 页。

⑤ （清）刘宝楠：《论语正义》，国学整理社编《诸子集成》（第一册），中华书局 2006 年版，第 386 页。

将女子与小人并列，还有推崇"君子不怨"和贬低"女子善怨"的意味。此即皇侃疏中的对比："君子之人，人愈近愈敬；而女子小人，近之则其诚狎而为不逊从也。君子之交如水，亦相忘江湖；而女子小人，若远之则生怨恨，言人不接己也。"① 也正是从这一"君子"与"女子/小人"对立的视角出发，《四书诠义》还由君子修身联想到君主治国："君无礼让则一国乱，身无礼让则一家乱，女戎宦者之祸天下，仆妾之祸一家，皆恩不素孚，分不素定之故也。"②

在家国同构的语境中，原本作为一种心理现象的"女子善怨"被赋予因果性，遂使善怨的女子成为误国与乱家之祸。在有关汉代的历史记载中，"女子难养"已屡次出现。对此，荀悦《汉纪·孝哀皇帝纪》有一颇具代表性的分析："孔子曰'唯女子与小人为难养'，性不安于道，智不周于物。其所以事上也，唯欲是从，唯利是务；饰便假之容，供耳目之好；以姑息为忠，以苟容为智，以伎巧为材，以佞谀为美。而亲近于左右，玩习于朝夕，先意承旨，因间随隙，以惑人主之心，求赡其私欲，虑不远图，不恤大事。"③ 荀悦将"女子善怨"与"美色误国""妇人干政"画上了等号。又，《后汉书·爰延列传》载传主因客星经帝座而劝谏汉灵帝，其中亦提及"难养"之说："邪臣惑君，乱妾危主，以非所言则悦于耳，以非所行则玩于目，故令人君不能远之。仲尼曰：'唯女子与小人为难养，近之则不逊，远之则怨。'盖圣人之明戒也！"④ 另据《后汉书·杨震列传》所载，汉安帝时司徒杨震曾上疏，言妇人不得干政之理："《书》诫牝鸡牡鸣，《诗》刺哲妇丧国。昔郑严公从母氏之欲，恣骄弟之情，几至危国，然后加讨，《春秋》贬之，以为失教。夫女子小人，近之喜，远之怨，实为难养。"⑤ 这同样是从吸取历史教训的层面立论。

---

① 程树德：《论语集释》，中华书局 1990 年版，第 1244 页。
② 程树德：《论语集释》，中华书局 1990 年版，第 1244—1245 页。
③ （汉）荀悦，（晋）袁宏：《两汉纪》，中华书局 2002 年版，第 493 页。
④ （南朝宋）范晔：《后汉书》，中华书局 1965 年版，第 1619 页。
⑤ （南朝宋）范晔：《后汉书》，中华书局 1965 年版，第 1761 页。

在更具一般思想史特征的家训类文献中，我们还能看到"女子善怨"说在此后"人们思考问题的方法"①中的持续渗透。以北齐颜之推所作《颜氏家训》为例，《兄弟》篇将妻妾比作破坏房屋的风雨、雀鼠，以警惕挑拨兄弟关系的"妻妾造怨"："兄弟之际，异于他人，望深则易怨，地亲则易弭。譬犹居室，一穴则塞之，一隙则涂之，则无颓毁之虑；如雀鼠之不恤，风雨之不防，壁陷楹沦，无可救矣。仆妾之为雀鼠，妻子之为风雨，甚哉！"②此外，《治家》篇的"妇人之性，率宠子婿而虐儿妇。宠婿，则兄弟之怨生焉；虐妇，则姊妹之谗行焉"③和《后娶》篇的"异姓宠则父母被怨，继亲虐则兄弟为仇"④，直接将家族之"怨"归罪到继母、岳母或姑婆头上。时至唐代，本着"为颜氏下一注脚"之宗旨，于义方还撰有《黑心符》痛斥娶妻而"败身殆家"的种种危害。"'惟女子小人为难养，近之则不逊，远之则怨'，《论语》之教也。'牝鸡之晨，惟家之索'，《书》之训也。'无攸遂，在中馈'，《易》之戒也。'能徇法度，则可以承先祖，共祭祀'，《诗》之劝也"⑤，这一开篇的引经据典，与污蔑后妻为"黑心"的题名，同属于对女性的规训和贬斥。

在官方话语与民间言论、历史镜鉴与当下体验，以及史书的兴亡叙事与家训的处世智慧等多重语境中，"女子善怨"说已超越单纯的现象描述，成为一个关涉政治伦理、身份意识、性别视角的观念综合体，一个检验君子能否抵达修齐治平理想的道德关卡。

二 从"不怨"之美到"可以怨""善于怨"之美

自先秦而至唐宋，"女子善怨"说被赋予较多的负面色彩。究其原因，除了女子依附性的边缘地位以外，还在于社会如何看待"怨"。在

---

① ［日］守屋美都雄：《中国古代的家族与国家》，钱杭、杨晓芬译，上海古籍出版社2010年版，第347页。
② 王利器：《颜氏家训集解》（增补本），中华书局1993年版，第26页。
③ 王利器：《颜氏家训集解》（增补本），中华书局1993年版，第52页。
④ 王利器：《颜氏家训集解》（增补本），中华书局1993年版，第37页。
⑤ 楼含松主编：《中国历代家训集成》（第一册），浙江古籍出版社2017年版，第132页。

政治伦理语境中，"怨"是一种有违于中和之维的情感类型。检阅先秦两汉典籍，我们不难发现"怨"常与"德""爱""亲""乐""好"等正向伦理范畴对举，如"逆德，则怨之所以聚也"（《韩非子·难四》）、"凡天下祸篡怨恨可使毋起者，以相爱生也"（《墨子·兼爱中》）、"儒有内称不避亲，外举不避怨"（《礼记·儒行》）、"乐不乐者，其民必怨"（《吕氏春秋·侈乐》）、"除其怨恶，同其好善"（《周礼·夏官》），等等。在此语用背景下，"女子善怨"说除了表层"女子易于感怨"的现象描述以外，还同"怨易生祸患"的传统认知发生关联，遂使"易怨的女子"背负了亡国乱家的罪名。

回到《论语·阳货》，"唯女子与小人为难养也，近之则不孙，远之则怨"一句包含"女子/小人善怨"的大判断和"君子不怨"的潜台词。与处处强调"君子不怨"的主流言说相对应，《论语》中还存在两种值得注意的说法。第一是多数情况下的"不怨"为美。其典型例证是，《论语·尧曰》将"劳而不怨"视为"从政五美"之一，肯定了"不怨"所具有的高尚人格和审美品性①。当然，这里的"美"多半是"善"。除了符合礼乐教化的"不怨"之美（其显著者便是乐观应对穷困的"孔颜乐处""弦歌不辍"），"怨"在某些情况下也可以是善和美的。第二是少数情况下的以"怨"为善为美，包括《论语·阳货》中同样出自夫子之口的"诗可以怨"命题，以及诸如孔子批评季氏僭越礼制的"是可忍，孰不可忍也"（《论语·八佾》）等经典语用。需要辨析的是，《论语·阳货》所载"诗可以怨"固然是对"怨"之合理性的认肯，但这毕竟是从政治伦理语境立论，是礼乐文化语境中的因善而美，而不是单纯审美意义上的以"怨"为美。比如在《论语·八佾》中，孔子看到仲孙、叔孙、季孙三家在撤除祭品时吟唱《雍》，曾借该诗"相维辟公，天子穆穆"一句来揭露并反讽僭越礼制的行为。这一典型的"诗可以怨"，其美与善不在于反讽行为本身，而是行为背后对礼仪秩序的坚守②。又如在《论语·阳货》中，孔子应对

---

① 傅道彬：《"诗可以怨"吗?》，《文艺研究》2007 年第 11 期。

② 袁劲：《"以射喻怨"与"诗可以怨"命题的意义生成》，《文艺研究》2019 年第 8 期。

求见的孺悲使者，先是托词以疾，后又在使者将行之际取瑟而歌，使其知晓自己并非真的有疾。这一变化了的"诗可以怨"，之所以为人们津津乐道，亦在于"虽怨而不失其性情之正"①的"温柔敦厚"或曰"怨而不怒"之美。

先秦两汉"不怨"为善为美的思想观念，还被女性自身所接纳、奉行并作为经验或榜样传授于后，遂形成以顺从、平和为尚的女性审美观。《孟子·滕文公下》载："女子之嫁也，母命之。往送之门，戒之曰：'往之女家，必敬必戒，无违夫、子。'以顺为正者，妾妇之道也。"在东汉班昭撰写的训女书《女诫》中，"男以强为贵，女以弱为美""妇德，不必才明绝异也……清闲贞静，守节整齐，行己有耻，动静有法，是谓妇德""妇容，不必颜色美丽也……盥浣尘秽，服饰鲜洁，沐浴以时，身不垢辱，是谓妇容"②等论说，已自觉接受了社会对女性顺从、柔弱、德胜于色的定位与塑形。作为一部寓含旌表与惩戒用意的作品，《列女传》亦不乏对"不怨"的标举，是书《节义》载赵夫人在其弟赵襄子杀害其夫代王之后，既不肯"以弟慢夫"，又不愿"以夫怨弟"，宁愿在哭泣后自杀，可为证。③

在这一涵盖官方与民间，乃至渗透到女性群体意识的强大思想背景下，政治伦理语境中的"不怨"为善为美亦辐射到审美批评之中。于是，先秦两汉文论与乐论中也呈现出褒扬"不怨"与贬斥"怨"一体两面的审美风尚。朱自清曾言，《尚书·尧典》所载"诗言志"是中国文论"开山的纲领"④。那么，该篇舜帝口中的"直而温""神人以和"便是中国文论对"不怨"的早期向往。同样，《左传》对"怨"与"不怨"亦有鲜明的褒贬抑扬。襄公二十七年，赵孟观七子赋诗时对伯有赋《鹑之贲贲》"志诬其上，而公怨之，以为宾荣"的批评，便是对"怨"的贬抑。两年后，即襄公二十九年，吴公子季札观乐时对《周南》《召

---

① 钱穆：《论语新解》，生活·读书·新知三联书店2002年版，第451页。
② 楼含松主编：《中国历代家训集成》（第一册），浙江古籍出版社2017年版，第5页。
③ （汉）刘向编：《古列女传》，中华书局1985年版，第135—136页。
④ 朱自清：《诗言志辨·序》，古籍出版社1956年版，第4页。

南》"勤而不怨"和《小雅》"怨而不言"的"美哉"之叹，则是较早以"不怨"为"美"的典型一例。若说《诗大序》所言"乱世之音怨以怒，其政乖"还只是一种现象的类分和经验的总结，那么《淮南子·泰族训》便旗帜鲜明地表明了贬斥"怨"的立场：

> 今夫《雅》《颂》之声，皆发于词，本于情，故君臣以睦，父子以亲。故《韶》《夏》之乐也，声浸乎金石，润乎草木。今取怨思之声，施之于弦管，闻其音者，不淫则悲。淫则乱男女之辨，悲则感怨思之气，岂所谓乐哉！……故事不本于道德者，不可以为仪；言不合乎先王者，不可以为道；音不调乎《雅》《颂》者，不可以为乐。

"悲则感怨思之气，岂所谓乐哉"，这一否定式反问的言外之意是，"怨思之声"有违于"君臣以睦，父子以亲"的《雅》《颂》传统，难称是"乐"，其对"怨"之美的否定可谓彻底。

值得注意的是，抛开"君子不怨"与"女子善怨"的潜在对比，以《诗经》尤其是《国风》为代表的文学作品因更关注"怨"的情感体验本身，而淡化了外在道德伦理批评的锋芒，遂保留了"女子善怨"作为人之常情的正当性和因情感人的审美性。按照何休《春秋公羊传解诂》中"男女有所怨恨，相从而歌。饥者歌其食，劳者歌其事"① 的说法，《诗经》乃民众宣泄怨恨之作。"孔子删诗，三百五篇说妇人者过半。"② 在《诗经》中，女性或假女性之口抒发的忧患之思或劝谏之言占据了不少篇幅。

与《诗经》相似，两汉之际司马迁、班固、王逸等人对《离骚》之"怨"的接受，也经历了一个由认肯其正当性到发现其审美性的过渡。首先是司马迁在《史记·屈原贾生列传》中点明"信而见疑，忠而被谤，能无怨乎？屈平之作《离骚》，盖自怨生也"，并认为《离骚》风格兼具《国风》的"好色而不淫"和《小雅》的"怨诽而不乱"③。此说遭到班固

---

① （清）阮元校刻：《十三经注疏》，中华书局1980年版，第2287页。
② （宋）张戒：《岁寒堂诗话》，中华书局1985年版，第2页。
③ （汉）司马迁：《史记》，中华书局1959年版，第2482页。

的驳斥，其《离骚序》正是抓住"责数怀王，怨恶椒兰，愁神苦思，非其人，忿怼不容，沉江而死"一事，借由"怨"字指责屈原"非明智之士"。即便如此，班固也不得不承认屈原"其文弘博丽雅，为辞赋宗，后世莫不斟酌其英华，则象其从容"①。随后的王逸不同意班固对屈原"露才扬己，怨刺其上"的批评，其理由有二：一是屈原其人不肯"婉娩以顺上，逡巡以避患"，二是屈原其文"优游婉顺"，符合温柔敦厚之旨。② 不妨说，两汉屈《骚》批评史中的屈原其人与《离骚》其文已渐趋分离——屈原是否"怨"以及能否"怨"属于道德伦理批评，《离骚》如何"怨"则属于审美批评。于后者言，无论是司马迁称《离骚》具备"怨诽而不乱"的风格，还是班固言《离骚》"衣被词人"的影响，抑或是王逸直接点明的"屈原之词，优游婉顺"，都在不同程度上认可了"怨"之美。

游国恩先生曾言，"屈原愿意以妇女作'比兴'的材料，至少说明他对于妇女的同情和重视"③，此后"一切寄托于妇人女子以抒写作者情意的诗篇都是屈原这种关心并重视妇女的作风的承继"④。从贬斥乃至污名到"同情和重视"，是"女子善怨"说情感色彩转捩的开端。中国诗学有"参于《骚》，可以怨"（黄汝亨《〈楚辞章句〉序》）和"屈子其善于怨"（钱澄之《庄屈合诂自序》）的认识。文论史上之所以推崇《离骚》的"可以怨"与屈原的"善于怨"，固然有"知人论世"传统的影响，将作品价值与作者遭遇联系起来，但归根结底还是源于作品自身对女子形象的成功塑造。"《离骚》以灵修、美人目君，盖托为男女之辞而寓意于君，非以是直指而名之也。"⑤ 如朱熹所言，屈原在《离骚》中将美人比作君王，写下"惟草木之零落兮，恐美人之迟暮"式的诗句。同时，屈原还常以美人自喻，如"怨灵修之浩荡兮，终不察夫民心。众女嫉余之蛾眉兮，谣诼谓余以善淫"，开创了以"怨女"形象书写"士不遇"主题的"香草美

---

① （清）严可均辑：《全上古三代秦汉三国六朝文》，中华书局 1958 年版，第 611 页。
② （宋）洪兴祖：《楚辞补注》，中华书局 1983 年版，第 48—49 页。
③ 游国恩：《楚辞女性中心说》，《游国恩学术论文集》，中华书局 1999 年版，第 152 页。
④ 游国恩：《楚辞女性中心说》，《游国恩学术论文集》，中华书局 1999 年版，第 161 页。
⑤ （宋）朱熹：《楚辞集注》，上海古籍出版社 2001 年版，第 10 页。

人"传统。据此而言,屈原的"善于怨"多得益于《离骚》中抒情女子的"善于怨"。或者说,随着屈原忧愁忧思而作《离骚》,以及两汉围绕着《离骚》之"怨"的论争,人们开始发现,原本"易怨""多怨"而有碍中和之美的女子,反倒成了适宜寄托作者哀怨情思的化身。那么,文论中的"女子善怨"说便不再是传统道德伦理对女性"易于怨""多于怨"的批评,而是认可了用女性形象写"怨"的"长于怨"与"娴于怨"。

三 "怨"的去污名化与"婉"的审美范畴化

"女子善怨"说的去污名化,并不是一蹴而就的。除了诗骚传统对女子之"怨"的书写,以及两汉之际司马迁、王逸等人对《离骚》"盖自怨生"与"香草美人"风格的认肯,这一过程还在汉魏六朝诗歌创作与诗学批评中不断孕育。面对屈原其人与《离骚》其文,如果说司马迁"怨诽而不乱"的维护、班固"怨恶椒兰"的批评还在能否"怨"以及如何"怨"的问题上纠缠,那么,此后文人代作与拟作中"男子作闺音"的集体风尚,"长门怨""昭君怨""婕妤怨"等诗学主题的反复吟咏,"宫怨诗"与"闺怨诗"的文体定型,以及钟嵘"以怨品诗"的批评实践和《文选》《玉台新咏》的经典化,则以更加直接的方式,合力推动"怨"的去污名化与"女子长于写怨"新观念的生成。

赓续《诗经》以不寐、迟行、头痛等书写女子怨态,以及《离骚》关心并同情女性的传统,汉乐府、汉赋、《古诗十九首》、魏晋南北朝五古与七古不唯继续书写思妇、弃妇、美女乃至神女之"怨",还由"写什么"进一步探索"怎么写",以更好地呈现女子之"怨"以及"怨女"之美。举例以明之。与《诗经·邶风·谷风》和《诗经·卫风·氓》中哀怨徘徊的弃妇形象有异,汉乐府《有所思》重点描写弃妇的决绝:"闻君有他心,拉杂摧烧之。摧烧之,当风扬其灰。从今以往,勿复相思,相思与君绝。"正如沈德潜所言,诗中女子"怨而怒矣,然怒之切,正望之深"①,该诗虽

---

① (清)沈德潜选:《古诗源》,中华书局1963年版,第70页。

打破了"怨而不怒"的"温柔敦厚"之旨，其效果却是愈决绝辄愈见情感之真挚。屈原以美人自喻的臣妾书写模式亦为汉魏六朝文人继承，如一般认为司马相如代陈皇后所作《长门赋》，在"日黄昏而望绝兮，怅独托于空堂。悬明月以自照兮，徂清夜于洞房"的景观渲染以外，还寄寓了"愿赐问而自进兮，得尚君之玉音"式的身世之感。此后，假托女子写"怨"的"男子作闺音"更是占据《古诗十九首》的大半篇幅。

与《诗经》诠释传统中通过本事批评为"怨"寻找前因后果有所不同，《古诗十九首》更加关注"怨女"与"怨态"本身，从而由情感的真挚转向语言的凄美。该转向在徐干《情诗》中体现得更为明显："君行殊不返，我饰为谁容。炉薰阖不用，镜匣上尘生。绮罗失常色，金翠暗无精。佳肴既忘御，旨酒亦常停。顾瞻空寂寂，唯闻燕雀声。忧思连相属，中心如宿醒。"徐干面向思妇的工笔细描，"有意忽略生活中女子所应有的诸多伦理义务与操作性的工作，而将其塑造为完全为感情而活的形象"①。这一文人化的加工，已开启六朝宫体诗物化"怨女"、赏玩"怨态"之先河。不妨说，与《诗经》《楚辞》围绕"因何怨"展开的记叙与抒情不同，从《古诗十九首》《情诗》到宫体诗，更关注对"怨女""怨态"的描写，诗作自身的唯美意象已逐渐取代了外缘式的同情体验。这固然是宫体诗饱受诟病的一大弊端，却也印证了时人对女子形象适宜表现"怨"美的新发现。

更能佐证"女子善怨"说由批评"易于感怨"到欣赏"长于写怨"情感转向的，当属汉魏晋南北朝众多文人"男扮女装"的代作与拟作现象。从西汉司马相如代陈皇后所作《长门赋》，到汉魏曹丕与曹植同题创作的《代刘勋妻王氏杂诗》《出妇赋》，再到西晋陆机《拟古诗》十二首之《拟西北有高楼》《拟兰若生朝阳》《拟行行重行行》《拟明月何皎皎》《拟迢迢牵牛星》《拟青青河畔草》《拟庭中有奇树》《拟涉江采芙蓉》和《为陆思远妇作诗》《为周夫人赠车骑诗》，男性诗人假女性之口以写"怨"的"男子作闺音"现象蔚然成风，甚至成为中国诗学的一大

---

① 刘淑丽：《先秦汉魏晋妇女观与文学中的女性》，学苑出版社 2008 年版，第 244 页。

特色。对于"男子作闺音"的解释，除了传统的寄托说、文体说、同情说，以及颇具现代色彩的双性情感说和女权说①，归根结底还是诗人在接受论意义上发现了"怨"的审美性，进而在创作论意义上探索出规律，即女子身份、形象、口吻更适宜呈现"怨"美。

汉魏晋南北朝诗作中围绕着陈皇后、班婕妤、王昭君等历史上著名"怨女"的拟作、代作乃至托名之作层出不穷，是"女子长于写怨"观念的进一步显现。在逯钦立先生辑校《先秦汉魏晋南北朝诗》所录汉魏晋南北朝70首以"怨"为题的诗作中，就有柳恽《长门怨》述陈皇后之"怨"，《怨旷思惟歌》、何逊《昭君怨》、刘氏《昭君怨》、陈叔宝《昭君怨》写"昭君怨"，传班婕妤所作《怨诗》、刘孝绰《班婕妤怨》、刘令娴《和婕妤怨诗》、阴铿《班婕妤怨》、何楫《班婕妤怨》诉"婕妤怨"。至此，男性诗人还在女子形象适宜表现"怨"美的基础上，由第三视角的旁观玩赏转为第一视角下的体验式创作，遂通过"男扮女装"来直接出演诗作中"长于写怨"的女子。

从批评女子"易于怨"或"多于怨"到欣赏乃至效仿女子的"长于怨"或"娴于怨"，"女子善怨"说的情感色彩之变还获得了理论层面的认证。从钟嵘"以怨品诗"的成功实践和《诗品》对曹植"情兼雅怨"的大力推崇，到《文选》《玉台新咏》等选本对前述诗篇的经典化，"女子善怨"说文论嬗变的背后是汉魏六朝以"怨"为美的新风尚。在《诗品》三品升降的批评体系中，古诗之"哀怨"、班婕妤之"绮怨"、曹植之"雅怨"占据上品十二席的四分之一，连及中品秦嘉与徐淑夫妇的"凄怨"，可在一定程度上证明"女子善怨"类作品的文坛接受情况。此外，《文选》收录屈原《离骚》《九歌》《九章》、司马相如《长门赋》、班婕妤《怨歌行》，《玉台新咏》亦选入班婕妤《怨诗》、刘孝绰《闺怨》、陆罩《闺怨》，还有去芜存菁的意味。

---

① 张晓梅：《男子作闺音——中国古典文学中的男扮女装现象研究》，人民出版社2008年版，第2—4页。

政治伦理批评中的"女子不怨"之美与文学审美语境中的"怨女"之美，其间裂隙也并非不可弥合。伴随着汉魏晋南北朝"女子善怨"说的文学赋值和"怨"的去污名化，与"怨"同取"夗"为字根的"婉"，开始成为一个评价女子之"德"与"色"的新范畴。早在两汉屈《骚》批评中，王逸便在肯定屈原不肯"婉娩以顺上，逡巡以避患"的同时，发现"屈原之词，优游婉顺"。王逸对这两个"婉"是一褒一贬，贬抑为人之"婉娩"而褒扬为文之"婉顺"。不过，单就社会对女子的评价而言，"婉"却是一个能够沟通政治伦理批评和文学审美批评的公共范畴。政治伦理语境中的"婉"与"不怨"相关。贾谊《新书·礼》有"妻柔则正，姑慈则从，妇听则婉，礼之质也"的说法。班昭《女诫》推崇"女以弱为美"，要求女子遵循"敬顺之道"乃至"曲从"，即着眼于女子"婉顺"之美①。魏文帝曹丕还曾以"不婉顺"出妾任氏："任性狷急不婉顺，前后忿吾非一，是以遣之耳。"②与之不同，文学审美中的"婉"又往往被用来形容"怨"之美。譬如阮籍《咏怀诗》有"膏沐为谁施，其雨怨朝阳。如何金石交，一旦更离伤"云云，沈约评曰："婉娈则千载不忘，金石之交一旦轻绝，未见好德如好色。"③王逸言《离骚》具有"婉顺"之美，这一概括频现于后世的屈《骚》批评。朱鹤龄《笺注李义山集序》有言："《离骚》托芳草以怨王孙，借美人以喻君子，遂为汉、魏、六朝乐府之祖。古人之不得志，于君臣朋友者往往寄遥情，于婉娈结深怨，于謇修以序其忠愤。"④叶燮《小丹丘词序》论《离骚》亦曰："援美人以喻君王，指香草以拟君子。其言抑何柔妩婉娈，此岂有不宜于憔悴枯槁须眉之屈平耶?"⑤以"婉"来评论作品，取其宛转含蓄之情貌，在唐宋词论中更是屡见不鲜。"自有词学以来，词作者常以'婉'为核心，组成庞大双音词和四音

---

①　楼含松主编：《中国历代家训集成》（第一册），浙江古籍出版社 2017 年版，第 5—6 页。

②　（晋）陈寿撰，（南朝宋）裴松之注：《三国志·魏书》，中华书局 1959 年版，第 160 页。

③　陈伯君：《阮籍集校注》，中华书局 1987 年版，第 213 页。

④　李诚、熊良智主编：《楚辞评论集览》，湖北教育出版社 2002 年版，第 325 页。

⑤　李诚、熊良智主编：《楚辞评论集览》，湖北教育出版社 2002 年版，第 359 页。

词组，用以形容描写对象、抒发情感，而话词者也常以此双音词和四音词组评论词人词作。"① "婉媚""婉丽""婉美""婉曲""清婉""柔婉""凄婉""婉雅凄怨"等二级审美范畴，围绕在"婉约"这一词体核心风格论的周围，昭示着"婉"范畴在词学批评中的崛起和"女子长于怨"新观念在文论史上的生成。

陈寅恪先生曾言："依照今日训诂学之标准，凡解释一字即是作一部文化史。"② 在文化史的广阔背景中考察"怨"字与"女子善怨"说，可沟通政治伦理批评与文学审美批评，并以此为中心辐射到文本的赏析与文体的辨析、文献的考辨与文论的思辨中，从而实现研究方法的立体化。以"怨"为关键词，以性别为视角，借由"女子善怨"说切入先秦至唐宋女性观念史及其文学表现的论题，可从中提炼出"怨"字的去污名化和"婉"字的审美范畴化。而在更深层次上，从推崇政治人、社会人的"不怨"到发现自然人、个体人的"怨美"，还关涉文学审美逐渐摆脱政治伦理束缚的思想演变，其背后正是"文"的独立与"人"的觉醒。置于中国文论史观之，"女子善怨"说也并非孤例，它还与南朝"文词不怨思抑扬，则流澹无味"（沈约《宋书·王微传》）、南宋"天下惟一种刻薄人，善作文字"（楼昉《过庭录》）等构成独特的言说系列，从一个侧面展现了中国传统文化富于辩证性的智慧与趣味。

（作者单位：武汉大学文学院）

---

① 朱崇才：《论"婉"：词学核心概念的字源学谱系分析样例》，《南京师大学报》（社会科学版）2014 年第 5 期。

② 陈寅恪：《陈寅恪先生来函》，载葛信益、启功整理《沈兼士学术论文集》，中华书局 1986 年版，第 202 页。

"直"与"婉"的分途和变奏：
汉魏六朝"诗可以怨"美学阐释的
历史展开

袁 劲

"诗可以怨"命题的题眼是"怨"字，然而在中国传统文化里，"怨"本是一种冤屈不平、蕴而不发的负面生存体验。无论是郁积于心滋生怨毒，还是伪装隐忍伺机报复，抑或不断发酵转"怨"成"怒"，"怨"都是损害个人身心与社会群体关系的不利因素。在轴心期儒、道、墨、法、兵诸家看来，道德伦理与政治语境中的"怨"要么阴暗，要么可怕，其负面意涵较为突出。道家另辟蹊径超越"人间世"，以"没必要"的态度淡化或解构"怨"自不必说。即便墨、法、兵诸家从实践中总结出约束与利用"怨"的种种技巧，最终还是着眼于"怨"的隐蔽性与杀伤力①。在诸子论"怨"的思想世界中，唯有儒家在"诗可以怨"命题中保留了"怨"积极且刚健的形象。自先秦而至六朝，从伦理、政治到艺术，"怨"的由负转正，或曰中国文学批评史对"诗可以怨"命题正当性与审美价值的认肯包括两个阶段：一为个

---

① 墨、法、兵诸家倡导于己"止怨"和对敌"兴怨"，甚至不惜采用欺骗、引诱的手段。比如《韩非子·内储说下》载"犀首与张寿为怨，陈需新人，不善犀首，因使人微杀张寿。魏王以为犀首也，乃诛之"，此乃借刀杀人。《墨子·备城门》将"有深怨于适（敌）而有大功于上"视作坚守城池的十四个要素之一，《逸周书·大明武解》则把"兴怨"与"间书"列入"大武十艺"。在先秦战场上，"兴怨"或是"兴举敌国怨望之人，如吴用伍员"（潘振云注），或是"如晋侯退舍，致曲于楚，使众怨之"（朱右曾注），抑或是像田单那样，为煽动守城军民同仇敌忾，特意派间谍诱骗燕军开掘己方军民的祖坟（《史记·田单列传》）。

人情感之"直"对社会伦理之"和"的突破，二为"直"与"婉"双向审美路径的开拓。

一 情感之"直"对伦理之"和"的突破

正本清源，"诗可以怨"命题语出《论语》。那么，在孔子师徒看来，"怨"的必要性及其限度何在？一言以蔽之曰："直。"作为一种情感体验的"怨"，在不同的阶段与情境下，有可能持续隐忍蕴而不发，也有可能愈演愈烈急剧爆发。不过，这两种极端状态都不为孔子认可。在《论语》中，"匿怨"不足取，"怨怒"也非正途，"以直报怨"才是正确的态度。"直"与"匿"反，可以理解为"怨"的情感释放。《论语·八佾》载孔子评价僭越礼制的季氏："是可忍，孰不可忍也？"又批评昼寝的宰予："朽木不可雕也，粪土之墙不可杇也。"（《论语·公冶长》）可以说，孔子已用实际言行示范了何者为"直"：应对上级，有"勿欺也，而犯之"（《论语·宪问》）的信念支撑其正道直行；面向弟子，更是直指不足，毫不避讳。孔子曾以"直"称赞卫国大夫史鳅："直哉史鱼！邦有道，如矢；邦无道，如矢。"（《论语·卫灵公》）"直"在心中，故不受外在因素的影响，不管政治清明还是昏暗，都能如箭矢一般言行刚直。"直"的这种特质是内在的，同"邦有道，则仕；邦无道，则可卷而怀之"有所不同。

"直"外显为直接而不隐匿、真实而不矫饰，又内含着正直而不逢迎、得当而不逾矩，它既是情感的释放，还受到伦理与正义的约束。置入"诗可以怨"的阐释史观之，前一种特征对应周代礼乐制度中保障君臣相通的"怨刺上政"，后一种则是着眼于君臣相和的"怨而不怒"①。可以说，"怨"的消解，正借助"直"与"和"的辩证关系实现。时至汉代，"怨而不怒"观念却遭到"怨而怒"的挑战。一般认为屈原的

---

① "怨而不怒"之说取自《国语·周语上》的"事君者，险而不怼，怨而不怒"。

"发愤以抒情"是"怨而怒"风格的开端①，而这一转折还要经由两汉学术史上的屈原评价之争完成。

作为汉代《离骚》注释与研究史上的几个关键环节，刘安、司马迁、班固、王逸等人在评价《离骚》时，都以《诗经》为衡量标准。持肯定态度的刘安与引用刘安说法的司马迁，认为《离骚》兼具"《国风》好色而不淫，《小雅》怨悱而不乱"的优长。否定刘安之说的班固，却认为《离骚》有违于"《关雎》哀周道而不伤"的风格，而屈原本人也未做到《大雅》所言的"既明且哲，以保其身"。到了王逸的否定之否定，同样靠搬出《大雅·抑》"怨主刺上"的讽谏传统，来论证屈原并非"有求于世而怨望"。

具体来看，卷入论争的众人观点又各自不同。司马迁《史记·屈原贾生列传》承认《离骚》"盖自怨生"，且赞赏此种"刺世事""敢直谏"的风格。与之相对，班固《离骚序》指出屈原"怨恶椒兰""忿怼不容"，且批评《离骚》未达到"怨悱而不乱"之理想。还有王逸《楚辞章句序》，一面将"直若砥矢"纳入《大雅》的讽谏传统，一面又强调屈原文辞的"优游婉顺"。考虑到被引用的刘安《离骚传》，上述三条有关屈原的评价，其实内含着四位学人的观点。我们可以从中解读出风雅传统、依经立论、讽谏言说、为人与为文等众多时代特色。

如果以"诗可以怨"的审美接受为理论视角，两汉《离骚》批评史中有关屈原其人其文风格的评价，还可以概括成情感之"直"对伦理之"和"的突破。"和"是立论双方的思维主线。从刘安叙《离骚传》的"好色而不淫"与"怨悱而不乱"一路下来，到班固对《周易》"潜龙不见是而无闷"、《关雎》"哀周道而不伤"的推崇，其实都是"怨而不怒"的变体。这种"A而不B"的句式，可以说是上承《论语·八佾》的"乐而不淫，哀而不伤"，还能一直追溯至《尚书·尧典》大舜命夔典乐时所言的"直而温，宽而栗，刚而无虐，简而无傲"。《论语》的两

---

① 夏秀：《从"发愤抒情"到"不平则鸣"——诗怨内涵演变之"直抒怨艾"路径探析》，《齐鲁学刊》2013 年第 4 期。

则"A而不B",从哀乐两面申说不过度的问题;《尚书》的四条"A而B",从前一条后半部分B与后一条前半部分A的近义关系来看,又构成一组内容上的顶针修辞:直而温—宽(温)而栗—刚(栗)而无虐—简(无虐)而无傲。所谓"八音克谐,无相夺伦,神人以和",《论语》之所以正反论说,《尚书》之所以不断复述,皆源于中和之维对情感之度的最初约定。若是把"直而温""刚而无虐"视为观念源头,"怨而不怒"的传统可谓悠久。综合来看,班固一面发现了《离骚》之"忿怼",一面又因持守德行、法度、经义的先见,未能认可这种风格。反倒是为屈原做辩护的刘安和王逸不愿承认《离骚》中的"怨而怒"——刘安"怨悱而不乱"和王逸"优游婉顺"之说都是借经典来掩盖锋芒。这恰恰说明,"中和"或者"温柔敦厚"作为衡量标准的强大影响。面对同一部《离骚》,班固的道德指摘和刘安、王逸略显牵强的依托经典,恰如"和"字标准下的一体两面。攻守双方默默地在"和"上达成共识,批评者引此标准作为进攻的利器,反驳者也以此为护盾,竭力证明《离骚》并未违背"和"的规范。

持"怨而怒"观点者,捍卫的是情感之"直",突破了"和"的约束。现在看来,同王逸的竭力回护相较,司马迁、班固指出屈原其人与其文的"怨而怒"显然是正确的。且看屈原在《离骚》中的自述:"怨灵修之浩荡兮,终不察夫民心。众女嫉余之蛾眉兮,谣诼谓余以善淫。"若说不为怀王理解,还只是"怨灵修",那么遭受众人谗言之后,宁肯死去也不愿同流合污的表态("宁溘死以流亡兮,余不忍为此态也")和最终下定决心离去("世溷浊而嫉贤兮,好蔽美而称恶。闺中既以邃远兮,哲王又不寤。怀朕情而不发兮,余焉能忍与此终古"),便明显是由"怨"转"愤"的表露。尤其是"依前圣以节中兮,喟憑心而历兹"一句,参照《方言》"憑,怒也,楚曰憑"的说法,更是屈原自陈"叹息愤懑,而行泽畔"[1] 的有力证据。司马迁采用知人论世的方法评价《离骚》,结合屈原心念楚国却因谗言不为怀王所用的遭遇,为其人其文的

---

① (宋)洪兴祖:《楚辞补注》,中华书局1983年版,第20页。

"信而见疑，忠而被谤，能无怨乎"做辩护。在竭力肯定《离骚》"盖自怨生"的大前提之下，司马迁还将"怨"引向情感更为直接、愈发激烈的"愤"那一边。

这里还需辨析，司马迁对刘安观点的引用，属于无缝对接，还是细中有别？刘安以为，《离骚》的风格如同《小雅》那般"怨悱而不乱"。不难看出，"怨悱而不乱"的评价源于"怨而不怒"一脉。《史记·屈原贾生列传》重点为屈原的"怨"做辩护，没有详言《离骚》是否"乱"或者"怒"的问题。回答这一问题，还要参照《史记·太史公自序》的说法：

> 夫《诗》《书》隐约者，欲遂其志之思也。昔西伯拘羑里，演《周易》；孔子厄陈蔡，作《春秋》；屈原放逐，著《离骚》；左丘失明，厥有《国语》；孙子膑脚，而论兵法；不韦迁蜀，世传《吕览》；韩非囚秦，《说难》《孤愤》；《诗》三百篇，大抵贤圣发愤之所为作也。此人皆意有所郁结，不得通其道也，故述往事，思来者。①

该段文字可视作司马迁的自白，至少从两点给出了"怨"能否至"怒"的提示。首先，司马迁以前的刘安，与以后的班固、王逸都将《诗经》的"怨悱而不乱""哀周道而不伤"作为衡量《离骚》的标准，司马迁却将《诗》三百篇和《离骚》等同而论。刘安、班固、王逸尽管立场不同，却都运用了依经立论的思维；与之相比，司马迁的策略更像是釜底抽薪——一旦把作为标准的《诗经》都纳入"发愤著书"的序列，《离骚》"怨而怒"的风格也就不证自明了。裴斐先生曾指出，司马迁"于《离骚》突出个'怨'字，于《诗经》突出个'愤'字，都是不附加任何条件的肯定评价"②。此概括着实精当，由此还能接着说，司

① （汉）司马迁：《史记》，中华书局1959年版，第3300页。
② 裴斐：《诗缘情辨》，四川文艺出版社1986年版，第15页。

马迁在《屈原列传》中突出的"怨"字,到了《太史公自序》这里还暴露出"愤"的实质①。

司马迁对"发愤著书"的论说,在东汉时期已得到时人认可。据传袁康、吴平辑录的《越绝书·越绝外传》,在解释作者问题时曾言:"夫人情,泰而不作,穷则怨恨,怨恨则作,犹诗人失职怨恨,忧嗟作诗也。"② 其论以伍子胥怨恨作文,也基本上沿用了"屈原放逐,乃赋《离骚》"的思路:"子胥怀忠,不忍君沉惑于谗,社稷之倾。绝命危邦,不顾长生,切切争谏,终不见听。忧至患致,怨恨作文。"③

屈原的"怨而怒"风格还被概括为"发愤以抒情",这也是《九章·惜诵》中的原话。从孔子的"诗可以怨"到屈原的"发愤以抒情"是一步重要的跨越,因为它实现了社会伦理语境中接受主体到文学艺术领域内创作主体的转变。从刘安的"怨悱而不乱"到司马迁的"怨愤",同样是接受史上的关键转折点,因为它冲破了"温柔敦厚"的垄断,为"怨而怒"解蔽。以《离骚》为中心,在司马迁反复伸张的"直"与刘安、班固、王逸小心恪守的"和"之间,一己之"怨"已突破了群体性纲常伦理的束缚,释放出新的活力。诚如王先霈先生所言,司马迁"从创作主体的遭遇出发,论证其怨愤的必然性、正当性、正义性,论证以艺术方式抒发怨愤的合理性,及其对提高作品价值的有效性、优越性"④,而"怨"作为情感范畴的正当性得到确认,正是其美学意义得以彰显的前提。

二 "直"之美:从为人到为文

"直"为情感之真,"和"为伦理之善,"诗可以怨"接受史中

---

① 需要指出的是,在《史记·太史公自序》列举的"发愤著书"诸事中,作者情感与作品内容并非像"屈原放逐,著《离骚》"那样一一对应,比如《国语》和《孙子兵法》的行文中就找不出"左丘失明"和"孙子膑脚"的情感因素。参见王先霈《中国文化与中国艺术心理思想》,湖北教育出版社 2006 年版,第 131 页。

② (汉)袁康、吴平辑录:《越绝书》,上海古籍出版社 1985 年版,第 3 页。

③ (汉)袁康、吴平辑录:《越绝书》,上海古籍出版社 1985 年版,第 3 页。

④ 王先霈:《中国文化与中国艺术心理思想》,湖北教育出版社 2006 年版,第 126—127 页。

"直"与"和"的辩证关系，还使"怨"在真与善之外具备了美感。回到《论语》，《尧曰》将"劳而不怨"视为"五美"之一，肯定了"不怨"所具有的高尚人格和审美品性①。当然，除了符合礼乐教化的"不怨"之美（其显著者如乐观应对穷困的"孔颜乐处""弦歌不辍"），与"不怨"相映成趣的"怨"也被赋予了美学价值。借由情感之"直"对伦理之"和"的有力突破，"怨"的正当性得到确认。沿着《诗经》中直抒怨刺与曲写幽怨两种基本类型出发，"怨"的审美性又在两汉《楚辞》接受史中进一步彰显。

"怨"之美，美在情感的真挚，美在文章的自然。由真挚而触发共鸣，因自然而易为人们所接受。但单有真情实感而缺少"善"的维度，还不足以支撑"怨"美的独立。至少在汉代，为人们所认可的"怨"除了发生学意义上的直接真实以外，还需要符合道德层面上的正直标准。情感上的直接与信念上的正直，二者缺一不可。不妨说，为司马迁所激赏的《离骚》就美在"以刺世事""文约辞微"以及作者的"正道直行"和"发愤著书"。

细读《史记·屈原贾生列传》对"直"之美的分析，可以发现司马迁糅合了屈原的身世遭遇、道德品质与《离骚》的风格。从批评方法上看，司马迁发挥了史官"知人论世"的专长，进而得出"文如其人"的结论。裴斐先生在《诗缘情辨》中，曾专门标出《史记·屈原列传》的突破意义，认为司马迁通过"充分肯定一己之情本身的合理性"，一面突破了经学正统中和之美的垄断与束缚，一面又肯定了《离骚》"忧愁幽思""疾痛惨怛""能无怨乎""盖自怨生"的怨愤愁思之美。② 诚如此言，"能无怨乎"与"盖自怨生"的《离骚》因情感的真挚且强烈，具有震撼人心的作用。对于这一点，就连批评《离骚》之"怨"的班固，也不得不承认"其辞为众贤所悼悲，故传于后"③（《离骚赞序》）。屈原正道直行却又为谗邪所蔽，以至于沉江而死，这种悲剧性无疑会引

① 傅道彬：《"诗可以怨"吗?》，《文艺研究》2007 年第 11 期。
② 裴斐：《诗缘情辨》，四川文艺出版社 1986 年版，第 14—15 页。
③ （宋）洪兴祖：《楚辞补注》，中华书局 1983 年版，第 51 页。

起后世诸如贾谊等畏谗怀忧、怀才不遇者的共鸣。读书而"悲其志"、凭吊而"未尝不垂涕,想见其为人"的司马迁,也未尝不感同身受,引屈原以为知己。在太史公看来,屈原放逐而著《离骚》是与周文王拘而演《周易》、仲尼厄而作《春秋》具有同样性质的"贤圣发愤之所为作"(《史记·太史公自序》)。从实质上讲,都是作者在现世中"意有所郁结,不得通其道"之后假托诗书的发泄。所以,司马迁推崇的《离骚》之美重在"正道直行",其中"志洁""行廉"和"皭然泥而不滓",既是人品又属文风。

在司马迁笔下,屈原其人与其文尚未分离,因此,太史公才能够根据屈原的身世遭遇、道德品质推导出《离骚》的风格。通过"其志洁,故其称物芳"式的其人与其文串联,《离骚》也浸润了作者之"怨"。所谓"屈平之作《离骚》,盖自怨生",这"怨"首先是屈原在现实中"信而见疑,忠而被谤"的心理落差与冤屈不平,其次才是《离骚》对"怨"的反映。对于第二点,为司马迁所赞赏的风格并不是一味消极隐忍,而是"以刺世事"的有力回应和敢于"直谏"的刚正不阿。当然,司马迁并没有完全忽视《离骚》的文辞,篇末提到宋玉等人"皆祖屈原之从容辞令"便着眼于此。只不过与"以刺世事"和"直谏"相比,太史公显然更重视刚正的精神,否则也不会以此批评宋玉、唐勒、景差等后辈只好辞令、"终莫敢直谏"。这又恰好"反衬屈原之正道直行,不徒以辞赋见长"[1]。尤其值得注意的是,司马迁还在篇末留下"其后楚日以削,数十年竟为秦所灭"[2]的补笔。如此一来,屈原所代表的"正道直行""以刺世事""直谏"精神就与楚国兴衰产生了关联。这一意味深长的补笔,也能反证司马迁认为"怨"的价值在于刚正之"直",而非形式上的"从容辞令"。

就立场而言,司马迁对屈原与《离骚》的褒扬是统一的,班固却是一褒一贬。从方法来看,司马迁从评价人品开始,用人品来统领文品;

---

① 崔凡芝:《空山堂史记评注校释》,中华书局 2012 年版,第 476 页。
② (汉)司马迁:《史记》,中华书局 1959 年版,第 2491 页。

班固却将为人与为文分割开来，只承认其文"弘博丽雅"的一面。在《离骚序》中，班固先是拿出主要篇幅驳斥刘安对《离骚》的推崇，认为屈原遭受谗言的根源在"露才扬己"，至于"怨恶椒兰""忿怼不容"更是有违君子"不怨"的德行。在他看来，屈原之"怨"乃因不能安于穷困，明哲保身，只能归入君子以外的"狂狷"范畴。不过，即便否定了屈原的为人，班固在《离骚序》的末尾还是留下了以"然其文"统领的肯定之词：

> 然其文弘博丽雅，为辞赋宗，后世莫不斟酌其英华，则象其从容。自宋玉、唐勒、景差之徒，汉兴，枚乘、司马相如、刘向、扬雄，骋极文辞，好而悲之，自谓不能及也。虽非明智之器，可谓妙才者也。①

"虽非明智之器"言其人，"可谓妙才者也"论其文。从班固评价屈原开始，为人与为文逐渐分离。到了王逸这里，人品与文品还在"婉"之能否的问题上截然对立：

> 若夫怀道以迷国，详愚而不言，颠则不能扶，危则不能安，婉娩以顺上，逡巡以避患，虽保黄耇，终寿百年，盖志士之所耻，愚夫之所贱也。……引此比彼，屈原之词，优游婉顺，宁以其君不智之故，欲提携其耳乎！②

同一个"婉"字，在同一位批评家的同一篇文章中褒贬取舍不一，这看似吊诡，其中玄机就在人品与文品评价标准的分离。从为人的角度看，王逸推崇屈原人格上的"直若砥矢"，而以"婉娩以顺上"为耻；就为文的评价而言，王逸又特意强调《离骚》的"优游婉顺"。评价为

---

① （清）严可均辑：《全上古三代秦汉三国六朝文》，中华书局1958年版，第611页。
② （宋）洪兴祖：《楚辞补注》，中华书局1983年版，第48—49页。

人时主要持道德标准，所以一面倡导人际关系中的君子不怨，一面又肯定在原则问题上的正直而不逢迎。对文章的评价会受到人品的影响，但文辞的"优游婉顺"相较于为人的"婉娩以顺上"还是可取的。文辞之"婉"从根本上符合君子不怨的传统，而为人之"婉"却多半属于不足取的"匿怨"范畴，据此而言，王逸"优游婉顺"之说还是为了"直若砥矢"服务。

倘若把梁简文帝萧纲在《诫当阳公大心书》中所言"立身之道与文章异：立身先须谨重，文章且须放荡"① 视为"文不如其人"的独立宣言，那么，从为人与为文的最初分离，到为文标准的最终独立，还经历了一个漫长且迂曲的过程。即便是六朝以后，在"怨"的论题上，为人与为文两套评价标准的杂糅依然存在。继续沿用"文如其人"的道德标准，自然会看重其人其文的"不怨"，而由文章的"怨"联想到作者的"怨"，也就难以给出正面的评价。比如隋朝王通的《中说·事君》：

> 子谓文士之行可见："谢灵运，小人哉！其文傲，君子则谨。沈休文，小人哉！其文冶，君子则典。鲍照、江淹，古之狷者也，其文急以怨。吴筠、孔珪，古之狂者也，其文怪以怨。谢庄、王融，古之纤人也，其文碎。徐陵、庾信，古之夸人也，其文诞。"或问孝绰兄弟，子曰："鄙人也，其文淫。"或问湘东王兄弟，子曰："贪人也，其文繁。""谢朓，浅人也，其文捷。江总，诡人也，其文虚。皆古之不利人也。"子谓颜延之、王俭、任昉"有君子之心焉，其文约以则"。②

王通一口气列出十一种文士之行与文章风格的对应关系，只认可其人"有君子之心"与"其文约以则"。换言之，"急以怨"与"怪以怨"，以及"傲""冶""碎""诞""淫""繁""捷""虚"一道，都属

---

① （唐）欧阳询：《艺文类聚》，上海古籍出版社 1999 年版，第 424 页。
② 张沛：《中说校注》，中华书局 2013 年版，第 79—80 页。

于文士之行对文章风格的负面影响。无独有偶，明人宋濂《徐教授文集序》和清人强汝询《佩雅堂书目诗集类序》中也各有一段近似的论述：

> 是故扬沙走石，飘忽奔放者，非文也；牛鬼蛇神，傀诞不经而弗能宣通者，非文也；桑间濮上，危弦促管，徒使五音繁会而淫靡过度者，非文也；情缘愤怒，辞专讥讪，怨尤勃兴，和顺不足者，非文也；……①

> 夫诗者，生于人心者也。故观其诗，可知其人。后世之诗文掩其质，不能尽验，然大略可睹矣。忠孝者，其诗挚。刚直者，其诗劲。宽和者，其诗婉。廉静者，其诗澹。怨愤者，其诗厉。愁苦者，其诗郁。矫伪者，其诗浮。污佞者，其诗鄙。愚浅者，其诗陋。佻达者，其诗荡。②

"牛鬼蛇神"显然对应"子不语怪力乱神"，而"桑间濮上"亦被孔子斥责为"淫"。受此儒家正统观念的影响，宋濂彻底否定了因"愤怒"与"怨尤"而作文的合法性。强汝询所谓"怨愤者，其诗厉"，也显然不是正面的评价。单从这点来看，司马迁对屈原"怨愤"风格的认肯就更可贵了。当然，司马迁也并非没有知音。后世响应"怨愤"之说者，多从"直"的一端立论，如李贽《焚书·杂说》和焦竑《澹园集·雅娱阁集序》：

> 其胸中有如许无状可怪之事，其喉间有如许欲吐而不敢吐之物，其口头又时时有许多欲语而莫可所以告语之处，蓄极积久，势不能遏。一旦见景生情，触目兴叹，夺他人之酒杯，浇自己之垒块。诉心中之不平，感数奇于千载。既已喷玉唾珠，昭回云汉，为章于天

① （明）宋濂：《宋濂全集》，人民文学出版社 2014 年版，第 633 页。
② （清）强汝询：《求益斋文集》，《续修四库全书》（第 1553 册），上海古籍出版社 2002 年版，第 314 页。

矣。遂亦自负，发狂大叫，流涕恸哭，不能自止。宁使见闻者切齿咬牙，欲杀欲割，而终不忍藏于名山，投之水火。①

古之称诗者，率羁人怨士不得志之人，以通其郁结，而抒其不平，盖《离骚》所从来矣。岂诗非在势处显之事，而常与穷愁困悴者直邪？诗非他，人之性灵之所寄也。苟其感不至，则情不深；情不深，则无以惊心而动魄，垂世而行远。②

李贽聚焦于创作过程中的"不平"，焦竑也视"不平"为《离骚》的情感动机，更是直接呼应了司马迁之说。作为中国历史上较早的悲剧人物形象，屈原的魅力在于其人的高洁不屈和其文的怨愤抑扬。司马迁率先从屈原冤屈的遭遇，来论证其文怨愤的正当性，故二者时常杂糅成一体。经班固和王逸的初步分离，再到李贽、焦竑，《离骚》自身的正直之"美"已经能够不依托作者的"善"来呈现。

自司马迁评价《离骚》始，"怨"的审美性一方面表现为直接、真实之美，扬雄、王充、陆机、刘勰、钟嵘等文论家在此论题上接力言说，积淀而成"心声心画"（《法言·问神》）、"精诚由中"（《论衡·超奇》）、"情貌不差"（《文赋》）、"为情造文"（《文心雕龙·情采》篇）、"多非假补，皆由直寻"（《诗品序》）的理论脉络；另一方面显现为正直、刚健之美，由司马迁所开启的"发愤著书"一脉，经韩愈"不平则鸣"（《送孟东野序》）、李贽"不愤不作"（《〈忠义水浒传〉序》）、金圣叹"怨毒著书"（《金圣叹批评本水浒传》第十八回回首总批）、刘鹗"哭泣"（《老残游记·自叙》）、孔广德"忧愤、感愤、孤愤"（《普天忠愤集·自序》）与梁启超"熏浸刺提"（《小说与群治之关系》）诸说，还呈现出强劲的批判色彩。所谓"直"之美，正在于此。

---

① （明）李贽：《焚书·续焚书》，中华书局 2011 年版，第 159 页。
② （明）焦竑：《澹园集》，中华书局 1999 年版，第 155 页。

三 "婉"之美：从污名到托名

在"怨"的审美接受中，"直"与"婉"标志着阳刚与阴柔两种审美风格的形成。前者赓续了"怨刺上政"的诗教传统，借由其人到其文的以事感人，张扬"怨"中积极进取、刚正不阿的精神内核；后者伴随着个体情感的觉醒和对内心的审视，通过以情动人、言此意彼的艺术化凸显了"怨"本身的缠绵悱恻之美。在"哀—怨—怒"的情感序列中，"直"之美向前进发为"怨怒"，"婉"之美则后退而成"哀怨"。有学者将自孔子而后"诗可以怨"命题的演变路径概括为"直抒怨刺"与"温柔敦厚"两类①。这一类分还可溯源至《论语》和《诗经》。《诗经》中就综合运用了直抒怨刺和曲写幽怨手法，来分别表达"怨怒"与"哀怨"两种情感类型。在《论语》中，"诗可以怨"除了讲究中和的"怨而不怒"，也不乏"直抒怨刺"。《八佾》载孔子批评僭越礼制的季氏和昼寝的宰予，便是亲身践行的"直抒怨刺"。孔子曾称赞"诗三百"的风格为"思无邪"。无邪为正，汉儒郑玄与宋儒朱熹分别从文本与读者角度论说思想的纯正，钱穆先生还提出新解："三百篇之作者，无论其为孝子忠臣，怨男愁女，其言皆出于至情流溢，直写衷曲，毫无伪托虚假……诗人性情，千古如照，故学于诗而可以兴观群怨。"② 这种理解也是从"直"一面立论。

总体来说，孔子倡导的"诗可以怨"多为情感释放之"直"与伦理约束之"和"的统一，用《论语》中的话讲，便是"从心所欲而不逾矩"（《为政》）。当孔子看到仲孙、叔孙、季孙三家"唱着《雍》来撤除祭品"③ 时，会通过讽诵《周颂·雍》"相维辟公，天子穆穆"来表达不满之情和讽刺之意（《论语·八佾》）；孺悲遣人求见，孔子先是以有病推

---

① 夏秀：《从"发愤抒情"到"不平则鸣"——诗怨内涵演变之"直抒怨艾"路径探析》，《齐鲁学刊》2013 年第 4 期。

② 钱穆：《论语新解》，生活·读书·新知三联书店 2002 年版，第 24—25 页。

③ 杨逢彬：《论语新注新译》，北京大学出版社 2016 年版，第 45 页。

辞，又在将命者出门时故意"取瑟而歌，使之闻之"（《论语·阳货》）。可见，孔子并非一味直抒怨刺，而是根据实际情况使用妥帖的方式来表达怨情。前一例引《诗》用于反语，"讥其无知妄作，以取僭窃之罪"①；后一例以行为传达本意，正如清焦袁熹《此木轩四书说》所言："辞以疾是古人之通辞，不得谓之不诚。以疾为辞，其人自当会意，然又有真疾者，孔子于孺悲正欲使知其非疾，故取瑟而歌，正见圣人之诚处。"② 之所以间接表达怨情，想必是受限于地位或礼节，这也正显示出"虽怨而不失其性情之正"③ 的特征，以及由此而形成的"温柔敦厚"风格。

屈原的作品也兼具直抒怨刺与曲写幽怨两种类型，还为曲写幽怨融入了"阴阳错位"和"男子作闺音"的新质。这也就不难理解，为何面对同一部《离骚》，司马迁只看到了"直"，而王逸在"直"之外还看到了"婉"。张节末先生曾指出，屈原身上"'露才扬己'之狂与思君怨君之卑矛盾地结合在一起"而成"臣子人格"，这一类型在后来的发展中日益丢失阳刚的一面，而转为阴柔、卑琐、扭曲或虚伪。④ 验之《楚辞》，"露才扬己"之"直"与"思君怨君"之"婉"确实是"矛盾地结合在一起"。前者如"兹历情以陈辞兮，荪详聋而不闻"⑤（《九章·抽思》）已含怨愤，又如"吾怨往昔之所冀兮，悼来者之逖逖。浮江淮而入海兮，从子胥而自适。望大河之洲渚兮，悲申徒之抗迹"⑥（《九章·悲回风》）更是决心出走；后者如《九歌·山鬼》的"风飒飒兮木萧萧，思公子兮徒离忧"⑦，思君恋君，纵使不见也不忍离去。

王逸在《离骚章句序》中曾言"屈原之词，优游婉顺"，又指出《离骚》开创的"香草美人"写作传统：

---

① （宋）朱熹：《四书章句集注》，中华书局 2011 年版，第 61—62 页。
② 其说见程树德《论语集释》，中华书局 1990 年版，第 1231 页。
③ 钱穆：《论语新解》，生活·读书·新知三联书店 2002 年版，第 451 页。
④ 张节末：《狂与逸——中国古代知识分子的两种人格特征》，东方出版社 1995 年版，第 29 页。
⑤ （宋）洪兴祖：《楚辞补注》，中华书局 1983 年版，第 138 页。
⑥ （宋）洪兴祖：《楚辞补注》，中华书局 1983 年版，第 161 页。
⑦ （宋）洪兴祖：《楚辞补注》，中华书局 1983 年版，第 81 页。

《离骚》之文，依《诗》取兴，引类譬喻，故善鸟香草，以配忠贞；恶禽臭物，以比谗佞；灵修美人，以媲于君；宓妃佚女，以譬贤臣；虬龙鸾凤，以托君子；飘风云霓，以为小人。①

王逸所言的以美人喻君王，以及未曾言及的以美人自喻正是"婉"风格的集中体现。《说文解字·女部》释"婉"为"顺"，并举《左传·襄公二十六年》"太子痤婉"为证②。"婉"从属于"夗"字族，具有"屈曲""顺从""柔弱"之美③。屈原以女子自喻，形成了特定的怨慕风格，也以"婉"的女性化审美倾向改变了道德考量中"女子善怨"的负面形象。

从实质上看，"善怨"是对女子的污名化。忘人恩德，记人仇怨，实乃"人情皆然，无间男女"④。"怨女"本与"旷夫"对举，《周礼·地官》论及大司徒教民之职，便有"以阴礼教亲，则民不怨"一项。郑玄注"阴礼"即婚礼，并云："昏姻以时，则男不旷，女不怨。"⑤《孟子·梁惠王下》也有"内无怨女，外无旷夫"的理想，此外，《韩非子·外储说右下》称："上有积财，则民臣必匮乏于下，宫中有怨女，则有老而无妻者。"也与此大同小异。《诗经·鄘风·载驰》云："女子善怀，亦各有行。"多半是因为女子更易多愁善感，至迟在春秋之际，时人就将"怨"与女子关联起来，为这种情感体验涂上了阴性色彩。据《左传·僖公二十四年》所载，当周襄王感激狄人攻打郑国，并打算迎娶狄君女儿做王后时，富辰力行劝谏就以"女德无极，妇怨无终，狄必为患"⑥为理由。"妇怨无终"的偏见在孔子言论中也有体现，《论语·阳货》载孔子言："唯女子与小人为难养也，近之则不孙，远之则怨。"

①　（宋）洪兴祖：《楚辞补注》，中华书局 1983 年版，第 2—3 页。
②　（汉）许慎：《说文解字》，中华书局 1963 年版，第 261 页。
③　朱崇才：《"弱的天才"——宋词之"婉"的一种阐释》，《学术月刊》1992 年第 12 期。
④　钱锺书：《管锥编》，生活·读书·新知三联书店 2007 年版，第 315 页。
⑤　（清）阮元校刻：《十三经注疏》，中华书局 1980 年版，第 703 页。
⑥　（清）阮元校刻：《十三经注疏》，中华书局 1980 年版，第 1818 页。

这本是基于生活经验的总结，一旦将女子与小人并列，便有了推崇"君子不怨"和贬低"女子善怨"的意味。

考虑到孔子与儒家对中国传统文化的重要影响，我们还能在后世文献中找到此说的后续版本。比如北齐颜之推在《颜氏家训·兄弟》中，就有一则提防妻妾使兄弟生怨的比喻："兄弟之际，异于他人，望深则易怨，地亲则易弭。譬犹居室，一穴则塞之，一隙则涂之，则无颓毁之虑；如雀鼠之不恤，风雨之不防，壁陷楹沦，无可救矣。仆妾之为雀鼠，妻子之为风雨，甚哉！"① 颜之推认为，由血缘维系的兄弟之情异于他人，既因彼此责望过深而易生怨念，又因地近情深而易消弭怨情。这一总结相当到位，只是他紧接着把家中妻子仆妾比作破坏房屋的风雨、雀鼠，又在"女子善怨"的污名上增添挑拨离间的新罪。家训往往将视线投向更为具体的生活经验，有违家族和睦的"怨"自然会成为关注的重点，而这一话题也多会围绕女子展开。如《颜氏家训·治家》："妇人之性，率宠子婿而虐儿妇。宠婿，则兄弟之怨生焉；虐妇，则姊妹之谗行焉"②，将家族成员之"怨"归咎于岳母或姑婆；又如《颜氏家训·后娶》："异姓宠则父母被怨，继亲虐则兄弟为仇"③，同样将"怨"的症结落到继母身上。

宫廷劝谏需要言之有据，《论语》所载孔子言行经过了弟子及其再传弟子的经典化，而作为长辈立身处世经验的凝练与传授，家训可以反映某一时代人们思考问题的方法④。将负面的"怨"与女子群体绑定，进而形成"女子善怨"的刻板印象，是作者个人的言说，也是时人集体无意识的呈现。这至少在一定程度上说明，从富辰、孔子所在的春秋战国到南北朝，"女子善怨"已成一种社会观念。

明乎此，再把视线收回到《离骚》中的女子形象，便不难发现另一条言说路径。屈原开创的"香草美人"传统，将"夫为妇纲"移用于

① 王利器：《颜氏家训集解》（增补本），中华书局 1993 年版，第 26 页。
② 王利器：《颜氏家训集解》（增补本），中华书局 1993 年版，第 52 页。
③ 王利器：《颜氏家训集解》（增补本），中华书局 1993 年版，第 37 页。
④ ［日］守屋美都雄：《中国古代的家族与国家》，钱杭、杨晓芬译，上海古籍出版社 2010 年版，第 347 页。

"君为臣纲"，为士不遇的言说提供了"一套政治隐喻符码"①。"荃不察余之中情兮，反信谗而齌怒"是怨君主不理解自己；"众女嫉余之蛾眉兮，谣诼谓余以善淫"是言自己为众臣所妒。若说"众女嫉余"延续了"女子善怨"的传统，那么，为众女所嫉，又不被君王理解的美人则以怨慕凄婉的形象，还形成了"思夫君兮太息，极劳心兮忡忡"（《九章·云中君》）和"蹇蹇之烦冤兮，陷滞而不发"（《九章·思美人》）的审美范式。屈原以美女自喻书写怨情的方式，为后世文人所沿用。如汉代张衡《同声歌》有"邂逅承际会，得充君后房""不才勉自竭，贱妾职所当""乐莫斯夜乐，没齿焉可忘"等诗句，《乐府解题》即云"以喻臣子之事君也"②。又如，三国魏曹植在《七哀诗》《杂诗》《求通亲亲表》等诗文中，还屡次运用"弃女"与"蓬草"，"思妇"与"葵藿"，"孤妾"与"泥尘"等形象来自塑其臣妾人格③。

从"女子善怨"的污名，经屈原以美人自喻，"怨"的凄婉之美已进入人们的接受视野，为后世文人一再书写：

> 《离骚》托芳草以怨王孙，借美人以喻君子，遂为汉魏六朝乐府之祖。古人之不得志于君臣朋友者，往往寄遥情于婉娈，结深怨于蹇修，以抒其忠愤无聊、缠绵宕往之致。④

基于臣妾人格的"优游婉顺"之美，将"怨"由道德评判拉回审美视野，在"文如其人"的论题上用更具审美意味的气质置换了品德⑤，最终实现了"怨"的转负为正。所以，除了前文提及的"古之狷者也，

---

① 张晓梅：《男子作闺音：中国古典文学中的男扮女装现象研究》，人民出版社 2008 年版，第 82 页。

② （宋）郭茂倩编：《乐府诗集》，中华书局 1979 年版，第 1075 页。

③ 李建中：《阴阳之间——臣妾人格》，东方出版社 2009 年版，第 41—45 页。

④ （清）朱鹤龄：《笺注李义山诗集序》，刘学锴、俞恕诚《李商隐诗歌集解》，中华书局 2004 年版，第 2266 页。

⑤ 关于"文如其人"命题合理性的辨析，参见蒋寅《文如其人？——一个古典命题的合理内涵与适用限度》，《求是学刊》2001 年第 6 期。

其文急以怨"（王通《中说·事君》）、"情缘愤怒，辞专讥讪，怨尤勃兴，和顺不足者，非文也"（宋濂《徐教授文集序》）和"怨愤者，其诗厉"（强汝询《佩雅堂书目诗集类序》），我们还能看到"深于诗者，尽欲慕骚人清悲怨感以主其格"[1] 和"其人哀怨者，诗必悽楚；其人嫉愤者，诗必激烈。读其诗，可以知其人矣"[2] 所代表的另一类正向言说。

（作者单位：武汉大学文学院）

---

[1] （宋）文莹：《湘山野录·续录·玉壶清话》，中华书局1984年版，第9页。

[2] （清）陈元辅：《枕山楼课儿诗话》，载蒋寅、张伯伟主编《中国诗学》第六辑，南京大学出版社1999年版，第229页。

精神自由与安身立命的统合

——论葛洪的生命美学精神

杨 康

对人生苦难的解脱，对逍遥境界的追求，是魏晋以来人生哲学的重大课题。面对这一时代课题，魏晋时期出现了种种人生哲学，比较有代表性的有以下几种：一种是以阮籍为代表的逍遥论，提倡对人生的污秽和痛苦采取超脱的态度，以精神的自由来摆脱世事的纷扰以及由此造成的心理上的各种忧虑，同时也摒弃了礼法的束缚；另一种是以嵇康为代表的养生论，主张保持人格的对立，不为富贵功名所动，不为是非毁誉所撄，清心养神，从而进入身心俱泰、自由超越的境界；还有一种则是以《列子·杨朱》为代表的纵欲论，鼓吹抓紧时间享乐，投身于世俗的名利追逐中，反映了当时部分士人醉生梦死的心态。此外还有何晏、王弼的无为论，向秀、郭象的安命论，以及魏晋之后佛教从宗教麻痹的角度解释人生，等等。而葛洪的生命美学，融精神自由与安身立命为一体，体现出一种更为圆融的生命哲学观。

一 追求超越的精神自由

魏晋是一个觉醒的时代，其重要体现就在于士人生命意识的觉醒和对生命安顿方式的探寻。对于生命意识，其基本含义是人对自己存在的自觉，对生命意义和价值的思考，以及对生死的认识或感悟。① 在汉代

---

① 胡海、秦秋咀：《中国美学通史》（魏晋南北朝卷），江苏人民出版社 2015 年版，第 21 页。

大一统政权解体后，人们对以往的建功立业观念感到无措，也颠覆了以往对于天道和天命的信念，人们的思考更加多元深刻。同时，从汉末到三国的战乱，让人们深切体会到生命无常，对生命本身的肯定和满足感荡然无存，取而代之的是一种茫然感和悲凉感，人们迫切需要找到一种不同于以往的精神寄托和价值皈依。生命意识的觉醒引发了士人对于生命和精神安顿方式的探寻。各种无关功利的形式都成为个体追求生命安顿、精神自由和超越的方式。"应物而无累于物"成为大多数魏晋士人的基本处世态度。这既是一种务实的态度，也是一种自由洒脱的精神，而不仅仅限于思想和口头上的装饰物。魏晋士人的生命安顿，将心灵自由、审美超越与现实的安身立命结合在一起。这种精神意识，也对后世产生了深远影响。

葛洪的一生，是不断追求精神适意的典型代表。年轻时他心怀大丈夫平天下之心，希望能够获取功名。但进入仕途的经历让他敏锐地意识到官场并不是可以肆意逞才之地，要想游刃有余就需磨砺自己的个性；官场也不是恣意性情之所，要想有所成就则需蜷缩自我以求保全。个性狷介、孤高的葛洪不愿委曲求全与他人为伍，很快便做出了转向求书问道的人生选择。

之后葛洪北上求书，却遭遇了西晋之末最为动荡的"八王之乱"。在南下广州的途中还得知了好友嵇喜被害的消息，这些颠沛流离的经历使他对人生有了更加深切丰富的感悟，对于荣位这些身外之物有了更加清醒的认识，他在《抱朴子·外篇》（以下简称为《外篇》）之《自叙》中说道："且荣位势利，譬如寄客，既非常物，又其去不可得留也。隆隆者绝，赫赫者灭，有若春华，须臾凋落。得之不喜，失之安悲？悔吝百端，忧惧兢战，不可胜言，不足为也。"① 由此可见，葛洪并不热衷世俗的荣利，而更注重自我高洁品性的持守。

葛洪的生命美学，充满着对生命意义的追问和对存在价值的追寻，带有强烈的超越情怀和一种淡淡的感伤气质。在乱世之中，葛洪颇感生

---

① 杨明照：《抱朴子外篇校笺》（上），中华书局1991年版，第690页。

命之短暂，"人生倏忽，以过隙之促，托罔极之间，迅乎犹奔星之暂见，飘乎以飞矢之电经"①，也正是在这种人生短暂的慨叹中，葛洪认识到生命的价值和意义不应聚焦在外在的荣利上，而是更应追寻内心的宁静，《外篇·嘉遁》："方寸之心，制之在我，不可放之于流遁也。躬耕以食之，穿井以饮之，短褐以蔽之，蓬庐以覆之，弹咏以娱之，呼吸以延之。逍遥竹素，寄情玄毫，守常待终，斯亦足矣。"② 朴素的物质生活，带来的是内心的自由与平静，也是维护生命的最好方式。对个体精神自由的维护和追求，成为葛洪生命美学的重要内容。

生命是宝贵的，这种宝贵之处正是源于其脆弱的本性，因而要倍加珍惜。以一己之力来对抗昏暗的现实，在葛洪看来是不足取的，面对古人"是以身名并全者甚稀，而先笑后号者多有也"的命运，葛洪将自己的物质生命安顿于朴素的生活中，将灵魂安顿于自由与逍遥中，《外篇·嘉遁》："潢洿足以泛龙鳞，岂事乎沧海？藜藿嘉于八珍，寒泉旨于醽、醁；摄缕美于赤舄，缊袍丽于衮服；把橦安于杖钺，鸣条乐乎丝竹；茅茨艳于丹楹，采椽珍于刻桷；登嵩峰为台榭，庇岩霤为华屋；积篇章为敖庾，宝玄谈为金玉；弃细人之近恋，损庸隶之所欲；游九皋以含欢，遣智慧以绝俗。同屈尺蠖，藏光守朴；表拙示讷，知止常足。然后咀嚼芝芳，风飞云浮；晞景九阳，附翼高游；仰栖梧桐，俯集玄洲。孰与衔箬而伏枥，同被绣于牺牛哉！"③ 那些奢华之物、眼前之利和永远难以满足的欲望，在葛洪看来都不值得一提，他选择将自己的生命交予自然，在淳朴、守拙与知足常乐中，全身心地去真切感受周遭万物，像风云一般自由飘荡，真正实现自我精神的满足与超越。

葛洪也表达了身心融于大道、不为外物所束缚困扰的人生志向，《外篇·逸民》："且夫交灵升于造化，运天地于怀抱，恢恢然世故不栖于心，茫茫然宠辱不汨其纯白，流俗之所欲，不能染其神，近人之所惑，不能移其志。荣华，犹赘疣也；万物，犹蜩翼也。……从其所好，莫与

---

① 杨明照：《抱朴子外篇校笺》（上），中华书局1991年版，第27页。
② 杨明照：《抱朴子外篇校笺》（上），中华书局1991年版，第44页。
③ 杨明照：《抱朴子外篇校笺》（上），中华书局1991年版，第47页。

易也。故醇而不杂，斯则富矣；身不受役，斯则贵矣。"① 在追求大道的过程中融自我于天地中，不被世俗琐碎而烦扰，不为名位荣利所迷惑，保持思想的纯朴，虽然贫贱但精神却能得到极大的满足。这种以精神超越为导向的人生理想，成为葛洪生命观中最为耀眼的一束光。

在葛洪追寻精神自由的生命美学中，显示出对于老庄思想的继承。《抱朴子·内篇》（以下简称为《内篇》）之《塞难》曰："仲尼虽圣于世事，而非能沈静玄默，自守无为者也。故老子戒之曰：良贾深藏若虚，君子盛德若愚，去子之骄气与多欲，态色与淫志，是无益于子之身。"② 葛洪在此批评了孔子，而借老子之语申明了自己的处世态度，即选择修养身心而非追求世俗功名作为自己的人生目标。这一人生理想，他在《外篇·逸民》中用"志人"来加以概括："凡所谓志人者，不必在乎禄位，不必须乎勋伐也。太上无己，其次无名。能振翼以绝群，骋迹以绝轨，为常人所不能为，割近才所不能割，少多不为凡俗所量，恬粹不为名位所染，淳风足以濯百代之秽，高操足以激将来之浊。"③ 一个志向远大的人，不会为外在的俸禄爵位和功勋所左右，他们的思想纯粹淡泊，其高尚的情操和品格会在时间的流逝中显得愈发淳厚高尚。葛洪像老子一样，都不因世俗沉迷于外物而改变自己的精神操守，以精神的自由恬静作为自己的人生追求。至于随波逐流的世俗之士，他们丧失了独立的精神意志，迷失在对名位荣禄的外在追求中，不知不觉将自己变成了世俗的奴隶。这种丧失了精神的自我，即便享尽荣华富贵，也是悲哀的。"且夫道存则尊，德盛则贵，隋珠弹雀，知者不为。何必须权而显，俟禄而饱哉！"（《外篇·嘉遁》）④ 在此，葛洪体现了一股强烈的自己掌控生命的独立意志，"在我而已，不由于人"可以看作葛洪的人生美学宣言，"道存则尊，德盛则贵"，这种不屑世俗的精神也成为葛洪生命美学精神的重要支柱。

---

① 杨明照：《抱朴子外篇校笺》（上），中华书局1991年版，第93—94页。
② 王明：《抱朴子内篇校释》，中华书局1985年版，第139页。
③ 杨明照：《抱朴子外篇校笺》（上），中华书局1991年版，第84页。
④ 杨明照：《抱朴子外篇校笺》（上），中华书局1991年版，第45页。

　　葛洪和老子所处的时代都有一个共同的特征，就是人们都在疯狂地追逐物欲享受，在贪嗜中难以自拔，对于精神涵养的追求迷失在对外在的迷恋中，对此老子宁愿淡泊无为，保持自己精神的独立、虚静，并以之为贵，以此为傲，"众人皆有以，而我独顽似鄙，我独异于人而贵食母"。同样，葛洪在面对世俗的贪婪、放诞、浮华、狂傲等现象时，面对人们忙于追逐各种流行风尚时，同老子一样也选择了贵守精神，保持自我的独立、高洁，在《外篇·嘉遁》中，葛洪假借"怀冰先生"这一人物描绘了自己不与世俗合流、独立缥缈的精神追求："有怀冰先生者，薄周流之栖遑，悲吐握之良苦。……背朝华于朱门，保恬寂乎蓬户。绝轨躅于金、张之间，养浩然于幽人之仵。谓荣显为不幸，以玉帛为草土。抗灵规于云表，独违今而遂古。庇峻岫之巍峨，藉翠兰之芳茵。漱流霞之澄液，茹八石之精英。思眇眇焉若居乎虹霓之端，意飘飘焉若在乎倒景之邻。万物不能搅其和，四海不足汨其神。"[1] 简陋、贫贱的物质生活不会影响他们的心情，脱去物质束缚之后会更加快乐，这也是隐士的精神享受所在。葛洪蔑视那些为了名利而奔波的人，自己又不愿被那些想要获得肯定的人才所扰，所以他自己选择了隐逸的生活。在这种恬静的生活中，他既可以吸收自然精华，也可以保持自己精神的平和清静、自由逍遥，这种通过身心自由所获得的享受，是世俗中的荣利所无法给予的。"思眇眇焉若居乎虹霓之端，意飘飘焉若在乎倒景之邻。万物不能搅其和，四海不足汨其神"，怀冰先生这种宏大缥缈的"虚静"境界，代表了葛洪对自由高蹈的精神境界的追求。

　　老子赞美精神既深不可测、妙不可识，又自然、无须藻饰。老子认为得道之士，他们的精神"微妙玄通，深不可识"，而且得道之士不存有私欲，时时谦卑，不会骄傲满盈。而在葛洪对于玄道的阐释中，就带有老子思想的深深烙印，《内篇·畅玄》："玄者，自然之始祖，而万殊之大宗也。眇昧乎其深也，故称微焉。绵邈乎其远也，故称妙焉。"[2] 从

①　杨明照：《抱朴子外篇校笺》（上），中华书局1991年版，第1页。
②　王明：《抱朴子内篇校释》，中华书局1985年版，第1页。

文字上看，葛洪对于"玄道"的描述，集中在"微妙"上，与老子的"微妙玄通，深不可识"是一脉相承的。而且，葛洪强调想"得道"，就不能拘泥于外在的形体，而要重视精神上的体悟："夫玄道者，得之乎内，守之者外，用之者神，忘之者器，此思玄道之要言也。"①

除了老子，葛洪也吸收了庄子的"逍遥"观。虽然葛洪追求长生的生命观与庄子有着根本不同，但是在追求逍遥自由、没有尘世之累的精神理想这一方面，却是与庄子相通的。《外篇·嘉遁》："盖至人无为，栖神冲漠，不役志于禄利，故害而不能加也；不躏崎于险途，故倾坠不能为患也。……以欲广则浊和，故委世务而不纡眴；以位极者忧深，故背势利而无余疑。其贵不以爵也，富不以财也。"② "至人"这个概念，在庄子那里是其理想人格的一种，庄子对理想中的人有圣人、神人、真人、至人、德人、天人、全人等多种表述，但不管是何种人，他们的共通之处就在于对世俗的超越，比如在《庄子·逍遥游》中的"神人"："藐姑射之山，有神人居焉。肌肤若冰雪，绰约若处子。不食五谷，吸风饮露。乘云气，御飞龙，而游乎四海之外。其神凝，使物不疵疠而年谷熟。"③ 除了"至人"，葛洪对于"得道"之人的描述也与《庄子·逍遥游》中的"神人"神似："乘流光，策飞景，凌六虚，贯涵溶。出乎无上，入乎无下。经乎汗漫之门，游乎窈眇之野。逍遥恍惚之中，倘佯仿佛之表。咽九华于云端，咀六气于丹霞。"④ 由此可见，虽然葛洪与庄子在人生哲学上有着根本不同，但还是吸收了庄子对于"神人"所达到的那种缥缈自由之境界的说法，对于精神逍遥自由的追求和庄子是一样的。葛洪在《外篇》中也多次表达了对"逍遥自由"人生境界的追求："登嵩峰为台榭，庇岩溜为华屋，积篇章为敖庚，宝玄谈为金玉。弃细人之近恋，损庸隶之所欲。游九皋以含，遣智惠以绝俗。同屈尺蠖，藏光守朴。表拙示讷，知止常足。然后咀嚼芝芳香，风飞云浮；晞景九阳，附

① 王明：《抱朴子内篇校释》，中华书局1985年版，第2页。
② 杨明照：《抱朴子外篇校笺》（上），中华书局1991年版，第23页。
③ （清）郭庆藩撰，王孝鱼点校：《庄子集释》，中华书局2004年版，第28页。
④ 王明：《抱朴子内篇校释》，中华书局1985年版，第2页。

翼高游。仰栖梧桐，俯集玄洲。孰与衔辔而伏枥，同被绣于牺牛哉。"①
葛洪的这番描述，尤其是"咀嚼芝芳香，风飞云浮；晞景九阳，附翼高
游。仰栖梧桐，俯集玄洲"之句，颇有庄子《逍遥游》之感。

葛洪以超越俗世社会、追求自由逍遥为主旨的精神追求，体现了魏
晋以来士人内在价值观的转向。这种思想，也与阮籍的《大人先生传》
相呼应："夫大人者，乃与造物同体，天地并生，逍遥浮世，与道俱成，
变化散聚，不常其形。天地制域于内，而浮明开达于外，天地之永固，
非世俗之所及也。……是以至人不处而居，不修而治……乘东云，驾西
风，与阴守雌，据阳为雄，志得欲从，物莫之穷，又何不能自达而畏夫
世笑哉！"② 阮籍在此塑造的"大人"形象，"独与天地精神往来"，不为
世俗所累，在贫贱中追求自我的逍遥，成为魏晋士人精神境界的代表。

对于名利的超越，对于道德的坚守，对于身心自由的不断追寻，构
成了葛洪的生命美学观念，体现了魏晋以来士人在时代转折时期对生命
的不断反思与探索，也成为两晋时期颇具代表性的一种士人观念。他并
未因实现小我而完全弃世，在隐逸求仙养生中也坚守传统的伦理德行，
在著书立说中实践着"三不朽"的人生追求，反而更体现了一种生命观
的宏大圆融。

二　"重生"与"三不朽"的安身立命观

葛洪的生命观，一方面追求精神的自由逍遥，另一方面体现在融
"重生"与"三不朽"的安身立命观上。葛洪选择了隐逸作为持守品性
高洁、追求精神逍遥的途径，但他也同样注重对生命本身的养护，而且
在养生的同时没有放弃对"立德""立言"的追求。

葛洪作为神仙道教的创始人，其养生、求仙的观念更是这一时期的代
表。葛洪在《内篇》中论述的养生思想，与嵇康可谓一脉相承。首先，嵇

---

① 杨明照：《抱朴子外篇校笺》（上），中华书局1991年版，第47页。
② 陈伯君：《阮籍集校注》，中华书局1987年版，第165—166页。

康和葛洪都将身体看作一个整体，将其与治国联系起来。嵇康认为，"精神之于形骸，犹国之有君也；神躁于中，而形丧于外，犹君昏于上，国乱于下也"①。而葛洪也认为："一人之身，一国之象也。胸腹之位，犹宫室也。四肢之列，犹郊境也。骨节之分，犹百官也。神犹君也，血犹臣也，气犹民也。故知治身，则能治国也。夫爱其民所以安其国，养其气所以全其身。"② 其次，嵇康与葛洪的养生之道，强调清心寡欲。二人都接受"人是有欲望的"这一事实，养生就是要节制欲望，嵇康在《养生论》中说："善养生者则不然矣。清虚静泰，少私寡欲。知名位之伤德，故忽而不营，非欲而强禁也；识厚味之害性，故弃而弗顾，非贪而后抑也。"③ 而葛洪也在《内篇·畅玄》中强调："含醇守朴，无欲无忧，全真虚器，居平味澹。……不以外物汩其至精，不以利害污其纯粹也。故穷富极贵，不足以诱之焉，其余何足以悦之乎？"④ 葛洪之所以注重精神的纯粹独立，也与其重生的观念息息相关。他从养生的角度提倡去除各种欲望，让精神与形体相和谐，达到养生的目的。这种生命哲学观，强调超越外在的物质功利束缚，将人生追求上升至精神的纯粹逍遥，并通过对自身的有益约束达到不朽的境界。这既是魏晋士人对应现实的一种方式，也体现了他们主动为生命寻找出口的态度，"重生"的观念由此可见。

作为神仙道教的创始人，古今都注重对葛洪养生思想的研究，但是有一点需要在此特别提出，葛洪之所以养生、求仙，是因为他对于生命的尊重和珍视。在葛洪的生命哲学中，包含对人作为万物之灵长的肯定，"有生之灵，莫过乎人"这种对于人的生命的肯定，相较于西方莎士比亚在《哈姆雷特》中提出"人是宇宙的精华，万物的灵长"更是早了千年之久，可见葛洪的生命意识是如此强烈。在《内篇·勤求》中他也写道："古人有言曰，生之于我，利亦大焉。论其贵贱，虽爵为帝王，不足

---

① （三国魏）嵇康著，戴明扬校注：《嵇康集校注》，人民文学出版社 2015 年版，第 231 页。

② 王明：《抱朴子内篇校释》，中华书局 1985 年版，第 326 页。

③ （三国魏）嵇康著，戴明扬校注：《嵇康集校注》，人民文学出版社 2015 年版，第 231 页。

④ 王明：《抱朴子内篇校释》，中华书局 1985 年版，第 3 页。

以此法比焉。论其轻重，虽富有天下，不足以此术易焉。"① 在葛洪看来，与生命相比，富有天下这些都无足轻重，对生命的看重也是促使葛洪最终投身于道教养生的根本原因。我们反观葛洪的著述行为，他创作《抱朴子》就是源于这种对于生命的珍视。他看重个体生命，看重个体的生命意志、精神思想，所以他要在乱世中立言著述，希望能够将之传于后代，同时实现灵魂与生命的双重不朽。这也是葛洪圆融宏大生命观的最好展现。

　　不因名利及其他外物而损害生命，是葛洪一以贯之的生命观念。基于生命为上的价值观，葛洪对于世事的批判也多由此而发。他批评酗酒之风，就基于其对身体健康的损害："夫风之为疾，犹展攻治，酒之为变，在乎呼吸。及其闷乱，若存若亡，视泰山如弹丸，见沧海如盘盂。"② 他对于交友的选择，也与明哲保身息息相关："且夫名多其实，位过其才，处之者犹鲜免于祸辱，交之者何足以为荣福哉！"③ 他对于调戏妇女之风的批判，也有其对于女性生命损害的原因："俗间有戏妇之法……或蹙以楚挞，或系脚倒悬。酒后容酗，不知限齐，至使有伤于流血，踒折支体者。"④ 葛洪对于个体生命价值的重视，未因性别而有所差异。在放诞之风甚嚣尘上的魏晋时代，葛洪仍旧坚持以传统的伦理道德观念作为自己的行为准则。这一"修身立德"的倾向，在《外篇》中不仅表现在他对于美好德行的追求和坚持，还表现在他对于浮华、傲慢、奢侈等诸多不良世风的批判；而在《内篇》中，葛洪将传统儒家的伦理道德观念融入神仙道教的哲学中。在葛洪看来，不管是儒家还是道家，"仁义"乃是二者的根本，《内篇·明本》曰："夫道者，其为也，善自修以成务；其居也，善取人所不争；其治也，善绝祸于未起；其施也，善济物而不德；其动也，善观民以用心；其静也，善居慎而无闷。此所以为百家之君长，仁义之祖宗也，小异之理，其较如此，首尾污隆，未

---

① 王明：《抱朴子内篇校释》，中华书局1985年版，第259页。
② 杨明照：《抱朴子外篇校笺》（上），中华书局1991年版，第579页。
③ 杨明照：《抱朴子外篇校笺》（上），中华书局1991年版，第429页。
④ 杨明照：《抱朴子外篇校笺》（上），中华书局1991年版，第628页。

之变也。"① 葛洪还援引老子的学说，指出其中同样兼有礼教的内容，和周孔的儒家之道相通："老子既兼综礼教，而又久视，则未可谓之为减周孔也。"对于"礼教"的强调，也是贯穿《抱朴子》的一条重要线索，是葛洪人生思想的重要内容。

在葛洪的生命价值观中，"立德"始终占有重要地位，《外篇》中多次提到高贵品德的重要性："盖士之所贵，立德立言。若夫孝友仁义，操业清高，可谓立德矣。"② 对于隐者来说，修德以正风气正是有助于社会发展的方式，"在朝者陈力以秉庶事，山林者修德以厉贪浊。殊涂同归，俱人臣也"。在《内篇》中，葛洪也一再强调美好的德行是成仙得道的重要修行内容："欲求仙者，要当以忠孝和顺仁信为本。若德行不修，而但务方术，皆不得长生也。"③ 葛洪还特意明确了一些修道之人应该遵守的德行标准："览诸道戒，无不云欲求长生者，必欲积善立功，慈心于物，恕己及人，仁逮昆虫，乐人之吉，愍人之苦，周人之急，救人之穷，手不伤生，口不劝祸，见人之得如己之得，见人之失如己之失，不自贵，不自誉，不嫉妒胜己，不佞谄阴贼，如此乃为有德，受福于天，所作必成，求仙可冀也。"④ 可见，在葛洪的思想体系中，美好的德行始终是其价值观的重要内容，"立德"一向包含在他的人生理想中，而其本人也用生命活动本身体现着对这一目标的追求。

在葛洪的生命价值观中，"立言"旨在传递他的精神思想，是其安身立命的重要内容。"立言"作为魏晋时期士人的重要人生追求，与立功、立德上升为同等的高度，士人将"立言"看作彰显和实现个体精神价值的重要途径。葛洪著书《抱朴子》，就特别体现了这一时代的士人追求。他在《外篇·自叙》中明确提到"立一家之言"，将"立言"看作证明自我精神存在的意义和价值的方式。《外篇·自叙》曰：

① 王明：《抱朴子内篇校释》，中华书局1985年版，第188页。
② 杨明照：《抱朴子外篇校笺》（上），中华书局1991年版，第87页。
③ 王明：《抱朴子内篇校释》，中华书局1985年版，第53页。
④ 王明：《抱朴子内篇校释》，中华书局1985年版，第126页。

余以庸陋，沈抑婆娑，用不合时，行舛于世，发音则响与俗乖，抗足则迹与众近。内无金、张之援，外乏弹冠之友。循涂虽坦，而足无骐骥；六虚虽旷，而翼非大鹏。上不能鹰扬匡国，下无以显亲垂名，美不寄于良史，声不附乎钟鼎。故因著述之余，而为《自叙》之篇。虽无补于穷达，亦赖将来之有述焉。①

葛洪"立言"，是希望不借助史家的笔墨，不依附官方的肯定，而依靠自己不随波逐流的创作来彰显个体的独立意识，将自我的精神生命意识传递后世。同样，这种意识也体现在《内篇》中："余今略钞金丹之都较，以示后之同志好之者。其勤求之，求之不可守浅近之方，而谓之足以度世也。遂不遇之者，直当息意于无穷之冀耳。"② 葛洪在《内篇》中讲述炼丹之法，也是希望后世有志同道合者看到，并将之继续发扬传承，其"立言"之心志也清晰可见。

三　结语

中国哲学是一种生命哲学，古人追求身心的安顿，并不在意一般的审美快感，而是力图超越这种一般的审美经验而获得更为深沉厚重的生命安慰，并寻求自我与天地万物融为一体的境界以获得灵魂的适意。葛洪的生命美学观念，将个体的精神自由与安身立命相统合，在获得灵魂纯粹适意的同时也尊重生命的存在，他在"立德""立言"中实现了精神与生命的双重追求，构建了一个完整丰富的生命价值体系，为后人展示了一个圆融的生命美学观。

（作者单位：中国社会科学出版社）

---

① 杨明照：《抱朴子外篇校笺》（下），中华书局 1997 年版，第 721 页。
② 王明：《抱朴子内篇校释》，中华书局 1985 年版，第 72 页。

论《抱朴子·外篇》"逆向"的
人物风尚批评观

杨　康

　　《抱朴子·外篇》（以下简称为《外篇》）是两晋士人葛洪针对乱世纷争而著述的一部子书，相对于其阐释神仙道教理论的《抱朴子·内篇》（以下简称为《内篇》）来说，《外篇》涉及政治批评、人物批评、风俗批评和文学批评等诸多内容。面对社会动荡时期出现的种种乱象，葛洪的人物批评和风俗批评明显呈现出"逆向"于六朝主流思想的特征。六朝主流的人物批评观，重视人物的个性、情感和精神气质，彰显的是对个体生命和个人情感的崇尚以及对自由意志的张扬，后世对六朝风尚的推崇也多基于此。六朝的社会风尚，在名士"越名教而任自然"的影响下，以"任诞"为显著特征，冲破传统礼教束缚的人们愈加放纵不羁。面对这样的主流思想观，葛洪在《外篇》中吐奇拨乱，其"逆向"批评观念以人物的社会影响及价值作为衡量准的，并以传统儒家的伦理道德标准来评判当时的各种社会风尚，在"逆向"批评中彰显出"崇真""尚实"的批评态度和独立的批评精神。葛洪的《外篇》作为两晋子书的代表，对其思想的深入分析有助于我们更加全面深入地认识六朝的思想面貌和发展轨迹，同时彰显出其融社会和人生于创作的中国文艺思想特征。

一　基于社会影响的人物批评观——
以对郭泰的批评为例

郭泰，字林宗，博通群书，善于鉴识、品评人物。郭泰的人物批评，与汉代"清议"密切相关。清议原本是一种选用官员的依据，主要是对士人的品德和才干予以评价，但在当时，清议的主要内容还是侧重于对人物品德的评价。因此，为了能够获得晋升仕途所需的名声，它就成了关乎士人命运的一件大事。东汉末年，由于宦官把持朝政，士人经由清议进身仕途受到了阻碍，为了扼制宦官及其党羽的任人唯亲的状况，清议逐渐转变为"党人之议"。《后汉书·党锢列传》云："逮桓灵之间，主荒政谬，国命委于阉寺，士子羞与为伍，故匹夫抗愤，处士横议，遂乃激扬名声，互相题拂，品核公卿，裁量执政，婞直之风，于斯行矣。……因此流言转入太学，诸生三万余人，郭林宗、贾伟节为其冠，并与李膺、陈蕃、王畅更相褒重。……又渤海公族进阶、扶风魏齐卿，并危言深论，不隐豪强。自公卿以下，莫不畏其贬议，屣履到门。"① 虽然在党锢之祸后"清议"不复盛况，但其影响却绵延不绝。在这股"清议"之风中，郭泰是最受人推崇的精神领袖，他通过交游等一系列活动参与当时的斗争，成为京师三万多名太学生的领袖。他也因没有和朝廷发生正面冲突和崇高的社会声望而幸免于难。对于这样一位名士，《世说新语》给予了高度肯定："郭泰秀立高崎，澹然渊停。九州之士，悉凛凛宗仰，以为覆盖。"不仅如此，与郭泰同时期的名士也多对其予以肯定，范滂评曰："隐不违亲，贞不绝俗，天子不得臣，诸侯不得友，吾不知其它。"② 范晔在《后汉书》中评曰："林宗怀宝，识深甄藻。明发周流，永言时道。"③

但是，从历史上看，对于郭泰的评价也存在不同的声音。葛洪认为，

---

① （南朝宋）范晔：《后汉书》，中华书局 1965 年版，第 2185—2186 页。
② （南朝宋）范晔：《后汉书》，中华书局 1965 年版，第 2226 页。
③ （南朝宋）范晔：《后汉书》，中华书局 1965 年版，第 2236 页。

虽然郭泰作为当时众人拥护的人物，在人物品评方面具有很高的声望，但对当时浮华交游、虚伪矫饰的社会风尚有推波助澜之影响。他在《外篇·正郭》中写道：

> 林宗拔萃翘特，鉴识朗彻，方之常人，所议固多，引之上及，实复未足也。
>
> 此人有机辩风姿，又巧自抗遇而善用；且好事者为之羽翼，延其声誉于四方。故能挟之见准慕于乱世，而为过听不核实者所推策。及其片言所襄，则重于千金；游涉所经，则贤愚波荡。谓龙凤之集，奇瑞之出也。吐声则余音见法，移足则遗迹见拟，可谓善击建鼓而当揭日月者耳，非真隐也。……按林宗之言，其知汉之不可救，非其才之所辩，审矣。……林宗才非应期，器不绝伦，出不能安上治民，移风易俗；入不能弹毫属笔，祖述六艺。行自炫耀，亦既过差，收名赫赫，受饶颇多。然卒进无补于治乱，退无迹于竹帛。观倾视泪，冰泮草靡，未有异庸人也。
>
> 无故沈浮于波涛之间，倒屣于埃尘之中，遨集京邑，交关贵游，轮刑英弊，匪遑启处，遂使声誉翕熠，秦、胡景附。巷结朱轮之轨，堂列赤绂之客，轺车盈街，载奏连车。诚为游侠之徒，未合逸隐之科也。①

葛洪对于郭泰的批评，集中在两个方面。一是从士人的社会影响和社会价值出发，认为郭泰的人物品鉴并未起到安上治民、移风易俗的社会功用，反而助长了当时的求名结党之风。郭泰作为当时的士人领袖，应该发挥自身的才能和优势，对于世事和百姓有所助益。但其所倡领的人物品鉴非但没有达成此社会效果，反而更加有混乱世风的负面影响，虽有识鉴之才，却没有举荐之功。二是从郭泰本身的行为来看，葛洪认为他并非一个真正的隐士，有"名实不符"的一面。他虽然没有进入朝堂，却"遨

---

① 杨明照：《抱朴子外篇校笺》（下），中华书局 1997 年版，第 452—464 页。

集京邑，交关贵游"，这显然不是隐士所为，更像是"游侠之徒"。郭泰的行为和言论是充满矛盾的，其"精神内虚，不胜烦躁，言行相伐，口称静退，心希荣利"，他虽然口称隐士，其实是为了避乱，而他的人物品评也被认为是招揽自身声誉的一种手段。郭泰本人虽然没有在朝堂之上，但与当时的政治活动密切相关，其所作所为对当时的政局有很大影响。这种言语与行为后果的不一，也体现了其"不实"的一面。葛洪对于郭泰所做的评论，并非个例。在《外篇》中，葛洪也引用了前人的评论。三国时期吴国人诸葛元逊评价说："林宗隐不修遁，出不益时，实欲扬名养誉而已。"① 殷伯绪认为郭泰的行为无助于济世助民："林宗周旋清谈闾阎，无救于世道之陵迟，无解于天民之憔悴也。"② 周恭远认为："林宗既不能荐有为之士，立毫毛之益，而遁逃不仕也，则方之巢、许；废职待客者，则比之周公；养徒避役者，则拟之仲尼；弃亲依豪者，则同之游、夏。是以世炫名实，而大乱滋甚也。"③ 这三人的观点也代表了葛洪对于郭泰的看法，他意识到了郭泰在发现人才时所带来的负面效应，使众人过度追求虚名、结党成派，却难以有助政教之功，贻害后世。

《外篇》中对于郭泰的批评，突出体现了葛洪"逆向"的人物批评观，即他的人物批评注重从外在的社会影响来评判个体的社会价值，同时，葛洪的这一批评观也体现出魏晋以来"名实之辨"思潮的影响。魏晋的人物批评与当时政治上要求选贤任能密切相关，魏晋士人对汉代取士重名的弊端进行了反思，相比于汉代人物察举最终导致的虚伪矫饰的求名之风，他们更注重人物声名背后的实际的才能，葛洪的人物批评也体现了这种"求实""崇真"的批评理路。

二 反对虚伪矫饰的社会风尚批评

伴随着汉末士人对于自身名声的追求，社会上充斥着各种为了求

① 杨明照：《抱朴子外篇校笺》（下），中华书局 1997 年版，第 472 页。
② 杨明照：《抱朴子外篇校笺》（下），中华书局 1997 年版，第 474 页。
③ 杨明照：《抱朴子外篇校笺》（下），中华书局 1991 年版，第 477 页。

得声誉而进行的"交游"活动，而且这种浮华交游之风也一直延续到了后世。葛洪深感浮华交游之风对社会造成的不良影响，在《外篇》中多次抨击此风："或推货贿以龙跃，或阶党援以凤起，风成化习，大道渐芜，后生昧然，儒训遂埋。将为立身，非财莫可。"① 葛洪用犀利的笔触将这些士人在追名逐利时的卑劣猥琐的丑态描绘得呼之欲出："星言宵征，守其门庭，翕然诒笑，卑辞悦色，提壶执贽，时行索媚；勤苦积久，犹见嫌拒，乃行因托长者以构合之。其见受也，则踊悦过于幽系之遇赦；其不合也，则懊悴剧于丧病之逮己也。"② 对于那些积极奔走而官位显赫的人，葛洪耻于为伍，也显示出他不与世俗同流合污的高洁精神。

同时，葛洪用批判之笔将其中那些名不副实、表面光鲜却胸无点墨的士人的庸劣本质点出："盛务唯在樗蒲弹棋，所论极于声色之间，举口不离绮襦纨绔之侧，游步不去势利酒客之门。"③ 他们不懂何为老庄自然之道，却把它当作自己放荡任诞的理由，这些通过交游获取官爵晋升的人不过是一群势利之徒，本身并没有实际的才干和良好的品德。不仅如此，依靠自身官宦家世得到提升的人，更是一群浅薄无礼之人："率多冠盖之后，势援之门，素颇力行善事，以窃虚名；名既粗立，本情便放。"④ 他们凭借自身的家族优势获取官位声名，此后便露出了粗俗的本性。

不仅葛洪对当时的浮华交游、虚伪矫饰之风提出了尖锐的批评，和葛洪时代相近的有识之士对此也多有同样的评论。是时，朱穆作《崇厚论》批评当时清议名不副实之风："然而时俗或异，风化不敦，而尚相诽谤，谓之臧否。记短则兼折其长，贬恶则并伐其善。悠悠者皆是，其可称乎！凡此之类，岂徒乖为君子之道哉，将有危身累家之祸焉。……务进者趋前而不顾后，荣贵者矜己而不待人，智不接愚，富不赈贫，贞

---

① 杨明照：《抱朴子外篇校笺》（上），中华书局1991年版，第82页。
② 杨明照：《抱朴子外篇校笺》（上），中华书局1991年版，第422页。
③ 杨明照：《抱朴子外篇校笺》（上），中华书局1991年版，第601页。
④ 杨明照：《抱朴子外篇校笺》（上），中华书局1991年版，第613页。

士孤而不恤，贤者厄而不存。……故时敦俗美，则小人守正，利不能诱也；时否俗薄，虽君子为邪，义不能止也。何则？先进者既往而不反，后来者复习俗而追之，是以虚华盛而忠信微，刻薄稠而纯笃稀。"① 朱穆直刺贤贞之士不存而小人得道的现状，痛感当时党同伐异、趋名逐利的交游之风，慨叹"虚华盛而忠信微"。《后汉书·文苑列传》中记载了刘梁的《破群论》，他也批评当时的势利交游之风："常疾世多利交，以邪曲相党，乃著《破群论》。时之览者，以为'仲尼作《春秋》，乱臣知惧，今此论之作，俗士岂不愧心。'"② 此外，《后汉书·文苑列传》也记载了侯瑾作《矫世论》："侯瑾……作《矫世论》以讥切当时。而徙入山中，覃思著述。"③ 汉末诸子之一的王符在《潜夫论·交际》中云："夫与富贵交者，上有称举之用，下有货财之益。与贫贱交者，大有赈贷之费，小有假借之损。"④ 因利相交，德行之人因贫贱受到贬损，反过来使攀附富贵的浮华之风愈甚。人们之间的交往不再追求志同道合，而是为了追名逐利。

这股交游之风在汉末发展到了极致，从上至下无不为了利益而迎来送往，徐干《中论·谴交》曰："桓灵之世，其甚者也。自公卿大夫、州牧郡守，王事不恤，宾客为务，冠盖填门，儒服塞道……下及小司，列城墨绶，莫不相商以得人。……详察其为也，非欲忧国恤民、谋道讲德也，徒营己治私，求势逐利而已。……或奉货而行赂以自固结，求志属托，规图仕进，然掷目指掌，高谈大语。若此之类，言之犹可羞，而行之者不知耻。"⑤

造成浮华交游之风盛行的根本原因，就在于朝廷选士只重虚名而不求实察，《中论·谴交》曰："取士不由于乡党，考行不本于阀阅，多助者为贤才，寡助者为不肖，序爵听无证之论，班禄采方国之谣。

---

① （南朝宋）范晔：《后汉书》，中华书局 1965 年版，第 1465—1466 页。

② （南朝宋）范晔：《后汉书》，中华书局 1965 年版，第 2635 页。

③ （南朝宋）范晔：《后汉书》，中华书局 1965 年版，第 2649 页。

④ （汉）王符著，（清）汪继培笺，彭铎校正：《潜夫论笺校证》，中华书局 2014 年版，第 334 页。

⑤ 孙启治：《中论解诂》，中华书局 2014 年版，第 231—232 页。

民见其如此者，知富贵可以从众为也，知名誉可以虚哗获也。乃离其父兄，去其邑里，不修道艺，不治德行，讲偶时之说，结比周之党，汲汲皇皇，无日以处，更相叹扬，迭为表里，梼枊生华，憔悴布衣，以欺人主惑宰相、窃选举盗荣宠者，不可胜数也。"① 人们发现国家取士不是看重真实的品行和才能，而是看重获得的赞誉，于是士人为了求取功名而四方交游，不修德行道艺，虚伪矫饰、沽名钓誉者不可胜数。

从汉末至两晋这一时期士人对浮华风尚的批评也可以看出，"求真""尚实"成为支撑社会风尚批判的思想基础和精神内核，"名实之辨"的思想发展轨迹也体现于其中，也可见传统儒家思想并未随着汉代大一统的消失而完全丧失其统治力，其对士人仍旧有着潜移默化的强大影响，虽然式微，却从未中断。

三　对"放诞"之风的异议

汉末魏晋之际，名士的荒诞不经之风逐渐盛行。从汉末的戴良至正始名士，他们的行为完全脱离于礼教，并逐渐引起了世人的仿效，进而在社会上形成了一股"放诞"之风。"放诞"之风在《世说新语》中，是从其彰显士人精神人格的一面予以肯定的，对于这种精神的肯定，也体现了六朝以来个体意识的觉醒。《世说新语·德行》第二十三条注引王隐《晋书》："魏末阮籍，嗜酒荒放，露头散发，裸袒箕踞。其后贵游子弟阮瞻、王澄、谢鲲、胡毋辅之之徒，皆祖述于籍，谓得大道之本。故去巾帻，脱衣服，露丑恶，同禽兽。甚者名之为通，次者名之为达也。乐广笑曰：'名教中自有乐地，何为乃尔也！'"② 对于阮籍的这种行为，《世说新语》并没有予以否定，还将其放在了《德行篇》中，可见其褒奖的态度。

---

①　孙启治：《中论解诂》，中华书局 2014 年版，第 231 页。
②　余嘉锡：《世说新语笺疏》（上），中华书局 2007 年版，第 29—30 页。

　　不过西晋以来，在骄奢淫逸风气中成长起来的元康名士虽然以阮籍的继承者自居，但他们将何晏、王弼的思想改造成宣扬虚无主义的贵无论，对社会秩序形成了极大的冲击。勤于职守者被称为俗吏，不理政务者被誉为高雅，一些极端分子酗酒空谈，甚至当众裸体以示通达。对此，裴颁著《崇有论》予以回击："渎弃长幼之序，混漫贵贱之级，其甚者至于裸裎。"但被群起攻之，淹没在"贵无"的声浪中。

　　对于这股放诞的风气，葛洪也犀利地予以抨击。他将世人的放诞与阮籍、戴良等人的行为进行了对比，揭露出世人的浅薄粗鄙之处。《外篇·刺骄》云："世人闻戴叔鸾、阮嗣宗傲俗自放，见谓大度，而不量其林力，非傲生之匹，而慕学之：或乱项科头，或裸袒蹲夷，或濯脚于稠众，或溲便于人前，或停客而独食，或行酒而止所亲。此盖左衽之所为，非诸夏之快事也。"① 世人没有戴、阮二人的才学，却盲目跟从，行为更像未经教化的外族人。即便是戴、阮二人，葛洪对其放诞行为也不全然赞同："夫以戴、阮之才学，犹以跌踔自病，得失财不相补。向使二生敬蹈检括，恂恂以接物，兢兢以御用，其至到何适但尔哉！"② 葛洪从重视生命的角度出发，认为其二人若能克制自己的行为，也不至于招致灾祸。这种想法，虽然看起来失掉了"舍生取义"的原则，却反映了在动乱时代中人们对于生命的珍视。葛洪并不是苟且存世之人，他对于传统儒家德行的高扬也能反映这一点。葛洪的批判意识，圆融了"贵生"和"重德"，个体价值和大义的彰显并不一定需要以生命为代价，通过守正自节也完全可以达到，即如《外篇·刺骄》云："君子能使以亢亮方楞，无党于俗，扬清波以激浊流，执劲矢以厉群枉，不过当不见容与不得富贵耳。天爵苟存于吾体者，以此独立不达，亦何苦何恨乎？而便当伐本瓦合，铺糟握泥，剷足适履，毁方入圆，不亦剧乎？"③

　　此外，魏晋名士的风流态度之一便是嗜酒成性。面对黑暗的社会

①　杨明照：《抱朴子外篇校笺》（下），中华书局1997年版，第29页。
②　杨明照：《抱朴子外篇校笺》（下），中华书局1997年版，第31页。
③　杨明照：《抱朴子外篇校笺》（下），中华书局1997年版，第41页。

现实，名士在酒中寻求精神的解脱，以逃避对现实的失望。在《世说新语》中，对酒的热爱成为彰显名士风范的举动。《世说新语·任诞》中有阮籍为了喝酒求步兵校尉一职的记载："步兵校尉缺，厨中有贮酒数百斛，阮籍乃求为步兵校尉。"刘孝标注引《文士传》："籍放诞有傲世情，不乐仕宦。晋文帝亲爱籍，恒与谈戏，任其所欲，不迫以职事。籍常从容曰：'平生曾游东平，乐其土风，愿得为东平太守。'文帝说，从其意。籍便骑驴径到郡，皆坏府舍诸壁障，使内外相望，然后教令清宁。十余日，便复骑驴去。后闻步兵厨中有酒三百石，忻然求为校尉。于是入府舍，与刘伶醋饮。"① 另一位以嗜酒闻名的名士刘伶，比起阮籍更是有过之而无不及，《世说新语·任诞》云："刘伶恒纵酒放达，或脱衣裸形在屋中，人见讥之。伶曰：'我以天地为栋宇，屋室为裈衣，诸君何为入我裈中？'"② 刘伶以天地为庐，可见其豪放之情。他还曾经作《酒德颂》，文中虚构"大人先生"和"贵介公子、缙绅处士"两组人物，表达了刘伶蔑视礼法、纵情任性、睥睨万物、不受羁绊的洒脱之意："有大人先生……止则操卮执觚，动则挈榼提壶，唯酒是务，焉知其余。有贵介公子、缙绅处士，闻吾风声，议其所以。乃奋袂攘襟，怒目切齿，陈说礼法，是非蜂起。先生于是方捧罂承槽，衔杯漱醪，奋髯箕踞，枕曲藉糟，无思无虑，其乐陶陶。兀然而醉，恍尔而醒。静听不闻雷霆之声，熟视不睹泰山之形，不觉寒暑之切肌，利欲之感情。俯观万物，扰扰焉如江汉之载浮萍。"③ 对于当时名士以"纵酒放达"自诩，《世说新语·任诞》还记载了王恭对此的评价："名士不必须奇才，但使常得无事，痛饮酒，熟读《离骚》，便可称名士。"④ 世俗之人仿效名士的风流，只得其行为的皮毛而丢失了其反抗虚伪礼教的内在精神。葛洪对于放诞、酗酒之风的批判，着眼点就在于此。葛洪在《外篇·酒诫》中严厉地批判了世人饮

① 余嘉锡：《世说新语笺疏》（下），中华书局2007年版，第858页。
② 余嘉锡：《世说新语笺疏》（下），中华书局2007年版，第858页。
③ （唐）房玄龄等：《晋书》，中华书局1974年版，第1376页。
④ 余嘉锡：《世说新语笺疏》（下），中华书局2007年版，第897页。

酒之堕落。文中描写了世人醉酒之后的各种丑态:"于是口涌鼻溢,濡首及乱……或争辞尚胜,或哑哑独笑,或无对而谈,或呕吐几筵,或颠蹶良倡,或冠脱带解。"① 这段描写淋漓尽致,即便是放到现在来形容醉酒之人也同样适用。饮酒不仅使自己丑态百出,还会连累无辜他人:"或肆忿于器物,或酗蒈于妻子;加枉酷于臣仆,用剡锋乎六畜,炽火烈于室庐,掊宝玩于渊流;迁威怒于路人,加暴害于士友。"② 葛洪之所以反对酗酒,最根本的原因还在于酗酒所导致的严重后果会危及国家:"夫使彼夏桀、殷纣之亡,信陵、汉惠之残,声色之过,岂唯酒乎!"③ 东晋时期,对西晋玄学思想带来的任诞之风进行反思的大有人在。王坦之是东晋门阀世族的代表人物,崇尚儒教,针对当时放荡享乐的风气,他特意作《废庄论》:"……天下之善人少,不善人多,庄子之利天下也少,害天下也多。故曰鲁酒薄而邯郸围,庄生作而风俗颓。礼与浮云俱征,伪与利荡并肆,人以克己为耻,士以无措为通,时无履德之誉,俗有蹈义之愆。骤语赏罚不可以造次,屡称无为不可与适变。虽可用于天下,不足以用天下人……"④ 王坦之发现真正能达到庄子之境界的人实属少数,庄子所崇尚的"自然"之道对社会造成的弊其实是大于利的,因此虽然可以提倡,但不适用于天下人。此外,在玄学士人中也未曾放弃对儒学的继承。孙放出身东晋有名的玄学家族,但他却推崇孔子,《世说新语·言语》记载了孙放的逸事:"孙齐由、齐庄二人小时诣庾公。公问……齐庄'何字',答曰:'字齐庄。'亮曰:'欲何齐?'曰:'齐庄周。'庾亮曰:'何不慕仲尼而慕庄周?'对曰:'圣人生知,故难企慕。'"⑤ 在孙放看来,孔子是生而知之的圣人,由此可见儒家思想对玄学士人的影响。应詹针对元康以来的放达之风,也提倡重振儒教以应对,《晋书·应詹传》载:"魏正始之间,

---

① 杨明照:《抱朴子外篇校笺》(上),中华书局 1991 年版,第 572 页。
② 杨明照:《抱朴子外篇校笺》(上),中华书局 1991 年版,第 575 页。
③ 杨明照:《抱朴子外篇校笺》(上),中华书局 1991 年版,第 586 页。
④ (唐)房玄龄等:《晋书》,中华书局 1974 年版,第 1966 页。
⑤ 余嘉锡:《世说新语笺疏》(上),中华书局 2007 年版,第 130 页。

蔚为文林。元康以来，贱经尚道，以玄虚宏放为夷达，以儒术清俭为鄙俗。永嘉之弊，未必不由此也。今虽有儒官，教养未备，非所以长育人材，纳之轨物也。"①

干宝在《晋纪·总论》中也有对玄风的反思："加以朝寡纯德之人，乡乏不二之老，风俗淫僻，耻尚失所，学者以《庄》《老》为宗而黜《六经》，谈者以虚薄为辨而贱名检，行身者以放浊为通而狭节信，进仕者以苟得为贵而鄙居正，当官者以望空为高而笑勤恪。……由是毁誉乱于善恶之实，情慝奔于货欲之途，选者为人择官，官者为身择利。……而世族贵戚之子弟，陵迈超越，不拘资次。悠悠风尘，皆奔竞之士，列官千百，无让贤之举。子真著《崇让》而莫之省，子雅制九班而不得用……先时而婚，任情而动，故皆不耻淫逸之过，不拘妒忌之恶，父兄不之罪也，天下莫之非也。"② 干宝对虚浮、放浊的世风和为人择官、为身择利的官场腐败以及懒散放荡的世俗等社会乱象有着较为全面的总结，认为玄风对社会造成的负面影响是西晋最终灭亡的根本原因。在东晋建立之初，不乏这种总结亡国经验的反思，以干宝为代表的有识之士尤为体现了这种反思倾向，并在东晋时期一直持续。

戴逵就士人的放达之风专门作《放达为非道论》。《晋书·戴逵传》载："若元康之人，可谓好遁迹而不求其本，故有捐本徇末之弊，舍实逐声之行，是犹美西施而学其颦眉，慕有道而折其巾角，所以为慕者，非其所以为美，徒贵貌似而已矣。……且儒家尚誉者，本以兴贤也，既失其本，则有色取之行。怀情丧真，以容貌相欺，其弊必至于末伪。道家去名者，欲以笃实也，苟失其本，又有越检之行。情礼俱亏，则仰咏兼忘，其弊必至于本薄。"③ 戴逵对魏晋以来的士风进行了冷静的梳理，对于追逐虚名、舍本求末之人和那些仅从行为上模仿放达之人，都予以批判。戴逵在此特意说明，以道家思想为旗号做着反对名教之事，应以"笃实"为本，而不应为自我的放纵行为寻找借口，对于"自驱以物，

---

① （唐）房玄龄等：《晋书》，中华书局1974年版，第1858—1859页。

② （唐）房玄龄等：《晋书》，中华书局1974年版，第135—136页。

③ （唐）房玄龄等：《晋书》，中华书局1974年版，第2457—2458页。

自诳以伪，外眩嚣华，内丧道实，以矜尚夺其真主，以尘垢翳其天正"这些虚伪矫饰的行为，是应该摒弃的。

四 不重容貌的人物审美观

与汉末社会政治有着密切渊源的人物品鉴，到了魏晋转而成为一种审美活动。随着九品中正制的实施，世家大族牢牢掌控了国家权力，人物选取实际上也在他们的操控之中，人物品鉴的政治功能也就随之消失，逐渐转向了对人物的个性、智慧、精神风度等方面的品鉴，带有一种超功利的审美色彩。从人们的心理来说，形貌美和精神美是联系在一起的。个体的才情、精神等固然为当时人物品鉴的重心，但这些内在的真我仍要通过外在的辞采容貌才能显现，所以，通过人的外貌声色来窥悟其内在的才性神情，便成为魏晋时期人物美品鉴的一种风尚。魏晋人物品藻的代表作品《世说新语》中就专有《容止》篇，记载了各种相貌美好的士人的风流韵事，有很多形容名士貌美的人物品评，如形容王衍"如瑶林琼树，自然是风尘外物"，形容嵇康"岩岩若孤松之独立"，形容王羲之"飘如游云，矫若惊龙"等，反映了时人对于风貌俊美人士的推崇。当时的风流名士如王弼、何晏、嵇康、王衍、潘岳、夏侯湛等也是有名的美男子，世人对其进行赏誉，容貌出众也是不可忽视的原因。

对于这种崇尚外貌的风尚，葛洪则有着自己的态度，《外篇·行品》曰："士有颜貌修丽，风表闲雅，望之溢目，接之适意，威仪如龙虎，盘旋成规矩。然心蔽神否，才无所堪，心中所有，尽附皮肤。"[1] 葛洪从注重人物内在的品性才能出发，对这种专注形貌之美的行为提出了逆向的批评。没有内在的才性作为支撑，是难以拥有外在的容貌之美的。

当时的服装潮流也是变化多样，《外篇·自叙》曰："俗之服用，俄

---

① 杨明照：《抱朴子外篇校笺》（上），中华书局1991年版，第548页。

而屡改：或忽广领而大带，或身促而修袖，或长裾曳地，或短不蔽脚。"① 针对这种一会儿长一会儿短、一会儿紧一会儿宽的服装潮流，守常而不随世变的葛洪则认为这并不是值得追逐的风尚。《外篇·讥惑》曰："丧乱以来，事物屡变，冠履衣服，袖袂财制，日月改易，无复一定。乍长乍短，一广一狭，忽高忽卑，或粗或细。所饰无常，以同为快。其好事者，朝夕仿效。"② 葛洪认为，对于服饰潮流的追逐不过是好事者盲目肤浅的随流之举，只有那些哗众取宠之士才会随时在意这些琐碎的流行转向。这种与社会风尚保持距离的态度，说明他一直保持着较为客观、冷静的头脑，不盲目，不从俗，这种独立的风格也成为葛洪批评的一贯特征。

五 结语

葛洪《外篇》中的人物批评，一方面注重从人物的社会价值、社会影响出发，强调个体的社会价值；另一方面注重辨名析实，其不仅仅对人物的名声作出判断，更深入人物本身的行为及社会影响来看其是否名实相符，所采用的是"名实相一""辨名析理"的方法，这也是魏晋时期人物批评的主要方法。汉魏之际，鉴别人物作为一项时代命题被摆到了人们面前，当时的政治家、思想家为了深刻揭露现实政治中存在的"人职不符"及选用人才时重名而不重实的种种弊端，提出了"名理者必效于实"的主张，提出由外在的差异来推知其体内才性之不同，作为考察各级官吏以及鉴识人物的重要方法。这种人物品鉴思想也反映出魏晋思潮中"崇真求实"的批评态度，成为这股"逆向"批评的内在精神支撑。而葛洪的社会风尚批评，不乏有识之士与其持有相同的观点，更是体现出传统儒家伦理思想在魏晋时期的影响，由此可以看出六朝时期儒家思想虽然式微却依然具有韧性的存在。

---

① 杨明照：《抱朴子外篇校笺》（下），中华书局1997年版，第663页。
② 杨明照：《抱朴子外篇校笺》（下），中华书局1997年版，第11页。

　　葛洪的批评基于对社会敏锐客观的洞察，虽然"吐奇"，却并非为了立异，而是为了"拨乱"；虽然逆潮流而动，却体现出可贵的独立的批评精神意识。葛洪的批评，始终与社会、与人生有着密切关系，这也使其著书立言形成了为社会和为文艺的统一，显示出中国古代文学批评融社会与人生于一体这一传统特征。

　　　　　　　　　　　　　（作者单位：中国社会科学出版社）

汉字与中国文学

——《文心雕龙》文字发展观与美学观探微

党圣元

　　中国文明是唯一延续至今而未曾断绝的原生文明，汉字是目前罕有的仍然保持旺盛生命力的自源性文字①。中国文明的连续性与包容性，在很大程度上得益于汉字的延续性与统一性。与其他文明的拼音文字不同，汉字是形、音、义的统一体，形呈于目，音入于耳，意达（感）于心，三者通感互利，共同作用，成就了汉字独具的意象之美。它并没有出现像欧洲文明那样文字因语言的分化而分化的现象，而是很好地兼容方言的分歧、时代的变迁以及地域文化的差异，成为承载中国文化乃至东亚文化圈的重要载体。汉字的民族性，深刻影响了中国人的思维方式甚至中国文化的总体特征。汉字通过其可视、可听、可思的表情达意作用，来传递文心，成就文章之美，故而在很大程度上也决定了传统文章、诗文评及美学思想的民族性。作为一部对"文"进行全面总结的巨著，《文心雕龙》（尤其是其中的《练字》篇）较早全面总结并深刻阐述了汉字与中国文学的关系，包括汉字的发生、发展、功用、特性、审美诸方面与中国文学的相互影响，以下试作讨论。

---

① 在历史上，中国境内出现过多种文字，而以汉字的延续时间最长、地位最为重要。

一 从"人文之元"到"文章之宅宇"

在《文心雕龙》一书中,"文"是一个极具统摄力并具有多义性的概念。与"三才"相对应,天有"天文",地有"地文",人有"人文"。无论是"无识之物"还是"有心之器",莫不有"文"。《原道》篇称"人文之元,肇自太极,幽赞神明,易象惟先",将"人文"的开端追溯至易卦的发明。《原道》篇继而说到"自鸟迹代绳,文字始炳",并缕叙三坟五典以至孔子的"人文"。① 与此相应,《文心雕龙》涉及多种汉字起源观。

其一,汉字起源与易卦有关。易卦是"人文之元",通过"易象"反映万物。《周易·系辞下》载:"古者包犠氏之王天下也,仰则观象于天,俯则观法于地,观鸟兽之文,与地之宜,近取诸身,远取诸物,于是始作八卦。"② 许慎《说文解字·叙》开篇言:"古者庖犠氏之王天下也,仰则观象于天,俯则观法于地,视鸟兽之文,与地之宜,近取诸身,远取诸物,于是始作《易》八卦,以垂宪象。"③ 可见其表述与《周易》基本相同。虽然《周易》与《说文解字·叙》没有明确指出易卦是汉字的前身,但显然是承认二者的密切关联的,《文心雕龙》也可以说沿承了这一观念。《练字》篇云:"夫文象列而结绳移。"④ 这里的"文象"指文字,就"象"喻思维这一点而言,易卦与文字确有天然的联系。

其二,汉字起源与结绳有关。从"鸟迹代绳""文象列而结绳移"这样的表述看,刘勰显然不认为结绳是真正的文字,而是强调结绳是汉字的前身。《周易·系辞下》称伏羲氏"作结绳而为网罟",又言"上古

---

① 范文澜:《文心雕龙注》,人民文学出版社 1958 年版,第 2 页。

② (三国魏)王弼注,(唐)孔颖达疏:《周易正义》,北京大学出版社 2000 年版,第 350—351 页。

③ (汉)许慎撰,(清)段玉裁注:《说文解字注》,上海古籍出版社 1988 年版,第 753 页。

④ 范文澜:《文心雕龙注》,人民文学出版社 1958 年版,第 623 页。

结绳而治，后世圣人易之以书契，百官以治，万民以察，盖取诸夬"①。
《汉书·艺文志》只是称引上述说法，到了《说文解字》则演变为："及
神农氏结绳为治，而统其事，庶业其繁，饰伪萌生。黄帝之史仓颉，见
鸟兽蹄迒之迹，知分理之可相别异也，初造书契。百工以乂，万品以察，
盖取诸夬。"② 其将结绳归诸神农氏，又在《易》的基础上将"圣人易之
以书契"落实到仓颉的身上。

其三，汉字由仓（苍）颉创造。《尚书序》疏引《世本》："苍颉作
书。"③ 虽然文献所载文字发明者尚有史皇、沮诵诸人，但仓颉造字无疑
是流传最广的说法。据《说文解字·叙》，可知仓颉据"鸟迹"而创造
文字。《吕氏春秋·君守》高诱注云："苍颉生而知书，写仿鸟迹以造文
章。"④ 在《文心雕龙》一书中，除了《原道》篇"鸟迹代绳"以"鸟
迹"指代文字，《情采》篇与《练字》篇亦分别有"镂心鸟迹之中"⑤
"鸟迹明而书契作"⑥ 的说法。《练字》篇云："苍颉造之，鬼哭粟飞。"⑦
本自《淮南子·本经训》的说法："昔者，仓颉作书而天雨粟，鬼夜
哭。"⑧《说文解字·叙》称："仓颉之初作书，盖依类象形，故谓之文。
其后形声相益，即谓之字。文者，物象之本；字者，言孳乳而寖多
也。"⑨ 以"文"为"物象之本"。《文心雕龙》中的"文"与《说文解
字》的"文"不可同日而语，但《原道》篇所见"文字始炳"的"文
字"则的确指涉一般所说的文字。

《说文解字·叙》在《周易·系辞下》的基础上，构拟出"易卦

① （三国魏）王弼注，（唐）孔颖达疏：《周易正义》，北京大学出版社 2000 年版，第
351、356 页。
② （汉）许慎撰，（清）段玉裁注：《说文解字注》，上海古籍出版社 1988 年版，第 753 页。
③ （汉）孔安国传，（唐）孔颖达疏：《尚书正义》，北京大学出版社 2000 年版，第 3 页。
④ 许维遹：《吕氏春秋集释》，中华书局 2009 年版，第 443 页。
⑤ 范文澜：《文心雕龙注》，人民文学出版社 1958 年版，第 537 页。
⑥ 范文澜：《文心雕龙注》，人民文学出版社 1958 年版，第 623 页。
⑦ 范文澜：《文心雕龙注》，人民文学出版社 1958 年版，第 623 页。
⑧ 何宁：《淮南子集释》，中华书局 1998 年版，第 571 页。
⑨ （汉）许慎撰，（清）段玉裁注：《说文解字注》，上海古籍出版社 1988 年版，第
754 页。

(伏羲氏时代)—结绳(神农氏时代)—文字(黄帝时代)"的文字发生谱系,《文心雕龙》的文字起源观与此是相类似的。《说文解字·叙》中的文字发生谱系,实际上是将汉字起源的异说整合为线性进化的发展链条。这种整合,也标志着中国文字起源观的定型,包括《文心雕龙》在内的后世典籍均沿承了这一看法。这一文字发生谱系的重要特点是,无论是伏羲氏创造易卦,还是神农氏结绳、仓颉造字,主人公均为"圣人"性质的文化英雄。无论是易卦、结绳还是文字,都属于"人文"的创造。虽然谶纬之类的记载有文字神授的倾向,但并非主流的看法。反观其他古代文明,苏美尔神话《伊楠娜与恩基》反映了两河流域先民的文字神造观①,古埃及同样有类似的神创论②,古印度、古希腊、玛雅文明乃至中国境内彝族等少数民族均有文字神创的神话传说③。可以说,与其他文字起源的说法相比,神话色彩淡薄的圣贤造字说正是汉字起源观的一个重要特点。

在《练字》篇中,刘勰强调文字"乃言语之体貌,而文章之宅宇也"④,认为文字是"言语"和"文章"的载体。不同于印度古代文明重声音而不重文字书写的传统⑤,也不同于某些民族多口传文学的传统,中国古代文学基本上是依托于汉字而存在的。钱穆先生曾指出:"在中国之古代,语言文字,早已分途;语言附着于土俗,文字方臻于大雅。文学作品,必仗雅化之文字为媒介、为工具,断无即凭语言可以直接成为文学之事。"⑥ 即强调汉字与中国文学的密切关联。《练字》篇又云:"心既托声于言,言亦寄形于字。"⑦ 可以看出"心—言—字"的递进关系。

---

① 拱玉书:《古代两河流域文字起源神话传说》,《世界历史》2007年第2期。

② 拱玉书、颜海英、葛英:《苏美尔、埃及及中国古文字比较研究》,科学出版社2009年版,第23页。

③ 邓章应:《中国文字产生神话类型初探》,《长江大学学报》(社会科学版)2007年第1期;朱建军:《汉字、彝文、东巴文文字起源神话比较研究》,《云南社会科学》2007年第4期。

④ 范文澜:《文心雕龙注》,人民文学出版社1958年版,第623页。

⑤ 郁龙余:《中国印度诗学比较》,昆仑出版社2006年版,第159页。

⑥ 钱穆:《读诗经》,《钱宾四先生全集》第18册《中国学术思想史论丛》(一),台北联经出版社1998年版,第218页。

⑦ 范文澜:《文心雕龙注》,人民文学出版社1958年版,第624页。

扬雄《法言·问神》云："故言，心声也；书，心画也。"① 可相参证。汉字本身便是一种"文"，一种"象"，是言语转化为文章的媒介，也是构成文章的基本要素。同时，汉字的特征进而影响了中国文学的特征。饶宗颐先生指出："中国文化是以文字为领导，中国是以文字→文学为文化主力，和西方之以语言＝文字→文学情形很不一样。"② 刘勰也正是从汉字形、音、义的特点出发，从汉字作为"文章之宅宇"的性质出发，对汉字与中国文学的互动关系进行了一系列的阐论。

二 汉字的功用与时代发展

除了汉字起源方面的认识，在汉字的功用、发展乃至词义的训释诸方面，《文心雕龙》同样较明显地受到《说文解字》的影响。《练字》篇开篇主要阐论文字的功用与发展。《练字》篇云："黄帝用之，官治民察。先王声教，书必同文；轺轩之使，纪言殊俗，所以一字体，总异音。"③ 仓颉相传是黄帝的史官，黄帝据以"官治民察"。而出于统治的需要，则"书必同文""一字体，总异音"。《周易·系辞下》也记载在"圣人易之以书契"之后"百官以治，万民以察"，《说文解字·叙》明确指出"言文者宣教明化于王者朝廷，君子所以施禄及下，居德则忌也"，"盖文字者，经艺之本，王政之始"④，均在强调文字的发明与使用是为君王的教化服务的。相比于其他古代文明中将文字视作神灵的恩赐并且为宗教服务的说法，中国古代的文字功用观亦有着鲜明的特点。

《练字》开篇对先秦至东汉的文字发展脉络进行了系统的梳理，其

---

① （汉）扬雄：《法言》，中华书局 1985 年版，第 14 页。

② 饶宗颐：《汉字与诗学》，《饶宗颐二十世纪学术文集》卷 11《文学》，台北新文丰出版公司 2003 年版，第 852 页。该文原提交 1980 年 4 月于法国巴黎举行的"文字——观念体系与实践经验会议"。

③ 范文澜：《文心雕龙注》，人民文学出版社 1958 年版，第 623 页。

④ （汉）许慎撰，（清）段玉裁注：《说文解字注》，上海古籍出版社 1988 年版，第 754、763 页。

脉络与措辞与《汉书·艺文志》以及《说文解字·叙》存在高度的契合，试列举如下：

表1　　《练字》篇、《汉书·艺文志》、《说文解字·叙》之比较

《练字》篇	《汉书·艺文志》	《说文解字·叙》
先王声教，书必同文；辎轩之使，纪言殊俗，所以一字体，总异音。		分为七国，田畴异亩，车途异轨，律令异法，衣冠异制，言语异声，文字异形。
《周礼》保氏，掌教六书。	古者八岁入小学，故《周官》保氏掌养国子，教之六书。	《周礼》：八岁入小学，保氏教国子，先以六书。
及李斯删籀而秦篆兴。		斯作《仓颉篇》，中车府令赵高作《爰历篇》，太史令胡毋敬作《博学篇》，皆取史籀大篆，或颇省改，所谓小篆者也。
程邈造隶而古文废。		是时秦烧灭经书，涤除旧典，大发吏卒，兴成役，官狱职务繁，初有隶书，以趣约易，而古文由此绝矣。
汉初草律，明著厥法，太史学童，教试六体。	汉兴，萧何草律，亦著其法，曰：太史试学童，能讽书九千字以上，乃得为史。又以六体试之，课最者以为尚书御史史书令史。	汉兴有草书。尉律：学童十七已上始试，讽籀书九千字，乃得为史；又以八体试之。
又吏民上书，字谬辄劾。	吏民上书，字或不正，辄举劾。	郡移大史并课，最者以为尚书史。书或不正，辄举劾之。
是以马字缺画，而石建惧死，虽云性慎，亦时重文也。	建为郎中令，奏事下，建读之，惊恐曰："书'马'者与尾而五，今乃四，不足一，获谴死矣！"其为谨慎，虽他皆如是。（该句见《汉书·石奋传》）	
至孝武之世，则相如撰篇。	武帝时司马相如作《凡将篇》，无复字。	
及宣成二帝，征集小学，张敞以正读传业。	《苍颉》多古字，俗师失其读，宣帝时征齐人能正读者，张敞从受之，传至外孙之子杜林，为作训故，并列焉。	孝宣皇帝时，召通《仓颉》读者，张敞从受之。
扬雄以奇字纂训。	扬雄取其有用者以作《训纂篇》，顺续《苍颉》，又易《苍颉》中重复之字，凡八十九章。	孝平皇帝时，征礼等百余人，令说文字未央廷中，以礼为小学元士，黄门侍郎杨雄采以作《训纂篇》。
暨乎后汉，小学转疏，复文隐训，臧否大半。		今虽有《尉律》不课，小学不修，莫达其说久矣。

不难看出，作为一部广搜博采的巨著，《文心雕龙》在阐述汉字发展历史的脉络时当参考了《汉书》与《说文解字》。此前已有论者指出《说文解字》对《汉书》的引叙①，而《文心雕龙》的汉字发展观对《汉书》的借鉴同样值得重视。当然，《练字》显然并非简单的抄录或改写，而是在此基础上结合其文学观念作了进一步的提炼。《练字》加强了文字发展与文学创作关系的表述，如"贯练《雅》《颂》，总阅音义，鸿笔之徒，莫不洞晓。且多赋京苑，假借形声"②等，均注意与文章写作相联系。再如对文字发展的看法。许慎作《说文解字》有感于"俗儒啚夫玩其所习，蔽所希闻，不见通学"③，时人由于缺乏对"古文"的认识，"诸生竞逐说字解经谊，称秦之隶书为仓颉时书"④，往往将"今文"视作自古以来的文字，故许慎"叙篆文。合以古籀，博采通人，至于小大，信而有证"⑤，希望通过可靠的材料呈现篆文与籀文的样貌。刘勰也是以发展的眼光看待文字变迁问题的，如他指出"前汉小学，率多玮字，非独制异，乃共晓难也"⑥，认为西汉的文字学文本多怪字，不但是因为制度差异，而且当时的人都懂得难字。到了东汉，"小学转疏，复文隐训"⑦，随着小学荒疏，异体字与怪僻的解说增多，对文字的训释也产生了分歧。刘勰善于用发展的眼光看待文学的嬗变历程，对于文字亦是如此。但与许慎推崇"古文"的倾向不同，刘勰更注重文字的时代性及其与文学的关系。

东汉以后的文字发展自然是《说文解字》未涉及的，《练字》篇对

① 高林广：《浅析〈文心雕龙〉对〈汉书〉的引叙与借鉴》，《内蒙古大学学报》（哲学社会科学版）2012 年第 2 期。

② 范文澜：《文心雕龙注》，人民文学出版社 1958 年版，第 623 页。

③ （汉）许慎撰，（清）段玉裁注：《说文解字注》，上海古籍出版社 1988 年版，第 763 页。

④ （汉）许慎撰，（清）段玉裁注：《说文解字注》，上海古籍出版社 1988 年版，第 762 页。

⑤ （汉）许慎撰，（清）段玉裁注：《说文解字注》，上海古籍出版社 1988 年版，第 763—764 页。

⑥ 范文澜：《文心雕龙注》，人民文学出版社 1958 年版，第 624 页。

⑦ 范文澜：《文心雕龙注》，人民文学出版社 1958 年版，第 624 页。

此则有精辟的论述。该篇云"及魏代缀藻，则字有常检，追观汉作，翻成阻奥"，由于到了魏代作文的用字有了常制，反观汉代的作品则显得艰深古奥了，乃至曹植称扬雄与司马相如的作品"读者非师传不能析其辞，非博学不能综其理"；而"自晋来用字，率从简易，时并习易，人谁取难"，晋代以来用字进一步简化，不追求繁难；"今一字诡异，则群句震惊，三人弗识，则将成字妖矣。后世所同晓者，虽难斯易，时所共废，虽易斯难"①。强调了文字变迁与认读难易的辩证关系，实际上也反映了不同时代的文学创作取向。

我们知道，汉字注重形、音、义三者的统一，由此催生了文字学、音韵学与训诂学，统称为"小学"。《练字》篇强调了《尔雅》《仓颉》等小学经典的重要价值，认为"《雅》以渊源诂训，《颉》以苑囿奇文"，一重训诂，一重字形，两者相搭配可以"该旧而知新，亦可以属文"②，认为可以利用它们认识词义的演变，也可以借此进行文学创作。刘勰对于小学与经学、小学与文学的关系有着清晰的认识，对于字形与字义的新旧关系也作了辩证的解读。

三 "形文"与"声文"

汉字形、音、义相统一的特点也影响了中国文学的特点，尤其是中国文学的形式美，这在《文心雕龙》中多有论述。

首先看汉字之"形"。汉字区别于其他文字体系的一个重要特点是，汉字始终保留其作为"文"和"象"的特征，汉字的形体具有一定的形象性。除了一定数量的通过象形、会意、指事方式造出的文字，汉字中占比例最大的形声字的形符也起到重要的指示意义的作用。不同于拼音文字，汉字并非基于字母的重复拼写，而是由为数众多的独体方块字组成的。出于对称、均衡、尚中的追求，汉字在篇章中的排列往往能影响

---

① 范文澜：《文心雕龙注》，人民文学出版社 1958 年版，第 624 页。
② 范文澜：《文心雕龙注》，人民文学出版社 1958 年版，第 624 页。

句子、段落、篇章的结构排列。《章句》篇云："夫人之立言，因字而生句，积句而成章，积章而成篇。"① 可以看出"字—句—章—篇"的递进关系。刘勰紧接着又说："若夫笔句无常，而字有条数，四字密而不促，六字格而非缓，或变之以三五，盖应机之权节也。"② 句中文字的分布，往往随情势变化而定。《镕裁》篇云："句有可削，足见其疏；字不得减，乃知其密。"③ 字句的取择，要恰到好处。在刘勰的时代，文人尤其注重对偶的形式，这在《丽辞》一篇中有全面的论述。刘勰从"造化赋形，支体必双"说到文章"高下相须，自然成对""字字相俪"④，将对偶视作天地间的普遍规律。刘勰极其重视字"形"之于文章视觉美感的特殊意义，他在《练字》篇中有专门讨论，本文的第四节对此有详论。

其次看汉字之"音"。汉字的语音是以音节为单位的，尽管有些学者认为汉字在某些时期存在复音节的现象⑤，但历史时期汉字的读音基本属于单音节已是共识，这与汉字的"形"是相对应的，由此形成一字一音的特点。故在对偶的实际操作中，为与方块字相配合，从字形到音节的对称得到有意强调，从而形成了中国独特的韵文文体。由于汉字以单音节为主，汉字同音异形的现象普遍，故有谐音、双关之运用。此外，汉字存在声调并且通过声调避免同音字过多，因而中国文学尤其是韵文的诵读因声调、平仄的变化而更富韵律性。在刘勰的时代，受佛教影响的音韵学得到长足发展，人们对汉字的声、韵、调有了更为深入的认识，文学领域则提出了"四声八病"之说。刘勰虽然不赞成繁复之声韵，但也是极为重视声韵之美的，并在《声律》篇中提出了具体的建议。

---

① 范文澜：《文心雕龙注》，人民文学出版社 1958 年版，第 570 页。
② 范文澜：《文心雕龙注》，人民文学出版社 1958 年版，第 571 页。
③ 范文澜：《文心雕龙注》，人民文学出版社 1958 年版，第 543 页。
④ 范文澜：《文心雕龙注》，人民文学出版社 1958 年版，第 588 页。
⑤ 艾约瑟（J. Edkins）、高本汉（B. Karlgren）、林语堂、吴其昌、陈独秀、包拟古（N. C. Bodman）、蒲立本（E. G. Pulleyblank）等学者对上古汉语的复辅音问题有持续的讨论，参见赵秉璇、竺家宁编《古汉语复声母论文集》，北京语言文化大学出版社 1998 年版。

《声律》篇云："标情务远，比音则近。吹律胸臆，调钟唇吻。"① 在刘勰看来，汉字之"音"作为一种特定的意义承载和传达媒介，在文章中具有惊听回视的美学作用。刘勰注意揭示汉字音律作为文章关键的重要性和声律系统机制。《声律》篇云："夫音律所始，本于人声者也。声含宫商，肇自血气，先王因之，以制乐歌。故知器写人声，声非学器者也。故言语者，文章神明枢机，吐纳律吕，唇吻而已。"② 音律"本于人声"，人的语音受人的血气决定。语音表现在文章中就是字音，字音作为文章的关键与神明枢机，是用"唇吻"表现出来的乐音的吐纳，以此实现思想感情的表达。刘勰在《声律》篇中揭示了声韵字调与口腔发音部位的关系："夫商徵响高，宫羽声下；抗喉矫舌之差，攒唇激齿之异，廉肉相准，皎然可分。"③ 这些认识，使刘勰对文章之"采"或者说"文采"的追求，落实到了音乐美的实处。刘勰还阐发了"音以律文"的法则，这方面包括要注意字音的"飞沉"与"双叠"，要分辨"切韵之动"与"讹音之作"，以及注重用韵的转换。刘勰标举出了文章声律美的理想境界，他告诉我们，凡字都有"飞"（大致相当于平声）与"沉"（大致相当于仄声）的调类区别，"沉则响发而断，飞则声扬不还"④，因此不可有所偏执，刘勰认为"飞""沉"应该相互交错而用之，只有这样才可以使文章具有回环之美和节奏之律。刘勰还将字音的"双叠"（声母相同）视为文章字音组合中的一条重要的美学规律。

在《情采》篇中，刘勰提出"形文""声文"与"情文"的概念："故立文之道，其理有三：一曰形文，五色是也；二曰声文，五音是也；三曰情文，五性是也。五色杂而成黼黻，五音比而成韶夏，五情发而为辞章，神理之数也。"⑤ 其中"形文"与"声文"属于形式美，"情文"则属于内容美。就文章而言，其"形文"与"声文"便是由汉字的

---

① 范文澜：《文心雕龙注》，人民文学出版社 1958 年版，第 554 页。
② 范文澜：《文心雕龙注》，人民文学出版社 1958 年版，第 552 页。
③ 范文澜：《文心雕龙注》，人民文学出版社 1958 年版，第 552 页。
④ 范文澜：《文心雕龙注》，人民文学出版社 1958 年版，第 552—553 页。
⑤ 范文澜：《文心雕龙注》，人民文学出版社 1958 年版，第 537 页。

"形"与"音"决定的。刘勰对此有反复的申说，如"形立则章成矣，声发则文生矣"（《原道》篇）①、"讽诵则绩在宫商，临文则能归字形矣"（《练字》篇）②、"视之则锦绘，听之则丝簧"（《总术》篇）③，均在强调"形"与"音"对于"文"的重要意义。

饶宗颐先生在《汉字与诗学》一文中就汉字与中国文学的关系进行了深入的阐述，并借用"形文""声文"和"情文"的概念，将汉字的形符看作"形文"，将声符看作"声文"，"形与音引起情感上的反应，连带生出情文"④。他还指出："文字的构造，以形声字为主，占最高的百分比，由一个形符与声符组成。形符主视觉，声符取其读音，与语言维持相当联系，前者保存汉字的图像性的美感，形符声符二者相辅而行，双轨并进，形成文学上的形文与声文结合的文章体制，奠定汉字不必去追逐语言，脱离了语言的羁绊。"⑤ 饶先生的论述实际上也是就国外学者对汉字的误解而发的，那便是一些国外学者将汉字与埃及文字等文字体系进行比较，认为汉字是以图形为主的文字。我们知道，埃及文字虽然被称作"象形文字"，也的确存在一些表意的符号，但主要是一种表音的文字，象形的符号实际上已经成为字母。汉字中也很少有真正的象形文字（主要限于表达自然事物），形声字是汉字的主流，而形声字是形符和声符的统一体。汉字的"象"仍然扮演着重要角色，但显然并非全部。饶先生从汉字的特点出发讨论汉字与"形文"与"声文"相结合的现象，是极有见地的。

最后看汉字之"义"。汉字尤其是形声字的"义"在很大程度上得益于"形"与"音"的密切结合，"形文"与"声文"均对"义"施加影响。刘勰在《指瑕》篇中说："若夫立文之道，惟字与义。字以训正，

---

① 范文澜：《文心雕龙注》，人民文学出版社 1958 年版，第 1 页。
② 范文澜：《文心雕龙注》，人民文学出版社 1958 年版，第 624 页。
③ 范文澜：《文心雕龙注》，人民文学出版社 1958 年版，第 656 页。
④ 饶宗颐：《汉字与诗学》，《饶宗颐二十世纪学术文集》卷 11《文学》，台北新文丰出版公司 2003 年版，第 843 页。
⑤ 饶宗颐：《符号·初文与字母——汉字树》，上海书店出版社 2000 年版，第 183 页。

义以理宣。"①"字以训正"指通过解释来规定含义，强调字义之于作文的重要意义。出于汉字的单音节属性，一个字往往对应一个词。对于文章写作而言，字是表达的工具，义是表达的内容，二者之间的一致性，正是通过字的表义作用来实现的。正因为如此，刘勰在《史传》篇中指出："褒见一字，贵逾轩冕；贬在片言，诛深斧钺。"② 由此可见，为文取义，不可不慎。

刘勰以发展的观点看待汉字的古今差异，实际上也认识到词义的古今变化，注意到"义训古今，兴废殊用"，并强调"依义弃奇"③，说明了刘勰对训诂的重视。在刘勰的时代，训诂学也有了较深厚的积累，值得注意的是，刘勰对《释名》《说文解字》诸书的声训成果进行了广泛的借用与借鉴④。在刘熙撰作《释名》之际，声训已经趋于衰落。在刘勰的时代，声训更是不复流行。所以刘勰大量使用声训的训诂方式，在同时代只能说是个例。刘勰并不像刘熙那样追求语源，其声训是为解释文体的功用、创作手法、基本特征等服务的，有时只限于相关性的联想。因此，《文心雕龙》文体论的声训存在标准不统一的现象，且有功利主义的倾向。有学者认为刘勰以声训解释文体与当时兴起的声律论有关⑤，实际上仍有待进一步探讨。

汉字对于中国文学的影响，突出地表现在文体方面。出于汉字独体方块的特点、单音节的发音以及多声调的音高变化，通过文字的排列组合使词句及章节的对称、音韵节奏的谐和成为可能，中国古代文体的生成和分化在很大程度上便是建立在这一基础之上的。汉字的"形"影响了诗歌、骈文、对联等形式，并影响了对偶、叠字等修辞手

---

① 范文澜：《文心雕龙注》，人民文学出版社 1958 年版，第 638 页。
② 范文澜：《文心雕龙注》，人民文学出版社 1958 年版，第 284 页。
③ 范文澜：《文心雕龙注》，人民文学出版社 1958 年版，第 624、625 页。
④ 吴琦幸：《〈文心雕龙〉声训论》，载陆晓光主编《人文东方：旅外中国学者研究论集》，上海文艺出版社 2002 年版，第 477—503 页；李婧：《音训释名与〈文心雕龙〉文体论》，《理论界》2010 年第 2 期；吴泽顺、王阳：《〈文心雕龙〉文体声训释名初探》，《浙江师范大学学报》（社会科学版）2013 年第 3 期。
⑤ 黄益元：《刘勰的声训意识》，《九江师专学报》1983 年第 1 期。

法；汉字的"音"对韵文产生了重要的影响，中国文学中有韵的文学形式并不限于诗歌，并且将有韵之文视作"文"，这是中国文学的重要特点，由此引出古代讨论纷繁的声律论与文笔论。实际上，汉字的"形"与"音"是不可剥离的，汉字对于文体的影响往往出于二者的共同作用。司马相如曾论赋之创作："合纂组以成文，列锦绣而为质，一经一纬，一宫一商。"① 说的便是利用汉字的形与音编织辞赋。汉赋大量运用僻字、连绵字、叠字，且有意追求形旁的对应。刘师培先生指出："昔西汉词赋，首标卿云，摛词贵当，隶字必工，此何故哉？则辨名正词之效也。观司马《凡将》，子云《训纂》，评征字义，旁及物名，分别部居，区析昭明，及撮其单词，俪为偶语。"② 汉代辞赋家"莫不洞穴经史，钻研六书"③，如《汉书·艺文志》称司马相如"作《凡将篇》，无复字"④，扬雄则作《训纂篇》《方言》，续《仓颉篇》，认为学习《仓颉篇》等子书"愈于妄阙"⑤，故章太炎先生谓"相如、子云小学之宗，以其绪余为赋"⑥。汉代字书颇为流行，如出土简牍多见《仓颉篇》⑦。汉赋尚"玮字"，便与字书的流布密不可分。此外，中国早期的不少文体名由行为转化而来⑧，与汉字的词义特点亦有关联。"盖古人造字，借形取

① （汉）刘歆：《西京杂记》，中华书局1991年版，第8—9页。

② 刘师培：《文说·析字篇第一》，《刘申叔遗书》，江苏古籍出版社1997年版，第701页。

③ （清）阮元：《后序》，（清）孙梅辑：《四六丛话（附选诗丛话）》，商务印书馆1937年版，第1页。

④ （汉）班固：《汉书》，中华书局1962年版，第1721页。

⑤ （汉）扬雄：《法言》，中华书局1985年版，第6页。

⑥ 章太炎：《辨诗》，《国故论衡》，上海古籍出版社2003年版，第89页。

⑦ 20世纪初以来，先后见于斯坦因（M. A. Stein）所获敦煌汉简、居延旧简、居延新简、阜阳汉简、敦煌玉门花海与马圈湾汉简、尼雅汉简、水泉子汉简、北京大学西汉简等，参见梁静《出土〈苍颉篇〉研究》，科学出版社2015年版，第V页。

⑧ 郭英德：《由行为方式向文本方式的变迁——论中国古代文体分类的生成方式》，《陕西师范大学学报》（哲学社会科学版）2005年第1期；胡大雷：《论中古时期文体命名与文体释名》，《中山大学学报》（社会科学版）2011年第4期；吴承学、李冠兰：《文辞称引与文体观念的发生——中国早期文体观念发生研究》，《北京大学学报》（哲学社会科学版）2016年第4期。

象，意多笼统，而词性之别则至语句中才显现出来"①，名词与动词之间常存在转化的关系②，这在"命""诰""箴""诵""诔""铭""论""说""誓""歌"等文体名上便有体现。

四 "练字"：汉字审美与文学创作的实践

《练字》篇作为《文心雕龙》创作论部分的一篇，长期以来未得到足够重视甚至遭受种种误解，如将其视作"在理论上并没有什么发挥，对创作实践意义也不大，是全书中价值不大的作品"③。对该篇的研究论著并不多见④，有的论著虽谈《文心雕龙》的汉字批评，但很多时候谈的是词，字、词之间的区别是需要注意的。一些论者试图从书法理论的角度解读该篇⑤，则容易偏离其作为文论的主旨。《练字》篇本身是指导创作实践的，其阐论是从文学创作出发的。而如果对刘勰的汉字观缺乏总体的把握，同样难以全面把握《练字》篇的旨趣。

在《练字》篇中，刘勰对于如何通过文字来传达、展示文心，作出了细致而深入的论析，在他看来，文章写作过程中的选字用字，既是以字载言、以言载道的过程，更是文心外化为文章之美的逐级生发并且最终得以实现的过程。唯有字的"不妄"，才能有句的"清英"；唯有句的

---

① 齐佩瑢：《训诂学概论》，中华书局 2004 年版，第 136 页。

② 黎锦熙、刘世儒：《语法再研讨——词类区分和名词问题》，《中国语文》1960 年 12 月号；史振晔：《试论汉语动词、形容词的名词化》，《中国语文》1960 年 12 月号；朱德熙、卢甲文、马真：《关于动词形容词"名物化"的问题》，《北京大学学报》（人文科学版）1961 年第 4 期；C. Harbsmeier, "Where Do Classical Chinese Nouns Come From?", *Early China*, Vol. 9 – 10, 1983 – 1985, pp. 77 –163.

③ 郭晋稀：《文心雕龙注译》，岳麓书社 2004 年版，第 428 页。

④ 较有代表性的论文有涂光社《汉字与古代文学的民族特色——〈文心雕龙·练字〉随想》，《古代文学理论研究》第 14 辑，上海古籍出版社 1989 年版，第 261—280 页；王启涛《论〈文心雕龙〉的文字思想》，《川东学刊》1996 年第 1 期；吴中胜《〈文心雕龙〉的汉字批评》，《光明日报》2017 年 3 月 20 日，第 13 版。

⑤ 史月梅：《从〈文心雕龙·练字〉看刘勰的书法美学观》，《兰州教育学院学报》2010 年第 1 期；赵辉：《从文论与书论互动视角看〈文心雕龙·练字〉篇》，《广州大学学报》（社会科学版）2015 年第 3 期。

"清英"，才有章的"明靡"；唯有章的"明靡"，才有篇的"彪炳"。刘勰针对他之前大量的文章写作，尤其是汉赋写作中出现的文字运用现象，总结了这方面的正面的和反面的经验，细致地阐发了自己的文章写作的文字观，体现出丰富的文字美学、文章美学方面的意蕴，值得深入挖掘。

《练字》篇通过回溯文字产生和运用的历史，从不同方面论析了文章书写中文字运用的重要性：文字产生使无形的言语成为可视可见的语言之物，进而使文章有了赖以寄寓之所；文字有助于"官治民察"；文章写作中文字的高妙运用可能带来的美学"红利"，导致了文人学者在书写中用字的追新求异。时代变化亦引起书写中文字运用的"沿讹习奇""字靡异流，文阻难运"①。因此，刘勰指出了文章书写中正确运用文字的三个原则：一曰"依义弃奇"，二曰"该旧知新"，三曰"世所同晓"。这具体体现在"练字"的实践之中。

《练字》篇云："缀字属篇，必须练择。"②所谓"练字"，指的是用字措辞时的选择③。这并非《风骨》"捶字坚而难移"④所说的"捶字"，而是偏重于汉字之"形"对作品的影响。对此，刘勰提出以下四项要求。

其一是"避诡异"。所谓"诡异"，刘勰界定为"字体瑰怪者也"，并举出曹摅的诗句"岂不愿斯游，褊心恶呦呀"，认为"呦呀"二字属于"诡异"。刘勰反对使用怪字僻字，出现"呦呀"两个僻字尚且破坏了全篇的美感，更何况不止两个了："两字诡异，大疵美篇，况乃过此，其可观乎！"⑤

其二是"省联边"。所谓"联边"，刘勰指出是"半字同文者也"⑥，

①　范文澜：《文心雕龙注》，人民文学出版社1958年版，第625页。

②　范文澜：《文心雕龙注》，人民文学出版社1958年版，第624页。

③　有论者认为"练字"即"炼字"，参见李映山、邓艳斌《论〈文心雕龙·练字〉篇之整体观》，《中南林业科技大学学报》（社会科学版）2008年第6期。此说难以成立，"练字"之"练"实际上训"选""择"。

④　范文澜：《文心雕龙注》，人民文学出版社1958年版，第513页。

⑤　范文澜：《文心雕龙注》，人民文学出版社1958年版，第624页。

⑥　范文澜：《文心雕龙注》，人民文学出版社1958年版，第624页。

即同偏旁的字。饶宗颐先生在《汉字与诗学》一文中特举出"联边"的现象说明汉字对"形文"与"声文"产生的影响，刘勰此处反对"联边"，则是就使用过滥而言的。刘勰认为同偏旁的字的使用上限为三个，"三接之外，其字林乎"，超过三个，则属于字书了。

其三是"权重出"。所谓"重出"，即"同字相犯者也"，强调文字使用上的避复。刘勰指出《诗》《骚》偶尔会用重复的字，但"近世忌同"，反映了不同时代的不同文学标准。"若两字俱要，则宁在相犯"，是否使用重复的两个字，主要看是否存在必要性。而"善为文者"之所以感到词汇的贫乏，主要是因为"相避为难也"。①

其四是"调单复"。所谓"单复"，刘勰指出是"字形肥瘠者也"。汉字的总体大小是基本相同的，但由于笔画多寡的区别，字形上也会出现"肥""瘠"的差异。刘勰认为，"瘠字累句，则纤疏而行劣；肥字积文，则黯黕而篇暗"，如果笔画少的字过多，则全篇的文字便显得稀疏单薄，而若多用笔画多的字，全篇则因为笔画过密而暗淡。刘勰认为"善酌字者"需要做到"参伍单复，磊落如珠矣"。②

刘勰指出"凡此四条，虽文不必有，而体例不无。若值而莫悟，则非精解"，以此为"练字"的重要标准。在陈述完上述四条之后，刘勰又从经典中的讹误出发，指出"爱奇之心，古今一也。史之阙文，圣人所慎，若依义弃奇，则可与正文字矣"，强调摒弃"爱奇之心"，不要因为尚奇而使用错字。③ 这一点出于刘勰对经典以及小学的推崇，与其一贯反对"辞人爱奇"④ 的倾向是一致的，而且与"避诡异"一项相照应。

这四条标准，讲的是文字的择取，而且主要是围绕汉字的"形"展开的。而这里的"形"并不局限于单个的字形，无论是"诡异""联边""重出"还是"单复"，都是就全篇的形式美而言的。字形的生僻、偏旁的重复、字形的重复以及笔画的不和谐，均会对全篇的美感产生影响。

---

① 范文澜：《文心雕龙注》，人民文学出版社 1958 年版，第 625 页。
② 范文澜：《文心雕龙注》，人民文学出版社 1958 年版，第 625 页。
③ 范文澜：《文心雕龙注》，人民文学出版社 1958 年版，第 625 页。
④ 范文澜：《文心雕龙注》，人民文学出版社 1958 年版，第 726 页。

可以说，所谓的"练字"，实际上是以"形文"为出发点的。《练字》篇末的"赞"说道："字靡异流，文阻难运。声画昭精，墨采腾奋。"① 后一句还是说的形式美，而前一句则是强调用字的难易与作品流传的关系。因为作品说到底是为了流传，而流传的过程中需要辗转誊抄。"练字"主要是为了抄写过程中排版美感的需要，而非针对作者或抄手的书法水平而言的。在印刷术出现之前，文本的流传主要依靠抄写。从史墙盘等青铜器刻意追求铭文的对称、简牍帛书的版面安排等线索看，古人无疑是注重文字编排的视觉美感的。抄录典籍时文字的大小、间距往往保持大体的一致②，一丝不苟；行政文书则相对随意，但也注意文字排列与书写的美感。

但我们并不能简单地说这四项标准是琐碎无用的，这需要从刘勰的文字观以及当时的时代背景出发进行理解。在提出这四项标准之前，刘勰用了很大的篇幅对汉字的发生与发展进行梳理，其关于文字发展的观点实际上为"避诡异"这一点奠定了基础。如前文提到的"自晋来用字，率从简易""今一字诡异，则群句震惊"③，均可与此相照应。《颜氏家训·文章》引沈约之说："文章当从三易：易见事，一也；易识字，二也；易读诵，三也。"④ "易识字"的要求也是与《练字》篇的旨趣相合的。而刘勰对于汉字作为"文"和"象"的认识，汉字作为"文章之宅宇"的认识，以及对"形文"的强调，均与这四条标准息息相关。在刘勰的时代，对于文艺形式美的追求愈加强化，而且汉字的"形"为书法艺术奠定了基础，当时书法艺术得以确立并不断发展，刘勰所强调的"练字"也需要结合这一背景进行理解。

《练字》篇在陈述四项"练字"标准之前，有一段话实际上点出了刘勰汉字观的基本倾向："若夫义训古今，兴废殊用，字形单复，妍媸异

---

① 范文澜：《文心雕龙注》，人民文学出版社 1958 年版，第 625 页。
② 当然，这只是相对而言的，在印刷术发明之前，文字布局难以做到完全谨严，参见贾连翔《战国竹书文字布局小识》，《出土文献》第 7 辑，中西书局 2015 年版，第 187—192 页。
③ 范文澜：《文心雕龙注》，人民文学出版社 1958 年版，第 624 页。
④ 王利器：《颜氏家训集解》（增补本），中华书局 1993 年版，第 272 页。

体，心既托声于言，言亦寄形于字，讽诵则绩在宫商，临文则能归字形矣。"① 在刘勰看来，汉字是随时代发展的，作为文学的载体，其"形""音"对于"形文"与"声文"有着直接的影响。刘勰之所以能创作出《文心雕龙》这一杰作，与文学理论的积累与时代发展有密切的关联。同时，刘勰对汉字的理解也是建立在文字学、音韵学、训诂学得到长足发展的基础上的。讨论《文心雕龙》的文字发展观与审美观，不可脱离历史发展的背景。

（作者单位：陕西师范大学人文社会科学
高等研究院、中国社会科学院）

---

① 范文澜：《文心雕龙注》，人民文学出版社 1958 年版，第 624 页。

论刘勰通变观的文化渊源

王晓玉

刘勰通变观与《易传》通变观有着深厚的渊源。首先，从词源学的角度看，"通变"一词出自《易传·系辞》。据詹福瑞考证《易传》三次提到"通"，一次"通变"，二次"通其变"，二次"变通"，一次"变而通之"，"变""通"并提三次①。其次，从理论内涵的角度看，刘勰通变观是《易传》通变观的延续与发展。正如党圣元所言："作为一个对立统一的辩证范畴，'通变'出自《周易》，刘勰将其引入文学批评，用以指陈文学创作和文学发展中的继承和革新之间的关系。"② 然而大抵成形于战国时期的《易传》既非一时一人之作，杂糅了儒家、道家、阴阳家的思想，有着复杂的文化背景。换言之，《易传》通变观的生成亦有着复杂的文化背景，探究刘勰通变观生成的文化渊源也不应当局限于《易传》。

更进一步讲，探究通变观生成的文化渊源当以"变"观念的嬗变为核心。这不仅是因为《易传》阐释的核心思想是"变"，也在于通变观之"通"始终处于修饰"变"的位置。③ 故而，本文将从物象之"变"、

---

① 詹福瑞：《中古文学理论范畴》，中华书局 2005 年版，第 190 页。

② 党圣元：《通变与时序》，《西北大学学报》（哲学社会科学版）2015 年第 6 期。

③ 詹福瑞认为《易传·系辞》中的"通""变"的含义如下，"其一，'通'有通晓、贯通和通达之意。其二，'通变'和'通其变'，都有通于变化之意。其三，'变通'，指事物因变化而通达。"根据他的分析，无论是作为动词还是形容词"通"，都是"变"的从属词。故而，阐释通变观的核心在于阐释"变"。详见詹福瑞《中古文学理论范畴》第四章"文变"，中华书局 2005 年版，第 190 页。

革故鼎新的政权变革之"变"、常变之"变"三个角度探究《易传》形成之前古人体验、运用"变"的思维方式，呈现刘勰通变观的深层文化渊源。

一 物象之"变"与通变观

物象之"变"指古人观察宇宙间变动不居的物象变化时，所获知的昼夜、四时变化之规律。物象变化规律是宇宙万物的基本属性，也是古人在经验层面而非观念层面对"变"的最初体验。

古人关注物象之"变"的时间可追溯至六千年前，甚至更早。史料表明，约六千年前的仰韶人，"已知经营原始锄耕农业，兼事渔猎"；四千至五千年前的湖北地区，"已普种水稻。狩猎、纺织均相当发达"①。鉴于农耕知识之缺乏、工具之简陋，可以想象六千年前古人生存所依附的只能是物象变化规律，观昼夜之划分，察鸟兽虫鱼之生活习性，于观察中积累有限的经验，指导远古的狩猎、农业生活。

物象之"变"与时间意识的萌发有着千丝万缕的关系。侯外庐先生曾讲"时间观念的发现是人类最初的意识生存"[4]，物象变化规律不仅能够指导古人的农业生活，也不自觉地促进了古人最初的意识之萌发。因为时间要在物象变化的过程中呈现，物象之"变"亦需在时间编织的场域中展开。以《诗经·七月》为例，我们更能深切感受到物象变化与时间变化的紧密关系：

> 四月秀葽，五月鸣蜩。八月其获，十月陨萚。……五月斯螽动股，六月莎鸡振羽。七月在野，八月在宇，九月在户……六月食郁及薁，七月亨葵及菽。八月剥枣，十月获稻。②

---

① 钱穆：《国史大纲》，商务印书馆 2010 年版，第 3 页。
② 程俊英、蒋见元：《诗经注析》，中华书局 1991 年版，第 411—413 页。

寒来暑往中人们唯有通过物象变化感受时间流动，而物象之"变"在规定古人日出而作、日落而息之生活方式的同时，也在时间的流动中变得有形、可感。可以说以上农事活动，既是用具体的物象变化来呈现时间，以物变诠释时间的实在性，又是以时间之变度量物变，在流动的时间中呈现物象变化。当然，时间之"变"和物象之"变"的契合经历了一个漫长的过程，以四时划分为例，殷周只有春秋二季，直至西周末期才划分了春、夏、秋、冬四季①，由二季到四季的发展正昭示出物象变化规律在古人意识中的不断深化。

物象之"变"不仅与时间呈现出复杂关联，在文化远未昌明的早期也具有原初文化的特质。据人类学家弗雷泽的观点，任何民族早期的文化都没能脱离原始宗教性，在农事与自然变化规律对应的过程中相似律、触染律这两种巫术思维随处可见。他认为在人类思维由巫术走向宗教的过渡阶段，人类将"第一次认识到了他们是无力随意左右某些自然力的"②，继而知其然不知其所以然的先人会把简单的、没有缘由的规律性联系归咎于某种神秘性。物象之"变"也历经过弗雷泽所言的被灌注神秘性的过程，这要从殷商之际讲起。殷商时代祭祀活动代表着古人对自然神祇的崇拜，据陈来对现存卜辞的梳理，我们可知殷人祭祀的对象多是控制风雨雷电、日月升降的自然神祇，他们"所信仰的帝，首先是自然天时的主宰，特别是决定是否或何时降雨的主宰"③。也就是说，殷人意识中的物象之"变"不再是物象变化的客观规律，转而成为帝之情绪的表征，物象之"变"逐渐从生存经验层面的客观认知转变为浸染神秘性和神圣性的"帝"之意志，乃至成为"天道"的同义词。

当"变"浸染神圣性之时，"变"的内涵与外延也愈加丰富起来。因为取悦"天帝"的祭祀活动之深层动机是"生"，是祈盼风调雨顺、

---

① 于省吾：《岁、时起源初考》，《历史研究》1961 年第 4 期。

② ［英］J. G. 弗雷泽：《金枝》，徐育新、汪培基、张泽石译，中国民间文艺出版社 1987 年版，第 87 页。

③ 陈来：《古代宗教与伦理——儒家思想的根源》，生活·读书·新知三联书店 1996 年版，第 107 页。

希冀农业丰收和生命、国祚、家运之持久，涉及人类生命在当下和未来的延续问题。一方面，这意味着"变"背后渗透着古人强烈的生存愿望和刚健的求生意识；另一方面，物象之"变"与"通""久"等意识紧密联系了起来。或许正是因为物象之"变"与时间意识的萌发息息相关，"通""久"等象征"未来"这一维度的意识才逐渐与"变"建立了联系。

综上所述，古人对物象变化的关注既有顺应自然、指导农业活动的一面，也有积极求"生"、努力发挥人力的一面，蕴含着刚健的品格。然而，不论是早期对物象变化经验层面的认识，还是将之抽象为象征自然神祇、天道运行的神秘符号，都只是古人对自然界的变化现象之观察、揣测，"变"并不能称为观念。

个人是在深层意识与现实境遇的碰撞中发展的，观念的生成在某种程度上也是如此，既受制于先在的文化心态，又因境遇的变化而存在无限发展的可能。虽然在关注物象变化的过程中，古人尚未意识到作为观念的"变"，然流动不居的宇宙之"变"已经成为人类活动的现实基础，农业的发展和时间观念的成熟可证之。如果以逻辑的方式表述和深化这一事实的话，则物象之"变"已经渗入人类的深层意识。虽然物象之"变"并非古人主动思考运用"变"观念，但对于我们理解通变观仍有以下两点启示。

其一，"变"在本质上是被生存环境逼仄而出的一种奋发的、刚健的体验。

观察、运用物象变化规律是先人对生存困境的本能反应，此后的宗教祭祀活动亦如此，源于古人强烈的求生意识。我们知道刘勰的通变观是针对宋齐不良文风而发的，这与古人关注物象之"变"一样具有极强的现实针对性。既然是针对现实之"穷"而发，那么在某种程度上通变观与古人观察物象之"变"的初衷一样，是奋发的、刚健的，远非"复古"可以诠释。

其二，"变"与"通""久"等意识的融会。

正如上面所言，当"变"浸染神圣性之时，开始与"通""久"等意识交融在一起。刘勰通变观表述的正是如何超越弊端达到"通""久"的命题，其中蕴含的"通""久"等从属概念是否意味着通变观的思维模式与物象之"变"的认知模式一致？这需要借助性质之"变"、社会历史层面的"变"进一步验证、解答。

二　革故鼎新的政权之"变"与通变观

革故鼎新的政权之"变"是一种性质层面的变化。西周以前，古人关注较多的是物象之"变"，如《尚书·洪范》云："初一曰五行，次二曰敬用五事，次三曰农用八政，次四曰协用五纪（指岁、月、日、星辰、历数），次五曰建用皇极，次六曰用三德"①，《尚书·尧典》云："乃命羲和，钦若昊天，历象日月星辰，敬授人时。"②　"协用五纪""敬授人时"皆是政治领域对物象变化的关注，顺应自然变化保民稼穑不仅关乎王朝隆弊，更是顺应天道的表现。

汤武革命之后，周人在阐释天命观的过程中，首次从性质变化的层面诠释了政权的变革，为"变"注入了新的内涵。西周初期政权合法性问题亟待解决，《尚书》《诗经·大雅》都曾论及"天命靡常"的话题。在周人看来，政权之"变"背后隐藏的是天命的变化。他们坚信天命之"变"并不是"天"任意为之的，"天"需要依据"德"来判断。正因为"天"痛心疾首于商之"无德"，青睐周人祖先之"德"，天命才会降临于周。换言之，经周人之手"德"成为"变"的内在规定性，汤武之"变"即是"德"的转变。此后，邹衍的"五德终始"、孟子的"一治一乱"、董仲舒的"三统说""灾异说"也都基于"德"而论鼎革迁移问题，与周人的思维模式异曲同工。

正如上文所说物象之"变"需要在时间编织的场域中展开，浸润在"过去""当下""未来"三个时间维度中，政权之"变"亦成为复杂而

---

① 李民、王健：《尚书译注》，上海古籍出版社 2004 年版，第 219 页。
② 李民、王健：《尚书译注》，上海古籍出版社 2004 年版，第 3 页。

多层次的政治思想的聚集地。首先，"过去"在政权变革这一命题中具有至关重要的地位，因为天命之变的前提是祖先之"德"。其次，政权合法性问题迎刃而解后，"当下""未来"又随之成为周人经营的重心。因为"变"被赋予了内在规定性，政权之"变"意味着旧王朝的"无德"与新王朝的有"德"这种性质上的变化，故而在当下这一维度中周人本能的反应就是求"德"舍"变"：

> 颂敢对扬天子丕显鲁休，用作朕皇考龚叔、皇母龚姒宝尊鼎。用追孝，祈介康纯祐通禄永命。颂其万年眉寿，畯臣天子霝终，子子孙孙宝用。(《颂鼎》铭文)
>
> 毛公厝对扬天子皇休，用乍尊鼎，子子孙孙永宝用。(《毛公鼎》铭文)①

现存铭文的言说有一个共同的规律，即基本都以文王、武王有德而授命于天、殷人无德而政衰的事迹为内容，试图从正反两方面勉励和告诫新任官员：为官之道在"德"。铭文中很少谈到周王朝国祚更迭的潜在可能问题，转以"子子孙孙永宝用"的叙事取代。也许这只是类似书信结尾的习惯用语，但众多铭文以相似的内容和结构出场，可见周人的普遍心态：希望家运、国运长久绵延。可以说，周人的性质之"变"中升华出了"德"这一"常"道，以防患性质之"变"在"未来"这一维度的发生。此外，"德"之于周人而言本身就是一个动态生成的概念，具有"常""变"结合的特点。因为周人所阐述的先人之"德"的具体内涵并不明确，根据当时的文献来看，"畏天威""顺天""祖考之德"臣德、"礼"等内容都属于"德"的范围。可以说，"德"既是"过去"的祖先之"德"，又是"当下""未来"面对不同的现实问题而不断被充实、被阐释的"德"。

---

① 本文所引铭文资料，参考自马承源主编《商周青铜器铭文选》、陈梦家《西周铜器断代》、秦永龙主编《西周金文选注》、侯志义主编《西周金文选编》等书。

值得注意的是，周人对"变""常"的理解并非理性的、观念层面的认知。陈来曾有如下解说："天命观的从无常到有常的发展，可以适用于描述殷周天命观念的变化，但就殷周天命观念转变的原因和性质来说，并不是观念面对自然过程取得的知性进步，而是社会历史变化影响下造成的观念变化和升华出来的价值理想。"① 故而，周人的性质之"变"亦是来自经验层面的揣测。

政权变革的性质之"变"，本质上是周人建构的用以维护社会长治久安的一套言说体系。从"变"的层面看，由于"德"之内涵的注入，周人思考的性质之"变"中蕴含着两种相反的指向。

其一，政权更迭的性质之"变"中包含着一种负面评判。周人认为政权更迭的起因是"无德"，"变"意味着以"德"取代"无德"的天命变化。因此，性质之"变"包含着对旧政权的否定。

其二，性质之"变"又象征着一种正面价值。首先，周人认同"变"的神圣性和政权之"变"的必然性，这是西周政权合法存在的前提。其次，"变"中又升华出"常"的价值理想，周人要求子孙时刻恪守"德"这一"常"道，希望用"德"来防患性质之"变"，最终实现历史的直线发展。

正如周人一样，刘勰对文"变"也持相反的态度。他一面否定晋宋之际"竞今疏古"、毫无原则的新变，一面肯定会通适变、参伍因革的"通变"。他认为文学发展的轨迹由"常""变"二者构成，"常"是文体可持续发展的基础，"变"则是向前发展的动力，常变结合才能呈现出"久"的特点。这既与周人基于政权变革升华出"常"的价值理想类似，又与其以常变结合的方式延续"德"的行为方式异曲同工。

三　常变之"变"与通变观

比《易传》时间略早或者同代的思想家在讨论社会、历史变化问题

---

① 陈来：《古代宗教与伦理——儒家思想的根源》，生活·读书·新知三联书店1996年版，第193页。

时，或多或少都阐释了"变"观念。如老子认为宇宙、社会间存在的"道"本身具有常变结合的特点。首先，"道"始终处于"动"的状态，不会定格，这就是"变"。"有物混成，先天地生。寂兮廖兮，独立不改，周行而不殆，可以为天地母。吾不知其名，字之曰：'道'，强为之名曰'大'。"① 其次，"道"之变化是有规律的，变中有不变，也就是"常"，"知常容，容乃公，公乃全，全乃天，天乃道，道乃久"②。可以说，老子从宇宙间先存的"道"入手，既从"常变"的角度规定了"道"，也赋予了"常变"形而上的意义。

孔子提倡"因革损益"之"变"。孔子生活的时代礼崩乐坏，社会动荡不安，他试图通过克己复礼重建西周礼乐文化令天下复归太平。由于"礼乐"之于他而言，是秩序之象征，是话语权、贵族精神之象征，社会之"变"也就成为礼制变化的历史。他说："殷因于夏礼，所损益，可知也；周因于殷礼，所损益，可知也；其或继周者，虽百世可知也。"③ 礼制之"变"的方式可以概括为"因革损益"，具体而言就是要"行夏之时，乘殷之辂，服周之冕，乐则韶舞"④，既遵循一定的"常道"，又适应动态发展的现实灵活应"变"。可见，孔子复礼秉持的是"常变结合"式的变化思想。

孟子对社会历史之"变"的认识既有乌托邦色彩，也极具现实批判性。他认为社会历史的发展具有治乱循环的特点，治乱循环的根本在于是否有圣人出现，圣人在则世治，圣人没则世乱。正是基于这样的历史观，孟子勾勒了肇始于尧舜、以"仁"为内在精神的圣人谱系，确立了所谓的"黄金时代"。如果说孔子单纯描述了三代礼制"因革损益"的历史现实，试图复归甚至超越西周文化建立一个新的治世，那么孟子则认为三代是后世道德、伦理、制度层面的典范，乱世不仅没有做到"因革损益"，反而呈现出"退化"的趋势。换言之，治乱循环的历史观不

---

① 陈鼓应：《老子注释及评介》，中华书局 2009 年版，第 159 页。
② 陈鼓应：《老子注释及评介》，中华书局 2009 年版，第 121 页。
③ （宋）朱熹：《四书章句集注》，中华书局 2008 年版，第 59 页。
④ （宋）朱熹：《四书章句集注》，中华书局 2008 年版，第 163—164 页。

同于"因革损益"所象征的常变结合式的变化，它更近于一正一变式的性质之"变"。追溯三代，构建道德乌托邦又具有强烈的现实性，因为孟子只是塑造了一个道德、制度的制高点，以灌注他对现实的强烈批判，并以此引导君主尽人事知天命而已，这是他的言说策略。从物质层面看，孟子看到的依然是社会发展变化的景象。如他看到齐国的物质基础远比三代优越得多："夏后、殷、周之盛，地未有过千里者也，而齐有其地矣；鸡鸣狗吠相闻，而达乎四境，而齐有其民矣"①。从"变"的角度说，物质之"变"与治乱循环的历史观相结合仍是"常变"结合的社会发展观。只不过孟子更强调三代圣王所遵循的常道"仁"，"常"的维度在历史观中被高扬了。

与儒、道二家不同的是法家主张"不法常可"，顺势而变。如《管子·正世》云："古之所谓明君者，非一君也。其设赏有薄有厚，其立禁有轻有重，迹行不必同，非故相反也，皆随时而变，因俗而动。"②《韩非子·五蠹》云："不期修古，不法常可，论世之事，因为之备。"③正如"百世可知"的"礼"之于孔子，周行不殆的"道"之于老子，"变"之于法家无疑被抬高到至高无极的位置。

合而观之，先秦诸子分别从历史发展、思想层面拓展了周人天命观中的"常变"意识，老子从形而上的层面阐述了"常变"结合的变化观，孔子则从历史现实的层面认同了"常变"结合的变化观，孟子较之孔子更侧重"常"，法家则更青睐以"变"为发展的本源。如果说早期对"变"的观察只是先人基于经验而发的模糊认知，那么先秦诸子从"变"的角度思考政治领域的现实问题则在理论层面奠定了"变"观念的基本形态，勾勒出"变"观念背后的基本思维方式。大体而言，"变"观念的基本形态具有以下三个特点。

从效力的角度看，先人洞悉物象之"变"是为了解决当下的生计问题，周人、先秦诸子聚焦于"变"是基于现实政治环境而发，他们观

---

① （宋）朱熹：《四书章句集注》，中华书局 2008 年版，第 228 页。
② 黎翔凤撰，梁运华整理：《管子校注》，中华书局 2004 年版，第 920 页。
③ （战国）韩非著，陈奇猷校注：《韩非子新校注》，上海古籍出版社 2000 年版，第 1085 页。

察、思考"变"不仅是为了建构一套言说体系，更是为了逾越现实困厄达到"通""久"的状态。可以说，这一过程来源于他们奋发向前的主体意识，为"变"注入了刚健的品格。

从内涵的角度看，"变"有两层含义。首先，"变"被赋予内在规定性。如性质之"变"在周人那里是无"德"，在儒家那里是乏"仁"，具有负面价值。其次，事物的发展需要"常变"结合的变化。"变"与"德""仁"等"常"道并不是针锋相对的，保持"常"道的"变"可以实现"久"，孔子"因革损益"之"变"，老子的"常变"观都阐释了这个道理。

从时间的角度看，"变"在时间的三个维度中展开：过去—现在—未来。周人、儒家都强调"变"与过去的紧密关联，尊祖考、先圣即可证明。现在、未来则体现在他们的宗教活动、历史观、宇宙观中，如在祭祀活动中意图控制物象之"变"以求生命绵延，周人试图扬弃"变"而升华出"常"的价值理想，孟子所言"一治一乱"都包含着当下的努力及对未来的憧憬。

质言之，《易传》出现之前"通""德""常""久"等观念渗透在古人对"变"的观察、思考过程中，构成了"变"观念的基本形态。"变"的基本形态对于文学的通变说意味着什么呢？

四 "变"观念与通变观的深层关联

《易传》之前"变"观念的基本形态已经相对定型，而《易传》在吸收儒家、道家、阴阳家思想的基础上结合卦象、筮法阐发变易思想，无疑是对"变"观念的总结和提高。《易传·系辞》言："易穷则变，变则通，通则久，是以'自天佑之，吉无不利'也。"[①] 此乃《易传》对通变观最为完整、深刻的表达，它言明了事物变化发展的内在逻辑：因"穷"而生"变"，因"变"而通达，由通达而实现绵延。"穷"是引发

---

① 李鼎祚：《周易集解》，中华书局 2016 年版，第 454 页。

"变"的潜在原因，"通"是"变"的效力，"久"是"变"的最终发展方向。可以说，《易传》通变观与由"通""常""久"等观念共同构建的"变"观念的基本形态殊无二致。

刘勰的通变观既是创作论，又是对文学发展观的总结，关涉因革、古今、质文、雅俗等诸多问题，这些问题显然是循着诗论内部的逻辑生发的。然而上面的梳理也启示着我们，通变观之生成不仅与《易传》通变观息息相关，也可能与"变"观念有着深层的关联。

从效力的角度看，通变观与物象之"变"、在政治思想层面关注"变"的初衷一样，具有极强的现实针对性。面对宋齐不良文风，刘勰认为问题出在"竞今疏古"，就是宋齐之文只重损益不重因革。

从内涵的角度看，"通变"是"常变结合"式的变化，以"参伍因革"为方法论。"夫设文之体有常，变文之数无方……凡诗赋书记，名理相因，此有常之体也；文辞气力，通变则久，此无方之数也。名理有常，体必资于故实；通变无方，数必酌于新声；故能骋无穷之路，饮不竭之源。"[1] 任何一个文学作品都包含着有常之体、无方之数，这是通变的理论前提。刘勰认为"文"所遵循的不变之常道是"体"，《斟诠》篇言："体，谓体制，包括风格、题材、文藻、辞气等项。即《宗经》篇所谓'体有六义'之体，亦即《附会》篇所谓'情志为神明，事义为骨鲠，辞采为肌肤，宫商为声气'之四事。"[2] "体"是一个整体的概念，是文学体裁与其基本艺术特征之间相互协调且相对稳定的内在规定性，是文章风格、文辞选用等诸多方面组成的整体特征。在某种意义上，"体"是"变"的内在规定性，"通变"之"通"即通"体"。相对于"不变"的"变"是"文辞气力"，文学创作恪守"体"的同时会受到其他因素的影响而形成风格迥异的作品，如个人才性、时代、地域等。以诗歌为例，自黄帝至魏晋九代，诗歌言志抒情的功用是一致的，但是具体作品又有着质文的区别。因此，"通变"又

---

[1] 范文澜：《文心雕龙注》，人民文学出版社 1958 年版，第 591 页。
[2] 詹锳：《文心雕龙义证》，上海古籍出版社 1989 年版，第 1079 页。

是"凭情以会通，负气以适变"。所谓"凭情""负气"正是《神思》篇所言运思时情动于中、文情互动多因素契合的过程。"凭情""负气"的提出意味着通变观是以情性论为基础探讨文学创作与发展问题的，这为文"变"的合法性和可操作性提供了坚实的基础。质言之，"体"之于刘勰正如"德"之于周人，"仁"之于儒家一样，通变观被赋予了"体"这一内在规定。缺乏"体"的新变具有负面价值，而基于"体"的"凭情""负气"之"变"则具有正面价值，有助文运之"久"。

从时间的角度看，刘勰在过去、现在、未来三个维度阐述了文学发展问题。首先，符合通变观的文学乃是"古今"结合的产物。《通变》篇赞语云"望今制奇，参古定法"，意味着"通变"之"文"是古今文学标准的融汇，是经典文本中的"体"与当下之"变"的贯通。其次，通变观是文学发展的保障。所谓"文津运周，日新其业。变则可久，通则不乏"，正因为在"现在"这一维度中，作家恪守通变观，才保证了"未来"这一维度中"文"仍"能骋无穷之路，饮不竭之源"。

综上所述，作为文学发展观、创作论的通变观是常变结合的通变观，基于"体"而"变"；是通向不乏的文学发展观，以"久"为文学思想；是在文学政治功能、文学之自觉等背景中产生的以质文、雅俗、"体"等价值范畴为内在标准的通变观。通变观之思维方式不仅与《易传》通变观近似，更与物象之"变"、性质之"变"、社会历史之"变"背后的思维方式若合符契。

相通的思维方式如何而来呢？揆诸史实，可以发现一些蛛丝马迹。魏晋南北朝之际玄、佛固然盛行，官方政治话语中儒家维系礼教的声音犹在：

> 夫有国有家者，礼仪之用尚矣。然而历代损益，每有不同，非务相改，随时之宜故也。……由此言之，任己而不师古，秦氏以之

致亡；师古而不适用，王莽所以身灭。①

《宋书》所载颇能代表官方态度，以上沈约评判治乱依据的标准显然是孔子的"因革损益"观。这意味着刘勰所生活的时代思考"变"的路径仍不出"变"观念的基本形态。当时的另一政治思想著作，亦复如此：

> 是以明主务循其法，因时制宜。苟利于人，不必法古；必周于事，不可循旧。……成化之宗，在于随时，为治之本，在于因世。不因世而欲治，不随时而成化，以斯治政，未为忠也。（《刘子新论·法术》）②

《刘子新论》兼收儒法思想，认为法需因时而变，常变结合方能达到治政。

以上考察政治治乱的见解发表在儒、释、道并行的时代，却并无太多时代的痕迹，个中缘由值得我们深思。也许这正意味着在儒家文化式微、道释思想繁荣之际，通变观可资利用的文化资源仍在悄无声息地传递着。进一步讲，只有古人对"变"的思考已经内化为一种思维方式，上升为人们普遍认同的历史观，才有可能逾越多元化的思想而薪火相传。

值得注意的是，"变"观念的基本形态在通变观中的复现并非思想层面有意为之，在某种意义上二者必然呈现出这样深层的关联。因为伴随着古人生命体验、人类意识深化等过程的"变"观念已然定型于文化传统当中。当刘勰思考文学之"变"时，他或许会不自觉地受制于大的历史观，受制于"变"观念的内在规定性。在受《易传》通变观启发的同时，或许正因为生活于其中的刘勰无法跳脱于文化传统，故而提出了

---

① （南朝梁）沈约：《宋书》，中华书局1974年版，第327页。
② （北齐）刘昼著，傅亚庶校释：《刘子校释》，中华书局1998年版，第142页。

与"变"观念基本形态相差无几的"文学的通变说"。当然，任何一个观念的提出不仅仅受制于先在资源，也与主体生活的境遇相关，这个问题本文暂且不论。

（作者单位：北京第二外国语学院文化与传播学院）

刘勰通变观及其生成语境

王晓玉

  《通变》篇是《文心雕龙》创作论的一篇，"通变"不仅是刘勰倡导的创作论，具有理论层面的价值，更是刘勰躬身实践的研究方法。因为评价不同的文学体裁必然要在"通"上下功夫，对各种文体有了全面精准的把握后才能界定不同文体的特征。而要对具体作品作出公允的评价，更需要在"通"的基础上有识"变"的胆力。关于《通变》篇的研究，主要有以下几种研究路向：其一，对《通变》篇主旨的研究：以纪昀、黄侃、范文澜为代表的复古说；以陆侃如、牟世金、王运熙为代表的继承与革新说；以刘永济为代表的常变说；以童庆炳为代表的会通适变说；其二，从词源学角度，考察"通变"一词的内涵；其三，以"宗经"为背景，诠释"通变"；其四，陈允锋认为通变观是《文心雕龙》全书的批评方法，呈现出随事立体、遵时取论和随文立言三个特点。以上研究或从创作论的角度入手研究《通变》篇宗旨，或从词源的角度探究"通变"内涵的演变，或从方法论的角度挖掘"通变"的深层价值，研究成果显著却仍存在着思考与言说的空间。本文将通过梳理文学批评史中的"通变"意识及"通变"提出的文化历史语境，勾勒刘勰通变观的生成语境。

一 文学批评史中的"通变"意识

  "通""变"二词最早出现在《易传》中，研究者对此多有论及。也有论者认为"通变"最早来自道家，《易传》将道家的通变观引入儒学体系，刘勰又将通变观引入文论领域。实际上，刘勰以前的文学批评领域虽未能提出通变观，但也出现了"通变"的意识，为通变观的提出奠定了基础。正如《序志》篇所言"魏文述典""陈思序书""应玚文论""陆机文赋"等都是刘勰所熟知的文献，正是在前代资源的基础上"各照隅隙，鲜观衢路"，他才能以更为宏通的眼光论文叙笔，弥补前代理论之不足。故而，本文将抛开"通变"一词在哲理层面的发展进程，而试图在文论史上寻找通变观的蛛丝马迹，以呈现通变观的前代思想资源。

"通变"意识最早表现在文学领域的"古今"讨论中。汉末魏初以降，政局混乱，儒家君臣观念淡薄。在思想文化领域，经学日渐衰落，僵化的思维模式开始松动，各种新的思想观念层出不穷。在文学领域，儒家固有的文学观已经很难诠释文学之意义，关于文学的价值、如何对待古今文学等讨论相继出现。曹丕《典论·论文》从今人对待古文的态度入手，明确反对时人"贵古贱今"的态度，开启了文学领域的求新求"变"意识。迨及晋宋，文坛趋新之风已经走向极端，"通变"的眼光应运而生。陆机《文赋》有"颐情志于典坟""谢朝华于已披，启夕秀于未振"的说法，在创作论的层面表现出了"通变"意识。挚虞讨论了不同体裁的"通""变"特色，如他这样评论赋的发展史，"昔班固为《安丰戴侯颂》，史岑为《出师颂》《和熹邓后颂》，与《鲁颂》体意相类，而文辞之异，古今之变也。扬雄《赵充国颂》，颂而似雅；傅毅《显宗颂》，文与《周颂》相似，而杂以风雅之意。若马融《广成》《上林》之属，纯为今赋之体，而谓之颂，失之远矣。"① 这里，挚虞的"通变"意识表现为，一方面以古代的雅正标准要求今文，认为马融等人的文辞与雅正的古体相差甚远；另一方面，肯定扬雄等人在雅正基础上的文辞之变。论及诗歌时挚虞又提出了"然则雅音之韵，四言为正；其余虽备曲折之体，而非音之正也"② 的

① （晋）挚虞：《文章流别论》，载郭绍虞、王更生《中国历代文论选》（第一册），上海古籍出版社 2001 年版，第 190 页。
② （晋）挚虞：《文章流别论》，载郭绍虞、王更生《中国历代文论选》（第一册），上海古籍出版社 2001 年版，第 191 页。

观点，就又显得过于保守，只强调通古之标准，不讲新变了。

与挚虞时代相差无几的葛洪在《抱朴子·外篇·钧世》中，明确表明了今盛于古的文学观点。"今诗与古诗，俱有义理，而盈于差美"①，这是说，在古诗、今诗都具有思想性的前提下，今诗的博富、雕饰胜过古诗的"醇素"。换言之，单纯追求文辞形式，毫无思想内容可言的"变"是不在今盛于古的行列之中的。这一点刘勰也非常赞同，如《正纬》《辨骚》两篇都讲"变"，但有正确与否之分。葛洪的"通变"在某种意义上又有高于刘勰之处，他讲："然古书者虽多，未必尽美，要当以为学者之山渊，使属笔者得采伐渔猎其中。"② 大胆提出了正确对待古文就是要有扬有弃的主张，刘勰通变观虽然也强调以个人情性为依据进行多样化的创作，但未能全面破除对古文的敬畏之情。以上观点阐述了不同体裁、不同层面的"通""变"问题，在文学批评史上是开刘勰通变观之先的。

二　作为创作论中的通变观

在阐述通变观之前，刘勰先向我们展示了他的文学发展观，即文是在"变"与"不变"（即"常"）的互动中发展的，"夫设文之体有常，变文之数无方，何以明其然耶？凡诗赋书记，名理相因，此有常之体也；文辞气力，通变则久，此无方之数也。名理有常，体必资于故实；通变无方，数必酌于新声；故能骋无穷之路，饮不竭之源。"③ 所谓"有常之体"，指诗、赋、书、记等不同文学体裁，各有自己的特点和写作要求。"体"在这里是一个整体的概念，是各个文学体裁与其基本艺术特征之间相互协调且相对稳定的文体内在规定性，是文章的风格、文辞的选用等诸多特征所构成的特定文学体裁的整体特征。每类文学体裁都会有一些难以逾越的规则需要遵循，这便是"有常之体"。但具体到写作过程

---

① 杨明照：《抱朴子外篇校笺》（下），中华书局1997年版，第74页。
② 杨明照：《抱朴子外篇校笺》（上），中华书局1991年版，第73页。
③ 范文澜：《文心雕龙注》，人民文学出版社1958年版，第519页。

中，作品的具体面貌又是完全不同的，所以刘勰谈到"变"的问题。他认为，文章的文体特征虽具有内在规定性，但也会受到其他因素的影响，如个人才性、时代、地域等因素，最终形成风格迥异的作品。

就文之不变或变的性质而言，刘勰谈的"通"是通晓"体"的意思；"变"是指具体作品的变化，谈的是"用"的多样化问题。正如姚爱斌所说："文体的生成遵循着'协和以为体，齐出以为用'和'体一用殊'的规律：以文章的基本规范和内在规定性（即'体'）为根据，通过表现形式与表现对象的相互作用及其变化，生成特征各异的现实文体（即'用'）。"① 以"体用"关系来解释，并不是说"通变"就完全等于"体用"。在"体用"关系中，"体"是根本，"变"只是手段和方法，这种关系并不适用于写作实践中。因为刘勰认为，作者在对文体特征进行细致学习后，方能够结合个人的才、胆、识、力将"用"发挥到极致。也就是说，"通变"意味着在写作中既要遵守一定的文体规则，又要有自己的创见，"通"与"变"二者是相得益彰的关系，而非从属关系。当然，正如"体"是"用"之本一样，"通"与"变"相比，"通"的作用更为重要。汉学家宇文所安对通变、撇开通变观写作这两种不同创作逻辑，作了一个十分精准且有意思的比方，最能说明这个问题。他认为"通变"是 X + A→X + A + B→X + A + B + C……的创作走向，时人则是 X→A，A→B，B→C，这样只会离 X 越走越远，而非通变的以 X 为"体"。② 齐梁之际的才颖之士，正因为不懂得"通"的道理，只在文辞等表面形式上下功夫，才会落入浅薄的境地。

以上是就"通变"理论而言，那么具体到写作实践中应如何"通变"呢？"是以规略文统，宜宏大体，先博览以精阅，总纲纪而摄契，然后拓衢路，置关键，长辔远驭，从容按节，凭情以会通，负气以适变，采如宛虹之奋鬐，光若长离之振翼，乃颖脱之文矣。若乃龌龊于偏解，

① 姚爱斌：《协和以为体，奇出以为用——中国古典文体学方法论初探》，《文艺理论研究》2005 年第 6 期。
② ［美］宇文所安：《中国文论：英译与评论》，王柏华、陶庆梅译，上海社会科学院出版社 2003 年版，第 234 页。

矜激乎一致，此庭间之回骤，岂万里之逸步哉!"① 刘勰认为写作过程中实现"通变"需要三步：博览——精阅——拓衢路、置关键、"凭情以会通，负气以适变"。第一步考察的是作者的博观之功。刘勰十分看重"博观"，在《文心雕龙》中屡次提到。如《知音》篇言"凡操千曲而后晓声，观千剑而后识器；故圆照之象，务必博观"。《风骨》篇曰"若夫镕铸经典之范，翔集子史之术，洞晓情变，曲昭文体，然后能孚甲新意，雕画奇辞"。然生也有涯，如何能够遍观浩如烟海的典籍，达到"通"的境界呢? 当然是有法可依的，这就需要"精阅"的工夫，需要有方向地进行深入阅读。随后再依据个人的实际情况，"拓衢路、置关键"，"凭情以会通，负气以适变"以自铸伟辞。

"博览""精阅"与挚虞、陆机等人的"通变"意识一脉相承，不同之处在于"凭情以会通，负气以适变"的提出，由此"通变"不仅是文学发展观以及创作方法的问题，更延展到个人才、气等层面。范文澜认为："'凭情以会通，负气以适变'二语，尤为通变之要本。盖必情真气盛，骨力峻茂，言人不厌其言，然后故实新声，皆为我用；若情匮气失，效今固不可，拟古亦取憎也。"② 这里是从创作者精神状态的角度解释，认为"会通适变"是说作者创作时若情真而意切，则古今之文皆为我用，若慵懒无神，即使有博观、精阅的基础其作品也无可取之处。童庆炳从读者阅读的角度进行解释，认为"'凭情以会通'与孟子所讲的'以意逆志'的含义是相通的，都是讲阅读古典作品时，要以自己的情志去'逆'、去'会'古典作品中的情志，形成对话与交流的互动。"③ 以上两位学者的解释都是很贴切的，在写作过程中，作者精神饱满，方能贯通古今，推陈出新。在阅读作品时读者需要用心去体验作品及其作者之意，继而有所得并指导自己的创作。而每个人的才情、个性是不同的，个性差异会影响读者对作品的学习和借鉴的角度，也决定着作品的风格。

---

① 范文澜：《文心雕龙注》，人民文学出版社 1958 年版，第 521 页。
② 范文澜：《范文澜全集》（第四卷），河北教育出版社 2002 年版，第 466 页。
③ 童庆炳：《〈文心雕龙〉"会通适变"说新解》，《河北学刊》2006 年第 11 期。

三　通变观提出的文化历史语境

理论资源是前代的，理论形成的契机则是当代的。"通变"意识升华为通变观也与刘勰所处的文化背景有着千丝万缕的联系。因而，要进一步探究通变观的生成，我们还须将考察的范围拓展到刘勰所处的历史语境、文化氛围等广阔的时代背景中去。

关于刘勰生平的记载，只见于《梁书·刘勰传》，若想对这个伟大的文论家有更加深入的了解，再无其他史料可以佐证。故 400 多字的传记，成为学者研究刘勰的突破口和关键点。据目前学术界的研究成果来看，刘勰历经宋齐梁三朝，他生于宋，入齐时 15 岁左右，入梁时 38 岁左右。刘勰于齐时投奔僧佑，僧佑在齐武帝永明年间已经享誉盛名，曾受皇帝之命到江南讲学。入梁后，僧佑更是出入宫廷，备受礼遇。刘勰借助僧佑的关系，在梁武帝近亲身边供职，与梁皇室关系非同一般。

《文心雕龙》约成书于南齐末年（501—502），从政治领域来看，宋、齐、梁三代都飘荡着一股改革新变的热潮。正如钱穆先生在《国史大纲》所言："刘、萧诸家，族姓寒微，与司马氏不同。他们颇思力反晋习，裁抑名门，崇上抑下，故他们多以寒士掌机要。但门第精神，本是江南立国主柱。蔑弃了门第，没有一个代替，便成落空。落空的结果，更转恶化。南朝诸帝，因惩于东晋王室孤微，门第势盛，故内朝常任用寒士，而外藩则托付宗室。然寒人既不足以服士大夫之心，而宗室强藩，亦不能忠心翊戴，转促骨肉屠裂之祸。"① 也就是说，在刘勰生活的时代，帝王们一方面给予世族以高官之名，另一方面在制度上进行分权改革，将权力下放给位于下位的寒士，出现了多委以寒士重任的状况。但这种改革并未取得很好的抑制门阀世族的效果，反而激发了宗室的内部矛盾。

文学领域亦表现出追求文辞新变的特色，文辞求新求变又与皇室的爱好和提倡有着直接的关系。例如，晋宋、齐梁之际的永明文学活动确立了齐梁

---

① 钱穆：《国史大纲》，商务印书馆 2004 年版，第 267—268 页。

文学的基本特色，而永明文学的发展正得益于皇室的支持与倡导。皇室倡导容易使文学沾染上奢靡、华丽的习气，令文学逐渐成为粉饰太平的工具，以及文人间相互传阅的文字游戏。刘勰在《序志》篇对当时的文风有过这样的概述："而去圣久远，文体解散，辞人爱奇，言贵浮诡，饰羽尚画，文绣鞶帨，离本弥甚，将遂讹滥。"也就是说，追求新奇的语言形式、趋于浮靡的文风既是通变观提出的时代背景，也是通变观的问题意识之所在。可以说，通变观是深谙儒家经典的刘勰对于不正的社会风气、文学风气之反思。他认为拯救奢靡文风的具体方法就在于，精阅典籍，在所谓"通"的基础上结合当下文学发展的新规律，创作出风骨与文采兼备的作品。

这一时期，思想领域也出现了儒、道、释合流的趋势。这对刘勰的思想亦有着巨大影响，《文心雕龙》不仅受到儒学、玄学、佛教思想的影响，也出现了调和三者矛盾的痕迹。如张少康先生在《刘勰及其〈文心雕龙〉研究》一书中有过如下论述："从某一方面看，儒佛似乎是矛盾的，儒家主张入世，佛教提倡出世，但从另一方面看，儒佛又并非对立，而是可以统一的。刘勰在《灭惑论》中就明确地说过：'孔释教殊而道契'。这就是刘勰的看法，也是他一生所奉行的处世态度之依据。他在政治上取儒家之经世致用，在思想信仰上又尊重佛教。入梁之前和入梁之后，并无根本变化。"[1] 刘勰既精通于佛学，也对儒家典籍十分熟悉。佛学典籍提高了他的抽象思辨能力，儒家典籍为他论文叙笔提供了诸多依据，渊博的学识与宏通的视野为刘勰之"通"提供了保障。刘勰奉行的"道契"的人生态度，在政治上奉行儒家的入世精神又常年依于佛门，这些切实的生活经历显然又是在"通"基础上的调和与新变，为其通变观的提出奠定了坚实的现实基础。

（作者单位：北京第二外国语学院文化与传播学院）

---

[1] 张少康：《刘勰及其〈文心雕龙〉研究》，北京大学出版社 2010 年版，第 24—25 页。

刘勰与北宋士人的文学本原论

王晓玉

在中国文学理论批评史上，刘勰首次明确地从形而上的层面阐释了文道关系，提出了"文源于道"的主张。北宋之际，文道关系再次引起了士人的广泛关注，正如郭绍虞先生所言，北宋文论是在对文、道的讨论中形成的，基于文道观在性质与程度上的差异，又可分为三派：以欧阳修、"三苏"为代表的古文家，以"二程"为代表的道学家，以司马光、王安石为代表的政治家。①

刘若愚先生将刘勰的"文源于道"说称为"文学的形上概念"②，并认为与西方文学理论相比，从形而上的视野思考文学本原及其相关问题是中国文学理论最为突出的贡献，具有构建世界文学理论的重要价值。《中国文学理论》一书详细梳理了中国的"形上概念之起源""文学的形上概念"之演变与发展，在论及宋人的文学理论时，刘先生着重分析了苏轼、黄庭坚、苏辙文学理论中的形上因素，而将欧阳修、"二程"等人的文学理论归入实用理论一派。事实上，循着"文学的形上概念"这一逻辑，古文家、道学家、政治家的"实用理论"亦包含着形而上的视野，而道学家石介更与刘勰一样，从形而上的层面阐释了文道关系，探

---

① 郭绍虞：《中国文学批评史》，商务印书馆 2010 年版，第 354—359 页。

② 刘若愚：《中国文学理论》，江苏教育出版社 2006 年版，第 20—39 页。刘若愚认为"以文学为宇宙原理之显示这种概念为基础的各种理论"均可称为"文学的形上概念"。他还指出文学的形上概念触及两个问题，一是"作者如何了解'道'"，二是"作者如何在作品中显示'道'"。

讨了文学的本原问题。本文的写作目的即是循着"文学的形上概念"之逻辑，梳理刘勰与宋人的"文学的形上概念"，辨析"文学的形上概念"在不同历史时期的表述方式、认知逻辑、文学观与思想基础之异同。

一　文学本原论

"文学的形上概念"这一术语在本文中被称为"文学本原论"。"形而上"在西方哲学中对应的是本体问题，在中国哲学中对应的是本原或者说本根的问题，这是不同层面的问题。前者以主客二分为前提探讨事物的本质，涉及主体与客体、现象与本质、真与假等问题。后者正如张世英先生所言，中国也有形而上学，但不同于西方形而上学的是，中国的形而上学主张"天人合一"，"主要地讲本与末、源与流、根与叶的关系"①。由于"形而上学"这一概念在中西方语境中有着不同的内涵，更由于即使在西方哲学传统之内不同历史时期"形而上学"的内涵亦有着相当的差异，故而本文使用了"文学本原论"这一更贴合中国古典哲学语境的概念。

对于文学本原，中国古人主要有四种认识：其一，"诗言志"；其二，"诗缘情"；其三，诗歌效法天地；其四，文源于天地之道，也就是刘勰与北宋士人关于文学本原的主张。"诗言志"一词出自《尚书·尧典》，汉代的《诗大序》从诗学层面赋予了"诗言志"相对完整的意义，认为诗歌源于个体的政治志向。汉魏之际，"诗缘情"的提出揭示了个体情感对诗歌创作的影响，这是文学本原论发展的第二阶段。此外，《尚书·尧典》还包含着中国古人对诗之本原的另外一种认识——"神人以和"。"诗言志，歌永言，声依永，律和声。八音克谐，无相夺伦，神人以和"②，勰认为诗有助于神人之和，那么何谓"神人以和"呢？这需要回到礼乐文化的背景中去理解，特别是礼乐文化产生的背景。"大乐与天

---

① 张世英：《天人之际——中西哲学的困惑与选择》，人民出版社1995年版，第115页。
② 郭绍虞、王更生：《中国历代文论选》（第一册），上海古籍出版社2001年版，第1页。

地同和，大礼与天地同节"①，"乐者，天地之和也。礼者，天地之序也。……明于天地，然后能兴礼乐也"②，这是说礼乐是对天地秩序的模仿，是"天人相和"的产物。诗歌产生于诗乐舞不分的时代，诗与象征天地之和的"乐"一样是顺应天人而生的。"神人以和"从天人之际的角度表明，诗本源于天地，具有和人神的功用。如果说"诗""乐"效法天地多少有些神秘色彩，那么刘勰的"文源于道"说则在理论层面将早期"比附"式的神秘转换为以"道"为核心的"体用"式文学本原观："道"是"文"的本原，"文"又以"道"为旨归。这种转换是逐步的，如罗根泽先生曾讲到两汉文士的佼佼者中就有扬雄、司马相如常以天心释"文"、以"天"为"文"之法式③。司马相如作赋以"天文"为模仿的对象，欲吞吐宇宙气象。扬雄认为"心"盖与天通，汉代纬书《诗纬·含神雾》明确指出诗歌与天地的关系，其言："诗者，天地之心，君德之祖，百福之宗，万物之户也。"④ 这些都是刘勰和北宋士人之前的文学本原论。

《文心雕龙·原道》篇详细阐释了天地自然之"道"与"文"的关系：

> 文之为德也大矣，与天地并生者何哉！夫玄黄色杂，方圆体分，日月叠璧，以垂丽天之象；山川焕绮，以铺理地之形；此盖道之文也。仰观吐曜，俯察含章，高卑定位，故两仪既生矣。惟人参之，性灵所种，是谓三才。为五行之秀，实天地之心，心生而言立，言立而文明，自然之道也。⑤

在刘勰来看，"天文"或者说"道"是"人文"的本原，是"人文"之

---

① （汉）郑玄注，（唐）孔颖达疏：《礼记正义》，北京大学出版社 1999 年版，第 1267 页。
② （汉）郑玄注，（唐）孔颖达疏：《礼记正义》，北京大学出版社 1999 年版，第 1270 页。
③ 罗根泽：《中国文学批评史》，上海书店出版社 2003 年版，第 92—93 页。
④ 张少康、卢永璘：《先秦两汉文论选》，人民文学出版社 1996 年版，第 478 页。
⑤ 范文澜：《文心雕龙注》，人民文学出版社 1958 年版，第 1 页。

为文的形而上依据；同时，"天文"或者说"道"也是"人文"的旨归，是文学创作所能达到的最高境界。作为"人文"之典范的圣人之文就是对"天文"的书写，"言之文也，天地之心哉"①，"夫子继圣，独秀前哲，熔钧六经，必金声而玉振；雕琢情性，组织辞令，木铎起而千里应，席珍流而万世响，写天地之辉光，晓生民之耳目矣"②，"经也者，恒久之至道，不刊之鸿教也。故象天地，效鬼神，参物序，制人纪，洞性灵之奥区，极文章之骨髓者也。"③

继续沿着诗学史的脉络看，从"天文"的视野探讨文学本质及其相关问题的另一个高峰在宋代。如果说韩愈以"人文"为核心的"文统"是宋人效法、研习的对象，那么此"文统"在宋代又渐渐转变为"天文""人文"相贯通的"文统"。韩愈穷究百家之学所构建的是以"六经"为尊，以庄骚、史赋为辅的"文统"，这一"文统"在宋人那里遭到改写。以柳开的文论观点为例，一方面，他讲："吾之道，孔子、孟轲、扬雄、韩愈之道，吾之文，孔子、孟轲、扬雄、韩愈之文也。"④ 另一方面，他则引入了《易》天地人三才一体的宇宙构架阐释"六经"，《上王学士第三书》："观乎天，文章可见也。观乎圣人，文章可见也……天之文章，日、月、星、辰也。圣人之文章，《诗》《书》《礼》《乐》也。"⑤ 王禹偁亦如是，他说："天之文，日月五星；地之文，百谷草木；人之文，六籍五常。舍是而称文者，吾未知其可也。"⑥ 质言之，自柳开、王禹偁开始，"天文"的视野被重新纳入了"文统"的范围。

北宋之际最为典型的文学本原论来自石介，他从宇宙本体的高度诠释了"文"的起源：

---

① 范文澜：《文心雕龙注》，人民文学出版社 1958 年版，第 2 页。
② 范文澜：《文心雕龙注》，人民文学出版社 1958 年版，第 2 页。
③ 范文澜：《文心雕龙注》，人民文学出版社 1958 年版，第 21 页。
④ 李春青、李壮鹰主编：《中华古文论释林》（北宋卷），北京大学出版社 2011 年版，第 10 页。
⑤ 曾枣庄、刘琳主编：《全宋文》（第三册），巴蜀书社 1989 年版，第 582 页。
⑥ 李春青、李壮鹰主编：《中华古文论释林》（北宋卷），北京大学出版社 2011 年版，第 47 页。

夫有天地，故有文，天尊地卑，乾坤定矣；卑高以陈，贵贱位矣；动静有常，刚柔断矣；方以类聚，物以群分，吉凶生矣；在天成象，在地成形，变化见矣。文之所由生也。天垂象，见吉凶，圣人象之；河出图，洛出书，圣人则之，文之所由见也。观乎天文，以察时变；观乎人文，以化成天下，文之所由用也。三皇之书，言大道也，谓之《三坟》；五帝之书，言常道也，谓之《五典》，文之所由迹也。四始六义存乎《诗》，典、谟、诏、誓存乎《书》，安上治民存乎《礼》，移风易俗存乎《乐》，穷理尽性存乎《易》，惩恶劝善存乎《春秋》，文之所由著也。……故两仪，文之体也；三纲，文之象也；五常，文之质也；九畴，文之数也；道德，文之本也；礼乐，文之饰也；孝悌，文之美也；……圣人，职文者也。①

石介仿照《易》的宇宙体系构建了"天文—人文"相通的"两仪三纲五常九畴"体系，"天文"被置于儒家道德体系之前，既为"六经"的出现提供了形而上依据，也令"文"与"道"融为一体，获得了"本体"的意义。石介的叙述方式与刘勰借助来自"天文"的"道"阐述"文"的思路异曲同工，且较之刘勰的"天文""地文""人文"说更为系统。

二　文学本原论的认知逻辑

从诗学史的角度看，在宇宙框架下探讨"文"的本原及其相关问题是汉魏之际的共识。据刘若愚先生的考察，刘勰代表了魏晋"文学形上概念"发展的最高阶段，除刘勰之外阮瑀、应玚、挚虞、陆机等人都曾诉诸宇宙哲学探讨"文"，如应玚云"日月运其光，列宿曜其文，百穀丽于土，芳华茂于春。是以圣人合德天地，禀气淳灵，仰观象于玄表，俯察式于群形"，挚虞言"文章者，所以宣上下之象，明人伦之叙，穷

---

① 李春青、李壮鹰主编：《中华古文论释林》（北宋卷），北京大学出版社 2011 年版，第 158—159 页。

理尽性，以究万物之宜者也"，陆机曰"伊兹文之为用：固众理之所因；恢万里而无阂，通亿载而为津"，等等，虽未正面触及文的本原问题，却无一例外地陈述了宇宙之道与"文"的复杂关系①。从文体生成的角度看，魏晋之际"文"的概念蕴含着"天文"的视野："人们普遍认为，文学并非单纯的抒情、辞藻、音韵、修辞之学，而是一种源自宇宙之初，体现自然之道，旁及天地万物，使天人相互沟通，使人伦达臻至善的精神文化现象。"② 从魏晋玄学发展的脉络看，合于自然、呈现宇宙本体的玄学观共存于魏晋之"文"中，包括音乐、绘画、文学理论。③

同样，合于自然、呈现宇宙本体之道的理念也共存于宋代之"文"中，包括音乐、绘画、文学理论。崔遵度（953—1020），太平兴国八年进士，擅长《易》与琴，《宋史·崔遵度传》载："遵度性寡合，喜读《易》，尝云：意有疑，则弹琴辨其数，筮《易》观其象，无不究也。"④ 他有《琴笺》一文，是《易》思想与琴论结合的产物，在北宋琴史上独具一格。简录如下：

> 是故圣人不能作《易》而能知自然之数，不能作琴而能知自然之节。何则？数本于一而成于三，因而重之，故《易》六画而成卦。……且徽有十三，而居中者为一。自中而左泛有三焉，又右泛有三焉，其声杀而已，弦尽则声减。……是则万物本于天地，天地本于太极，太极之外以至于无物，圣人本于道，道本于自然，自然之外以至于无为，乐本于琴，琴本于中徽，中徽之外以至于无声。是知作《易》者，考天地之象也；作琴者，考天地之声也。⑤

崔遵度考察天地自然之节的依据是《易》，他认为圣人识天地自然之数

---

① ［美］刘若愚：《中国文学理论》，杜国清译，江苏教育出版社 2006 年版，第 26—28 页。
② 郭英德：《中国古代文体学论稿》，北京大学出版社 2005 年版，第 54 页。
③ 汤用彤：《魏晋玄学论稿》，上海人民出版社 2015 年版，第 217—230 页。
④ （元）脱脱等：《宋史》，中华书局 1977 年版，第 10174 页。
⑤ （元）脱脱等：《宋史》，中华书局 1977 年版，第 10173—10174 页。

而作《易》，故而《易》完全合于天地自然之节。继而他以《易》为基础考察琴之十三徽，认为琴之十三徽如同《易》一样是对宇宙秩序的呈现。因此，呈现天地之声、合于天地便是琴之本质。

宋代也有一批以画梅见长的画家深受《易》之宇宙本体论的影响①，如《华光梅谱·取象》以易学宇宙观为基础，借用太极、阴阳等概念专论梅花的本质：

> 梅之有象，由制气也，花属阳而象天，木属阴而象地。……蒂者，花之所自出，象以太极，故有一丁。房者，华之所自彰，象以三才，故有三点。萼者，花之所自出，象以五行，故有五叶。……蓓蕾者有天地未分之象体须未形，其理已著，故有一丁二点者，而不知三点者，天地未分而人极未立也。花萼者天地始定之象，故有所自而取象莫非自然而然也。②

以上文字出自华光老人，华光老人乃是一僧人，擅画梅花，然而这位高僧的画论，却以《易》为思想基础，这是耐人寻味的。依据他的理论，观梅即是观天地秩序，取象画梅即对天地秩序的效法、诠释。

如果将汉魏之际的文学观、刘勰的文学本原论、石介的"文"之本原说、崔遵度的"琴"之本质说与华光老人的梅之本质说联系起来看，那么可以说他们共享着同一认知逻辑："人文"源于"天文"，"天文"或者说"道"是"人文"的本原。

三 文学本原论背后的文学观

从更为内在的层次看，虽然他们共享着同一认知逻辑，却走向了不同的方向：刘勰文学本原论最终落实于文质、辞采等问题，其推崇"文

---

① 李开林：《宋代易学对墨梅艺术的影响》，《周易研究》2015年第1期。
② 胡经之：《中国古典美学丛编》，凤凰出版社2009年版，第36—37页。

源于道"的意义在于，为折中儒家的雅正与魏晋以来的骈丽文风提供了思想基础，为辞采、情志等文学要素正名提供了形而上的保证，由此凸显的是"文"的地位。宋人推崇"天文"的目的在于回归儒家经典，文学本原论落实于作家的个体修养，由此凸显的是"道"的地位，辞采等文学要素成为次要的问题。

刘勰创作《文心雕龙》的目的是解决时文之弊——绮艳，他认为祛除文弊的方法是在尊重经典的前提下，有选择地接纳魏晋以来的文学新变。换言之，刘勰试图折中儒家的雅正与魏晋以来的骈丽文风，在以经之雅正为本的前提下倡导魏晋以来的新变。那么，如何在重视经典的前提下，以"情理"为体，倡导"辞采"呢？"盖文心之作也，本乎道，师乎圣，体乎经，酌乎纬，变乎骚，文之枢纽，亦云极矣"①，"文之枢纽"是《文心雕龙》的核心思想，也是祛除文弊之方：以《原道》篇为理论依据，统摄《征圣》《宗经》《正纬》《辨骚》诸篇。《征圣》《宗经》二篇与《正纬》《辨骚》二篇代表的显然是两种不同的文学观，前者来自儒家，主张文章的雅正；后者来自谶纬、离骚，是魏晋以来重情志、辞采、用事、音韵等文学新变的潜在文学资源。由此，我们发现《原道》篇所言"文源于道"的意义正在于，它为刘勰折中儒家的雅正与魏晋以来的骈丽文风，肯定魏晋以来重视文学自身艺术特征的发展趋势提供了思想基础和形而上的保证。

今人陈允锋进一步指出，刘勰的文学本原论是对文质、辞采等问题的思考，《原道》篇阐述了"情与文、理与辞之间的符契关系"即文质相契原则，以及文随质变的文学发展观。② 的确，具体到文学创作过程中，"天文"为"文"之辞采、情志的存在提供了形而上依据。如刘勰言："故立文之道，其理有三：一曰形文，五色是也；二曰声文，五音是也；三曰情文，五性是也。"③ 基于"天文"而存在的辞采不仅有了存在

---

① 范文澜：《文心雕龙注》，人民文学出版社 1958 年版，第 727 页。
② 陈允锋：《论刘勰之道与"文之枢纽"的关系》，《沈阳师范学院学报》（社会科学版）1998 年第 5 期。
③ 范文澜：《文心雕龙注》，人民文学出版社 1958 年版，第 537 页。

的合法性，也有着相对独立性，自成一小体系。"情者，文之经，辞者，理之纬；经正而后纬成，理定而后辞畅，此立文之本源也。"①

在某种意义上，消除绮艳文风是刘勰与北宋士人共同面临的历史课题。因为宋初文坛延续了晚唐浮艳、卑弱的文风，晚唐文风在某种意义上又是对齐梁绮艳文风的回归。不论是古文家还是道学家、政治家，他们的解决之道都是诉诸六经，上溯"天文"。古文家如欧阳修云：

> 凡乐达天地之和，而与人之气相接……其天地人之和气相接者，既不得泄于金石，疑其遂独钟于人。故其人之得者虽不可以和于乐，尚能歌之为诗……盖诗者，乐之苗裔与。……今圣俞亦得之。然其体长于本人情、状风物，英华雅正，变态百出。②

又如田锡云：

> 锡观乎天之常理，上炳万象，下覆群品。……霹雳一飞，动植咸恐，此则天之变也。……驾于风，荡于空，突乎高岸，喷及大野，此则水之变也。……夫人之有文，经纬大道。得其道，则持正于教化；失其道，则忘返于靡漫。……李太白天付俊才，豪侠吾道。观其乐府，得非专变于文欤！……然李贺作歌，二公嗟赏；岂非艳歌不害于正理，而专变于斯文哉！③
>
> 若使援毫之际，属思之时，以情合于性，以性合于道。如天地生于道也，万物生于天地也，随其运用而得性，任其方圆而寓理。亦犹微风动水，了无定文；太虚浮云，莫有常态。则文章之有声气也，不亦宜哉！④

---

① 范文澜：《文心雕龙注》，人民文学出版社1958年版，第538页。
② 郭绍虞：《中国历代文论选》（第二册），上海古籍出版社2001年版，第242—243页。
③ 李春青、李壮鹰主编：《中华古文论释林》（北宋卷），北京大学出版社2011年版，第1—2页。
④ 李春青、李壮鹰主编：《中华古文论释林》（北宋卷），北京大学出版社2011年版，第4页。

道学家如程颐言：

> 问：作文害道否？曰：害也。凡为文不专意则不工。若专意则志局于此，又安能与天地同其大……且如"观乎天文以察时变，观乎人文以化成天下"。①

又如邵雍言：

> 诗者人之志，非诗志莫传，人和心尽见，天与意相连。论物生新句，评文起雅言。兴来如宿构，未始用雕镌。②

政治家如司马光言：

> 君子有文以明道。③
>
> 学者苟志于道，则莫若本之于天地，考之于先王，质之于孔子，验之于当今。四者皆冥合无间，然后勉而进之，则其智之所及，力之所胜，虽或近或远，或大或小，要为不失其正焉。④

从古文家"天地人之和气相接者""人之有文，经纬大道"到道学家"与天地同其大"再到政治家"本之于天地"之说，都是在"人文"之上特别拈出"天文"以指导"人文"，这是古文家、道学家、政治家共有的论文思路，"人文"源于"天文"更是他们的共识。其差异在于，

---

① 郭绍虞、王更生：《中国历代文论选》（第二册），上海古籍出版社 2001 年版，第284 页。

② （宋）邵雍著，陈明点校：《伊川击壤集》，学林出版社 2003 年版，第 243 页。

③ （宋）司马光著，李之亮笺注：《司马温公集编年笺注 4》，巴蜀书社 2009 年版，第456 页。

④ （宋）司马光著，李之亮笺注：《司马温公集编年笺注 4》，巴蜀书社 2009 年版，第525 页。

在何种意义上运用"天文"这一"人文"的哲学基础以及如何为"文"划定范围。如果说刘勰致力于从宇宙本体的层面彰显"文"的相对独立性，谐和辞采、文质等文学自身特征。那么宋人为六经及其"文"寻找天文依据的目的则在于重建与"道统"并行的"文统"。更确切地说，古文家从宇宙本体的层面讨论了诗歌的教化功能、文学风格的多样化等问题，致力于赋予"文"与天地同在的价值，虽然他们的文学本原论最终落实于"文"，但文学发展的理想已经转向修身明道，"文"的相对独立性大打折扣；道学家的文学本原论最终落实于"道"本身，文学发展的理想由抒情转向载道，故而程颐有"作文害道"之说；政治家则试图折中"道"与"文"二者。

四　文学本原论的思想基础

"在天人凑合"处，或者说在天人相与之际思考政治、人生、文学等问题是独具中国特色的思维方式，这种思想方式背后的思想基础是复杂的。如道家的天人学说、《易》的三才说、汉代的天人感应说、阴阳五行说、谶纬说等都把人看作与宇宙相通的一部分，试图朝向"天人合一"的方向发展。刘勰与北宋士人文学本原论的提出，一方面都与《易》有着不可割舍的关系，另一方面基于不同的时代精神而发：一是玄学的，二是宋学的。

《文心雕龙》全书的架构与大易之数相通，所谓"位理定名，彰乎大易之数，其为文用，四十九篇而已"[①]，其所探讨的文学问题，如文学本原、宗经、修辞、文学风格等也与《易》之宇宙观、"卦"、"理"、"文"、"德"等问题产生了广泛的共鸣。《原道》篇显然是借《易》推衍文学本原，不仅沿用了《易》的语汇，也引入了《易》的宇宙创生模式。正如张善文先生所言，在《原道》论述"文原于道"这一基本观点的过程中，一方面模拟了《周易》论述天地之初的方式，

---

① 范文澜：《文心雕龙注》，人民文学出版社1958年版，第727页。

以自然天文为开端；另一方面援举了"太极"、伏羲画卦、文王创卦爻辞、孔子作传等典故，突出了圣人作文对天地自然的模仿之意。① 敏泽先生也提出了类似见解："《周易》对《文心雕龙》之影响，绝不只是篇章安排上的……更重要的则是关于宇宙本体及道与文这一根本关系的认识上的。"②

再看宋人，宋人文学本原论的提出是以易学兴盛为背景的。石介、崔尊度、华光老人以《易》为基础，分别探讨了文、画、琴等不同艺术形式的本质问题。古文家的代表人物欧阳修、范仲淹，道学家的代表人物石介、程颐、邵雍，政治家的代表人物司马光无不以精通《易》而著称。《易》是宋人之宇宙观、人生观、文学观形成的思想基础，这是毋庸置疑的。问题的焦点在于，不同时代易学思想的发展轨迹并不相同。刘勰与宋人所推崇的《易》有着不同的思想基础，一是玄学的，二是宋学的。正如詹锳所言："《文心雕龙》全书虽以儒家思想为主，而并不排除玄学的影响，魏晋玄学就是以道家思想来说《易》的。自然之道和《易》道并不矛盾，而且在本篇里是统一的。这里所谓道，兼有双重意义，广义乃指自然之道，狭义仅谓儒家之道。二者也是统一的。"③《易》是玄学思想形成的基础之一，特别是在宇宙观、本体论方面。汤用彤先生认为魏晋南北朝之际，士人对宇宙的认识发生了极大变化：从汉代依赖于物理的消息盈虚、天人感应之学变为有无本末问题，魏晋士人"常能弃物理之寻求，进而为本体之体会。舍物象，超时空，而研究天地万物之真际"④。这种变化构建了魏晋士人追求超越、重视精神境界、重视本体问题的新型人生观，"人之向往玄远其始意在得道、证实相，揭开人生宇宙之秘密，其得果则须与道合一，以

---

① 张善文：《试论〈周易〉对〈文心雕龙〉的影响》，《周易与文学》，福建教育出版社1997年版，第91—115页。

② 敏泽：《〈文心雕龙〉与〈周易〉》，《文心雕龙研究荟萃》，上海书店出版社1992年版，第160页。

③ 詹锳：《文心雕龙义证》，上海古籍出版社1989年版，第2页。

④ 汤用彤：《魏晋玄学论稿》，上海人民出版社2015年版，第40页。

大化为体，与天地合其德也"①。此种影响不止于魏晋而绵延至南北朝。对于本质、本原问题的关注折射到文学中，则表现为对于文学本原问题的关注。

宋学是汉学之后的新的儒学形态，"新"体现在宋人从"本体""功夫"两个层面，阐释了儒家的道德伦理之所以可能的问题。与玄学以道家思想为本、重视本末有无之学不同，宋人的本体学以生生之宇宙为天地之本，为儒家经典找到了自然的依据。正如蔡仁厚所言，宋人"由《中庸》《易传》之讲天道诚体，回归于《论语》《孟子》之讲仁与心性，最后才落于《大学》以讲格物穷理"②。这里的意思是说，宋人从形而上、形而下两个层面阐释儒学，形而上层面的思想资源在易庸之学。北宋之际，不唯道学家依托于易学探究宇宙、社会之本原，提出"天道""理""太极""生生"等概念，古文家如苏舜钦的《复辨》、欧阳修的《易童子问》对于易学领域的"天地之本"问题亦有所阐发。对于宇宙、社会本原问题的热衷反映到文学批评领域，表现为北宋士人对"文统"的新型认识，即"文统"乃是"天文""人文"相贯通的"文统"。

钱锺书先生曾言："百凡道艺之发生，皆天与人之凑合耳。顾天一而已，纯乎自然，艺由人为，乃生分别。"③ 诚然，诗人模写、润化的"天"是同一个纯乎自然的天，不同时代人们对"天"的感悟不同，相应地，"天人凑合"而成的诗文及其批评也就有所不同。如果说"文学的形上概念"是中国文学理论为构建世界文学理论所作出的特殊贡献，那么其特殊性之一或许在于"文学的形上概念"是古人思考文学本质问题的思维方式之一，然不同历史时期同样的思维方式又有着不同的内涵与思想基础，由此产生的文学观也并不相同。

（作者单位：北京第二外国语学院文化与传播学院）

---

① 汤用彤：《魏晋玄学论稿》，上海人民出版社 2015 年版，第 219 页。
② 蔡仁厚：《宋明理学·北宋篇》，吉林出版集团有限责任公司 2009 年版，"自序"第 1 页。
③ 钱锺书：《谈艺录》，生活·读书·新知三联书店 2007 年版，第 154 页。

关于刘勰的"江山之助"

宋　宁

"江山之助"语出刘勰《文心雕龙·物色》篇：

> 若乃山林皋壤，实文思之奥府，略语则阙，详说则繁。然屈平所以能洞监风骚之情者，抑亦江山之助乎!①

自刘勰提出"江山之助"以来，历代的文论、诗论、词论、书论、画论等，对它的论述不绝如缕，逐有"古代艺坛的通论"（牟世金语）之称。但值得注意的是，一方面，刘勰并没有对"江山之助"内涵作进一步的阐述；另一方面，从目前通行的《文心雕龙》校注版本②来看，均未有明确的训释。那么，如此具有普遍、深刻意义的理论命题，其原初含义究竟如何来理解呢？这是值得进一步思考的问题。

一　"江山之助"的多维解读

可喜的是，当代研究者开始追究起了这个问题③，但是就"江山"

---

① 范文澜：《文心雕龙注》，人民文学出版社 1958 年版，第 695 页。（本文所引《文心雕龙》皆出此书，除大段引用外，仅注篇名。）

② 主要参考了有旧学知识背景注释者的重要作品，如《增订文心雕龙校注》（黄叔琳注、李详补注、杨明照校注拾遗）、《文心雕龙注》（范文澜注）、《文心雕龙注订》（张立斋）等。

③ 笔者借助"中国知网"和"超星发现系统"等检索工具，检索 1981—2020 年关于"江山之助"的学术研究情况，大体可以看出，对"江山之助"的研究呈上升趋势，其中涉及"江山之助"的图书章节 73 个，以"江山之助"为主题的学术期刊 147 篇，大众期刊 85 篇，另有 5 篇硕士、博士学位论文，6 篇报纸文章以"江山之助"为标题。

的看法颇多分歧。笔者认为"江山"隐含着刘勰对屈原的评价，对理解和把握刘勰的自然观十分重要。故尝试就今人的解读加以辨析，在此基础上提出自己的思考。探究刘勰"江山之助"的内涵，关键在于对"江山"一词的理解。但今人的解读颇多差异。经过笔者的梳理，大体归纳出以下三种观点。

第一，把"江山"解释为自然景貌（地理环境），或具体到楚地的山川风物。较早提出这一观点的，可追溯到牟世金先生。他在《文章得江山之助》一文中，探讨了作为艺术描写对象的"江山"对古代文艺创作的重要作用，认为文艺创作需要"师法大自然"。① 牟先生倾向于把"江山"理解为自然景物，同时，他注意到艺术家长期的生活实践对文艺创作的影响。草云赞同"自然"一说，并撰文指出屈原赋《离骚》是与其受外界自然景物的触动分不开的。② 李建中虽认同自然之解，但认为"江山"当有个限制，即"特指楚地的江山，突出屈原是受楚地山川的感召"③。姚大怀也提出相近的看法，其言："江山"即自然界的山川风物，尤其是南朝秀美的山水景色。④

第二，把"江山"理解为兼具自然景貌和风俗人情，也就是强调自然环境和人文环境共同对文人创作的影响。如吴承学认为"江山之助"说的是"自然风貌影响了诗人的审美观，从而使其创作呈现和自然风貌相似的风格"，但从文学地域风格形成的影响因素角度，他指出相对于自然地理环境，人文地理环境的影响更大。⑤ 章尚正进一步提出"江山"是"集自然美与人文美为一体的人化山水"，他认为刘勰的"江山之助"说突破了传统的感物说，标志着古代山水意识"发展到了审美山水并表现山水的历史新阶段"⑥。

---

① 牟世金：《文苑纵横谈》，山东人民出版社 1982 年版，第 52—65 页。
② 草云：《古代文论中的"江山之助"说》，《语文月刊》1984 年第 10 期。
③ 李建中：《文心雕龙讲演录》，广西师范大学出版社 2008 年版，第 143 页。
④ 姚大怀：《"江山之助"新论——兼与汪、丛二先生商榷》，《安徽科技学院学报》2011 年第 3 期。
⑤ 吴承学：《江山之助——中国古代文学地域风格论初探》，《文学评论》1990 年第 2 期。
⑥ 章尚正：《"江山之助"论的拓展与深化》，《绥化师专学报》1999 年第 1 期。

第三，把"江山"解读为阻隔的意思，即突出社会政治因素对创作主体的触动。这一观点以汪春泓为代表。汪春泓通过梳理"江山"一词的流变，认为"江山"的使用并非指一般的自然景物，而是有遥远和阻隔之意，含有被放逐的意思。也就是说，"江山之助""恰恰不是指自然景物的助益，'江山'不等同于'山林皋壤'，而是指缘于朝廷斗争所造成的屈原的不幸的命运，是指社会政治因素，这才是成就屈《骚》的更重要的内因"①。汪教授从社会政治因素着手，认为"江山之助"寄寓了刘勰拨乱反正的深意。这一新解在学界产生了巨大影响，赞同者有之，其中也不乏反对的声音。如丛瑞华明确强调"江山"并不是"社会政治因素"，而是"自然景物"。② 在此基础上，廖美玉撰文指出"江山之助"理论"除了山林皋壤的物感，还有山与水的地理特征所形成的阻碍性，因而激发出心灵上更具洞鉴的超越性"，显然，她认同"江山有阻隔之意"的观点，同时，她又列举屈原、张说、初唐四杰为证，认为初唐以前之"江山"在地域上偏指吴越荆蜀等南方地区，而且这种"江山"都是"带有指向南方的意味"③。可以看出，廖说在某种程度上吸收了以上几位学者的观点。

综合上述几种观点不难看出，每一种解说似乎都有合理的依据，皆有成立的可能。这或许与魏晋南北朝时期"江山"一词的多义特点有关。当然，不同历史时空下的研究者，在对经典诠释的过程中，往往会"渗入"个人的思想、经验等因素，极易形成先在的理论预设，构成诠释者的"历史性"（historicality）问题④。

二 "江山之助"的相关思考

自唐以降，"江山之助"散见于各类文论、诗论、书论、画论中，

① 汪春泓：《关于〈文心雕龙〉"江山之助"的本义》，《文学评论》2003年第3期。
② 丛瑞华：《刘勰"江山之助"说的理论价值》，《社会科学战线》2007年第5期。
③ 廖美玉：《江山有待：建构物候诗学的思考路径之一》，《安徽师范大学学报》（人文社会科学版）2016年第2期。
④ 夏静：《关于〈文心雕龙·原道〉的"惟人参之"》，《文学评论》2009年第3期。

研究者倾向在后代人的相关论述中找寻思想的相似性，论证观点的合理性。这样的做法往往会忽略历史的复杂性，也会影响对刘勰本意的判断。因此，理解刘勰"江山之助"的含义，理应尽可能地将其放在原初的话语背景之中，探究言说者的本真意图，挖掘文本所蕴含的深层内涵，这样才能对其作出历史的、客观的解读，才能更为充分地展现中国古代思想的复杂性和丰富性。对此，笔者尝试从以下几个方面作进一步讨论。

（一）刘勰时代的"江山"

"江山"最早见于《庄子·山木》：

> 市南子曰："君之除患之术浅矣。……南越有邑焉，名为建德之国。其民愚而朴，少私而寡欲；知作而不知藏，与而不求其报；不知义之所适，不知礼之所将；猖狂妄行，乃蹈乎大方；其生可乐，其死可葬。吾愿君去国捐俗，与道相辅而行。"君曰："彼其道远而险，又有江山，我无舟车，奈何？"①

这里的"江山"可理解为山川的阻隔，隐含遥远和阻碍之意。自汉代以降，"江山"一词所用较广，且多有阻隔的意思。如蔡邕《巴郡太守谢表》有言："巴土长远，江山修隔，顷来未悉辑睦。"② 晋刘程之《致书释僧肇请为般若无知论释》载："古人不以形疏致淡，悟涉则亲，是以虽复江山悠邈，不面当年。"③ 梁萧统《有所思》曰："公子远于隔，乃在天一方。望望江山阻，悠悠道路长。"④ 萧子显《南齐书》载善明遗崔祖思书云："足下方拥旄北服，吾剖竹南甸，相去千里，间以江山，人

---

① （清）王先谦：《庄子集解》，中华书局1987年版，第168—169页。

② （清）严可均辑：《全上古三代秦汉三国六朝文·全后汉文》卷71，商务印书馆1999年版，第729页。

③ （清）严可均辑：《全上古三代秦汉三国六朝文·全晋文》卷142，商务印书馆1999年版，第1540页。

④ （宋）郭茂倩编：《乐府诗集》，中华书局1979年版，第251页。

生如寄，来会何时。"① 这里以"江山"的阻隔，表达对友人深切的思念之情。

与此同时，结合相关史书的记载，"江山"亦有"领土、疆域"之意。如《三国志·魏书·钟会传》载钟会《移蜀将吏士民檄》有言："然江山之外，异政殊俗，率土齐民未蒙王化，此三祖所以顾怀遗恨也。"②《三国志·吴书·贺邵传》载贺邵上疏曰："昔大皇帝勤身苦体，创基南夏，割据江山，拓土万里，虽承天赞，实由人力也。"③ 又如北齐魏收有云："巴、蜀、蛮、獠、溪、俚、楚、越，鸟声禽呼，言语不同，猴蛇鱼鳖，嗜欲皆异。江山辽阔将数千里，叡羁縻而已，未能制服其民。"④ 这里的"江山"被用来指代领土和疆域。

自东晋以来，随着山水文学的兴起，文学作品中的"江山"，被赋予了新的内涵，即自然山川风景的代名词。如谢灵运在《山居赋》中描述了祖父谢玄建造的室院，并自注曰："葺室在宅里山之东麓。东窗瞩田，兼见江山之美。"⑤ 刘绘作诗赠谢朓，其言："江山信多美，此地最为神。以兹峰石丽，重在芳树春。"⑥ 诗中描绘了船入琵琶峡，望积布矶时所见的壮丽景象。又如何逊有言："水底见行云，天边看远树。且望沿泝剧，暂有江山趣。"⑦ 这里的"江山趣"亦是彰显自然山水之美。

不难发现，"江山"一词，当属魏晋南北朝时期的公共话题。相关的言论不少，相互的借鉴也不少。而就《物色》篇末的一段文字来看，刘勰虽明确提出"江山之助"，但并没有进一步展开论述，在刘勰那里，"江山"助屈原是作为"山林皋壤，实文思之奥府"的例子出现的，其目的是进一步言说物色之有助文思。刘勰虽然注意到了江山风物对文章创作的助力，但并不赞同晋宋以来"文贵形似"的写作偏向，反对"窥

---

① （南朝梁）萧子显：《南齐书》，中华书局 1972 年版，第 526 页。
② （晋）陈寿撰，（南朝宋）裴松之注：《三国志》，中华书局 1959 年版，第 788 页。
③ （晋）陈寿撰，（南朝宋）裴松之注：《三国志》，中华书局 1959 年版，第 1459 页。
④ （北齐）魏收：《魏书》，中华书局 1974 年版，第 2093 页。
⑤ （南朝梁）沈约：《宋书》，中华书局 1974 年版，第 1760 页。
⑥ （唐）欧阳询：《艺文类聚》，中华书局 1965 年版，第 487 页。
⑦ 逯钦立辑校：《先秦汉魏晋南北朝诗》，中华书局 1983 年版，第 1704 页。

情风景之上，钻貌草木之中"，而是期望能够抓住物色的要点，在继承前人描写方法基础上，有所革新，做到"物色尽而情有余"。这或许是刘勰"江山之助"所隐含的要点。

（二）刘勰笔下的"自然"

"自然"是刘勰论文的重要宗旨。我们知道，《物色》篇着重探讨了自然景物与文学创作的关系，四季景物各有不同，人的情感也随之发生变化，并借助文辞加以表现。所谓"岁有其物，物有其容；情以物迁，辞以情发"（《物色》篇）。刘勰肯定了自然外物对人心灵的触动、感召，把"山林皋壤"作为启发文思的府库。由此，自然山水就不仅是诗人描写的对象，而且对文艺创作具有重要的意义。张立斋先生认为，"山林皋壤，实文思之奥府"是"言文章之成，概取诸物色而已，一篇重点，全系此句"①。可谓知言之论。

进一步来看，刘勰指出作家在景物的刻画上，要善于把握要害，运用简约的词语，描绘多彩的物色，是谓"物色虽繁，而析辞尚简"（《物色》篇）。在具体的描写手法上，刘勰推崇《诗》之"两字穷形""一言穷理"，追求"以少总多，情貌无遗"（《物色》篇）、"乘一总万，举要治繁"（《总术》篇），以期呈现出景物的本质特征。在情感的表达上，刘勰认为"从容率情，优柔适会"（《养气》篇）、"情往似赠，兴来如答"（《物色》篇）表达出的诗人情感意念，才是韵味无穷的佳作。骆鸿凯解释道："是故缀文之士，苟能虚心静气以涵养其天机，则景物当前，自能与之默契，抽毫命笔，不假苦思，自造精微，所谓信手拈来，悉成妙谛也；不则以心逐物，物足以扰心，取物赴心，心难于照物，思虑虽苦，终如系影捕风矣。"② 骆说从心物关系角度阐述了写景作文之术，批评了"以心逐物"和"取物赴心"两种倾向。这是符合刘勰思想的，也反映了刘勰对心—物、情—景之间关系的探讨是十分自觉的。这也说明

---

① 张立斋：《文心雕龙注订》，国家图书馆出版社 2010 年版，第 397 页。
② 黄侃：《文心雕龙札记》，上海古籍出版社 2000 年版，第 231 页。

了一个问题，刘勰所谓"自然"并不排斥人为因素的介入。换言之，刘勰笔下自然景物的选择、构思、描绘，实则渗透了诗人深厚的情感。如《明诗》篇有云："人禀七情，应物斯感，感物吟志，莫非自然。"

刘勰的"自然"观准确把握了"自然—人（情）—文章"间的复杂关系，揭示了文学创作的根本问题，这与其"宗经"思想是分不开的。如李曰刚所述："《三百篇》之作者，欣赏千变万化之景物，耽乐忘返，吟咏耳闻目见之声色，沈思入迷。描写神气，图摩状貌，既依随风物之变迁，以委曲尽妙；敷绘色采，比附声响，亦配合内心之感应，以斟酌至当。是知写景欲臻于工妙，必须心物交融而后可。"① 刘勰深谙《诗》的原则，在反观屈原的创作中，发现屈原洞察了《诗》的奥秘，并吸收、继承了前人的描写方法，加以革新，做到了"物色尽而情有余"，达到了《诗》的思想深度，"古来辞人，异代接武，莫不参伍以相变，因革以为功，物色尽而情有余者，晓会通也"（《物色》篇）。这是刘勰要表达的深层内涵。只不过学习屈原作品的人往往只看到了屈原对山水的描写和香草的比喻，"吟讽者衔其山川，童蒙者拾其香草"（《物色》篇），而未能真正把握屈原作品的精髓。是故司马长卿等人"诡势瑰声，模山范水，字必鱼贯"（《物色》篇）。

（三）刘勰心中的"屈原"

如何评价屈原？是偏于"露才扬己"之"直"，还是侧重"思君怨君"之"婉"，② 这是整个汉代都在思考的问题，从肯定到否定到再肯定的曲折过程，折射出了文学艺术与现实政治间错综复杂的关系。刘勰的观点与汉人的评价有所不同："四家举以方经，而孟坚谓不合传。褒贬任声，抑扬过实，可谓鉴而弗精，玩而未核者也！"（《辨骚》篇）他认为各家的说法皆不得要领，故在《辨骚》篇中从"自然"的角度发掘屈原"自铸伟辞"的动因。如云："论山水，则循声而得貌；言节候，则披文

---

① 转引自詹锳《文心雕龙义证》，上海古籍出版社1989年版，第1736页。

② 袁劲：《"直"与"婉"的分途和变奏：汉魏六朝"诗可以怨"美学阐释的历史展开》，《华侨大学学报》（哲学社会科学版）2019年第2期。

而见时。"在他看来，屈原之作多述"山水""节候"，与其遍识楚地自然之趣，深得楚地自然之旨是分不开的。韩元吉指出："楚之地，富于东南，其山川之清淑，草木之英秀，文人才士，遇而有感，足以发其情致，而动其精思。故言语辄妙，可以歌咏而流行，岂特楚人之风哉！亦山川之气或使然也。"① 王夫之持相近的观点："楚，泽国也，其南沅湘之交，抑山国也。叠波旷宇，以荡遥情，而迫之以崟嶔戍削之幽菀，故推宕无涯，而天采矗发，江山光怪之气，莫能掩抑。"② 可知，楚地的自然风貌培养出了特有的"江山"之气，从而触动了诗人的审美情感，影响了诗人的审美心理，并在诗人创作的过程中转化为独特的艺术风格。这是刘勰心中屈原成功的重要原因。故刘勰在赞语中评论道："不有屈原，岂见《离骚》？惊才风逸，壮志烟高。山川无极，情理实劳。"(《辨骚》篇) 可谓一语言中。

在刘勰那里，屈原虽得到了"江山"的助力，把握了物色的特点，但更为重要的是体悟了《诗》的奥秘。在《文心雕龙》中，刘勰多次论及三者（屈原—《诗》—《离骚》）的关系，兹录如下：

> 自风雅寝声，莫或抽绪，奇文郁起，其《离骚》哉！固已轩翥诗人之后，奋飞辞家之前，岂去圣之未远，而楚人之多才乎！
>
> 固知《楚辞》者，体慢于三代，而风雅于战国，乃《雅》《颂》之博徒，而词赋之英杰也。
>
> 及灵均唱《骚》，始广声貌，然赋也者，受命于诗人，拓宇于《楚辞》也。
>
> 观夫屈宋属篇，号依诗人，虽引古事而莫取旧辞。
>
> 且《诗》《骚》所标，并据要害，故后进锐笔，怯于争锋。莫不因方以借巧，即势以会奇，善于适要，则虽旧弥新矣。③

---

① （宋）韩元吉：《南涧甲乙稿·张安国诗集序》，中华书局 1985 年版，第 264 页。
② （清）王夫之：《楚辞通释·序例》，上海人民出版社 1975 年版，第 4 页。
③ 范文澜：《文心雕龙注》，人民文学出版社 1958 年版，第 45、47、134、615、694 页。

屈原通晓了《诗》的精髓，进而在诗人的引导下，创作了《离骚》，是谓"受命于诗人""号依诗人"。那么，刘勰心中《诗》有何奥秘呢？据《情采》篇："昔诗人什篇，为情而造文；辞人赋颂，为文而造情。何以明其然？盖风雅之兴，志思蓄愤，而吟咏情性，以讽其上，此为情而造文也。诸子之徒，心非郁陶，苟驰夸饰，鬻声钓世，此为文而造情也。"刘勰认为《诗》的创作遵循"为情而造文"的原则，是围绕"情"这一根本问题而展开的，即"以情为本，文辞尽情"①，为后世文学创作提供了足资借鉴的法则。

刘勰探究三者的关系，更为深层的意图在于认识到了屈原是由经学到文学（赋）的桥梁。如《辨骚》篇所述："观其骨鲠所树，肌肤所附，虽取镕经意，亦自铸伟辞。"《诠赋》篇所载："遂客主以首引，极声貌以穷文，斯盖别诗之原始，命赋之厥初也。"刘勰笔下的《诗》虽有"文"的特征，但仍属"经"的范畴，而屈原洞察了《诗》的奥秘，开启了文学（赋）创作的新篇章。但是，自楚骚文始，文章写作逐渐"触类而长，物貌难尽"，以致出现"夸饰始盛""讹韵实繁"的写作倾向。而到山水诗的创作，这种情况更是无以复加，是谓"俪采百字之偶，争价一句之奇，情必极貌以写物，辞必穷力而追新"（《明诗》篇）。这一现象在同时代的诗论家中多有论及，如沈约《宋书·谢灵运传论》云："降及元康，潘、陆特秀，律异班、贾，体变曹、王，缛旨星稠，繁文绮合。"② 钟嵘《诗品》中评价谢灵运："尚巧似，而逸荡过之。颇以繁芜为累。"③ 萧纲在《与湘东王书》中则以为："谢客吐言天拔，出于自然，时有不拘，是其糟粕；……是为学谢则不届其精华，但得其冗长。"④ 可以看出，这一时期诗文创作整体上呈现出一种崇尚繁缛冗长的风气。刘勰重提屈原，实则是有"拨乱反正""返本归真"之意。

---

① 戚良德：《文论巨典：〈文心雕龙〉与中国文化》，河南大学出版社 2005 年版，第83 页。

② （南朝梁）沈约：《宋书》，中华书局 1974 年版，第 1757 页。

③ （南朝梁）钟嵘著，曹旭集注：《诗品集注》，上海古籍出版社 1994 年版，第 160 页。

④ （唐）姚思廉：《梁书》，中华书局 1973 年版，第 691 页。

三　"江山之助"的意涵及其再解读

通过辨析上述几个层面的内容可以看出，刘勰之所以提出"江山之助"，是因为他看到当时文人对"夸饰"文风的普遍追求，进而以"江山"助屈原为例，反思"自然"对文艺创作的影响。所以，刘勰的本意或许并不在于讨论"江山"问题。刘勰要表达的意思是，近代以来的作家虽重视自然景物描写，但只关注了自然外在的形态、状貌，即把自然理解成与人为因素相对的自然，因而在文章的写作上刻意追求自然景物描写的形貌逼真。但是刘勰并不认为"自然"是与人为因素相对的，他笔下的"自然"更倾向于事物本然的禀性，这种事物之本然既合于自然的形貌，又合于人的情性，还合于文的情理。① 也就是说，作家在为文构思过程中，能够面对错综复杂的情境，运用不同的表现手法、艺术技巧，或简或繁，或详或略，或隐或显，达到融会贯通，这亦是"自然"。而刘勰心中的屈原，正是通晓了这一道理，洞察了"风骚之情"。

自刘勰提出"江山之助"以来，后世的思想家多以此为依据，探求诗、词、书、画等艺术的创作动力和理论根源。如唐代张彦远《历代名画记》卷八记载了李嗣真评价董伯仁和展子虔的绘画，其云："董与展皆天生纵任，亡所祖述，动笔形似，画外有情，足使先辈名流，动容变色，但地处平原，阙江山之助；迹参戎马，少簪裾之仪：此是所未习，非其所不至。"② 北宋黄庭坚在《书自作草后》中有言："余寓居开元寺之怡偲堂，坐见江山，每于此中作草，似得江山之助。"③ 可以看出，他们认为书法、绘画等艺术创作得益于"江山"的熏陶和感染。又如在诗

---

① 卢盛江：《〈文心雕龙〉原道论研究》，《古典诗文的经纬——古代文学理论研究》（第四十七辑），2018 年。

② （唐）张彦远：《历代名画记》，俞剑华注释，上海人民美术出版社 1964 年版，第162 页。

③ （宋）黄庭坚：《黄庭坚全集·书自作草后·别集卷第六》，四川大学出版社 2001 年版，第 1568 页。

歌的创作方面,《新唐书·张说传》载张说:"为文属思精壮,长于碑志,世所不逮。既谪岳州,而诗益悽婉,人谓得江山助云。"① 清人厉志有云:"凡作诗必要书味薰蒸,人皆知之。又须山水灵秀之气,沦浃肌骨,始能穷尽诗人真趣,人未必知之。试观古名人之性情,未有不与山水融合者也。观今之诗人,但观其游览诸作,虽满纸林泉,而口齿间总少烟霞气,此必非真诗人也。"② 诗人与"江山"之间存在着情感的共通性,优秀的诗作无不浸润"江山"之"灵气"。蒋敦复深谙此说,并进一步指出词之所作也受"江山"的影响:"昔人论作诗必有江山书卷友朋之助,即词何独不然?不读万卷书,不行万里路,不交万人杰,无胸襟,无眼界,嗫嚅龌龊,絮絮效儿女子语,词安得佳?"③ 在他看来,诗词佳作当得"三助",即"书卷助"(读万卷书)、"江山助"(行万里路)、"友朋助"(交万人杰),如此方能展胸襟,开眼界,出佳作。同时期的盛大士在《溪山卧游录》中概括道:"诗画均有江山之助,若局促里门,踪迹不出百里外,天下名山大川之奇胜,未经寓目,胸襟何由而开拓?"④

后世学者对这一理论命题的关注,大体呈现出以下两个倾向。其一,强调"江山"与文人的性情相通。如孔尚任在《古铁斋诗序》中明确指出:"盖山川风土者,诗人性情之根柢也。"⑤ 沈德潜亦云:"是江山之助,果足以激发人之性灵者也。"⑥ 山川风土可以拓宽文人的心胸,彰显内在的德行。其二,突出文人的创作与遍游经历之间的关系。自唐宋以降,对"江山之助"的理解,增添了丰富的阅历和开阔的视野。如宋代词人葛胜仲所说:"昔司马迁历游郡邑,故文增秀杰之气;张燕公得江山之助,故诗极凄惋之美。先生以使事行天下几半,名山峻壑瑰伟卓绝之

---

① (宋)欧阳修、(宋)宋祁:《新唐书》,中华书局1975年版,第4410页。
② (清)厉志:《白华山人诗说》,《清诗话续编》,上海古籍出版社1983年版,第2287页。
③ (清)蒋敦复:《芬陀利室词话》,中华书局1986年版,第3645页。
④ 于安澜编:《画论丛刊》(上卷),人民美术出版社1962年版,第403页。
⑤ (清)孔尚任著,汪蔚林编:《孔尚任诗文集》,中华书局1962年版,第475页。
⑥ (清)沈德潜:《沈德潜诗文集·盛庭坚〈蜀游诗集〉序》,潘务正、李言编辑点校,人民文学出版社2011年版,第1348页。

地，无所不历。今其诗粹清而气壮，平淡而趣深，亦岂胜游之助耶？"① 陆游对此深有体会，有诗云："挥毫当得江山助，不到潇湘岂有诗？"② 又言："君诗妙处吾能识，正在山程水驿中。"③ 清代沈德潜总结道："江山与诗人，相为对待者也。……余尝观古人诗，得江山之助者，诗之品格每肖所处之地。"④ "胜游"的社会阅历足以激发诗人的创作灵感，丰富诗人的审美体验，拓展诗人的文学风格，实则已在某种程度上延展了刘勰的观点。

刘勰虽明确提出"江山之助"，但这并不是他关注的核心问题。他所说的"江山"，亦与同时代的"江山之美""江山信多美""江山趣"等含义相近，并无特殊的地方。这似乎也隐含着一种可能，即刘勰提"江山之助"，很有可能是无意为之。夏静教授在分析曹丕的"文以气为主"时，就曾提出过类似思考，如云："思想家在使用某一概念术语时，有可能是有意为之，也有可能是碰巧或无意为之，但后世的思想史家却不遗余力地将其著述中种种零散的言说汇集起来，并且认为这是某种经典思想的滥觞或阶段性标志。"⑤ 显然，结合"江山之助"提出的语境及后世的接受过程来看，这一假设是成立的。后世文学思想家对"江山之助"的重视、接受，从多角度拓展了这一命题的内涵和外延，为当代研究者的解读提供了"思想的相似性特质"和"理论的连续性脉络"⑥，促使研究者倾向从思想的相似性中探求理论发展演进的脉络，进而建构这一理论命题的理想范式。就传统理论命题的现代

---

① （宋）葛胜仲：《丹阳集·中散兄诗集序》，转引自（宋）陈与义撰，白敦仁校笺《陈与义集校笺》，上海古籍出版社 1990 年版，第 160 页。

② （宋）陆游：《陆游集》，中华书局 1976 年版，第 1457 页。

③ （宋）陆游：《陆游集》，中华书局 1976 年版，第 1251 页。

④ （清）沈德潜：《沈德潜诗文集·芳庄诗序》，潘务正、李言编辑点校，人民文学出版社 2011 年版，第 1525 页。

⑤ 夏静：《思想的相似性与理论的连续性关系辨正——以曹魏文学研究为例》，《中国社会科学评价》2017 年第 3 期。

⑥ 对这两个术语的使用，参见夏静《思想的相似性与理论的连续性关系辨正——以曹魏文学研究为例》，《中国社会科学评价》2017 年第 3 期。

诠释而言，理应将其放在可能出现的全部语境中，反思作者言说的本真意图，发掘文本言说的深层意蕴，这样才能对这一命题作出客观的、历史的解读，才能切实推进传统理论命题的现代转化。

（作者单位：山东师范大学齐鲁文化研究院）

六朝诗歌散议

党圣元

在中国历史上，从 2 世纪末建安时期到 6 世纪末隋灭周亡陈这四百余年的历史阶段，习惯上被称为魏晋南北朝时期，或六朝时期。其中孙吴、东晋、宋、齐、梁、陈，因相继建都于建康而被称为南朝六朝，曹魏、西晋、后魏、北齐、北周、隋，因建都于北方而被称为北朝六朝。一般所谓六朝，则兼指南北六朝。

六朝时期是一个大动荡、大分裂、大组合的历史阶段，社会的政治、经济、文化都经历了一场不小的变化。在这一历史空间和文化氛围中产生的六朝诗歌，是六朝文化的重要组成部分之一。在时代风气的制约和传统的渗透影响下，六朝诗歌以其丰富的思想文化内涵和卓特的艺术成就而展示出独特的美学风貌，从而成为中国诗歌史上最具魅力的发展变革阶段之一。

一　时代风会与诗歌创作

六朝时期，南北对峙，兵连祸结，动荡不定，门阀制度盛行，阶级鸿沟愈深，民族冲突空前加剧。由于中央政权崩溃，导致整个国家群龙无首，军阀拥兵自重，割据势力自行其是，天下鼎沸，生灵涂炭，死亡阴影追随着每一个人；又由于传统的维系着人心的社会共同理想的消失，导致思想上漫无所归；儒学衰颓，佛道大兴，玄风炽盛，形成了一代社会思潮，深刻地影响着上层社会一代人的精神风貌。时代风气和命运遭际塑造了包括六朝诗人在内的六朝文学主体，产生了中国文学史上独具一格的六朝文人形态。置身于如此动荡不安的现实环境之中的文人士大夫阶层，他们的人生道路发生了极大的变迁，他们的价值观念经历毁灭之后又得到了重新构建。汉代的文士们，在独崇的儒家教义的统治下，一般都屈从于神学目的论和谶纬宿命论，自命清流，迂腐执拗。而六朝文士则有所不同，他们已经从汉代儒生曾经惨淡经营的经学中解脱出来，生活和观念不再受此束缚，并且受玄学本体论的影响，注重思考生与死、人生意义等问题。生命意识的萌醒，拓宽了精神的视野，崇尚清峻通脱，看重人的精神风貌，以及崇尚自然，因而自觉或不自觉地返回自然、发现自然，希求获致个体人格的绝对自由与感性生命的无限享乐等，成为时代的风尚。与此紧密相关，消极悲观、颓废享乐的倾向也在日益滋长，士人阶层的生活准则由崇尚玄远发展为追求狂放，最后沦为放荡不羁，沉湎仙药杯酒，遁入清谈禅道。生命视境的拓展，促进了主体意识的强化，由此产生的必然结果便是人性的觉醒，且为文学艺术注入了主体生命的活力剂。于是一种抒情性更强、更注重感性生命表现的"纯"文学便产生了，由此带来文学创作的飞跃发展，主体意识的加强，个性色彩的突出，新的美学原则的崛起，艺术技巧的进步，文学风格的多样化，体裁形式的丰富，这些都是当时创作中出现的新的特点，成为"文学自觉时代"的主要标识。这在诗歌创作领域的表现尤为突出，作为六朝人精神样式之一的六朝诗歌，是诗人主体对于自己的时代和人生的吟唱。主体个性的成长，文学本身的价值被肯定，使在时代的激荡下情感充溢的诗人们意欲通过写诗而构筑起一座属于自己的精神城堡，而阔大沉重的社会现实、苍凉哀怨的人生际遇，则为诗人提供了坚实的表现内容。于是，兴会标举的诗人们便循着自然、时代、人生的三维向度而缘情体物，营造出一个浓缩社会自然风貌、熔铸生命情感体验、传达时代哀乐的意象世界。如果我们把六朝诗歌看作四百年民族心灵展示，并且依循主体的生命历程、精神指向和情感脉络这一线索加以考察的话，便可以发现，诸如青春悲欢、亲情友谊、婚恋情爱、家国乡邦、入世进取、求索抗争、困顿落魄、解脱超越、归趋自然、衰暮死亡等人生交响乐的各个曲部都得以淋漓尽致的表现，并且形成了一个个既相对独立又互相关联的主题类型，由此而显示了六朝诗歌阔大的生命视境。

二　六朝诗歌创作的发展阶段

六朝诗歌经历了一个漫长而曲折的发展过程。首先，建安诗歌高唱发踪，带来了"五言腾跃"（《文心雕龙·明诗》篇）的诗歌发展的新时代。"建安"是汉代的末代皇帝献帝刘协的年号。汉末，黄巾起义爆发，这场席卷全国的农民大起义，从根本上动摇了东汉王朝的统治，社会呈分崩离析的局面。在镇压黄巾起义的过程中，形成了许多拥兵自强、割据一方的军阀势力，他们之间连年混战，互相兼并，到了建安后期，汉代已名存实亡，逐渐形成了魏、蜀、吴三国鼎立的局面，其中以曹魏的势力最强大。曹魏的政治中心是邺城（今河北省临漳县西南），后来又建都洛阳。文学史上所谓"建安文学"即指以邺城、洛阳为中心的魏国文学，吴、蜀很少作家参与创作。建安诗坛的代表人物有曹氏父子（曹操、曹丕、曹植）和"建安七子"（孔融、陈琳、王粲、徐干、阮瑀、应玚、刘桢）等。由于曹氏父子对诗歌创作的爱好和鼓励，在他们周围聚集了一批多才之士，形成了"彬彬之盛，大备于时"①（钟嵘《诗品序》）的局面，有力地推动了诗歌创作的发展进步。建安诗人大多经历战乱，饱尝流离之苦，对时代现实和人生命运有着非常直切的感受和深刻的认识，再加上他们直接继承了汉乐府和"古诗"的优良传统，因此这一时期的诗歌创作在题材内容方面是相当广阔的，除了反映社会现实和民生疾苦以及抒发建功立业、拯救世乱的理想抱负，表现游子思乡、思妇闺怨的主题的作品也非常多，从而多方位地反映出时代和人的命运。建安诗歌在风格上呈现出一种气盛力刚、生动劲健的特点，此即人们通常所说的"建安风骨"或"慷慨之音"。这一特点的产生是以时代环境和诗人主体悲痛感伤、壮怀激烈的思想情感为基础的。刘勰在记述建安

---

① 吕德申：《钟嵘诗品校释》，北京大学出版社1986年版，第37页。

诗歌的特点时指出:"观其时文,雅好慷慨,良由世积乱离,风衰俗怨,并志深而笔长,故梗概而多气也。"①(《文心雕龙·时序》篇)刘勰还指出这时的诗人的共同特点是"慷慨以任气,磊落以使才"②(《文心雕龙·明诗》篇)。这里,点出产生建安诗风的时代机制和主体条件,无不精要。建安诗歌在推动我国诗歌艺术进步方面亦作出了贡献,其具体体现为既保持了质朴爽朗的民歌特点,即所谓"造怀指事,不求纤密之巧;驱辞逐貌,唯取昭晰之能"③(《文心雕龙·明诗》篇),又增加了华丽壮大的因素。由于诗人们普遍注重表现技巧,崇尚文采,因而呈现出浑厚清新、情文兼具的新特点,超越了汉代文人诗的"质木无文"。这一艺术上的新变化,促使诵诗最终从歌诗中明确地分离出来,这在中国诗歌流变史上亦有进步的意义。此外,五言体发展得更加纯熟,七言体亦初步确立,而四言体则成强弩之末,这也是建安诗歌创作中出现的新变化。总之,讲求风骨,崇尚文采,歌诗划界,都是建安诗歌在"文学的自觉"这一时代前提下所确立的文人诗歌的新标识,其后的永明体和唐律都是在此基础上的革新发展。

魏晋之交的正始年间,诗歌创作又出现了新的变化。这时,曹氏宗室势力日见衰微,司马氏集团当政专权,他们以残酷的手段排除异己,因此政治黑暗,社会更加动荡不安。在这种情况下,诗人们内心都蕴藏着深深的恐惧,大多选择了远离现实、不闻世事的人生态度,以便能在激烈的政治斗争中保全自身。这时,思想界的趋势是儒学衰微,玄学兴起。于是,蔑弃名教,企慕老庄,高谈玄理,纵酒狂放,寄情于竹林乡,便成为一种风气,并在诗人中普遍流行。虽然诗人们韬光遁世,远祸全身,养性葆真,但在内心中并没有放弃对自由与解放的追求,满腹的牢骚毕竟按捺不住,因此不时地以"隐而不显"的曲折方式,对黑暗政治加以强烈的抨击,对苦难的人生发出哀怨痛楚的呼号。这些无不反映到了当时的诗歌创作中来。正始诗歌的风格与建安诗歌的"梗概多气"有

---

① 范文澜:《文心雕龙注》,人民文学出版社1958年版,第673—674页。
② 范文澜:《文心雕龙注》,人民文学出版社1958年版,第66页。
③ 范文澜:《文心雕龙注》,人民文学出版社1958年版,第66—67页。

所不同，一变而为远大遥深、清峻超迈，通常所说的"正始之音"即指此而言，这种风格的形成是以当时诗人主体的愤世嫉俗、使气任性为基础的。刘勰在评论这一时期的诗歌时说："正始明道，诗杂仙心"（《文心雕龙·明诗》篇）。所谓"仙心"，指正始诗歌中体现的老庄超世脱俗、醉生无为的生命哲学观念，其为玄言诗的兴起提供了温床。正始诗歌的代表作家是阮籍和嵇康，他们在继承"建安风骨"传统的基础上形成了各自的风格。阮籍继建安之后，进一步奠定巩固了五言体的地位；嵇康则承魏武帝曹操之绪，使四言体又一次放射出余晖。

　　司马炎于265年代魏称帝，又先后破蜀灭吴，建立了西晋王朝。西晋政权是世族门阀的专政，从一开始便极其腐朽荒淫，虽然也曾出现太康年间（280—289）的短暂的安定繁荣局面，但是各种社会矛盾却酝酿着一场更大的动乱，终于导致了延续十六年之久的统治阶级内部自相残杀、争权夺利的"八王之乱"，不但给社会带来毁灭性的灾难，而且使得北方异族乘机入侵，最后晋室不得不南迁。当时，文士们的精神风貌也呈斑驳陆离之态，他们纷纷沉溺于虚幻的佛陀世界与浮诞的清谈玄学之中，既失去了建安文人们的那种建功立业的雄心壮志，又缺乏正始知识分子的那种忧愤思广的思想境界。太康时期的短暂安定，带来了文学创作的一度繁荣，出现了许多诗人，但由于时代的变迁，诗歌创作也随之产生了新的变化：其主要特点是建安诗歌的那"梗概多气"的力度感消失了，取而代之的却是辞藻美赡、轻绮、靡丽，社会现实内容有所不足，显得较为空虚浮泛，因此刘勰认为这时的诗歌特点是"采缛于正始，力柔于建安，或析文以为妙，或流靡以自妍"（《文心雕龙·明诗》篇），这便是通常所说的太康诗风。这一时期的诗人，经常被人称道的有"三张"（张协、张载、张亢）、"二陆"（陆机、陆云）、"两潘"（潘岳、潘尼）、"一左"（左思），钟嵘曾在《诗品》中赞誉他们的诗歌创作标志着"文章之中兴"。此外，张华、傅玄、郭璞、刘琨等也在创作方面各自取得了不同的成就。西晋诗人中，左思的成就最高，他的诗作，现实色彩颇为浓厚，笔力清拔雄迈，在风格上与上面所说的"太康诗风"有显著之不同，更接近建安风骨，代表了当时诗歌创作的最高成就。

永嘉之后，北方处于地方割据的十六国时代，南方则处于偏安江左的东晋王朝。从西晋末年起，玄言诗开始盛行，到了东晋，其风更炽，统治诗坛竟达百年之久，建安风力荡然无存。这种创作潮流显然是"正始明道，诗杂仙心"的消极传统在新的历史条件下的变本加厉，正如刘勰所云："自中朝贵玄，江左称盛，因谈余气，流成文体。是以世极迍邅，而辞意夷泰，诗必柱下之旨归，赋乃漆园之义疏。"①（《文心雕龙·时序》篇）这就是说，那些玄言诗人们把诗歌当作了谈论老庄玄理的哲学讲义，因此比较缺乏生活情趣和艺术形象性，故被评家讥为"理过其辞，淡乎寡昧"，"平典似道德论"。我们现在除了可以通过这些作品了解到当时的贵族阶层沉溺于玄风的精神世界的种种情状之外，实在很难肯定它的艺术品位。不过我们也必须承认，玄言诗人们在写作中往往借自然景物来领略和表现玄趣，因此在一些作品中便包孕着山水诗的成分，这对于后来山水诗的兴起应该说是有所影响的。东晋玄言诗人的代表是孙绰和许询。玄言诗人们也留下了一些形性较强、饶有意趣的篇什。大诗人陶渊明的出现，真正打破了玄言诗弥漫诗坛的局面。陶渊明生于东晋末期、晋宋易代之际，他对中国诗歌史的重大贡献在于最早将田园生活作为诗歌的重要表现题材，他也是中国田园诗派的开山之祖；继承并发扬我国古代诗歌的优秀思想和艺术传统，将五言诗创作推入一个新的境界。陶渊明田园诗的主要特点是描写农村自然景物，表现自己的隐逸情怀以及躬耕甘苦和丰收喜悦，抒吐对昏浊时代的不满，手法上多用白描，清新巧丽，质朴自然，实开唐代田园山水诗派之先河。但是在当时，陶渊明的价值几乎被世人忽略，钟嵘在《诗品》中仅把他列入中品，刘勰的《文心雕龙》则根本没有提到他。这正说明当时文坛的风尚是崇尚雕琢、追求形式，因而以质朴、自然为风格标识的陶渊明便注定了遭受冷落。

从刘裕建宋到隋灭陈，南朝经历了宋、齐、梁、陈四个朝代，在这169年的历史中，世族门阀统治的各代政权偏安江左，苟且偷生，一天

---

① 范文澜：《文心雕龙注》，人民文学出版社1958年版，第675页。

天荒淫腐朽下去。在这样的时代条件下，诗歌创作从内容到形式都发生了一些重要的变化，取得了一定的发展。宋初诗坛，诗歌创作的内容由玄言转向山水，恰如刘勰所言："宋初文咏，体有因革，庄老告退，而山水方滋。"①（《文心雕龙·明诗》篇）与此同时，诗歌在风格上更趋于华美，刘勰曾经评这种艺术追求是："俪采百字之偶，争价一句之奇。情必极貌以写物，辞必穷力而追新。"②（《文心雕龙·明诗》篇）山水诗的兴起，与江南秀丽的山水以及偏安此间的世族门阀的优游享乐生活密切相关，在一定程度上是他们登临山水、肆意遨游的产物，不但开创了刘宋一代新的诗风，而且充实了中国诗歌的历史。其时山水诗人的代表是谢灵运。他是第一个大量创作山水诗的诗人，尽管其作常被人讥为拖有一条"玄言的尾巴"，但他毕竟以自己的创作完成了诗歌发展由玄言向山水的过渡，而且他的这种在描绘自然山水美景、表现大自然的蕴含之美的同时体悟玄趣佛理的特点，正体现了当时的审美风尚，所以无愧为山水诗派之祖。与谢灵运齐名的诗人还有颜延之，他的诗"铺锦列绣，亦雕缋满眼"③（《南史·颜延之传》），为当时华丽藻绘诗风的典型代表。在当时的诗人中，为诗歌发展贡献最大的当首推鲍照。鲍照"才秀人微"，不为时人所重，但他能在继承汉魏诗歌的精神实质和艺术经验的基础上发挥主体独创性，写出了大量思想蕴含深厚、情感充沛的优秀篇章，代表了当时诗歌创作的最高成就。鲍照对诗体发展也作出了自己的贡献，除了大量使用五言体外，还发展了七言体，创造了歌行体，对唐代七言歌行的成熟产生了积极的影响。

　　齐梁时代，声律说兴起，诗歌在体格方面发生了重大的变化，这便是"永明体"的出现。齐永明年间，周颙发现汉字平、上、去、入四种声调，同时的诗人沈约则将四声运用于诗的格律，制定了做诗应避免的八种音律上的毛病（即平头、上尾、蜂腰、鹤膝、大韵、小韵、旁纽、正纽），要求做到"一简之内，音韵尽殊；两句之中，轻重悉异"（《宋

①　范文澜：《文心雕龙注》，人民文学出版社1958年版，第67页。
②　范文澜：《文心雕龙注》，人民文学出版社1958年版，第67页。
③　（唐）李延寿：《南史》，中华书局1975年版，第881页。

书·谢灵运传》），即所谓"四声八病"说。"四声八病"说对诗歌创作提出了严格的声律要求，再加上晋宋以来诗歌普遍讲求对偶之工，遂导致了"永明体"诗歌的形成。永明体是我国古典格律诗的发端，其明显地体现出诗歌从比较自由的形式向格律化发展的趋势，这确实是中国诗歌发展史上的一件大事，由此而始，一种讲究平仄韵律的新诗体即"近体诗"逐渐形成。在"永明体"诗人中，谢朓的成就最为突出，他在促进永明新诗体的形成以及推动谢灵运以来山水诗的发展两方面都作出了重要的贡献。"永明体"的其他诗人，如沈约、王融、范云等，亦各有不同的成就，但总体来说由于生活范围之狭窄，他们的作品较缺乏深度，加之"八病"之限制过于严格，即使沈约本人也难以完全避免，使得他们只能把注意力过度地放在追求声律和辞藻的完美方面，风格更趋绮靡华艳，从而影响了他们的成就。

自梁朝后期至陈朝，诗歌发展中出现了一股浊流，这便是号称"宫体"的色情诗的泛滥。梁陈时期，封建统治阶级君臣上下都沉溺于醉生梦死的生活之中，宫体诗正是产生于这一背景之上。梁武帝父子（萧衍、萧纲）以君主身份带头作"宫体诗"，庾肩吾、徐摛等近臣以及其他帮闲狎客竭力奉承唱和，他们使诗歌完全成为描写宫廷贵族堕落生活和腐朽感情的工具，格调低下，极尽淫媚之能事。宫体诗较之永明体诗更趋格律化，对律诗的成熟产生了一定的推动作用，这一点是应予肯定的。在梁陈宫体诗风炽盛之时，能够冲破这种靡靡之音的诗人是江淹、吴均、何逊、阴铿等人，他们创作了不少内容健康、感情真挚、诗语隽美、意境清新的诗篇，发展了诗歌的音律，推动了新体诗向唐人近体诗的过渡。另外，南朝时期五言、七言小诗的勃兴和长短体的产生，亦值得特别加以注意。五言、七言小诗的创格，乃是当时诗人受吴歌的影响；对偶是在汉魏以来对乐府诗中五言四句的形式的创造性的运用，并成为绝句的滥觞；长短体的产生，如《江南弄》《下云乐》等，每句字数不等，错落不齐，一字一句，按谱填词，均有严格的韵律，实开唐宋倚声填词之先河，故可视为词之起源。所以可以说，南朝的诗歌虽然在思想和情感力度方面比不上建安诗歌，但在诗体和技巧两方面取得了重大的进展，从而为唐诗的繁荣准备了充分的条件。同南朝相比，北朝的诗坛一直相当冷寂，直到南朝诗人庾信、王褒等入北以后，才出现了新的转机。作为南北朝最后一个优秀诗人的庾信，早年曾是梁朝宫廷中的文学侍臣，亦是宫体诗的重要作家，出使北朝而被羁留改变了他的生活道路，也改变了他早年绮靡浮艳的诗风，转而抒写内心的爱国隐痛和思乡愁怨。他的望乡诗在艺术表现方面融合了南北诗风，讲究形象、声色，长于骈俪用典，并染以北地色彩，所以表现出一种清新刚健、悲壮瑰丽的风格。在诗体方面，庾信发展了"永明体"，使五言律诗和五言绝句在体制上更趋于成熟，同时进一步发展了七言体，他的一些诗已初步具备了七律、七绝的规模。总之，庾信是集六朝诗歌之大成的杰出诗人，可视为唐诗的先驱者。南北朝时期，民歌创作也出现了一个高潮，使得我国民歌发展继两汉乐府民歌之后，又一次大放异彩。"艳曲兴于南朝，胡音生于北俗"①（《乐府诗集》序），由于南北两地在自然环境、社会生活、民族心理、文化习俗等方面存在明显的差别，所以导致了南北民歌在题材内容和艺术风格两方面形成了各自不同的特色。南方民歌大多篇幅短小，内容比较单一，基本是描写男女爱恋之情的。在表现形式上，南朝民歌以五言四句为主，并且多用比喻、隐语、双关语，格调清新活泼，无不自然绚丽。南朝民歌又可分为产生于江南的吴歌和产生于荆楚的西曲两类，俱属于清商曲，前者艳丽而柔弱，后者浪漫而热情。北方民歌在数量上比留传下来的南方民歌少得多，但内容却较广泛，诸如战争徭役、民生疾苦、地理风光、骑射生活等均有所反映。北朝民歌的总体特点是粗犷豪爽、明朗朴质，在风格上与委婉含蓄的南朝民歌形成了鲜明的对照。

580年，北周灭掉北齐，统一了北方，次年，杨坚篡取北周政权，是为隋朝开国。589年，隋军南下，江东陈朝覆灭，至此南北分裂的局面结束，中华民族又重新统一起来。由于隋朝存在时间不长，所以隋朝的诗歌没有形成一代特色，总体来说成就不高。隋朝的诗歌创作基本上承梁、陈余绪，风格仍以华艳、绮靡为主，但卢思道、杨素、薛道衡等

---

① （宋）郭茂倩编：《乐府诗集》，中华书局1979年版，第884页。

从北周过渡来的诗人，能承续庾信、王褒之风格，创作了一些边塞题材的诗作，在体制上与风格方面已接近唐初的边塞诗了。

以上是对六朝诗歌产生的人文背景以及发展的描述。纵观六朝诗歌约四百年的发展历史，其间虽然多有曲折反复，但其主流却始终不断地汇集扩大、向前运行，体现出了强大的变革创化精神，深刻而广泛地表现了时代与人生主题，在思想和艺术两方面都获得了极大的进步。因此，无论从历史还是从美学的角度来考察，都可以说六朝时期是我国诗歌的一个重要发展阶段，所取得的成就是极其辉煌的，并为唐诗的到来奠定了坚实的基础。

三　关于"玄言诗"的几点辨析意见

首先，有必要指出，所谓"玄言诗"这一概念虽然有其特指的对象，但是在实际的文本认定中，往往出现界限不明的情况，人们有时难免会模糊玄言诗、游仙诗、山水诗文本性质的确认。这是因为它们都程度不等地受到了玄学思潮的影响，是在玄学清谈这一共同的精神文化气候下所出现的精神产物，而且玄言诗、游仙诗、山水诗虽然代表着魏晋南北朝诗歌的几个不同形态和阶段，但总是处于一个发展链条之中。事实上，六朝山水诗始终没有完全割弃自己的那条所谓"玄学"的尾巴，总有一种"玄味"作为审美意蕴而存在于文本之中，而玄言诗、游仙诗在表现"玄"意的文本结构之中，也山水形象频出。话虽然这么说，可它们三者对于山水本体与表现主体之间的关系认同和价值趣向的追求又毕竟有较大的差异，对于山水形象的解读方式和描写手段更是各不相同。也就是说，山水诗、玄言诗、游仙诗对"玄"境的体验，对山水形象的艺术刻画，均存在着美学化程度深浅的差异。同时，此即说明，这三者作为诗歌类型从理论分类上讲是平行的，相互之间在内容与艺术效果方面存在明显的区别，但相互渗透的现象又是实实在在地存在的。所以，当我们对玄言诗进行美学方面的分析评说时，应该注意文本确认，将所讨论的对象确定在典型的玄言诗范围内，而不要将凡含有一定的"仙心""玄味"的诗统统视为玄言诗,这样可以避免许多无谓的争长论短。

玄言诗是在玄学清谈影响下出现并流行于两晋时期的一种诗歌类型,尤以东晋为盛。这种诗歌专以阐述玄学义理为务,一般来说,缺乏兴会,诗语枯燥,钟嵘评其曰为"理过其辞,淡乎寡味","平典似《道德论》"①,应该说是准确的。所以,将玄言诗称作哲学诗可能更合适一些,说它是玄学义理的文学形式改写也未尝不可。玄言诗在文学史上的评价向来不高,但是作为一种诗歌创作潮流,它的产生有其社会现实和思想方面的深刻原因,也就是说,它是特定的社会精神文化气候的产物,它无疑适应了一些名士的精神需要,即表述、排遣内心的种种玄思情绪及其玄意所得,因此无不体现了晋代文人在主体精神方面所具有的一种所谓"体玄"的审美趣向。所以,在考察玄学清谈对当时审美风尚嬗变之影响时,不得不对玄言诗予以特别的关注。

玄言诗形成于魏正始至西晋永嘉时期,风靡于东晋诗坛达百年之久,对其时的诗人产生了普遍的影响。东汉中叶以来,由于宦官专权,政治黑暗,隐居放逸之风在士大夫中间开始流行,产生了一批信奉老庄哲学而追求玄远的人士,如郭泰、符融、仲长统等,这种风气除了对当时的哲学思想产生影响,使其由经学、象数之学逐渐向思辨性质的宇宙本体论方向发展而外,对文学创作也产生了直接的影响。如果说其时的文学在玄风熏染之下尚能保持自己的美学特质,不与之完全趋同的话,那么玄言诗大约正是由于过于趋向于玄学而在很大程度上失去了文学的"自性",致使其应有的"诗心""文心"及以丰富的人生情感为主要内容的美学意蕴不幸被"仙心""玄理"置换了。玄言诗是魏晋玄学直接影响文学创作的产物,刘勰云"……正始明道,诗杂仙心,何晏之徒,率多浮浅"②,准确地指出了正始时期,由于庄老思想流行,诗歌创作受时风的影响亦祖尚玄虚,诗人们每每喜欢在篇什中表现庄老思想,以此为专务,是为"诗杂仙心",而"浮浅"云者,则指玄言诗大多袭用老庄的

---

① 吕德申:《钟嵘诗品校释》,北京大学出版社1986年版,第38页。
② 范文澜:《文心雕龙注》,人民文学出版社1958年版,第67页。

词语而敷衍成篇。

　　东汉时期，由于隐逸风尚流行和士大夫精神世界的变化，在文学作品中就出现了谈玄论道的现象，如崔瑗《座右铭》、高彪《清诫》、边绍《老子铭》、张衡《思玄赋》等，宣扬老子哲学，表现崇尚嘉遁、追求放逸的思想志趣，而仲长统的《见志诗》二首所表现的超越现实、高蹈隐遁思想，则分明受到庄老学说和神仙道教思想的影响诱惑，成为较早在诗文中谈玄论道或表现"仙心"的作家。到了建安时期，当时诗歌创作的主流是描写社会动荡，表现建功立业的主体渴望，造怀指事，"情兼雅怨，体备文质"，但是谈玄论道和表现"仙心"的作品亦不在少数，尤其是其时的游仙诗，"仙心"、玄味兼而有之，而且是很浓重的。追求玄味达到登峰造极的地步，就发展成玄言诗。从文化全息理论的角度来看，正始玄学产生之后，玄言诗的出现恐怕即是无可避免的事情了。到了东晋建武时，玄言诗开始兴盛，出现了玄言诗人群体，较为著名者有庾阐、孙绰、许询、王羲之、温峤、孙统等。檀道鸾《续晋阳秋》："正始中，王弼、何晏好《庄》《老》玄胜之谈，而世遂贵焉。至江左李充尤盛，故郭璞五言，始会合道家之言而韵之。（许）询及太原孙绰转相祖尚，又加以三世之辞，而《诗》《骚》之体尽矣。询、绰并为一时文宗，自此作者悉体之。至义熙中，谢混始改。"① 沈约《宋书·谢灵运传论》："有晋中兴，玄风独振，为学穷于柱下，博物止乎七篇。驰骋文辞，义单乎此。自建武暨乎义熙，历载将百，虽缀响联辞，波属云委，莫不寄言上德，托意玄珠，遒丽之辞，无闻焉尔。仲文始革孙、许之风，叔源大变太元之气。"② 这主要讲玄言诗的发展过程。刘勰在《文心雕龙·时序》篇中则对玄言诗出现的社会原因加以分析："自中朝贵玄，江左称盛，因谈余气，流成文体，是以世极迍邅，而辞意夷泰，诗必柱下之旨归，赋乃漆园之义疏。"③ 钟嵘在《诗品序》中对玄言诗所作的评价是："永嘉时，贵黄老，稍尚虚谈。于时篇什，理过其辞，淡乎寡味。爰及江

---

①　余嘉锡：《世说新语笺疏》，中华书局 1983 年版，第 310 页。
②　（南朝梁）沈约：《宋书》，中华书局 1974 年版，第 1778 页。
③　范文澜：《文心雕龙注》，人民文学出版社 1958 年版，第 675 页。

表，微波尚传。孙绰、许询、桓、庾诸公诗，皆平典似《道德论》，建安风力尽矣。"① 看起来对玄言诗的评价都不高。由于玄言诗大多失佚，留下来的作品不是很多，所以我们也就不能完全知道它到底糟糕到何种地步。这里权且通过东晋玄言诗人的代表孙绰的一首《赠谢安诗》来感受一下："缅哉冥古，邈矣上皇。夷明太素，结纽灵网。不有其一，二理曷彰。幽源散流，玄风吐芳。芳扇则歇，流引则远。朴以雕残，实由英巤。捷径交轸，荒途莫践。超哉冲悟，乘云独反。……"② 虽然不乏名理奇藻，但委实"平典"得可以。不过，就流传下来的一些玄言诗来看，尽管围绕着玄理做文章，但又能与人生理趣结合起来而抒陈，所以并非毫无美学欣赏价值。如西晋玄言诗人最早的代表者之一王济的《平吴后三月三日华林园》诗："仁以山悦，水为智欢。清池流爵，秘乐通玄。……物以时序，情以化宣。"③ 虽然属应制之作，不无谀辞，但亦不乏玄趣。而孙绰的《秋日》诗则更胜一筹："萧瑟仲秋月，飙戾风云高。山居感时变，远客兴长谣。疏林积凉风，虚岫结凝霄。湛露洒庭林，密叶辞荣条。抚菌悲先落，攀松羡后凋。垂纶在林野，交情远市朝。澹然古怀心，濠上岂伊遥。"④ 如果不抱成见的话，这诗可不是"理过其辞，淡乎寡味"。诗的前半写秋日山中自然景色变化，天高云淡，万木凋零，一派萧瑟气象；后半写隐逸山林的逍遥情趣，表现出一种超脱时务的人生态度。全诗借山水灵气领略玄理，以山水形象作为表现玄理的媒介，追求山水与主体、玄理相冥合的精神境界，颇耐人寻味。孙绰曾自评其诗是"托怀玄胜，远咏老、庄，萧条高寄，不与时务经怀"⑤，该首诗正体现了这一特点。又如女诗人谢道韫的《登山》："峨峨东岳高，秀极冲青天。岩中间虚宇，寂寞幽以玄。非工复非匠，云构发自然。气象尔何物，遂令我屡迁。逝将宅斯宇，可以尽天年。"⑥ 看起来似为登泰山之作，

① 吕德申：《钟嵘诗品校释》，北京大学出版社 1986 年版，第 38 页。
② 逯钦立辑校：《先秦汉魏南北朝诗》，中华书局 1983 年版，第 900—901 页。
③ 逯钦立辑校：《先秦汉魏南北朝诗》，中华书局 1983 年版，第 597 页。
④ 逯钦立辑校：《先秦汉魏南北朝诗》，中华书局 1983 年版，第 294 页。
⑤ 余嘉锡：《世说新语笺疏》，中华书局 1983 年版，第 618 页。
⑥ （清）沈德潜选：《古诗源》，中华书局 1963 年版，第 215 页。

但实际上谢道韫从未到过泰山，因而如同孙绰的《游天台山赋》一样，均乃卧游畅想之作。诗中表现出明显的好道非儒倾向，通过赞美泰山而抒发人生理趣，而这种理趣又是以追求玄、远为精神内涵的。诗的前六句赞美泰山，但并不是从儒家观念出发礼赞东岳的神圣威严，而是以道家观念赞叹泰山为自然造化的杰作。因为泰山这座天工神斧的自然大厦十分符合诗人自己的经过庄老思想滋养的审美理想，所以她深为感慨，恍然彻悟，对天发问，并决心隐居于此，以为归宿。这时，泰山作为理想的林下佳境，与作者的心灵完全融合为一了。诗的后四句正表达了作者对于人生归宿的哲理思考。本诗虽是一首玄言诗，但并非"平典似道德论"，而是以理观情，以情造境，理以情出，情归于理，处处从道家审美理想的角度来观照意想中泰山的自然之美，诗中对于泰山自然形象的美学形态的具体刻画较少，与后来的山水诗无法相比，但对主体的玄理意趣的表现却异常充分，正是一种审美形态化了的"玄趣"。当时有人评谢道韫"神情散朗""有林下风气"（《晋书·谢道韫传》），良有以矣。

总之，玄言诗为我们体味在清谈风气影响下士人中出现的追求"玄思"之美的风尚，提供了十分典型的文本。我们不应该因为玄言诗在后世的名声不佳而完全否定之。而且，作为一个时代的精神产品，玄言诗体现了当时的文人长于言理的特点。从孙绰、许询的诗作以及王羲之等人在兰亭雅集时的那些酬唱之作来看，无论是搜览意象还是抒发幽怀，都是以"玄胜"为旨归，体现了他们心中时时存在的一种求玄的精神冲动。大多数作品能做到理趣深长，精神深沉悠远，清归外标，朗鉴内映，在风格上则是简隽清远，意旨超拔。难道这一切不是晋人在精神追求上注重"体玄"的表现吗？它没有说明六朝审美风尚和文学主体精神发展过程中所出现的一种审美旨趣吗？

（作者单位：陕西师范大学人文社会科学高等研究院）

如何认识王弼的著述
——王弼著述的性质及其思想来源的再审视

党圣元　　陈民镇

王弼短暂的一生，为后人留下了一系列重要的著述。目前我们所能见到的，主要是对经典进行注释的《老子道德经注》《周易注》，以及解释《老子》《周易》的《老子指略例》《周易略例》，此外尚有《论语释疑》的部分佚文。此外诸如《周易大演论》《易辨》《周易穷微论》等著作，或彻底亡佚，或残留只言片语，线索有限，难以作更深入的考察①。这些有限的著述，已然奠定了王弼在中国思想史上的特殊地位。那么，我们该如何认识王弼的著述？这些著述纯粹是他的天才创造，还是一味对前人的因袭？其独创之处体现在哪里？如何看待王弼著述的性质？又如何认识其著述的思想来源？这些都是本文拟探讨的问题。

一　王弼著述性质的辨析

王弼的著述是中国古代诠释学的绝佳材料②，其《老子指略例》与《周易略例》较为系统地阐论了其诠释原则，而《老子道德经注》《周易

---

①　此外，有学者将一些莫须有的著述附会于王弼，如所谓《易类》，参见田永胜《王弼思想与诠释文本》（光明日报出版社 2003 年版，第 3 页）。至于《易传纂图》等著作，亦非王弼著述。

②　汤一介先生于《能否创建中国的解释学》《再论创建中国解释学问题》《三论创建中国解释学问题》和《关于僧肇注〈道德经〉问题——四论创建中国解释学问题》诸文讨论创建中国解释学（诠释学）的问题，王弼的诠释文本无疑是重要的资源。

注》《论语释疑》则是其诠释原则的具体实践。因此,诠释学是认识王弼著述价值的重要角度。但王弼的著述又显然不止于诠释学的探索,它有更为高远的终极追认与政治关怀,这又是与其"举本统末"的指导思想相契合的。需要注意的是,由于清谈是魏晋玄学的重要开展方式,故其著的内容未必反映当时士人思想的全貌①,而且王弼的不少论著业已亡佚,史书中记载的论辩书信也没有流传下来,故目前所见的王弼诠释文本未必能代表其全部思想世界。在目前的条件下,我们讨论王弼的思想,只能围绕现存的王弼著述展开。

王弼影响最大的著述莫过于《老子道德经注》与《周易注》。它们均为注经之作,依附经文存在,难以脱离经文而单独成立。由于文体的特殊性,注文中哪些观念出自经文、哪些观念出自王弼本人便难以厘清。

我们有必要先来了解中国古代诠释文本的特点。《孟子·万章上》记载了孟子诠释《诗》的原则:"故说诗者不以文害辞,不以辞害志。以意逆志,是为得之。"②"意"指说诗者之意,"志"指诗人之志③。中国古代的"经"有崇高的地位,文本一旦经典化,一方面后人不断予以诠释,另一方面这些诠释原则上不能歪曲经典的原意。诠释者或从训诂的角度解释字词,或从义理的角度阐发文本的思想,虽然认识可能存在不同程度的偏差,但总体上有着共同的征实态度,均尝试"以意逆志"。施莱尔马赫(Friedrich Daniel Ernst Schleiermacher)指出:"解释的重要前提是,我们必须自觉地脱离自己的意识(Gesinnung)而进入作者的意识。"④同样在强调诠释者接近作者意识在诠释过程中的重要性。不少论者强调《老子道德经注》与《周易注》是王弼有意构建哲学体系的著作,诚然,王弼的诠释文本反映了其独特的玄学思想,但它们的本质仍是释经之注,是在经典

---

① 王葆玹:《黄老与老庄》,中国人民大学出版社 2012 年版,第 267 页。

② (清)阮元校刻:《十三经注疏》,中华书局 1980 年版,第 2735 页。

③ 赵岐注云:"志,诗人志所欲之事。意,学者之心意也。"认为"以己之意,逆诗人之志,是为得其实矣"。其他注家多从此说。然清人吴淇于《六朝诗选定论缘起》卷一认为"意"是"古人之意",恐与孟子原意有隔。

④ [德]施莱尔马赫:《诠释学箴言(1805—1810)》,载洪汉鼎主编《理解与解释——诠释学经典文选》,东方出版社 2001 年版,第 23 页。

本身的框架之下展开的，经文对注文有约束力——这是一个根本的前提。

但正如诠释学大师加达默尔（Hans-Georg Gadamer）所指出的："决不可能存在摆脱一切前见的理解，尽管我们的认识意愿必然总是力图避开我们前见的轨迹。"① 海德格尔（Martin Heidegger）也曾论及："任何解释工作之初都必然有这种先入之见，作为随着解释就已经'设定了的'东西是先行给定了的，这就是说，是在先有、先见和先把握中先行给定了的。"②加达默尔提出了著名的"前见（Vorurteil）"这一概念，在他看来，在试图接近作者意识的过程中，诠释者原先便已存在的观念不可避免会对诠释工作带来影响。加达默尔的"视界融合"观同样强调诠释者必然带有特定的历史视界。就中国古代的诠释文本而言，虽然诠释者各尽所能试图呈现经典的原貌，但因为"前见"的存在而言人人殊。因此，王弼的诠释文本虽然依附于经典存在，但也不可避免地被赋予了一定的个人色彩，因为诠释实际上"不只是一种复制的行为，而始终是一种创造性的行为"③。不少诠释文本的复杂与矛盾，需要从主观与客观拉锯的角度加以理解④。

一般认为，王弼对《老子》的诠释用力最深、成就最大、突破最多，并深刻影响了他对其他经典的诠释。由于王弼的《老子道德经注》是以经注的形式呈现的，因此它究竟是反映了王弼的思想还是《老子》的思想，尚存在一定的争议。自汤用彤先生以来，学界普遍认为王弼的《老子道德经注》反映了其天才创造，但也有论者认为王弼实际上仍主要局限于《老子》的本义⑤。出于王弼诠释文本的层累特点，我们有必要将其中的《老子》文本与王弼的个人旨趣相剥离。诚然，这种剥离是很难彻底的，中国古代的诠释文本往往经注之间相互纠缠，难以像地质

---

① ［德］汉斯－格奥尔格·加达默尔：《真理与方法——哲学诠释学的基本特征》（下卷），洪汉鼎译，上海译文出版社 1999 年版，第 626 页。

② ［德］海德格尔：《理解和解释（1927）》，载洪汉鼎主编《理解与解释——诠释学经典文选》，东方出版社 2001 年版，第 120 页。

③ ［德］汉斯－格奥尔格·加达默尔：《真理与方法——哲学诠释学的基本特征》（下卷），洪汉鼎译，上海译文出版社 1999 年版，第 380 页。

④ 参见田永胜《王弼思想与诠释文本》，光明日报出版社 2003 年版，第 42—59 页。

⑤ 劳思光：《中国哲学史》，（台北）三民书局 1981 年版，第 161 页；牟宗三：《才性与玄理》，（台北）学生书局 1980 年版，第 39 页。

学与考古学那样作明晰的分层断代。但正如汤一介先生所指出的，研究概念、范畴发展的历史是揭示理论思维发展规律的根本途径①。从《老子道德经注》所涉及的主要范畴入手，进而探讨注文与经文之间、注文与其他文本之间的关系，不失为探索王弼思想因革嬗变的途径。

我们将王弼注文所涉及的主要范畴初步分为6组，分别为：1."本—末""母—子"；2."道""无""一""寡"；3."真""朴""虚""静""常"；4."无为""弃智""自然""因""任"；5."无欲""不争""卑下"；6."形""名""象""分"。其中，第1组是王弼"举本统末"思想体系的核心范畴，第2组为"本"的存在形式，第3、4、5组可归并为一组，均表示"本"的存在状态，第5组则表示"末"。以上范畴，均围绕王弼"举本统末"的核心思想展开。出于经注的形式，以上范畴主要因袭自《老子》。但无论从使用频率，还是从所赋予的内涵看，王弼注与《老子》之间仍存在一定的差异。尤其是《老子》一书中不见或罕见的范畴，如"本""末""因""任""形""分"等，最值得我们重视。王弼注强调"本""末"，与其"举本统末"的思想体系息息相关，而这一体系并非《老子》所固有，而是出自王弼的创造；对"因""任""形""分"的反复申说，与黄老思想有密切联系，也是"举本统末"的内在要求，相比之下《老子》更重视"本"，而对"形""分"等"末"缺乏关注。此外，《老子》中多见的范畴，如"无""一"等，王弼注作了进一步的发挥，内涵与外延均有所变化②。

至于《周易注》，世人多谓王弼以老解《易》。如晁说之指出："予于是知弼本深于《老子》，而《易》则末矣。其于《易》，多假诸《老子》之旨，而《老子》无资于《易》者，其有余不足之迹，断可见也。"③ 程

---

① 汤一介：《郭象与魏晋玄学》（增订本），北京大学出版社2000年版，第2页。

② 田永胜先生认为王弼注既没有提出新概念，也没有发展《老子》的本有概念，参见田永胜《王弼思想与诠释文本》，光明日报出版社2003年版，第91页。此说并不公允。

③ 见《道藏》（第12册），文物出版社、上海书店、天津古籍出版社1988年版，第291页。《郡斋读书志·子类》引作："弼有得于《老子》，而无得于《易》；注《易》资于《老子》，而《老子论》无资于《易》。则其浅深之效可见矣。"

颐也认为：“王弼注《易》，元不见道，但却以老、庄之意解说而已。”①均认为王弼以老庄之学解释《周易》。田永胜先生则指出，王弼《周易注》大多数内容是以《易传》的思想和汉代的注易方法来解释《周易》，王弼以老解《易》的说法难以成立②。王弼注着眼于义理，一扫象数派的积弊，其义理主要有两大来源：其一是《易传》本身，其二是王弼自身以“举本统末”为核心的思想体系。严格来说，称王弼以老解《易》是不能成立的，因为王弼继承《易传》的倾向更为明显，何况王弼“举本统末”的思想与《老子》不可同日而语。但毕竟《老子》是王弼“举本统末”思想的重要来源，说王弼在诠释《周易》的过程中借鉴了《老子》的思想亦未尝不可，尤其是《老子》“执一”“卑下”“因”“无为”等观念多用以解释爻象。总之，王弼注主要是在《易传》的基础上继续发挥义理，相比于其《老子道德经注》，似乎与经典更为接近而突破较少。而王弼扫象一反汉代象数派的积习而回溯《易传》，在易学史上有着特殊的意义，对于中国思想史的发展亦有极大的推动作用。

同样是对儒家经典的诠释，相对于《周易注》，王弼《论语释疑》的现存佚文表现出更多的玄学色彩。正如王弼“圣人体无，无又不可以训，故言必及有”③ 的著名断语，王弼以孔子为圣人，认为孔子体现了“无”的宗旨。在此前提下，王弼将“举本统末”的思想贯彻于对《论语》的诠释之中，“前见”的色彩显然更为浓郁。

除了注文与经文之间思想的异同，注文与经文之间文字的异同亦值得关注。学界在征引《老子》诸版本时，称王弼《老子道德经注》的经文为“王弼本”，且一般默认这一经文代表王弼所见经文。实际上，所谓“王弼本”的经文与注文需要割裂看待。已经有学者已经注意到王弼本《老子》经文与注文所引述经文存在差异的现象，如马叙伦先生敏锐指出王弼今本“经注相譣，颇多错讹复重”④。在此之后，楼宇烈、刘殿爵、岛邦男、鲍

---

① （宋）程颐：《河南程氏遗书》，《二程集》，中华书局 1981 年版，第 8 页。
② 田永胜：《驳“王弼以老解〈易〉论”》，《周易研究》2001 年第 1 期。
③ 余嘉锡：《世说新语笺疏》，中华书局 1983 年版，第 199 页。
④ 马叙伦：《老子校诂》，古籍出版社 1956 年版，第 2 页。

则岳（William G. Boltz）、瓦格纳（Rudolf G. Wagner）等先生也注意到这一点，从各自的角度予以讨论。楼宇烈先生已经注意到，马王堆帛书《老子》为审视这一问题提供了重要线索①。瓦格纳试图抛开通行的王弼本本身，通过简帛文本以及各种传世本对《老子》的经文加以重构。瓦格纳强调，《老子》王弼通行本并不等同于王弼实际上使用的《老子》文本，他罗列出 79 处王弼今本经文与注文的相异之处，并指出除其中一处外，所有王弼注所暗示的读法都可以在郭店简、马王堆帛书、《淮南子》《文子》《战国策》、索紞本、想尔本、傅奕本、范应元本等文献中找到依据②。近年刊布的北京大学西汉简则提供了新的线索，结合简帛本以及其他《老子》文本的全面比勘，我们认为王弼注文所引《老子》与简帛本、傅奕本最为契合，而王弼今本的经文与河上公本最为接近，当受到以河上公本为代表的通行本的大面积同化，已非真正意义上的王弼本经文。因此，现存王弼本经文并不能反映王弼所依据的《老子》文本，王弼本的经文与注文应注意加以区分。《老子》在流播过程中呈现出多元的文本面貌，而我们今天所见的《周易》文本较为固定，王弼《周易注》经文、注文之间并无明显分歧。但也有一些现象值得注意，如王弼在解释《乾·彖》"大哉乾元"时指出："'健'也者，用形者也。"③ 解释《坤·彖》"地势坤"时指出："地形不顺，其势顺。"④ 以"乾"作"健"、以"坤"作"顺"可与马王堆帛书《周易》相参证⑤，王弼所据经文与今本亦有所不同。经文版本以及传播途径的差异，也是不同诠释文本理解差异的一个重要因素。

至于《老子指略例》与《周易略例》的性质，王葆玹先生认为分别是《老子道德经注》与《周易注》的例言或后叙⑥，可与《文心雕龙·论说》

---

① （三国魏）王弼注，楼宇烈校释：《老子道德经注校释》，中华书局 2008 年版，第 1 页。
② Rudolf G. Wagner, "The Wang Bi Recension of the *Laozi*," *Early China* 14（1989）; Rudolf G. Wagner, *A Chinese Reading of the Daodejing*: *Wang Bi's Commentary on the Laozi with Critical Text and Translation*, Albany: State University of New York Press, 2003, pp. 6 – 30.
③ （三国魏）王弼撰，楼宇烈校释：《周易注》，中华书局 2011 年版，第 2 页。
④ （三国魏）王弼撰，楼宇烈校释：《周易注》，中华书局 2011 年版，第 12 页。
⑤ 参见刘大钧《周易概论》（增补本），巴蜀书社 2008 年版，第 276 页。
⑥ 王葆玹：《正始玄学》，齐鲁书社 1987 年版，第 170、175 页。

篇"辅嗣之两例"① 之说相参证。《周易略例》在历代著录中多与《周易注》合编，而《老子指略例》则自成一书，或单独成立。可以肯定的是，《老子指略例》《周易略例》作为王弼诠释《老子》《周易》的指导性通论，需要与《老子道德经注》《周易注》相配合，孤立阅读经注或通论难以窥及王弼思想的全貌。《老子指略例》与《周易略例》作为精心营构的诠释学通论，在中国古代殊为难得，其价值有待进一步抉发。

二 王弼著述思想来源的再探讨

魏晋玄学产生的时代背景，正值政局混乱、社会动荡、经学倾危，何晏、王弼等人完成了思想的重新整合，一时玄风劲吹，引领了一个形上思想空前发达的时代。作为魏晋玄学的真正确立者，王弼自然脱离不了何晏、夏侯玄等前辈的影响，也脱离不了当时社会思潮的制约。王弼思想的来源无疑是多元的，而正如汤用彤先生所强调的，玄学"未尝不取汲于前代前人之学说，渐靡而然，固非骤溃而至"②，王弼思想的形成需要置于一个动态的、立体的发展链条中予以考察。

"无"作为何晏、王弼思想的重要概念，有学者指出受到了佛教思想的启发③。但汤用彤先生则认为，玄学的产生与佛学无关，而是中华固有学术自然的演进；佛教倒是先受玄学的洗礼，这种外来思想才能为我国士人所接受④。这一判断基本合乎事实。"无"主要来自《老子》，《老子》发现了"无"，玄学先驱对其进行了更深层次的抽象与提炼。从王弼"举本统末"思想体系中的常见范畴看，道家思想无疑是其主要来源。这需要结合当时儒、道两家互济、升降的关系进行考察。

两汉经学定于一尊，但道家思想尤其是汉初有重要地位的黄老思想仍

---

① 范文澜：《文心雕龙注》，人民文学出版社 1958 年版，第 327 页。

② 汤用彤：《言意之辨》，《魏晋玄学论稿》，上海古籍出版社 2005 年版，第 19 页。

③ 王晓毅：《汉魏佛教与何晏早期玄学》，《世界宗教研究》1993 年第 3 期；《儒释道与魏晋玄学的形成》，中华书局 2003 年版，第 54—65 页。

④ 汤用彤：《魏晋思想的发展》，《魏晋玄学论稿》，上海古籍出版社 2005 年版，第 109 页。

不绝如缕。东汉末年，道家思想重新抬头，"汉桓帝立老子庙于苦县之赖乡，画孔子象于壁"①，延熹八年（165）一年之内两次派人祭祀，"宫中立黄老、浮屠之祠"②，延熹九年（166）又亲自祭祀，可见统治者对道家的推崇。同时，随着社会危机的加深，士人往往遁入道家的世界求索人生真理，知识界注释道书的风气渐盛，作为宗教的道教也逐渐兴起，这为魏晋时期道家思想的兴盛奠定了重要基础。从《易传》《淮南子》到严遵、扬雄、折象、向长等人，《易》《老》互训向有传统，何晏、王弼等人便是从《老子》《周易》二书入手究天人之学的③。《晋书·王衍传》称"何晏、王弼等祖述《老》《庄》"④，实际上，何、王主要称述《老子》《周易》，强调《庄子》则是玄学后学嵇康、阮籍的倾向。这便涉及道家的两大支系——黄老与老庄。严格来说，对王弼影响更深的是黄老之学，对于这一点，除了王晓毅先生有所强调⑤，鲜有学者论及。留情黄老的严遵实际上对《老子》的形上之学作了进一步的演绎发挥，为后来的玄学奠定了基础⑥，无怪乎晁说之称王弼"盖严君平指归之流也"⑦。

儒学则是王弼思想的另一重要来源。儒学的核心是经学，经学的冠冕是易学⑧，王弼精研易学，其根基便是传统经学，具体而言是古文经

---

① （晋）陈寿撰，（南朝宋）裴松之注：《三国志·魏书》，中华书局 1964 年版，第 514 页。

② （南朝宋）范晔：《后汉书》，中华书局 1965 年版，第 1082 页。

③ 余敦康先生认为何晏、王弼的天人之学乃直接继承经学思潮发展而来，参见氏著《何晏王弼玄学新探》，方志出版社 2007 年版，第 1 页。此说未必准确，何晏、王弼的天人之学受道家影响当更深。

④ （唐）房玄龄等：《晋书》，中华书局 1974 年版，第 1236 页。

⑤ 王晓毅：《黄老复兴与魏晋玄学的诞生》，《东岳论丛》1994 年第 5 期；《儒释道与魏晋玄学的形成》，中华书局 2003 年版，第 3—54 页；《王弼评传》，南京大学出版社 2011 年版，第 8—17 页。王氏对黄老复兴的背景有所揭示，但并未措意于黄老思想与魏晋玄学之间的观念比较。

⑥ 参见许抗生：《三国两晋玄佛道简论》，齐鲁书社 1991 年版，第 9 页；王德有：《严遵与王充、王弼、郭象之学源流》，《道教文化研究》第 4 辑，上海古籍出版社 1994 年版，第 222—231 页。

⑦ 见《道藏》第 12 册，文物出版社、上海书店、天津古籍出版社 1988 年版，第 291 页。

⑧ 李学勤：《国学的主流是儒学，儒学的核心是经学》，《中华读书报》2010 年 8 月 4 日，第 15 版；《经学的冠冕是易学》，《光明日报》2014 年 8 月 5 日，第 16 版。

学。汉代经学鼎盛，尤以今文经学为主流。东汉古文经学逐渐抬头，王弼祖辈王粲等人与崇尚古文经学的荆州学派有千丝万缕的关系①，一般认为王弼易学承自崇尚古文经的费氏易②，王弼受古文经学影响颇深。古文经学多持新论，其开放性远非烦琐沉滞的今文经学所能比拟。王弼充分吸收了前代易学家的成果，一反汉代易学家侈谈象数之弊，复归《易传》的旨趣而崇尚义理，其开拓精神与古文经学实则气息相通。

正如《文心雕龙·论说》篇所云："魏之初霸，术兼名法。傅嘏、王粲，校练名理。迄至正始，务欲守文。何晏之徒，始盛玄论。于是聃、周当路，与尼父争涂矣。详观兰石之《才性》，仲宣之《去代》，叔夜之《辨声》，太初之《本玄》，辅嗣之两《例》，平叔之二《论》，并师心独见，锋颖精密，盖人伦之英也。"③ 在玄学兴起之前，"名法""名理"可谓一时风尚④。汉末名士多以名实论为理论武器，王符《潜夫论》即强调"名理"⑤。无论是"名法"，还是"名理"，还是何晏、王弼等玄学家侈谈的"形名"，实际上都是魏晋名思想复兴的表现。包括刘劭《人

---

① 汤用彤：《王弼之〈周易〉、〈论语〉新义》，《魏晋玄学论稿》，上海古籍出版社 2005 年版，第 70 页。汤用彤先生最先强调源自荆州学派，此后学者多延续这一论调，参见王葆玹《正始玄学》，齐鲁书社 1987 年版；余英时《士与中国文化》，上海人民出版社 2003 年版，第 307 页；郝虹：《王肃〈周易注〉、王弼〈周易注〉与荆州学派关系初探》，《大连大学学报》2003 年第 1 期。但也有学者主张荆州学派实与王弼无关，参见程元敏《季汉荆州经学（上）》，《汉学研究》1986 年第 1 期；程元敏：《季汉荆州经学（下）》，《汉学研究》1987 年第 1 期；田永胜：《王弼思想与诠释文本》，光明日报出版社 2003 年版，第 8—11 页；瞿安全、王奎：《荆州学派及其影响研究》，湖北人民出版社 2013 年。

② 《隋书·经籍志一》将王弼归入费氏易："故有费氏之学，行于人间，而未得立。后汉陈元、郑众，皆传费氏之学。马融又为其传，以授郑玄。玄作《易注》，荀爽又作《易传》。魏代王肃、王弼，并为之注。自是费氏大兴，高氏遂衰。"《四库全书总目·经部·易类一》："弼之说《易》，源出费直。直《易》今不可见，然荀爽《易》即费氏学，李鼎祚书尚颇载其遗说。大抵交位之上下，辨卦德之刚柔，已与弼注略近，但弼全废象数，又变本加厉耳。"

③ 范文澜：《文心雕龙注》，人民文学出版社 1958 年版，第 327 页。

④ 庞朴先生认为，名理学是形名之学，玄学是本体之学，玄学并不是抽象化的名理学，而是对名理学的否定，参见氏撰《名理学概述》，《历史论丛》第 1 辑，齐鲁书社 1980 年版，第 147 页。玄学对所谓的名理学有继承的一面，同时也不反对形名之学，而是通过"举本统末"使本体与形名相统一。

⑤ 王弼与《老子指略例》强调"校实定名"，认为探究"名"最终是为了论证"实"，故称"夫不能辩名，则不可与言理；不能定名，则不可与论实也"，即所谓"循名责实"。其关于"名""实"的讨论对先秦两汉的名实论有所继承。

物志》在内的品鉴人物的著作被《隋书·经籍志》归入名家，这与我们通常认识中的崇尚逻辑思辨的名家不同。近年来曹峰先生强调，战国秦汉时期对"名"的讨论极为活跃，当时的"名"可以分为两类，即伦理学政治学意义上的"名"与语言学逻辑学意义上的"名"；前者对中国古代思想史影响之大远远超过后者，但以往的先秦名学研究只重视后者，未对前者展开过系统研究①。也正由于此，学者对先秦名思想与魏晋名思想之间的联系认识不足，如牟宗三先生即强调二者的巨大差异②。实际上，名思想并不限于狭义的名家，儒、道、法诸家均重视"名"，所谓"名教"有儒家根基，而"形名"则有道家、法家的基础。魏晋时期的名思想，主要还是伦理学政治学意义上的"名"，从这一角度出发，看似没有联系的人物品鉴、形名本末、名法之术等均有所归依。

汤用彤先生曾指出玄学受到法家、名家等学派的影响，诚然，魏晋玄学是多种思想交流碰撞的结果，但催生玄学的主要是道家尤其是黄老一系，甚至于所谓名家、法家的影响也需要从黄老学说中寻找答案。对此，学界普遍认识不足。一个很重要的原因在于，学术界对哪些传世文献与出土文献应归诸黄老学派仍存分歧，大家对黄老思想缺乏相对统一的认识。随着相关出土文献的披露以及研究的深入③，对黄老思想的认识得到重大进展。在此基础上，魏晋玄学发生与黄老思想之间若明若暗的线索，可以得到更为全面的揭示。

战国中期以降，黄老蔚为显学，齐国稷下学宫为一大重镇。据《史记·老庄申韩列传》，韩非子"喜刑名法术之学，而其归本于黄老"，申不害"学本于黄老而主刑名"④；另据《孟子荀卿列传》，慎到、田骈、

① 曹峰：《回到思想史：先秦名学研究的新路向》，《山东大学学报》（哲学社会科学版）2007 年第 2 期；《两种名家》，"海峡两岸'哲学及其时代角色之觉醒'学术研讨会"论文，山东大学，2007 年。

② 牟宗三：《才性与玄理》，（台北）联经出版事业股份有限公司 2003 年版，第 269—330 页。

③ 曹峰：《关于黄老道家的一些新认识》，《诸子学刊》第 12 辑，上海古籍出版社 2015 年版，第 201—214 页。

④ （汉）司马迁：《史记》，中华书局 1959 年版，第 2146 页。

接子、环渊等人"皆学黄老道德之术"①。黄老与老庄是道家的两个重要支系，世人多尊老庄，黄老一系却长期未能得到应有的重视与认识。西汉马王堆帛书所谓的"黄帝书"或"黄帝四经"已是公认的黄老学著作②，也正是由于这批"《老子》乙本卷前古佚书"的发现，世人才得以窥及所谓"黄老""形（刑）名"之学的概貌。此外，《鹖冠子》《管子》《吕氏春秋》《淮南子》诸书（至少是部分篇章），不少学者即认为反映了黄老思想③。至于郭店简《太一生水》、上博简《恒先》《凡物流形》《三德》等简帛佚籍，也被视作黄老的论著④。

众所周知，黄老思想在西汉初期一度极为盛行，在汉武帝"独尊儒术"之前，一度是汉朝统治者的主导思想。司马谈作为黄老思想的信奉者，在《论六家要旨》中对道家（实际上即黄老）所施笔墨最多，虽对其他诸家多有批评，但唯独对道家予以全面肯定，这与王弼在《老子指略例》中的论述几乎如出一辙。根据司马谈的讨论，可以窥及黄老思想的若干"要旨"⑤：其一，"以虚无为本"，强调宇宙的本体为"虚无"；其二，"以因循为用"，"与时迁移，应物变化，立俗施事，无所不宜"，强调因循之道，顺应自然；其三，"无为"又"无不为"，"无不为"强

---

① （汉）司马迁：《史记》，中华书局1959年版，第2347页。

② 针对唐兰先生提出的这些古佚书即《汉书·艺文志》所著录《黄帝四经》的说法，有学者提出质疑，参见裘锡圭《马王堆帛书〈老子〉乙本卷前古佚书并非〈黄帝四经〉》，《道家文化研究》第3辑，上海古籍出版社1993年版，第249—255页；李零《说"黄老"》，《道家文化研究》第5辑，上海古籍出版社1994年版，第142—157页；李若晖《马王堆帛书黄帝书的性质》，《齐鲁学刊》2009年第2期。

③ 陈丽桂：《战国时期的黄老思想》，（台北）联经出版事业股份有限公司1991年版；《秦汉时期的黄老思想》，文津出版社1997年版。

④ 陈丽桂：《〈太一生水〉研究综述及其与〈老子〉丙的相关问题》，《汉学研究》2005年第2期；曹峰：《〈恒先〉研究综述——兼论〈恒先〉今后研究的方法》，《中国哲学史》2008年第4期；王中江：《〈凡物流形〉的宇宙观、自然观和政治哲学——围绕"一"而展开的探究并兼及学派归属》，《哲学研究》2009年第6期；曹峰：《上博楚简〈凡物流形〉的文本结构与思想特征》，《清华大学学报》（哲学社会科学版）2010年第1期；曹峰：《近年出土黄老思想文献研究》，中国社会科学出版社2015年。需要指出的是，为数不少的先秦典籍到魏晋以后逐渐散佚，有些已佚之书在史志书目中虽不见著录，但是汉魏时人却是有条件看到的，参见邬可晶：《〈孔子家语〉成书考》，中西书局2015年版，第399页。何况，早期黄老文献即便散佚，由于黄老思想在两汉长期流传，这些文献的思想仍可以得到传播。

⑤ （汉）司马迁：《史记》，中华书局1959年版，第3285—3292页。

调对治道的重视，这是与老庄一系的重要区别；其四，"因阴阳之大顺，采儒墨之善，撮名法之要"，综融百家，尤其是吸收了名家、法家的因素，因而黄老学说中有大量关于"名""形""法""理"之类的讨论。因此，黄老与名家、法家容易混淆，但其根本在于《老子》，亦当肯定。此外，结合黄老学的著作，还可以发现黄老思想的一个重要特点，即往往由宇宙论言及政治论，并将"道""无""一"等与本体有关的概念贯彻于宇宙论、政治论。

汉末魏晋正是黄老学说复兴的时期①，东汉史籍中"黄老"出现的频率较之西汉更为频繁②。上揭黄老学说的要旨，与魏晋玄学之间有较明显的联系。黄老继承《老子》对"道""无"的讨论，尤其是在宇宙生成论方面对"无"的强调，为"无"的抽象化进一步奠定了基础③。与《老子》相比，黄老思想拔高了"一"的地位，以"一"为本体④，王弼即强调"一"的本体意义。黄老思想在《老子》的基础上极为强调因循，王弼《老子道德经注》中"因""任""自然"等词出现的频率极高。黄老学说对"形""名"的强调极为突出⑤，这在王弼的著述中也有大量反映。此外，黄老学说不反对"仁""义""礼""法"，而是强调要合乎自然无为的原则⑥，并注意将本体贯彻于政治论，这实际上与王弼"举本统末"的旨趣如出一辙。

---

① 王晓毅：《黄老复兴与魏晋玄学的诞生》，《东岳论丛》1994 年第 5 期。

② 刘玲娣：《汉魏六朝老学研究》，华中师范大学出版社 2012 年版，第 37 页。

③ 上博简《恒先》："恒先无有。"马王堆帛书《经法》："见知之道，唯虚无有。"

④ 王中江：《〈凡物流形〉的宇宙观、自然观和政治哲学——围绕"一"而展开的探究并兼及学派归属》，《哲学研究》2009 年第 6 期；王中江：《〈黄帝四经〉的"执一"统治术》，《黄帝思想与道、理、法研究》，社会科学文献出版社 2013 年版，第 238 页。

⑤ 曹峰：《〈黄帝四经〉所见"名"思想之研究》，《楚地出土文献与先秦思想研究》，台湾书房出版社有限公司 2010 年版，第 2—31 页；曹峰：《"名"是〈黄帝四经〉最重要的概念之一——兼论〈黄帝四经〉中的"道""名""法"关系》，《黄帝思想与道、理、法研究》，社会科学文献出版社 2013 年版，第 242—272 页。《三国志·钟会传》载："会常论《易》无玄体、才性同异。及会死后，于会家得书二十篇，名曰《道论》，而实刑名家也，其文似会。初，会弱冠与山阳王弼并知名。"钟会之所以论"道"，却又实为"刑（形）名家"，也需要从黄老思想的角度加以理解。

⑥ 熊铁基：《秦汉新道家略论稿》，上海人民出版社 1984 年版，第 28 页。

总之，王弼思想有多元的来源，其中道、儒两家提供了基本的思想资源。而名思想、黄老思想与王弼思想的联系过去认识不足，需要引起我们的重视。

三 结语

长期以来，以王弼为代表的魏晋玄学因其务虚的取向而颇受人诟病。由于何、王二人以玄学解释儒家经典，招致传统学者的反对，对其有"清谈误国"之讥。其中最具代表性的是东晋范宁，他认为当时"浮虚相扇，儒雅日替"，正是何、王玄学所带来的影响，"其源始于王弼、何晏，二人之罪深于桀、纣"，甚至将何、王二人与桀、纣相提并论，认为"王、何蔑弃典文，不遵礼度，游辞浮说，波荡后生，饰华言以翳实，骋繁文以惑世"①。范宁从其儒学本位出发，将礼崩乐坏、中原沦陷均归咎于何、王二人。陈振孙亦附和此说："《易》有圣人之道四焉，去三存一，于道阙矣。况其所谓辞者，又杂以异端之说乎！范宁谓其罪深于桀纣，诚有以也。"②《颜氏家训·勉学》称何、王等人"以农、黄之化，在乎己身，周、孔之业，弃之度外"③，代表了古代士人对何、王的普遍看法。

随着汤用彤等先生不断发掘魏晋玄学的丰富内涵，人们对其历来的偏见也得以纠正。魏晋玄学是时代的产物，是社会思潮嬗变的集中反映，它的产生与时代大势息息相关。作为诠释文本，它依傍于经典，其思想源头也必然与所诠释的对象息息相关。同时，王弼的思想又有着多元的来源，经过一番整合与创造之后，一种新的思想风貌呈现于世人面前。它既立足于"本"，亦着眼于"末"，说玄学没有现实关怀并不公允。但毕竟它在具体政治行为中的操作性不强，没有像汉代经学那样上升为官方思想，它对当时政治、社会的直接干预是有限的。

---

① （唐）房玄龄等：《晋书》，中华书局1974年版，第1984页。
② （宋）陈振孙：《直斋书录解题》，上海古籍出版社1987年版，第1页。
③ 王利器：《颜氏家训集解》（增补本），中华书局1993年版，第186页。

但也正是由于缺少官方的束缚，玄学得以绽放为绚丽的奇葩。从思想史的角度看，何晏、王弼无疑是难以绕开的高峰，其思想遗产值得我们认真总结。

（作者单位：陕西师范大学人文社会科学高等研究院、
　　中国社会科学院，北京语言大学中华文化研究院）

王弼本《老子》"经注相譣"现象探论

党圣元　陈民镇

目前通行的王弼所注《老子》,主要沿用道藏本以及由道藏本衍生出的张之象本诸本,此即通常所称的"王弼本"。然而,在引用所谓的王弼本《老子》经文时,不能忽略一个问题,那便是现存的王弼本经文很难说是王弼作注时的依据,而是经过较大幅度修改的文本。如此一来,所谓的"王弼本"实际上名不副实,通行本王弼注所依附的经文并不能代表王弼所凭依的《老子》。王弼本《老子》的经文与注文所引述的经文存在诸多的差异,郭店简、马王堆帛书以及近年公布的北京大学西汉简为我们审视这些差异提供了重要的线索,在此背景下也可以进一步探讨傅奕本、范应元本、严遵本等传世本的价值。以下即从简帛文本及其他传世本出发,对王弼今本《老子》经文与注文所引经文的差异及其形成背景略作探讨,不足与疏漏之处,祈请方家指正。

一　经注相譣:王弼本《老子》
经文与注文的差异

不少学者已经注意到王弼本《老子》经文与注文所引述经文存在差异的现象,如马叙伦先生敏锐指出王弼今本"经注相譣,颇多错讹复重",强调范应元本所列举的王弼本经文往往与注文相合,而与通行的王弼本经文不合,范应元所见王弼本尚是古本;他同时还认为王弼本的一些错误混入河上公本,并以此为河上公本较王弼今本后出的证据①。当然，河上公本很难说晚于王弼本，但马先生敏锐地指出王弼今本《老子》经文与注文的不一致，的确值得重视。在此之后，楼宇烈、刘殿爵、岛邦男、鲍则岳（William G. Boltz）、瓦格纳（Rudolf G. Wagner）等先生也注意到这一点，从各自的角度予以讨论。其中，以楼宇烈、瓦格纳的研究最为值得重视。

楼宇烈先生在校释王弼本《老子》时已经注意到经文与注文不一致的现象，他在"校释说明"中指出："在我最初做本书校释工作时（一九六二年），发现在这一版本中有好几处王弼的注文与《老子道德经》的原文有不一致的地方。于是我找来一些通行的《老子》本子对着看，发现其间《老子》原文虽也有少许不同，但仍与王弼的注文对不上。当时我想是否王弼的注遭到后人改动了？或者王弼做注释时所用的《老子道德经》别有所本？也就是说，魏晋时期流行的《老子道德经》文本，与唐宋以后通行的《老子道德经》文本不完全一样。这个疑问到一九七三年长沙马王堆汉墓帛书《老子》甲乙本出土，得到了解答。"② 楼先生认为，历代的王弼本《老子》，其经文已被后人按通行本《老子》改动过，因而出现王弼今本经文与注文存在差异的情形。基于这一思路，楼先生举出多条王弼本注文与帛书本《老子》相验证的例子，以此说明王弼今本所依据的《老子》文本是一个相当古老的版本。

由于楼先生在《王弼集校释》一书中并没有披露上述心路历程，直到在 2008 年出版的单行本《老子道德经注校释》中才坦露心迹，因而瓦格纳曾误解楼先生并没有注意到王弼本《老子》经文与注文的差异③。瓦格纳试图抛开通行的王弼本本身，通过简帛文本以及各种传世本对《老子》的经文加以重构。瓦格纳强调，《老子》王弼通行本并不等同于王弼实际上使用的《老子》本，他罗列出 79 处王弼今本经文与注文的相异之处，并指出除其中一处外，所有王弼注所暗示的读法都可以在郭店

---

① 马叙伦：《老子校诂》，古籍出版社 1956 年版，第 2 页。

② （三国魏）王弼注，楼宇烈校释：《老子道德经注校释》，中华书局 2008 年版，第 1 页。

③ Rudolf G. Wagner, *A Chinese Reading of the Daodejing: Wang Bi's Commentary on the Laozi with Critical Text and Translation*, Albany: State University of New York Press, 2003, p. 4.

简、马王堆帛书、《淮南子》、《文子》、《战国策》、索紞本、想尔本、傅奕本、范应元本等文献中找到依据①。瓦格纳与楼宇烈先生一样，也认为今天所见到的所谓"王弼本"，并非真正意义上的王弼注配套经文，而是一种逐渐被河上公本中的要素替代的文本。显然，他得出了与马叙伦先生迥异的观点，即王弼本受到了河上公本的影响，而非相反。

瓦格纳所归纳出的 79 条，有些不足以构成差异。如他列举出第一章经文的"此两者"与注文的"两者"，认为注文的"两者"可以得到马王堆帛书的验证。实际上，北京大学西汉简也作"此两者"，何况注文只是为解释"两者"所包含的对象，不涉及"此"自是情理之中。有的例子则是将其他版本的经文误作王弼本经文，如十四章"能知古始"，瓦格纳以王弼本为"以知古始"，这实际上来自帛书本等版本。有的例子则依据不足，如十四章经文的"夷"，瓦格纳认为王弼注作"微"；三十七章经文的"不欲以静"，瓦格纳认为王弼注倾向于作"无欲以静"；四十八章注文也不足以对经文"无为而无不为"构成异文；五十六章经文"解其分"，在该章中不构成异文，第四章经文"解其纷"则与注文相合。同时，瓦格纳也遗漏了一些例子，如十六章王弼注的"不知常，则妄作凶"、三十二章王弼注的"犹川谷之与江海"、五十七章王弼注的"我之所欲唯无欲，而民亦无欲自朴也"、六十九章王弼注的"抗兵相若"，实际上这些例子也很典型，足堪讨论。经过全面的考察，笔者梳理出 79 条，剔除了瓦格纳的一些误判句例，也增补了瓦格纳遗漏的例子。

楼宇烈先生在校释王弼注的过程中，注意以马王堆帛书的文本说明王弼本经文与注文的相异之处。但与他借鉴最多的陶鸿庆一样，楼先生偶尔也会在面对经注冲突时选择相信经文，并根据经文擅改注文，这显然是难以令人满意的（如对七十七章注文"唯其道也"的校改）。楼先生注意帛书本的学术价值，但对王弼本之外的传世本却利用不足。相较

---

① Rudolf G. Wagner, "The Wang Bi Recension of the *Laozi*," *Early China*, 1989（14）；Rudolf G. Wagner, *A Chinese Reading of the Daodejing*: *Wang Bi's Commentary on the Laozi with Critical Text and Translation*, Albany: State University of New York Press, 2003, pp. 6–30.

之下，瓦格纳的工作后出转精，充分运用了他所能接触到的各类简帛文本和传世本，进行了精心的比对和归纳。当然，他的工作仍存在一定缺陷，在文本比对中也遗漏了一些相对重要的版本信息。此外，与楼先生注意校改王弼注不同，瓦格纳专注于利用各种版本的信息恢复甚或重构王弼本的经文。实际上，目前所见王弼本的经文本身便具有特殊的版本价值，是《老子》文本演变过程中的重要一环。我们尽可以通过一些经文与注文之间的差异窥及个别词句的原始面貌，但想要完全恢复王弼所据《老子》文本显然是不现实的。

本文试图延续瓦格纳的思路，即梳理出王弼本中经文与注文相异的句例，进而分析这些差异背后的形成机制。至于王弼本中经文与注文相同的文字暂不纳入考察，因为既然王弼本的经文遭到改动，那么注文中与之相合的经文信息同样有可能经过改动。在具体讨论中，所依据的王弼本经文和注文主要根据国内最通行的张之象本，同时参考其他版本的重要信息①。由于我们所见王弼本（尤其是其中的经文）已非原貌，故在具体讨论中称为"王弼今本"。简帛文本为我们看待王弼注"经注相谳"现象提供了重要的线索，楼宇烈先生注意到马王堆帛书《老子》甲本、乙本的校勘价值，帛书本确是值得重视的材料，若无特别说明，本文以"帛书本"概称甲本和乙本②。瓦格纳除了利用帛书本的材料，还注意到了 1993 年出土的郭店简《老子》，本文则称作"楚简本"③。至于近年公布的北京大学西汉简《老子》，则是楼先生与瓦格纳均未涉及的，以下简称"汉简本"④。此外，王弼本之外的传世本如河上公本⑤、想尔

---

① 张之象本脱胎自道藏本，一些例子说明，张之象本在沿承道藏本的同时也时有脱文与错讹。

② 释文参见国家文物局古文献研究室《马王堆汉墓帛书》（一），文物出版社 1980 年版；裘锡圭主编，湖南省博物馆、复旦大学出土文献与古文字研究中心编纂：《长沙马王堆汉墓简帛集成》，中华书局 2014 年版。释文参见荆门市博物馆编《郭店楚墓竹简》，文物出版社 1998 年版。

③ 释文参见荆门市博物馆编《郭店楚墓竹简》，文物出版社 1998 年版。

④ 释文参见北京大学出土文献研究所编，韩巍整理《北京大学藏西汉竹书（二）：〈老子〉》，上海古籍出版社 2012 年版。

⑤ 据王卡点校《老子道德经河上公章句》，中华书局 1993 年版。

本①、索紞本②、严遵本③、傅奕本④、范应元本⑤，以及《韩非子》《淮南子》《文子》诸书，亦为我们审视王弼今本的经注差异提供了重要线索，在讨论中也会涉及。

二　王弼注直接引用而与经文相异者

在王弼注中，有一些直接引用《老子》经文的例子，这可以为我们审视王弼所据《老子》文本提供直观的线索。在这些直接引用的例子中，往往以"故""故曰""故谓之""谓之""上章云""下篇云"等为标志。以"故"引入的句例，有的未必尽依原文，故需要审慎看待。以"故曰""谓之""云"引入的，则较为可靠。此外，注文中有一些就个别字词作出的解释，也可以反映王弼所据经文的用字情形。以下示列王弼注直接引用《老子》文本但与王弼今本经文相悖的句例，并根据简帛文本及其他传世本予以简单的分析讨论。

1. 弗/不

王弼今本第二章经文："功成而弗居。"王弼注："因物而用，功自彼成，故'不居'也。"楚简本、汉简本、帛书本均作"弗居"，与王弼今本经文相合，河上公本亦同。然傅奕本、范应元本则作"不处"，"不"的用法与王弼注相同。简帛本多作"弗"，传世本作"不"则因避汉昭帝刘弗陵讳改字。"弗""不"义近，但具体使用中有微妙差别。

2. 天地根/天地之根

王弼今本第六章经文："玄牝之门，是谓'天地根'。"王弼注："本

---

① 据饶宗颐《老子想尔注校证》，上海古籍出版社 1991 年版。

② 据饶宗颐《吴建衡二年索紞写本〈道德经〉残卷考证（兼论河上公本源流）》，《东方文化》（香港）第 2 卷第 1 期，1955 年。

③ 据王德有点校《老子指归》，中华书局 1994 年版；（汉）严遵撰，樊波成校笺：《老子指归校笺》，上海古籍出版社 2013 年版。

④ 据《道藏》第 11 册，文物出版社、上海书店、天津古籍出版社 1988 年版。

⑤ 据（宋）范应元撰，黄曙辉点校《老子道德经古本集注》，华东师范大学出版社 2010 年版。

其所由，与太极同体，故谓之'天地之根'也。"楚简本无此章，汉简本、帛书本以及傅奕本均作"天地之根"，他本则与王弼今本经文同。

3. 我独异于人/我独欲异于人

王弼今本二十章经文："我独异于人。"王弼注："故曰'我独欲异于人'。""我独欲异于人"的表述，见于傅奕本。汉简本、帛书本、想尔本亦有"欲"，但表述稍有不同。

4. 德者同于德/得者同于得

王弼今本二十三章经文："德者同于德。"王弼注："'得'，少也。少则得，故曰'得'也。行得则与得同体，故曰'同于得'也。"傅奕本作"得者同于得"，与注文所引相同。汉简本作"得者同于德"，别本则同于王弼今本。"得""德"相通，在《老子》一书中往往起到双关的作用。

5. 大制不割/大制无割

王弼今本二十八章经文："故大制不割。"王弼注："'大制'者，以天下之心为心，故'无割'也。"楚简本无此章，汉简本与帛书本"不"均作"无"，与注文相合。传世本中，除河上公本作"不割"，其他版本均作"无割"。范应元《老子道德经古本集注》："'无割'，严遵、王弼同古本。"① 可见，王弼本原即作"无割"，今本系经过后人改动。

6. 知止可以不殆/知止所以不殆

王弼今本三十二章经文："知止可以不殆。"王弼注："遂任名以号物，则失治之母也，故'知止所以不殆'也。""知止所以不殆"与经文不合，但可以得到简帛本、河上公本、傅奕本、范应元本的验证②。

7. 川谷之于江海/川谷之与江海

王弼今本三十二章经文："譬道之在天下，犹川谷之于江海。"王弼注："行道于天下者，不令而自均，不求而自得，故曰'犹川谷之与江海'也。"据注文，"犹川谷之于江海"当作"犹川谷之与江海"。除王

---

① （宋）范应元撰，黄曙辉点校：《老子道德经古本集注》，华东师范大学出版社 2010 年版，第 52 页。

② 道藏本王弼注亦作"所以"。

弼今本外，简帛本及其他传世本均作"与"①。

8. 道之华而愚之始/道之华而愚之首

王弼今本三十八章经文："前识者，道之华而愚之始。"王弼注："耽彼所获，弃此所守，故'前识者，道之华而愚之首'。""首"，经文作"始"，注文与汉简本、帛书本、《韩非子·解老》相合，他本则同于王弼今本。

9. 故致数舆无舆/故致数誉乃无誉也

王弼今本三十九章经文："故致数舆无舆。"王弼注："故致数誉乃无誉也。"傅奕本、范应元本作"誉"，与王弼注同②。

10. 善贷且成/善贷且善成

王弼今本四十一章经文："道隐无名，夫唯道善贷且成。"王弼注："成之不加机匠之裁，无物而不济其形，故曰'善成'。""善成"的表述，见诸帛书乙本和范应元本，与他本不同。

11. 以为天下母/可以为天下母

王弼今本五十二章经文："天下有始，以为天下母。"王弼注："善始之，则善养畜之矣，故'天下有始，则可以为天下母'矣。"注文"可以为"的表述，见于傅奕本。楚简本无此句，帛书本无"可"，汉简本则首次在简帛文本中揭露出"可以为"的表述。

12. 大者宜为下/则大者宜为下

王弼今本六十一章经文："夫两者各得其所欲，大者宜为下。"王弼注："故曰'各得其所欲，则大者宜为下'也。"以"则"为连词，可得帛书本验证。汉简本缺文，楚简本无此章。傅奕本、范应元本有连词"故"，亦可参证。

13. 可以加人/可以加于人

王弼今本六十二章经文："尊行可以加人。"王弼注："尊行之，则千里之外应之，故曰'可以加于人'也。"注文的表述同于傅奕本、范

---

① 道藏本王弼注亦作"与"。
② 道藏本王弼注亦作"誉"。

应元本，而不见于简帛本与其他传世本。

14. 抗兵相加/抗兵相若

王弼今本六十九章经文："故抗兵相加，哀者胜矣。"王弼注："'若'，当也。"道藏本及张之象本作"加"，道藏集注本作"若"（经文仍作"加"），以"若"为是，"若"正有相当的意思。误作"加"，当是因"如"而误①。汉简本、帛书本、傅奕本均作"若"，楚简本无此章。

15. 扔无敌/乃无敌

王弼今本六十九章经文："是谓行无行，攘无臂，扔无敌，执无兵。"王弼注："用战犹'行无行，攘无臂，执无兵，扔无敌'也，言无有与之抗也。"经文"扔无敌"在"执无兵"之前，但根据注文，王弼所见经文应该是"扔无敌"在"执无兵"之后。严遵本、傅奕本顺序同于王弼注，但作"仍无敌"，道藏集注本王弼注"扔"亦作"仍"。汉简本、帛书本均作"乃无敌"，也均在"执无兵"之后，楚简本无此章。根据简帛本，当以"乃无敌"为是，说的是"行无行，攘无臂，执无兵"的结果。河上公本、范应元本则同于王弼今本。

16. 莫能知/莫之能知

17. 莫能行/莫之能行

王弼今本七十章经文："天下莫能知，莫能行。"王弼注："惑于躁欲，故曰'莫之能知'也。迷于荣利，故曰'莫之能行'也。"注文的表述，可以得到汉简本、帛书本、傅奕本、范应元本的支持，楚简本无此章。

18. 其无以易之/以其无以易之

王弼今本七十八章经文："天下莫柔弱于水，而攻坚强者莫之能胜，其无以易之。"王弼注："'以'，用也。'其'，谓水也。"注文的"以"并非解释经文"其无以易之"之"以"，它在"其"之前，可以为证。

---

① 李零：《人往低处走——〈老子〉天下第一》，生活·读书·新知三联书店2014年版，第217页。

王弼本经文遭到改动，根据汉简本、帛书本、傅奕本，当作"以其无以易之也"，楚简本无此章。

以下几例，虽然张之象本注文与经文无违，但道藏集注本等版本的注文则提供了其他值得重视的信息，如：

19. 早服/早复

王弼今本五十九章经文："夫唯啬，是谓早服。"王弼注："'早服'，常也。"道藏集注本注文"早服"作"早复"，《经典释文》亦同。

20. 稽式/楷式

王弼今本六十五章经文："知此两者，亦稽式。"王弼注："'稽'，同也。""稽"，道藏集注本中注文作"楷"。经文中的"稽式"，河上公本与严遵本均作"楷式"，汉简本同。

21. 则我者贵/则我贵

王弼今本七十章经文："知我者希，则我者贵。"王弼注张之象本："知我益希，我亦无匹，故曰'知我者希，则我者贵'也。"道藏集注本注文无"者"字。汉简本、帛书本、严遵本、傅奕本、范应元本均无"者"。

以下几例，虽然以"故""故曰"引入，但引文的起讫范围仍存疑问：

22. 贵言/贵言也

王弼今本十七章经文："悠兮其贵言。"王弼注："无物可以易其言，言必有应，故曰悠兮其贵言也。"楚简本、帛书本在"贵言"之后有"也"，傅奕本、范应元本、严遵本在"贵言"之后有"哉"，汉简本及其他传世本同王弼今本。王弼注的"也"是否系引用经文尚存疑，该章在解释"侮之"时，谓"故曰'侮之'也"，"也"并非出自经文。《老子》诸版本在"侮之"之后并无语气词，"故曰……也"的表述在王弼注中不胜枚举。准此，则王弼注"故曰悠兮其贵言也"之"也"并非《老子》引文。

23. 道之动/道之动也

王弼今本四十章："反者，道之动。"王弼注："故曰反者，道之动也。"注文的引文同样不能判断是否包括语气词"也"。有"也"的文本，见诸楚简本、汉简本和帛书本，传世本则不见。

24. 可名为大/可名于大

王弼今本三十四章经文："可名为大。"王弼注："此不为'小'，故复可名于'大'矣。"句中有连词"故"，但仍不能完全确定"可名于大"是纯粹的引文。楚简本无此章，汉简本、帛书本均可支持"可名于大"的读法。傅奕本、想尔本、索統本亦有介词"于"。

以上所举例子均为本章注文引用，王弼在注释《老子》时，有时在其他章节中引述《老子》之语，如：

25. 知天下/以知天下

王弼今本四十七章："不出户，知天下。"五十四章王弼注："所谓'不出户以知天下'者也。"注文有连词"以"，与经文不同，但可以得到汉简本、帛书本、河上公本、傅奕本、范应元本、《淮南子·道应训》《文子》的验证，楚简本无此章。

26. 为学/为学者

27. 为道/为道者

王弼今本四十八章经文："为学日益，为道日损。"二十章王弼注引作："为学者日益，为道者日损。"楚简本、汉简本、帛书本、傅奕本、范应元本作"（为）学者""（为）道者"，与注文相合。

28. 取天下/其取天下

29. 天下/天下者

30. 不足/又不足

31. 取天下/取天下也

王弼今本四十八章经文："取天下常以无事，及其有事，不足以取天下。"五十七章王弼注引作："其取天下者，常以无事，及其有事，又不足以取天下也。"注文的"其"得不到其他版本的支持，这也是瓦格纳所称唯一没有得到验证的例子。但严遵本、傅奕本、范应元本在"取"之前有"将"或"将欲",意义与"其"相近。注文"天下者"的表述,与严遵本、傅奕本、范应元本相合。注文"又不足",与傅奕本相合。帛书乙本有缺字,但所缺字数可与"又不足"相验证。汉简本则首次明确在简帛本中出现"又不足",可以进一步佐证王弼注。注文该句结尾有语气词"也",其他文本唯有傅奕本以"矣"作结可相验证。

三 王弼注间接表述而与他本相同者

除了直接引用,王弼注中亦有不少句子间接引述、化用《老子》原文,或者在解释经文的过程中透露出经文的用词。这些句例虽不能完全视作王弼所依据的经文,有的纯粹只是解释,但毕竟可以透露出有关经文的重要信息。尤其是这些间接表述基本得到了《老子》其他版本的支持,可以佐证其可信度。以下示列王弼注中间接反映经文但与王弼今本经文相异的句例,并结合简帛文本及其他传世本进行简要疏解。

32. 天地之始/万物之始

王弼今本第一章经文:"无名,天地之始;有名,万物之母。"王弼注:"凡有皆始于无,故未形无名之时,则为万物之始。"注文的"万物之始",对应经文的"天地之始"。其他传世本亦作"天地之始",而汉简本及帛书本则作"万物之始"(楚简本无此章),与王弼注文相合。此外,《史记·日者列传》等文献也透露出"万物之始"这一表述当更为古老的线索。按照"天地之始"的说法,"天地"与"万物"有别,前者早于后者,"天地之始"与"万物之母"不可同日而语;按照"万物之始"的说法,它与"万物之母"是互文的关系,"无名"与"有名"均为"道"本身,可以照应汉简本和帛书本"异名同谓"的表述。

33. 或不盈/又不盈

王弼今本第四章经文:"道冲而用之或不盈。"王弼注:"故冲而用之,又复不盈,其为无穷亦已极矣。"注文的"又"对应经文的"或"。想尔本、傅奕本、范应元本及《淮南子·道应训》《文子》亦作"又",

楚简本无此章，帛书甲本缺字，汉简本与帛书乙本均作"有"，可读作"又"。实际上，"或"亦可读作"又"，在古文字用例中常见。

34. 梲/锐

王弼今本第九章经文："揣而梲之，不可长保。"王弼注："既揣末令尖，又锐之令利，势必摧衄，故'不可长保'也。"经文中的"梲"，注文解释作"锐"，《淮南子·道应训》、河上公本、严遵本、范应元本亦作"锐"。王弼今本经文所见"梲"亦可读作"锐"，汉简本与帛书乙本作"允"，楚简本作"群"，均当读作"锐"。

35. 能婴儿乎/能若婴儿乎

王弼今本第十章经文："专气致柔，能婴儿乎？"王弼注："言任自然之气，致至柔之和，能若婴儿之无所欲乎？"傅奕本与范应元本"能如婴儿乎"的表述，可与王弼注相照应。

36. 能无知乎/能无以知乎

王弼今本第十章经文："爱民治国，能无知乎？"王弼注："治国无以智，犹'弃智'也。能无以智乎？则民不辟而国治之也。"傅奕本、范应元本作"能无以知乎"，汉简本作"能毋以智乎"，帛书乙本作"能毋以知乎"，与王弼注相合。楚简本无此章，帛书甲本缺字。

37. 能无为乎/能无以为乎

王弼今本第十章经文："明白四达，能无为乎？"王弼注："言至明四达，无迷无惑，能无以为乎？"傅奕本、范应元本即作"能无以为乎"，汉简本及帛书乙本则作"能毋以知乎"。

38. 寄天下/托天下

王弼今本十三章经文："吾有何患？故贵以身为天下，若可寄天下；爱以身为天下，若可托天下。"王弼注"无物可以易其身，故曰'贵'也。如此乃可以托天下也""无物可以损其身，故曰'爱'也。如此乃可以寄天下也。不以宠辱荣患损易其身，然后乃可以天下付之也"分置两句之下。显然，经文与注文"寄天下/托天下"是不对应的。根据楚简本、汉简本、帛书本以及想尔本、傅奕本、范应元本、索统本，经文中的"寄天下/托天下"当互乙，王弼注文则无误。唯有河上公本、严遵本同于王弼今本。

39. 观复/观其复

王弼今本十六章经文："万物并作，吾以观复。"王弼注："以虚静观其反复。"除了严遵本亦作"观复"，楚简本作"须复"，其他文本基本作"观其复"。

40. 文不足/文未足

王弼今本十九章经文："此三者，以为文不足，故令有所属：见素抱朴，少私寡欲。"王弼注："故曰此三者以为文而未足，故令人有所属，属之于素朴寡欲。"汉简本、帛书本、想尔本作"文未足"，傅奕本作"文而未足"，楚简本及其他传世本作"文不足"。

41. 善之与恶/美之与恶

王弼今本二十章经文："善之与恶，相去若何？"王弼注："唯阿美恶，相去何若？""美"对应经文的"善"，河上公本、范应元本、严遵本亦作"善"。楚简本、汉简本、帛书本、想尔注本、傅奕本则"美"，与王弼注相合。另可参见十八章王弼注："美恶同门。"王弼注以"美""恶"并举，可以佐证王弼所见《老子》经文当作"美"。

42. 泊/廓

王弼今本二十章经文："我独怕兮其未兆，如婴儿之未孩。"道藏本作"怕"，与河上公本同。王弼注："言我廓然无形之可名，无兆之可举，如婴儿之未能孩也。"根据《经典释文》，似乎有经文"怕"作"廓"的版本，但这在简帛本及其他传世本中找不到依据。

43. 无止/无所止

王弼今本二十章经文："飏兮若无止。"王弼注："无所系絷。"除了王弼今本，其他简帛本及传世本均作"无所止"，王弼今本删去助词"所"。

44. 故物/凡物

王弼今本二十九章经文："故物或行或随，或歔或吹，或强或羸，或挫或隳。"王弼注："凡此诸'或'，言物事逆顺反覆、不施为执割也。"楚简本无此章，汉简本和帛书本在"物"之前没有连词。传世本"物"

之前有"故""夫""凡"等词，其中以"凡"起首的傅奕本最能呼应王弼注。

45. 强天下/强于天下

王弼今本三十章经文："以道佐人主者，不以兵强天下。"王弼注："以道佐人主，尚不可以兵强于天下，况人主躬于道者乎？"楚简本、汉简本、帛书本均作"强于天下"，与王弼注相合，传世本均无介词"于"。

46. 不敢以取强/不以取强

王弼今本三十章经文："善者果而已，不敢以取强。"王弼注："言善用师者，趣以济难而已矣，不以兵力取强于天下也。"注文没有突出"不敢"之"敢"，楚简本、汉简本、帛书本以及想尔本、索紞本均无"敢"。河上公本、傅奕本、范应元本同于王弼今本。

47. 常无欲/故常无欲

王弼今本三十四章经文："常无欲，可名于小。"王弼注："故天下常无欲之时，万物各得其所，若道无施于物，故名于'小'矣。"汉简本"常无欲"作"故恒无欲矣"，亦有连词"故"。楚简本无此章，帛书本无"故"。傅奕本、范应元本亦见"故"。

48. 不为主/不知主

王弼今本三十四章经文："万物归焉而不为主。"王弼注："万物皆归之以生，而力使不知其所由。""不为主"，傅奕本与范应元本作"不知主"，可与注文相呼应。此外的版本，均同于王弼今本。

49. 道之出口/道之出言

王弼今本三十五章经文："道之出口，淡乎其无味，视之不足见，听之不足闻，用之不可既。"王弼注："言道之深大。人闻道之言，乃更不如乐与饵应时感悦人心也。"注文暗示经文原当作"道之出言"，楚简本缺字，汉简本、帛书本、想尔本、傅奕本、范应元本均支持"言"，河上公本和严遵本则作"口"。

50. 上德无为而无以为/上德无为而无不为

王弼今本三十八章经文："上德无为而无以为。"王弼注："是以上德之人，唯道是用，不德其德，无执无用，故能有德而无不为。"经文"上德无为而无以为"，汉简本与帛书本与之相同，楚简本无此章。但注文却称"有德而无不为"，指向了另一种文本。注文的表述，与《韩非子·解老》、严遵本、傅奕本、范应元本的"上德无为而无不为"相合，下文"凡不能无为而为之者，皆下德也"也可以支持"无不为"的说法。"无为而无不为"的表述又见于《老子》四十八章（楚简本亦同）。

51. 下德为之而有以为/下德为之而无以为

王弼今本三十八章经文："下德为之而有以为。"王弼注："故'下德为之而有以为'也。无以为者，无所偏为也。凡不能无为而为之者，皆下德也，仁、义、礼、节是也。"范应元本及所引王弼注作"下德为之而无以为"，汉简本、傅奕本、范应元本亦同，帛书本无此句，楚简本无此章，其他传世本则同于王弼今本。下文"无以为者，无所偏为也""凡不能无为而为之者，皆下德也""至于无以为，极下德之量，上仁是也，是及于无以为而犹为之焉"，亦说明王弼注原当作"下德为之而无以为"。

52. 天下万物/天下之物

王弼今本四十章经文："天下万物生于有，有生于无。"王弼注："天下之物，皆以有为生。"经文的"天下万物"，楚简本、汉简本、帛书本、傅奕本、范应元本、严遵本作"天下之物"，与王弼注相合。

53. 我亦教之/我之教人

王弼今本四十二章经文："人之所教，我亦教之。"王弼注："亦如我之教人，勿违之也。"注文"教人"的表述，可以得到汉简本、帛书本、傅奕本、范应元本的验证，楚简本无此章，他本同于王弼今本。

54. 歙歙/歙歙焉

55. 浑其心/浑心焉

王弼今本四十九章经文："圣人在天下歙歙，为天下浑其心。"王弼注："是以圣人之于天下歙歙焉，心无所主也；为天下浑心焉，意无所适莫也。"注文在"歙歙"之后有"焉"，帛书本、傅奕本、范应元本亦存"焉"，同于注文，汉简本作"然"，严遵本作"乎"，楚简本无此章。注文无经文"浑其心"之"其"，汉简本、帛书本、严遵本、傅奕本、范应元本亦无。注文在"浑心"之后有"焉"，与傅奕本、范应元本相合。

56. 百姓皆注其耳目

王弼今本四十九章注文有"各用聪明"，该句系解释"百姓皆注其耳目"，王弼今本经文无此句，其他传世本与简帛本均有之①。

57. 人之生/而民生

王弼今本五十章经文："人之生动之死地，亦十有三。夫何故？以其生生之厚。"王弼注："而民生生之厚，更之无生之地焉。"楚简本无此章，汉简本、帛书本、严遵本、傅奕本均有"而民生"的表述，与注文相合。

58. 修之于身/修之身

59. 余/有余

王弼今本五十四章经文："修之于身，其德乃真；修之于家，其德乃余。"王弼注："以身及人也，修之身则真，修之家则有余，修之不废，所施转大。"注文无"于"，楚简本、汉简本、帛书本、傅奕本、范应元本、索统本可以验证注文。注文"有余"的表述，可与楚简本、汉简本、帛书本、河上公本、严遵本、《文子》相参证。

60. 含德之厚/含德之厚者

王弼今本五十五章经文："含德之厚，比于赤子。"王弼注："含德之厚者，不犯于物，故无物以损其全也。"注文的"厚者"，见诸楚简本、汉简本、帛书本、傅奕本、范应元本。

61. 使气曰强/使气则强

王弼今本五十五章经文："心使气曰强。"王弼注："心宜无有，使气则强。""气则强"的表述，仅见于傅奕本。

62. 人多伎巧/民多智慧

王弼今本五十七章经文："人多伎巧，奇物滋起。"王弼注："民多智慧，则巧伪生。""民多智慧"的表述，正与楚简本、汉简本、帛书

---

① 道藏本王弼注有"百姓皆注其耳目"。

本、傅奕本、范应元本相合。

63. 我无欲而民自朴／我欲不欲而民自朴

王弼今本五十七章经文："我无欲而民自朴。"王弼注："我之所欲唯无欲，而民亦无欲自朴也。"楚简本、汉简本、帛书本则均作"我欲不欲而民自朴"，注文可与之呼应。另参见《老子》六十四章："是以圣人欲不欲，不贵难得之货。"

64. 为下／故为下

王弼今本六十一章经文："牝常以静胜牡，以静为下。"王弼注："以其静，故能为下也。"注文有连词"故"，可得汉简本、帛书本、傅奕本、范应元本的支持，楚简本无此章。

65. 复／以复

王弼今本六十四章经文："学不学，复众人之所过。"王弼注："故学不学，以复众人之过。"与注文一样有连词"以"的文本，仅见于傅奕本。汉简本、帛书甲本有连词"而"，楚简本与帛书乙本则无连词。

66. 智多／多智

王弼今本六十五章经文："民之难治，以其智多。"王弼注："多智巧诈，故难治也。"傅奕本所见"多知"的表述与注文相合。

67. 常知／能知

王弼今本六十五章经文："常知稽式，是谓'玄德'。"王弼注："能知稽式，是谓'玄德'。""能知"的表述，见于傅奕本。

68. 能成器长／能为成器长

王弼今本六十七章经文："敢为天下先，故能成器长。"王弼注："唯后外其身，为物所归，然后乃能立成器为天下利，为物之长也。"注文可照应汉简本、帛书本、范应元本"能为成器长"的表述，楚简本无此章。

69. 轻敌／无敌

王弼今本六十九章经文："祸莫大于轻敌，轻敌几丧吾宝。"王弼注："言吾哀慈谦退，非欲以取强无敌于天下也。不得已而卒至于无敌，斯乃吾之所以为大祸也。"汉简本、帛书本、傅奕本"轻敌"作"无敌"，可与注文相照应。

70. 唯有道者/唯其道也

王弼今本七十七章经文："唯有道者。"王弼注："唯其道也。"陶鸿庆、楼宇烈试图根据经文对注文进行校改。实际上，注文与傅奕本"其惟道者乎"存在一定程度的呼应，未必需要依从经文校改。

71. 不积/无积

王弼今本八十一章经文："圣人不积。"王弼注："无私自有，唯善是与，任物而已。"汉简本、帛书本、傅奕本、范应元本"不积"作"无积"，可与注文相呼应。

以上句例均直接解释相应句子，此外有一些句例在解释本章的其他经文时出现：

72. 不如其已/不若其已

王弼今本第九章经文："持而盈之，不如其已。"该句之下王弼注："故'不如其已'者，谓乃更不如无德无功者也。"该章"金玉满堂，莫之能守"一句下王弼注："不若其已。""不若其已"的表述，可得到楚简本、帛书乙本、想尔本的支持。《管子·白心》："持而满之，乃其殆也。名满于天下，不若其已也。"亦可相验证。"如""若"相近，可同义替换，汉简本即作"如"。

73. 以战则胜/以陈则胜

王弼今本六十七章经文："夫慈以战则胜。"在该句之前，王弼注云："夫'慈'，以陈则胜，以守则固，故能勇也。""战"作"陈"，可以得到汉简本、傅奕本、范应元本的支持。

以上句例均就本章经文进行解释，此外有句例见于其他章节：

74. 处无为之事/居无为之事

王弼今本第二章经文："是以圣人处无为之事，行不言之教，万物作焉而不辞，生而不有，为而不恃，功成而弗居。"十七章王弼注："大人在上，居无为之事，行不言之教，万物作焉而不为始，故'下知有之'

而已。"其他传世本亦均作"处无为之事",楚简本、汉简本、帛书本"处"均作"居"。按古文字中"居""处"音义并近,楚简中"处"写作"凥",在清华简《楚居》等材料中,"凥""居"并不混用,含义有微妙区别。包山简32载"居凥名族",陈伟先生认为由此可见其差别①。刘信芳先生则谓"居"表住址,"凥"表身份②。

75. 万物作焉而不辞/万物作焉而不为始

同样是王弼今本第二章经文与十七章王弼注,一作"万物作焉而不辞",一作"万物作焉而不为始"。楼宇烈先生认为注文的"始"当作"施",系音近而误③。实际上,在帛书乙本、傅奕本、范应元本中"辞"均作"始"。汉简本作"䛐",可佐证"辞"的读法。从文义上看,无论是楚简本的"忻"还是"䛐",均当以读作"始"为是,音近可通。从汉简本看,"不辞"的表述亦当有较早的依据。

76. 知谁/知其谁

王弼今本第四章经文:"吾不知谁之子,象帝之先。"二十五章王弼注:"不知其谁之子,故先天地生。"汉简本、帛书乙本以及范应元本均同王弼注作"知其谁",楚简本无此章,帛书甲本缺字。

77. 勤而行之/勤能行之

王弼今本四十一章经文:"上士闻道,勤而行之。"三十三章王弼注:"勤能行之,其志必获,故曰'强行者有志'矣。""勤能"的表述,见诸楚简本、汉简本、帛书本,而不见于传世本。

此外,在王弼注《周易》时,也间接引用《老子》经文:

78. 人之迷/民之迷也

王弼今本五十八章经文:"人之迷,其日固久。"《周易·明夷·九三》王弼注:"民之迷也,其日固已久矣。""迷"之后有"也",见于帛书乙本和傅奕本。

---

①　陈伟:《包山楚简初探》,武汉大学出版社1996年版,第128—129页。
②　刘信芳:《包山楚简解诂》,(台北)艺文印书馆2003年版,第46页。
③　(三国魏)王弼注,楼宇烈校释:《老子道德经注校释》,中华书局2008年版,第41页。

四 王弼注所引经文与其他《老子》文本的关系

由前面的讨论可以看出，王弼今本中注文与经文相乖之处基本可以在其他版本的经文中找到依据。即便是瓦格纳所称的唯一没有依据的句例，也是能找到相关文本的支撑的。不过以下一例是个例外，瓦格纳并未加以注意：

79. 妄作凶/则妄作凶

王弼今本十六章经文："不知常，妄作凶。"王弼注："失此以往，则邪入乎分，则物离其分，故曰'不知常，则妄作凶'也。"以"故曰"引入，属于注文直接引用者。经文中的"不知常，妄作凶"，在简帛文本中有异文，诸家标点也不同。王弼注文多出"则"字，可能反映了王弼所据文本的原貌。

虽然上述79例只是通过注文反映出的部分王弼本所据经文原貌，尚是冰山一角，但仍可以看出王弼今本经文经过较大规模改动的事实。为了进一步了解王弼今本"经注相谬"现象的形成背景，兹示列王弼今本注文所引述经文与其他常见《老子》文本异同情况一览表。

表1　王弼今本注文所引述经文与其他常见《老子》文本异同情况一览表

	楚简本	汉简本	帛书本	河上公本	想尔本	严遵本	傅奕本	范应元本
1. 弗/不	×	×	×	×	○	×	√	√
2. 天地根/天地之根	○	√	√	×	×	×	√	×
3. 我独异于人/我独欲异于人	○	⊘	⊘	×	⊘	×	√	√
4. 德者同于德/得者同于得	○	⊘	×	×	○	×	√	√
5. 大制不割/大制无割	○	√	√	×	√	√	√	√
6. 知止可以不殆/知止所以不殆	√	√	√	√	×	○	√	√
7. 川谷之于江海/川谷之与江海	√	√	√	√	√	○	√	√
8. 道之华而愚之始/道之华而愚之首	○	√	√	√	√	√	×	×

续表

	楚简本	汉简本	帛书本	河上公本	想尔本	严遵本	傅奕本	范应元本
9. 故致数舆无舆/故致数誉乃无誉也	○	×	×	×	○	×	✓	✓
10. 善贷且成/善贷且善成	○	×	√	×	○	×	×	√
11. 以为天下母/可以为天下母	○	√	×	×	○	×	√	×
12. 大者宜为下/则大者宜为下	○	√	○	×	○	×	✓	✓
13. 可以加人/可以加于人	○	×	×	×	○	×	√	√
14. 抗兵相加/抗兵相若	○	√	√	×	○	○	√	×
15. 扔无敌/乃无敌	○	√	√	×	○	√	√	×
16. 莫能知/莫之能知	○	√	√	×	×	○	√	√
17. 莫能行/莫之能行	○	√	√	×	×	○	√	√
18. 其无以易之/以其无以易之	○	√	√	×	○	×	√	×
19. 早服/早复	×	×	×	×	○	×	×	×
20. 稽式/楷式	○	√	×	√	○	×	×	×
21. 则我者贵/则我贵	○	√	√	×	○	√	√	√
22. 贵言/贵言也	√	×	√	×	×	✓	✓	✓
23. 道之动/道之动也	√	√	√	×	○	×	×	×
24. 可名为大/可名于大	○	√	√	×	√	×	√	√
25. 知天下/以知天下	○	√	√	√	○	×	✓	✓
26. 为学/为学者	√	√	√	×	○	×	√	√
27. 为道/为道者	√	√	√	×	○	×	√	√
28. 取天下/其取天下	○	○	×	×	○	✓	✓	✓
29. 天下/天下者	○	○	×	×	○	√	√	√
30. 不足/又不足	○	√	✓	×	○	×	√	×
31. 取天下/取天下也	○	×	×	×	○	×	×	✓
32. 天地之始/万物之始	○	√	√	×	○	×	×	×
33. 或不盈/又不盈	○	√	√	×	√	×	√	×
34. 棁/锐	×	×	×	√	×	√	√	√
35. 能婴儿乎/能若婴儿乎	○	√	√	×	×	×	✓	✓
36. 能无知乎/能无以知乎	○	√	√	×	×	×	√	√
37. 能无为乎/能无以为乎	○	✓	✓	×	×	×	√	√

续表

	楚简本	汉简本	帛书本	河上公本	想尔本	严遵本	傅奕本	范应元本
38. 寄天下/托天下	√	√	√	×	√	×	√	√
39. 观复/观其复	√̸	√	√	√	√	×	√	√
40. 文不足/文未足	×	√	√	×	√	√	√	×
41. 善之与恶/美之与恶	√	√	√	×	√	×	√	×
42. 泊/廓	○	×	×	×	×	×	×	×
43. 无止/无所止	×	×	×	√	√	√	√	√
44. 故物/凡物	○	×	×	×	×	×	√	√
45. 强天下/强于天下	√	√	√	×	×	○	×	×
46. 不敢以取强/不以取强	√	√	√	×	√	○	×	×
47. 常无欲/故常无欲	○	√	√	×	○	×	×	×
48. 不为主/不知主	○	×	×	×	×	×	√	√
49. 道之出口/道之出言	○	√	√	×	×	×	√	√
50. 上德无为而无以为/上德无为而无不为	○	×	×	○	√	×	√	√
51. 下德为之而有以为/下德为之而无以为	○	√	○	×	○	×	√	√
52. 天下万物/天下之物	√	√	√	×	○	√	√	√
53. 我亦教之/我之教人	○	√	√	×	√	×	√	√
54. 歙歙/歙歙焉	○	√̸	√	×	○	√̸	√	√
55. 浑其心/浑心焉	○	√̸	√̸	×	○	√̸	√	√
56. 百姓皆注其耳目	○	√	√	√	○	√	√	√
57. 人之生/而民生	○	√	√	×	○	√	√	√
58. 修之于身/修之身	√	√	√	×	○	×	√	√
59. 余/有余	√	√	√	√̸	○	√	×	√
60. 含德之厚/含德之厚者	√	√	√	×	○	√	√	√
61. 使气曰强/使气则强	×	×	×	×	○	×	√	×
62. 人多伎巧/民多智慧	√	√	√	×	○	×	√	√
63. 我无欲而民自朴/我欲不欲而民自朴	√	√	√	×	○	√	×	×
64. 为下/故为下	○	√	√	×	○	×	√	√
65. 复/以复	×	√̸	√̸	×	○	×	√	×

	楚简本	汉简本	帛书本	河上公本	想尔本	严遵本	傅奕本	范应元本
66. 智多/多智	○	×	×	×	○	×	√	×
67. 常知/能知	○	×	×	×	○	×	√	×
68. 能成器长/能为成器长	○	√	√	×	○	×	×	√
69. 轻敌/无敌	○	√	√	×	○	×	×	√
70. 唯有道者/唯其道也	○	×	×	×	○	×	乄	×
71. 不积/无积	○	×	×	×	○	×	×	×
72. 不如其已/不若其已	√	×	×	×	√	×	×	×
73. 以战则胜/以陈则胜	○	√	×	×	○	×	×	×
74. 处无为之事/居无为之事	√	√	√	×	○	×	×	×
75. 万物作焉而不辞/万物作焉而不为始	乄	乄	√	×	○	×	√	√
76. 知谁/知其谁	○	√	√	×	×	×	×	×
77. 勤而行之/勤能行之	√	√	√	×	○	×	×	×
78. 人之迷/民之迷也	○	×	√	×	○	×	×	×
79. 妄作凶/则妄作凶	○	×	×	×	×	×	×	×

说明：以"1. 弗/不"为例，编号见于本文第二、三节的举例，"/"前后分别为王弼今本经文和王弼注所引述经文。"○"表示该版本无相关内容，"√"表示该《老子》版本与王弼今本所引述经文相合，"×"表示该《老子》版本与王弼今本所引述经文不合，"乄"表示该《老子》版本与王弼今本所引述经文部分相合。

根据上表，可知以下情况：

1. 排除缺失的章节部分，楚简本与王弼今本所引述经文可相比照的共计27条，其中相合的有19条，占到70.4%；部分相合的有2条，占到7.4%；不相合的有6条，占到22.2%。

2. 排除缺失的章节部分，汉简本与王弼今本所引述经文可相比照的共计78条，其中相合的有50条，占到64.1%；部分相合的有7条，占到9.0%；不相合的有20条，占到25.6%。

3. 排除缺失的章节部分，帛书本与王弼今本所引述经文可相比照的共计77条，其中相合的有49条，占到63.6%；部分相合的有5条，占到 6.5%；不相合的有 23 条，占到 29.9%。

4. 河上公本与王弼今本所引述经文可相比照的共计 79 条，其中相合的有 8 条，占到 10.1%；部分相合的有 1 条，占到 1.3%；不相合的有 70 条，占到 88.6%。

5. 排除缺失的章节部分，想尔本与王弼今本所引述经文可相比照的共计 26 条，其中相合的有 12 条，占到 46.2%；部分相合的有 1 条，占到 3.8%；不相合的有 13 条，占到 50.0%。

6. 排除缺失的章节部分，严遵本与王弼今本所引述经文可相比照的共计 74 条，其中相合的有 12 条，占到 16.2%；部分相合的有 4 条，占到 5.4%；不相合的有 58 条，占到 78.4%。

7. 傅奕本与王弼今本所引述经文可相比照的共计 79 条，其中相合的有 53 条，占到 67.1%；部分相合的有 8 条，占到 10.1%；不相合的有 18 条，占到 22.8%。

8. 范应元本与王弼今本所引述经文可相比照的共计 79 条，其中相合的有 38 条，占到 48.1%；部分相合的有 6 条，占到 7.6%；不相合的有 35 条，占到 44.3%。

不难看出，王弼注所引经文与《老子》简帛文本以及号称"古本"的傅奕本最为接近，吻合率均达到 60% 以上；王弼注所引经文与河上公本的距离最远，而王弼今本的经文实际上与河上公本最为接近。王弼作注时所依据的《老子》文本，绝不等同于今天所见的所谓"王弼本"。从它与楚简本、汉简本、帛书本以及傅奕本的高度相契情况看，王弼所据文本也是一个相当古老的本子。目前所见王弼今本主要由《道藏》所收文本衍生而来，其经文遭到了以河上公本为代表的通行本的大面积同化。马叙伦先生曾认为河上公本受到王弼本的影响，笔者则赞同瓦格纳的意见，即王弼今本受河上公本的同化。饶宗颐先生指出："大抵东汉以来，《道德经》本可别为两大系：一为道教徒删助字以符五千文之本；一为不删助字本，则一般所诵习者也。"① 王弼今本经文较之注文所引述

---

① 饶宗颐：《老子想尔注校证》，上海古籍出版社 1991 年版，第 52 页。

经文，即往往删减虚词。

瓦格纳指出，傅奕和范应元的两个"古代"应该被当作最接近原来的王弼《老子》本的文本，帛书本则是同一文本族中远缘的成员，而楚简本则更远①。这与笔者的分析并不一致。从吻合率看，楚简本与帛书本并不比傅奕本和范应元本低。傅奕本和范应元本虽然有存古的性质，但毕竟文本不够纯粹，而是经过整合的文本。根据简帛文本尤其是近年公布的汉简本，有必要重新审视傅奕本，因为傅奕本的确保存了诸多汉初《老子》文本的样态。由于范应元本保存了王弼本较早版本的一些信息，同样值得重视。瓦格纳试图根据傅奕本、范应元本以及简帛文本重构"王弼本"，但限于材料，这种构拟实际上是不现实的。尤其是瓦格纳在采择底本时标准不一，并且往往根据自己的理解进行取舍，这样很难说恢复了"王弼本"的本来面目。目前我们所见到的简帛文本以及传世本，都不能说就是王弼所见的文本。在看待《老子》文本的演化过程以及诸文本的相互关系时，需要以动态的、历史的眼光去考察，而不能拘泥、迷信某一具体的文本。王弼今本的经文虽然不是真正的"王弼本"，但毕竟也是《老子》文本演化史中的重要一环，自有其独特价值。

（作者单位：陕西师范大学人文社会科学高等研究院、
中国社会科学院，北京语言大学中华文化研究院）

---

① Rudolf G. Wagner, *A Chinese Reading of the Daodejing*: *Wang Bi's Commentary on the Laozi with Critical Text and Translation*, Albany: State University of New York Press, 2003, p. 27.

"举本统末"与王弼思想的再认识

党圣元　康　倩

自汤用彤先生以西方哲学的"本体"概念与魏晋玄学相联系，并以"贵无""崇有"等关键词区分玄学发展诸阶段，王弼思想作为"本体论"（Ontology）或者"贵无论"已然深入人心。然而，以"本体论"或"贵无论"概括王弼思想均不无缺失之处，王弼思想的核心可归结为"举本统末"，非"本体"或"贵无"所能涵盖。

汤用彤先生联系西方哲学提出"本体论"，张岱年先生则以"本根论"代替学界艳称的"本体论"，他指出："印度哲学及西方哲学讲本体，更有真实义，以为现象是假是幻，本体是真是实。本体者何？即是唯一的究竟实在。这种观念，在中国本来的哲学中，实在没有。中国哲人讲本根与事物的区别，不在于实幻之不同，而在于本末、原流、根支之不同。万有众象同属实在，不惟本根为实而已。以本体为唯一实在的理论，中国哲人实不主持之。"① 张先生强调，中国古代哲学中的"本根"，是超乎形的。它与事物之间，不是真实与虚幻的关系，而是源流根枝的关系。若以"本体论"讨论中国古代的"本根论"，无疑方枘而圆凿。西方哲学所说的"本体"，与中国古代的"本""体""本体"并不能完全对应。从某种程度上说，王弼思想属于"本根论"，但又绝不限于"本根论"。至于"贵无论"，亦难以概括王弼的全部思想。"无"是

---

① 张岱年：《张岱年文集》第 2 卷《中国哲学大纲》，清华大学出版社 1990 年版，第 41 页。

王弼所言称的重要范畴，但"本"是更为根本的范畴，"无"是"本"的存在形式之一，而非唯一的表现。王弼的重要贡献在于，在何晏"夫道者，惟无所有也"命题的基础上，加强了"本""末"之间的联系，构建起"举本统末"的完善思想体系。

"本""末"之论，《老子》一书未见，但先秦以降已有不少论者使用"本""末"的概念，尤其是《庄子·天下》提出的"明于本数，系于末度"①，与王弼的"举本统末"遥相呼应。中国古代的"本"与"体"义近，与它们相对的是"末"或"用"。中国古代所说的"本体"，与西方哲学中的"本体"并不是一回事②，本文所称"本体"是就中国文化的语境而言的。注重本体探索的中国形上学，实际上是自《老子》发端的，《老子》虽未言及"本""末"，却是后世"本根论"的直接源头。在汤用彤先生的基础上，论者普遍认为王弼玄学是由汉代宇宙生成论向本体论转变的重要标志。但所谓的宇宙生成论与本体论，实际上都应该归入"本根论"，它们均要进一步上溯至《老子》的时代。

一 作为王弼思想纲领的"举本统末"

王弼在《老子指略例》中指出："《老子》之书，其几乎可一言而蔽之。噫！'崇本息末'而已矣。"③ 这一概括高屋建瓴，以"崇本息末"撮述《老子》一书的旨趣。王弼在《老子》五十二章注云："'母'，本也。'子'，末也。得本以知末，不舍本以逐末也。"④ 可见，"本"即"母"，"末"即"子"。"本""母"为本体，"末""子"表示现象世界，系由本体所衍生。由"本"可以推知"末"，不可背离"本"而追求"末"。但"本"与"末"又非割裂的关系，在"末"形成之后，"本"与"末"仍是相统一的关系，即所谓"体用一如"。

---

① （清）郭庆藩撰，王孝鱼点校：《庄子集释》，中华书局 1961 年版，第 1067 页。
② 张岱年：《中国古代本体论的发展规律》，《社会科学战线》1985 年第 3 期。
③ （三国魏）王弼注，楼宇烈校释：《老子道德经注校释》，中华书局 2008 年版，第 198 页。
④ （三国魏）王弼注，楼宇烈校释：《老子道德经注校释》，中华书局 2008 年版，第 139 页。

与"崇本息末"相关的论述还有："崇本以息末，守母以存子"（《老子指略例》)①；"故见素朴以绝圣智，寡私欲以弃巧利，皆崇本以息末之谓也"（《老子指略例》)②；"夫以道治国，崇本以息末；以正治国，立辟以攻末……多皆舍本以治末，故以致此也。……此四者，崇本以息末也"（《老子》五十七章注）③；"此皆崇本以息末，不攻而使复之也"（《老子》五十八章注）④；"守母以存其子，崇本以举其末，则形、名俱有而邪不生，大、美配天而华不作……舍其母而用其子，弃其本而适其末，名则有所分，形则有所止"（《老子》三十八章注）⑤；"举本统末，而示物于极者也"（《论语·阳货》注）⑥；"时人弃本崇末，故大其能寻本礼意也"（《论语·八佾》注）⑦。从《老子指略例》看，所谓"崇本息末"，表现为"见素朴""绝圣智""寡私欲""弃巧利"。《老子》五十七章注所说的"四者"，即《老子》经文"我无为而民自化，我好静而民自正，我无事而民自富，我无欲而民自朴"中的"无为""好静""无事""无欲"，它们均为"崇本息末"的表现。《老子》三十八章注亦云："本在无为，母在无名。弃本舍母，而适其子，功虽大焉，必有不济；名虽美焉，伪亦必生。"⑧ 王弼指出"本""母"体现为"无为""无名"，若舍本逐末，即便有功、名，仍不足取，强调"本"与"末"的统一。在解释《论语·阳货》"予欲无言"时，王弼延续他的圣人观，认为孔子"无言"实际上是在强调"举本统末"。"本"即"天地之心"，唯有"修本废言"⑨，天地才能广施教化。同样是解释《论语》，王弼反对"弃本崇末"，而这里的"末"则明确落实到"礼"的身上。

---

① （三国魏）王弼注，楼宇烈校释：《老子道德经注校释》，中华书局 2008 年版，第 196 页。

② （三国魏）王弼注，楼宇烈校释：《老子道德经注校释》，中华书局 2008 年版，第 198 页。

③ （三国魏）王弼注，楼宇烈校释：《老子道德经注校释》，中华书局 2008 年版，第 149—150 页。

④ （三国魏）王弼注，楼宇烈校释：《老子道德经注校释》，中华书局 2008 年版，第 152 页。

⑤ （三国魏）王弼注，楼宇烈校释：《老子道德经注校释》，中华书局 2008 年版，第 95 页。

⑥ （三国魏）王弼撰，楼宇烈校释：《王弼集校释》，中华书局 1980 年版，第 633 页。

⑦ （三国魏）王弼撰，楼宇烈校释：《王弼集校释》，中华书局 1980 年版，第 622 页。

⑧ （三国魏）王弼注，楼宇烈校释：《老子道德经注校释》，中华书局 2008 年版，第 94 页。

⑨ （三国魏）王弼撰，楼宇烈校释：《王弼集校释》，中华书局 1980 年版，第 633 页。

总之，"无为""无事""无名""无欲""好静""素朴""质素""朴""笃实"等与"本""母"有关，可以说是"本"的存在状态，无形无名，都是"无"的表现；而"圣智""仁义""礼""聪明""司察""爱欲""私欲""民欲""宝货""巧利""巧用""巧伪""劝进""华竞""华誉"等与"末""子"有关，有形有名，都是"有"的表现，均由本体衍生并被本体统御。所谓"本"，表现为"道""无"等概念，所以王弼说"夫以道治国，崇本以息末"。"以正治国"属于"有事"，与"以无事取天下"相对，则是"立辟以攻末"，即确立法度来攻击"末"，但这违背了"崇本息末"的宗旨。王弼强调"不在攻其为邪""不攻而使复之"，不应攻击欲望、争竞这样的"末""邪"，而当从根本上遏制欲望的产生而归于真朴，"本在朴也"（《老子》八十一章注）①，真朴是"本"的存在状态。

可见，王弼主张"崇本以息末，守母以存子"，而反对"舍本以治末""弃本舍母，而适其子""舍其母而用其子，弃其本而适其末""用其子而弃其母""弃本崇末"。即尊崇"本""母"，反对舍弃"本""母"而从其"末""子"。但王弼并不完全反对"末"与"子"，而是强调在"崇本""举本""守母"的基础上"息末""统末""存子"。有不少论者从"息末"之"息"入手强调王弼希望杜绝"末""子"，实际上，"息末"与"存子"义近，何况"崇本息末"尚有"崇本举末"的表述。

目前学术界有一种较普遍的观点，即王弼诠释文本中同时存在"崇本息末"与"崇本举末"，这是相矛盾的。汤一介先生认为王弼没有也不可能摆脱老子哲学思想的影响，因而导致了这一矛盾②。田永胜等先生则认为"崇本息末"与"崇本举末"应该相剥离，王弼在《老子》"崇本息末"的基础上提炼出了"崇本举末"的思想，"崇本息末"是《老子》的思想，"崇本举末"则是王弼的思想③。我们则认为，"崇本息末""崇本举末""举本统末"等表述并不相悖，均强调"本""末"并

---

① （三国魏）王弼注，楼宇烈校释：《老子道德经注校释》，中华书局 2008 年版，第 191 页。
② 汤一介：《郭象与魏晋玄学》（增订本），北京大学出版社 2000 年版，第 46 页。
③ 田永胜：《王弼思想与诠释文本》，光明日报出版社 2003 年版，第 53 页。

举、以 "本" 统 "末"。相较而言，"举本统末" 的概括更能窥及王弼思想的旨趣。"举本统末" 是王弼思想的基本纲领，此外王弼 "执一统众""得意忘象" 等命题的讨论，实际上均由此衍生。从这一纲领出发，过去对王弼思想 "本体论" 抑或 "贵无论" 的定位均有失片面。

在《老子》三十八章注中，王弼将 "崇本以举其末" 与 "守母以存其子" 并举，正如《老子指略例》中 "崇本以息末" 与 "守母以存子" 并举，可见 "崇本举末" 与 "崇本息末" 并无根本区别。 "本" 与 "末" 应该是统一的关系，而非对立、割裂的。 "崇本举末" 侧重于 "末" 由 "本" 衍生，"崇本息末" 侧重于 "本" 为根本，反对舍本逐末，均在强调 "崇本"，只不过侧重点有微妙差异。"息" 为止息，"存" 为存有，以 "息" 为生①、以 "存" 为止息②之类的训释均难以成立。 "本" 为 "无名""无形"，"形""名" 均由 "本" 衍生。若是 "崇本举末"，则 "形、名俱有而邪不生，大、美配天而华不作"，"本""末" 兼备，"形""名" 俱有，则为理想的状态。所谓 "为功之母"，指生成万物之功的 "母"，即 "道""无"，《老子指略例》亦云："功不可取，美不可用，故必取其为功之母而已矣。"③ "载之以大道，镇之以无名"④，亦得其 "本""母"，如此则欲望不生，可以无为而治。反之，若是 "弃其所载，舍其所生"⑤，即便有 "仁""义""礼" 这些观念也会产生争竞欲望。要想实现 "仁""义""礼"，需要从 "崇本" 入手，"母不可远，本不可失"⑥，而不可 "舍其母而用其子，弃其本而适其末"。《老子指略例》云："夫圣、智，才之杰也；仁、义，行之大者也；巧、利，用之善也。本苟不存，而兴此三美，害犹如之，况术之有利斯，以忽素

① 林丽真：《王弼》，东大图书股份有限公司 1988 年版，第 55 页。
② 刘季冬：《儒道会通——王弼＜老子注＞之思想建构》，人民出版社 2014 年版，第 178 页。
③ （三国魏）王弼注，楼宇烈校释：《老子道德经注校释》，中华书局 2008 年版，第 199 页。
④ （三国魏）王弼注，楼宇烈校释：《老子道德经注校释》，中华书局 2008 年版，第 95 页。
⑤ （三国魏）王弼注，楼宇烈校释：《老子道德经注校释》，中华书局 2008 年版，第 95 页。
⑥ （三国魏）王弼注，楼宇烈校释：《老子道德经注校释》，中华书局 2008 年版，第 95 页。

朴乎?"① 同样在强调如果失去"本",行"圣""智""仁""义""巧""利"反而有害。在《老子》二十章注中,王弼也对"弃生民之本,贵末饰之华"② 的行为表达了不满。在《老子》五十章注中,王弼指出"物苟不以求离其本,不以欲渝其真",认为不因欲求而脱离"本",则"虽入军而不害,陆行而不可犯"③,自然不被侵害。

在王弼的诠释文本中,本体除了以"本""母"为表述,还有"宗""主""君"这样的指称。如《老子》十四章注:"无形无名者,万物之宗也。"④ 此外,"根"亦即"本",《老子》五十四章注:"固其根,而后营其末,故'不拔'也。"⑤ 《老子》五十九章注:"国之所以安,谓之'母'。重积德,是唯图其根,然后营末,乃得其终也。"⑥ 即以"根"来表示本体。

二 "举本"与本体的存在形式

至于"本""母"的具体存在形式,王弼的诠释文本自然因袭了《老子》一书中"道"的概念,同时,王弼对于《老子》一书中已经出现但没有过多论述的"无"和"一"予以特别的强调。

"道"自然是王弼诠释文本绕不开的概念,实际上,王弼也的确是将"道"作为本体使用的,并且将其等同于"本"。在《老子》三十八章注中,王弼即强调"道"的终极意义:"夫大之极也,其唯道乎!自此已往,

---

① (三国魏)王弼注,楼宇烈校释:《老子道德经注校释》,中华书局2008年版,第199页。
② (三国魏)王弼注,楼宇烈校释:《老子道德经注校释》,中华书局2008年版,第48页。
③ (三国魏)王弼注,楼宇烈校释:《老子道德经注校释》,中华书局2008年版,第135页。
④ (三国魏)王弼注,楼宇烈校释:《老子道德经注校释》,中华书局2008年版,第32页。此外如《老子》四十二章注:"故万物之生,吾知其主,虽有万形,冲气一焉。"《老子》四十七章注:"事有宗而物有主。"《老子》四十九章注:"物有其宗,事有其主。"《老子》七十章注:"'宗',万物之宗也。'君',万物之主也。"《老子指略例》亦云:"夫物之所以生,功之所以成,必生乎无形,由乎无名。无形无名者,万物之宗也。"
⑤ (三国魏)王弼注,楼宇烈校释:《老子道德经注校释》,中华书局2008年版,第143页。
⑥ (三国魏)王弼注,楼宇烈校释:《老子道德经注校释》,中华书局2008年版,第156页。

岂足尊哉!"① 不过王弼似乎对"道"这一指称颇有微词。如在《老子指略例》中,他指出:"'道''玄''深''大''微''远'之言,各有其义,未尽其极者也。"② 基于"名号则大失其旨,称谓则未尽其极"③ 的认识,他认为"本"是"无名""无形"的,是不可命名的。《老子》二十五章注:"吾所以字之曰'道'者,取其可言之称最大也。责其字定之所由,则系于'大'。'大'有系则必有分,有分则失其极矣,故曰'强为之名曰"大"'。"④ 亦在阐论以"道""大"命名本体的局限。因此,王弼认为"道"未必能表示本体,而是倾向于以"无""一"来表示终极概念。也出于本体不可被称述的特点,本体拥有多个称名并不难理解,这与本体的终极性也是不矛盾的。《论语·述而》王弼注云:"'道'者,'无'之称也,无不通也,无不由也。况之曰'道',寂然无体,不可为象。"⑤ 说明"道"统御万物又无形无名的特点,同时,以"道"为"无"的一种指称,说明"无"较之"道"更具根本意义。

"无"是《老子》的一大发现,如其十一章"无之以为用"、四十章"天下万物生于有,有生于无",为王弼"以无为本""以无为用"的思想奠定了基础。《晋书·王衍传》载:"魏正始中,何晏、王弼等祖述《老》《庄》,立论以为:'天地万物皆以无为为本。'无'也者,开物成务,无往不存者也。阴阳恃以化生,万物恃以成形,贤者恃以成德,不肖恃以免身。故无之为用,无爵而贵矣。'"⑥ 何晏明确标举"无",揭启了魏晋玄学的序幕。王弼在何晏的基础上完善了对本体的认识,将"无"直接等同于本体并且将其置于自身思想体系的重要位置,可谓思想史的一大突破。但"无"却非王弼思想最核心的因素,故称王弼思想为"贵无论"虽无大错却并不全面,毕竟王弼所强调的"本"并不限于"无"。

众所周知,王弼主张"以无为本",这实际上是对何晏思想的继承。

① (三国魏)王弼注,楼宇烈校释《老子道德经注校释》,中华书局 2008 年版,第 94 页。
② (三国魏)王弼注,楼宇烈校释:《老子道德经注校释》,中华书局 2008 年版,第 196 页。
③ (三国魏)王弼注,楼宇烈校释:《老子道德经注校释》,中华书局 2008 年版,第 198 页。
④ (三国魏)王弼注,楼宇烈校释:《老子道德经注校释》,中华书局 2008 年版,第 63 页。
⑤ (三国魏)王弼撰,楼宇烈校释《王弼集校释》,中华书局 1980 年版,第 624 页。
⑥ (唐)房玄龄等:《晋书》,中华书局 1974 年版,第 1236 页。

在诠释《老子》一章时，王弼指出："凡有皆始于无，故未形无名之时，则为'万物之始'……万物始于微而后成，始于无而后生。"①"万物之始于无"的表述，亦见于《老子》二十一章注②。在王弼眼中，"有"均始于"无"，万物的始源是"无形""无名"的状态③，"有形""有名"由其衍生。这些看法，直接导源自《老子》"无名，天地之始""天下万物生于有，有生于无"的观念，可以说仍局限于《老子》的框架。

在《老子》四十章注中，王弼明确提出了"以无为本"："天下之物，皆以有为生。有之所始，以无为本。将欲全有，必反于无也。"④ 这句话是为了解释"天下万物生于有，有生于无"，其基本思想来自《老子》，但明确将"无"等同于"本"，则具有特殊意义。在此之前，无论是《老子》《庄子》还是黄老后学，均强调宇宙的本体呈现出"无"的状态，但并没有明确将其等同于本体。王弼认为"道"难以称述本体，而"无"可以表达本体真朴、无为、无欲且包通万物的状态，因此试图以"无"来取代"道"。

王弼一再强调"以无为用"⑤，这也是在《老子》基础上的发挥。《老子》十一章云："三十辐共一毂，当其无，有车之用。埏埴以为器，当其无，有器之用。凿户牖以为室，当其无，有室之用。故有之以为利，无之以为用。"这可以说是"以无为用"的直接源头。王弼的诠释实际上早已超出《老子》的范围，从"体用一如"的角度强调"无"作为本体当贯彻于"用"。这也意味着，若"以无为用"，则可到得到"本""母"；在"以无为用"的同时，不能"舍无以为体"，作为"用"的

---

① （三国魏）王弼注，楼宇烈校释：《老子道德经注校释》，中华书局 2008 年版，第 1 页。
② （三国魏）王弼注，楼宇烈校释：《老子道德经注校释》，中华书局 2008 年版，第 53 页。
③ 《老子》三十二章注："道，无形不系，常不可名。"
④ （三国魏）王弼注，楼宇烈校释：《老子道德经注校释》，中华书局 2008 年版，第 110 页。
⑤ 如"凡有之为利，必以无为用"（《老子》一章注）；"木、埴、壁所以成三者，而皆以无为用也。言'无'者，有之所以为利，皆赖以无以为用也"（《老子》十一章注）；"何以尽德？以无为用。以无为用，则莫不载也……是以天地虽广，以无为心；圣王虽大，以虚为主。……万物虽贵，以无为用，不能舍无以为体也。不能舍无以为体，则失其为大矣，所谓'失道而后德'也。以无为用，则得其母，故能己不劳焉而物无不理。下此已往，则失用之母"（《老子》三十八章注）；"高以下为基，贵以贱为本，有以无为用，此其反也"（《老子》四十章注）；"是故天生五物，无物为用；圣行五教，不言为化"（《老子指略例》）。

"无"与作为"体"的"无"是高度统一的。这里的"体""用"之辨，实际上即"本""末"之辨。

《老子》三十八章注称"以无为用"则"莫不载""无物不经"，并指出"上德之人，唯道是用，不德其德，无执无用"，"唯道是用"即"以无为用"①。《老子》十六章注亦云："与天合德，体道大通，则乃至于穷极虚无也。穷极虚无，得道之常，则乃至于不穷极也。无之为物，水火不能害，金石不能残。用之于心，则虎兕无所投其爪角，兵戈无所容其锋刃，何危殆之有乎?"②"体道大通"则至于"穷极虚无"，"穷极虚无"则"得道之常"，进而至于无所穷极。《老子》四十三章注称："虚无柔弱，无所不通。无有不可穷，至柔不可折。"③ 即强调"无"包通万物又不可穷极的特点。王弼指出"无"能够"水火不能害，金石不能残"，不会遭受万物的侵害。《老子》三十八章注称"以无为心"④，"无"正是"天地之心"。若是将"无"用诸己心，则同样不受外物侵害，联系到《老子》五十章注"物苟不以求离其本，不以欲渝其真，虽入军而不害，陆行而不可犯也"⑤ 的论述，可知"无"即等同于"本"。

在王弼的诠释文本中，"一"也被赋予了本体的性质，《老子》三十九章注云："'一'，数之始而物之极也。各是一物之生，所以为主也。物皆各得此一以成，既成而舍一以居成，居成则失其母，故皆裂、发、歇、竭、灭、蹶也。各以其一，致此清、宁、灵、盈、生、贞。用一以致清耳，非用清以清也。守一则清不失，用清则恐裂也。故为功之母不可舍也。是以皆无用其功，恐丧其本也。"⑥ "一"作为数字的始端，有其终极意义。《老子》八十一章注云："极在一也。"⑦《论语·里仁》注

---

① （三国魏）王弼注，楼宇烈校释：《老子道德经注校释》，中华书局2008年版，第93页。
② （三国魏）王弼注，楼宇烈校释：《老子道德经注校释》，中华书局2008年版，第36—37页。
③ （三国魏）王弼注，楼宇烈校释：《老子道德经注校释》，中华书局2008年版，第120页。
④ 《老子》三十二章注亦云："朴之为物，以无为心也，亦无名。"
⑤ （三国魏）王弼注，楼宇烈校释：《老子道德经注校释》，中华书局2008年版，第135页。
⑥ （三国魏）王弼注，楼宇烈校释：《老子道德经注校释》，中华书局2008年版，第106页。
⑦ （三国魏）王弼注，楼宇烈校释：《老子道德经注校释》，中华书局2008年版，第192页。

亦云："极不可二，故谓之'一'也。"①万物得"一"而生，故"一"可为"主"。同时，在王弼的表述中，"一"与"母""本"也是相等同的。受到《老子》三十九章"侯王得一以为天下贞"的影响，也或许受到黄老道家以"一"贯彻宇宙论乃至政治论的影响，王弼谈到"一"时往往与统治术相联系，强调君主需要"得一"，如《老子》四十二章注："百姓有心，异国殊风，而得一者，王侯主焉。以一为主，一何可舍？"②《老子》二十五章注："所以为主，其一之者主也。"③《老子指略例》称"明侯王孤寡之义，而从道一以宣其始"④，认为君主以"孤""寡"自称，实际上与"道""一"的本体意义息息相通⑤。

但"一"与"无"仍有微妙差异。《老子》四十二章注在解释"道生一，一生二，二生三，三生万物"时说："万物万形，其归一也。何由致一？由于无也。由无乃一，一可谓无？已谓之一，岂得无言乎？有言有一，非二如何？有一有二，遂生乎三。从无之有，数尽乎斯，过此以往，非道之流。故万物之生，吾知其主，虽有万形，冲气一焉。百姓有心，异国殊风，而得一者王侯主焉。以一为主，一何可舍？愈多愈远，损则近之。损之至尽，乃得其极。既谓之一，犹乃至三，况本不一，而道可近乎？"⑥万物万形均归于"一"，但"一"由何而起？王弼的答案是"无"，也就是所对应的经文中的"道"。既然"一""无"都是本体，二者是否存在矛盾呢？"无"是否是超越"一"的更为终极的存在呢？王弼显然意识到了这一矛盾，因此他反问："一"还能是"无"么？既然已经称作"一"，还能说是"无言"么？在王弼眼中，从"一"到"三"，都不能算"无"，而是"有"，但"一"到"三"尚且属于"道之流"。数字大于此的，则已经超出了"道"的范围。王弼指出"愈多

---

① （三国魏）王弼撰，楼宇烈校释：《王弼集校释》，中华书局1980年版，第622页。
② （三国魏）王弼注，楼宇烈校释：《老子道德经注校释》，中华书局2008年版，第117页。
③ （三国魏）王弼注，楼宇烈校释：《老子道德经注校释》，中华书局2008年版，第64页。
④ （三国魏）王弼注，楼宇烈校释：《老子道德经注校释》，中华书局2008年版，第197页。
⑤ 王维诚、楼宇烈认为"道一"当作"得一"，参见（三国魏）王弼注，楼宇烈校释《老子道德经注校释》，中华书局2008年版，第207页。此说未必尽然。
⑥ （三国魏）王弼注，楼宇烈校释：《老子道德经注校释》，中华书局2008年版，第117页。

愈远，损则近之。损之至尽，乃得其极"，极少极简乃得终极，这实际上
又涉及"执一统众""以寡统众"的命题。

《老子》二十二章注指出："'一'，少之极也。"① "一"亦即"寡"。
"一"或"寡"可以统御万物，这为崇本论提供了理论基础。"执一统
众""以寡统众"的相关论述有："毂所以能统三十辐者，无也。以其无
能受物之故，故能以寡统众也"（《老子》十一章注）②；"自然之道，亦
犹树也。转多转远其根，转少转得其本。多则远其真，故曰'惑'也。
少则得其本，故曰'得'也"（《老子》二十二章注）③；"有声则有分，
有分则不宫而商矣，分则不能统众，故有声者非大音也"（《老子》四十
一章注）④；"无在于一，而求之于众也"（《老子》四十七章注）⑤；"夫
众不能治众，治众者，至寡者也。夫动不能制动，制天下之动者，贞夫
一者也……故自统而寻之，物虽众，则知可以执一御也……夫'少'
者，多之所贵也；'寡'者，众之所宗也"（《周易略例·明象》）⑥；"夫
事有归，理有会。故得其归，事虽殷大，可以一名举；总其会，理虽博，
可以至约穷也。譬犹以君御民，执一统众之道也"（《论语·里仁》王弼
注）⑦。从以上论述看，"寡"不但可与"一"相当，也可以与"无"相
当。《老子》四十八章："损之又损，以至于无为，无为而无不为。"又
云："为道日损。"王弼注："务欲反虚无也。"⑧ 在《老子》的基础上，
王弼强调越少便越接近"虚无"，也便越接近"本"。一旦繁衍增多，一
旦有"分"，则会离本体越来越远，也便无法统御万物。

"执一统众"或者"以寡统众"，实际上是为了支撑"本""母"
"道""一"等表示本体的概念何以为万物的根本并统御万物，是王弼

---

① （三国魏）王弼注，楼宇烈校释：《老子道德经注校释》，中华书局2008年版，第56页。
② （三国魏）王弼注，楼宇烈校释：《老子道德经注校释》，中华书局2008年版，第26页。
③ （三国魏）王弼注，楼宇烈校释：《老子道德经注校释》，中华书局2008年版，第55—
56页。
④ （三国魏）王弼注，楼宇烈校释：《老子道德经注校释》，中华书局2008年版，第113页。
⑤ （三国魏）王弼注，楼宇烈校释：《老子道德经注校释》，中华书局2008年版，第126页。
⑥ （三国魏）王弼撰，楼宇烈校释：《周易注校释》，中华书局2012年版，第269页。
⑦ （三国魏）王弼撰，楼宇烈校释：《王弼集校释》，中华书局1980年版，第622页。
⑧ （三国魏）王弼注，楼宇烈校释：《老子道德经注校释》，中华书局2008年版，第128页。

"举本统末"思想的有机组成部分。其中的"众",则相当于"末"。从某种程度上说,"执一统众""以寡统众"实际上是"举本统末"的另一种表述形式。在《周易略例》以及《周易注》中,王弼也将这一思想贯彻于爻象的解读,如六爻之中必有其"主",通过确定"主"即可确定一卦之旨。这与京房的主爻说存在一定的联系,但却是基于"举本统末"宗旨下提炼出的解《易》原则。

除了"道""无""一",王弼的诠释文本中还出现"太极"(《老子》六章注),同样是本体的存在形式,不过仅此一例。

三 "统末"与王弼的政治观与伦理观

与何晏相比,王弼使"本""末"得以更好地融贯,其"举本统末"的思想虽然着眼于"本",但落脚点则是"末",这突出体现于其政治观与伦理观。余敦康先生认为,王弼《老子道德经注》讨论的是"无",而《论语释疑》讨论的是"有"[1]。"本""末""有""无"在王弼的诠释文本中实际上均有体现,只是侧重点有所不同。王弼关于《老子》的诠释文本主要基于《老子》经文的发挥,而《老子》对本体和政治最为强调,故王弼注的本根论与政治论较为突出。《论语》一书在政治与伦理方面多有讨论,在王弼看来,孔子虽然关注的是"有",却无时无刻不体现"无",因此王弼在《论语释疑》中对"本""末"关系作了进一步阐发。而出于《周易》的特殊性质,王弼的政治观与伦理观往往潜隐于《周易注》的注文,相对而言不甚明显。学者对王弼"本""无"的观念讨论较多,而对其"末""有"的认识却关注较少,甚至认为王弼"崇本"的同时排斥"末"。实际上,"本""末"作为王弼思想的一体两翼,不可偏于一方,也不可割裂二者之间的联系。

作为"本"的对立面,"末"表现为有形有名,因而王弼反复阐论"形""名"之辨,这突出体现于《老子指略例》之中。王弼认为"形"

---

① 余敦康:《何晏王弼玄学新探》,方志出版社2007年版,第253页。

是"名"的基础，有形有名则有"分"，即所谓"名号生乎形状""凡名生于形，未有形生于名者也""有此名必有此形，有此形必有其分"①。"名必有所分，称必有所由。有分则有不兼，有由则有不尽"，有形有名则有局限，但"本"又需要在"形""名"身上实现："形必有所分，声必有所属。故象而形者，非大象也；音而声者，非大音也。然则，四象不形，则大象无以畅；五音不声，则大音无以至。"② 《论语·子罕》注亦云："譬犹和乐出乎八音乎？然八音非其名也！"③ 所谓"大象""大音"均依赖于具体的"象"与"声"，但它们又不限于具体的"象"与"声"，此所谓"象而形者，非大象""有声者非大音也"（《老子》四十一章注）④。《论语·述而》注亦云："故至和之调，五味不形；大成之乐，五声不分；中和备质，五材无名也。"⑤ 王弼并不排斥"形""名"，他反对的是执着于"形""名"，反对的是"分"，因为"有分则失其极矣"（《老子》二十五章注）⑥。有"分"则有"争"，因而"殊类分析，民怀争竞"（《老子》五十八章注）⑦，故《老子》与王弼均主张崇尚无欲，抑止争竞之心。在《老子》四十一章注中，王弼指出"有声则有分，有分则不宫而商矣，分则不能统众""有形则有分"⑧，认为"分"则远离本体。在《老子》三十八章注中，王弼指出，若"崇本举末"，则"形、名俱有而邪不生"，"本""末"得以兼备，这正是王弼所追求的理想目标；否则，则会"名则有所分，形则有所止"⑨。关键在于"用夫无名，故名以笃焉；用夫无形，故形以成焉"⑩，"无名"与"名"、

---

① （三国魏）王弼注，楼宇烈校释：《老子道德经注校释》，中华书局 2008 年版，第 198—199 页。
② （三国魏）王弼注，楼宇烈校释：《老子道德经注校释》，中华书局 2008 年版，第 195—196 页。
③ （三国魏）王弼撰，楼宇烈校释：《王弼集校释》，中华书局 1980 年版，第 626 页。
④ （三国魏）王弼注，楼宇烈校释：《老子道德经注校释》，中华书局 2008 年版，第 113 页。
⑤ （三国魏）王弼撰，楼宇烈校释：《王弼集校释》，中华书局 1980 年版，第 625 页。
⑥ （三国魏）王弼注，楼宇烈校释：《老子道德经注校释》，中华书局 2008 年版，第 63 页。
⑦ （三国魏）王弼注，楼宇烈校释：《老子道德经注校释》，中华书局 2008 年版，第 151 页。
⑧ （三国魏）王弼注，楼宇烈校释：《老子道德经注校释》，中华书局 2008 年版，第 113 页。
⑨ （三国魏）王弼注，楼宇烈校释：《老子道德经注校释》，中华书局 2008 年版，第 95 页。
⑩ （三国魏）王弼注，楼宇烈校释：《老子道德经注校释》，中华书局 2008 年版，第 95 页。

"无形"与"形"实际上是可以统一的。王弼在《周易·乾·象》注中指出:"夫'形'也者,物之累也。"① 在《周易略例·明象》中则明确提出"得意忘象"的解《易》方法,试图由"用"追溯"体",这实际上可视作"举本统末"在易学领域的实践。

王弼在解释《老子》二十八章时指出:"'朴',真也。真散则百行出,殊类生,若器也。圣人因其分散,故为之立官长。以善为师,不善为资,移风易俗,复使归于一也。"② 其中"朴""真"表示"本",而"百行""殊类"则表示"末"。无形无名的"本"衍生出有形有名的"末",于是开始有"形""名""分"的区分,也便有了政治与伦理。《老子》三十二章注也称:"始制官长,不可不立名分以定尊卑。"③ 圣人是王弼最推崇的人格典范,所谓"圣人体无"④ "圣人有则天之德"⑤,圣人是与"本"相统一的存在⑥。圣人面对"百行""殊类",所做的便是本着"因""无为""自然"的态度,使万物各安其位,从而复归于"一"。在《论语释疑》中,王弼明确将"执一统众之道"落实到"以君御民"之上,可见本体既是为政的起点,也是终点。"因"是"本"的内在要求,在王弼眼中,只要"崇本""举本""执一",遵循"本"的内在要求,必将臻于圣人之治。反之,则会滋生奸邪祸乱。

这一政治观,实际上可从《老子》二章窥及端倪:"是以圣人处无为之事,行不言之教,万物作焉而不辞,生而不有,为而不恃,功成而弗居。"王弼注云:"自然已足,为则败也。智慧自备,为则伪也。"⑦ 在《老子》的基础上,王弼进一步强化了"本""末"之间的联系,由于"自然""无为"是"本"的内在要求,圣人也需要遵循这些原则施行教

---

① (三国魏)王弼撰,楼宇烈校释:《周易注校释》,中华书局 2012 年版,第 2 页。

② (三国魏)王弼注,楼宇烈校释:《老子道德经注校释》,中华书局 2008 年版,第 74 页。

③ (三国魏)王弼注,楼宇烈校释:《老子道德经注校释》,中华书局 2008 年版,第 81 页。

④ (晋)陈寿撰,(南朝宋)裴松之注:《三国志·魏书》卷 28《钟会传》注引何劭《王弼传》,中华书局 1964 年版,第 795 页。

⑤ (三国魏)王弼撰,楼宇烈校释:《王弼集校释》,中华书局 1980 年版,第 626 页。

⑥ 《老子》十七章注云:"大人在上,居无为之事,行不言之教,万物作焉而不为始。"则是以"大人"作为"圣人"。

⑦ (三国魏)王弼注,楼宇烈校释:《老子道德经注校释》,中华书局 2008 年版,第 6 页。

化。《老子》二十三章注对此有明确的说明："道以无形无为成济万物，故从事于道者以无为为居，不言为教。"① 圣人之所以无为而治，在于"道"本身便是"无形无为"的，即所谓"天地任自然，无为无造"（《老子》五章注）②。但圣人无为而治并不意味着无所作为，"万物无不由为以治以成之"（《老子》三十七章注）③，只不过"为"要遵循"自然"，"万物以自然为性，故可因而不可为也"（《老子》二十九章注）④，要求因循万物的自身状态与规律，从而做到"无为而无不为"。这也正如《老子指略例》所说的："圣行五教，不言为化……圣人不以言为主，则不违其常；不以名为常，则不离其真；不以为为事，则不败其性；不以执为制，则不失其原矣。"⑤ 否则，便会"造立施化，则物失其真；有恩有为，则物不具存"（《老子》五章注）⑥。

"有为"的表现，便是使用"智"和"明"。王弼在《老子》十章注中称，"智"即"任术以求成，运数以求匿"，治国若"无以智"，则"民不辟而国治之"⑦。至于"明"，则是"多见巧诈，蔽其朴也"（《老子》六十五章注）⑧。王弼在《老子》"绝圣弃智"的基础上一再申论"以智治国，下知避之"（《老子》十七章注）⑨。总之，统治者越是使用"智"，百姓越是躲避，并且同样以"智"来应对统治者，"民之难治，

---

① （三国魏）王弼注，楼宇烈校释：《老子道德经注校释》，中华书局2008年版，第57页。
② （三国魏）王弼注，楼宇烈校释：《老子道德经注校释》，中华书局2008年版，第13页。
③ （三国魏）王弼注，楼宇烈校释：《老子道德经注校释》，中华书局2008年版，第91页。
④ （三国魏）王弼注，楼宇烈校释：《老子道德经注校释》，中华书局2008年版，第76页。
⑤ （三国魏）王弼注，楼宇烈校释：《老子道德经注校释》，中华书局2008年版，第195—196页。
⑥ 此类论述尚有："物有常性，而造为之，故必败也"（《老子》二十九章注）"言之者失其常，名之者失其真，为之者则败其性，执之者则失其原矣"（《老子指略例》）。
⑦ （三国魏）王弼注，楼宇烈校释：《老子道德经注校释》，中华书局2008年版，第23页。
⑧ （三国魏）王弼注，楼宇烈校释：《老子道德经注校释》，中华书局2008年版，第167页。
⑨ （三国魏）王弼注，楼宇烈校释：《老子道德经注校释》，中华书局2008年版，第40页。另参见"行术用明，以察奸伪，趣睹形见，物知避之"（《老子》十八章注），"以明察物，物亦竞以其明应之……无所察焉，百姓何避？无所求焉，百姓何应？无避无应，则莫不用其情矣"（《老子》四十九章注），"虽极圣明以察之，竭智虑以攻之，巧愈思精，伪愈多变，攻之弥甚，避之弥勤"（《老子指略例》）。

以其多智也"(《老子》六十五章注)①，从而导致"民多智慧，则巧伪生"(《老子》五十七章注)②。统治者需要做到"舍己任物""守夫素朴"，而非"竭其聪明""役其智力"(《老子》三十八章注)③，"不以探幽为明"(《论语·泰伯》注)④，即所谓"素朴可抱，而圣智可弃"(《老子指略例》)⑤。在《老子》三十三章注中，王弼还在"胜人者有力，自胜者强"的基础上指出"明用于己，则物无避焉"⑥，还是讨论"明"与"避"的辩证关系。

王弼于《老子》五十八章注中指出："言善治政者，无形、无名、无事、无正可举。"⑦ 这反映了王弼总体的政治观。其《论语·泰伯》注云："故则天成化，道同自然，不私其子而君其臣。凶者自罚，善者自功。功成而不立其誉，罚加而不任其刑。百姓日用而不知所以然，夫又何可名也！"⑧ 由此勾勒出的理想政治图景，其中的关键就在于"则天成化，道同自然"。可见，王弼的政治理想，实际上仍然延续着儒家"内圣外王"的理路。

根据《老子》三十八章注，"上德"是"无执无用"的，而"下德"则是"求而得之，为而成之"，"凡不能无为而为之者，皆下德也，仁、义、礼、节是也"⑨，将"仁""义""礼""节"均归入"下德"。"仁""义""礼""节"属于"末"，但王弼并不完全反对它们，而是强调返归本体，从而做到"体用一如"。因为"末"是有限的，只有统一到"本"之下，才能发挥其无限的价值。这便涉及王弼的伦理观。

王弼于《论语·八佾》注将"礼"等同于"末"，三十八章注在《老子》"夫礼者，忠信之薄而乱之首"的基础上加以发挥："夫礼也，

---

① （三国魏）王弼注，楼宇烈校释：《老子道德经注校释》，中华书局 2008 年版，第 168 页。
② （三国魏）王弼注，楼宇烈校释：《老子道德经注校释》，中华书局 2008 年版，第 150 页。
③ （三国魏）王弼注，楼宇烈校释：《老子道德经注校释》，中华书局 2008 年版，第 95 页。
④ （三国魏）王弼撰，楼宇烈校释：《王弼集校释》，中华书局 1980 年版，第 626 页。
⑤ （三国魏）王弼注，楼宇烈校释：《老子道德经注校释》，中华书局 2008 年版，第 198 页。
⑥ （三国魏）王弼注，楼宇烈校释：《老子道德经注校释》，中华书局 2008 年版，第 84 页。
⑦ （三国魏）王弼注，楼宇烈校释：《老子道德经注校释》，中华书局 2008 年版，第 151 页。
⑧ （三国魏）王弼撰，楼宇烈校释：《王弼集校释》，中华书局 1980 年版，第 626 页。
⑨ （三国魏）王弼注，楼宇烈校释：《老子道德经注校释》，中华书局 2008 年版，第 94 页。

所始首于忠信不笃，通简不畅，责备于表，机微争制。夫仁义发于内，为之犹伪，况务外饰而可久乎!"① 王弼注指出，"礼"之所以存在，在于世人缺乏忠信、过于追求表面形式。但他并不排斥"礼"，关键在于"用不以形，御不以名"："各任其贞，事用其诚，则仁德厚焉，行义正焉，礼敬清焉。弃其所载，舍其所生，用其成形，役其聪明，仁则失诚焉，义其竞焉，礼其争焉……载之以道，统之以母，故显之而无所尚，彰之而无所竞。"（《老子》三十八章注）② 王弼认为，若能保持"贞"与"诚"，那么"仁""义""礼"便均能发挥其应有的作用；如若舍弃本体而崇尚用智，则会导致"仁则失诚焉，义其竞焉，礼其争焉"的局面。"仁""义""礼"作为"末"，本身是有限的，唯有"载之以道，统之以母"，"仁""义""礼"才能真正实现其无限的价值。《论语·先进》注称"有财，死则有礼；无财，则已焉"③，反映了王弼因循自然的礼乐观念。"仁""义""礼"实际上均为"名教"的内容，王弼并不反对"名教"，而是针对当时"名教"逐渐虚伪化的弊端，倡导以"自然""崇本"来矫正。王弼的最终目的，仍是更好地推动"名教"的施行。到了玄学后学嵇康、阮籍等人那里，"名教"与"自然"的冲突愈加激烈，遂有"越名教而任自然"的口号。

据何劭《王弼传》，何晏主张"圣人无喜怒哀乐"，但王弼对此不以为然，他认为："圣人茂于人者神明也，同于人者五情也。神明茂，故能体冲和以通无；五情同，故不能无哀乐以应物。然则圣人之情，应物而无累于物者也。"④ 王弼并不排斥圣人具备情感，"圣人之情"的特点在于"本""末"相偕，"应物而无累于物"。在《论语·泰伯》注中，王弼认为"夫喜、惧、哀、乐，民之自然，应感而动，则发乎声歌"，哀、乐等情感出于"民之自然"⑤。王弼还认为"自然亲爱为'孝'"（《论

---

① （三国魏）王弼注，楼宇烈校释：《老子道德经注校释》，中华书局 2008 年版，第 94 页。
② （三国魏）王弼注，楼宇烈校释：《老子道德经注校释》，中华书局 2008 年版，第 95 页。
③ （三国魏）王弼撰，楼宇烈校释：《王弼集校释》，中华书局 1980 年版，第 628 页。
④ （晋）陈寿撰，（南朝宋）裴松之注：《三国志·魏书》卷 28《钟会传》注引何劭《王弼传》，中华书局 1964 年版，第 795 页。
⑤ （三国魏）王弼撰，楼宇烈校释：《王弼集校释》，中华书局 1980 年版，第 625 页。

语·学而》注)①，"自然"正是"本"的内在要求。王弼反对"怀情失直，孝不任诚，慈不任实"（《老子指略例》)②，要求与本体保持一致，因循伦理自身的规律，从而做到"六亲自和，国家自治"，如此"则孝慈、忠臣不知其所在矣"（《老子》十八章)③。

从现存的著述看，何晏将"无"提升到"本"的地位，却未能像王弼那样很好地融贯"本""末"。王弼的重要贡献在于，他在"举本统末"的框架下，将宇宙、政治、伦理很好地统一在一起，从而较好地解答了圣人之情、儒道关系、解《易》原则等争论一时的问题。

（作者单位：陕西师范大学人文社会科学高等研究院、

中国社会科学院，北京大学中文系）

---

① （三国魏）王弼撰，楼宇烈校释：《王弼集校释》，中华书局1980年版，第621页。

② （三国魏）王弼注，楼宇烈校释：《老子道德经注校释》，中华书局2008年版，第199页。

③ （三国魏）王弼注，楼宇烈校释：《老子道德经注校释》，中华书局2008年版，第43页。

为什么是编年批评史

夏　静

一

在《现时代的根本特点》一书中，费希特将构成人类历史的超时间存在分为先验和后验两个部分。在他看来，前者是必然存在的"概念中的时间"；后者是现实偶然存在的"编年史的时间"。前者展现的是作为历史目标的宇宙蓝图及其实现过程，是人类历史发展的逻辑；后者展示的是无穷无尽的历史事实及其出现过程，是人类历史发展的经验。顺着费希特的语脉，"概念中的时间"可以视为秩序意义上的时间，"编年史的时间"则可以视为自然流逝的时间①。

借用费希特的时间概念，那么，文学批评的历史也可以区分为两种：一种是"概念脉络中的批评史"，另一种是"编年意义上的批评史"。前者展示的是文学批评意识演进的内在理路、内在秩序，关注的是体系自身的整体性与连续性，这种整体关联常常借助概念、范畴、命题之间的逻辑论证，以同一类型或相同形态呈现；后者则主要关注文学批评史上文论家与文论流派以及思想体系之间前后相继、先后相生的意义关联，这种意义关联常常借助个案的研究，以描述的方式呈现出思想的复杂性和多元性。

① 参见［德］费希特《现时代的根本特点》，沈真、梁志学译，辽宁教育出版社1998年版，第4—18页。

在理论预设上，两种批评史有着极大的不同。在概念脉络批评史的视域中，思想观念确乎具有自身的逻辑自洽与整体关联，所衍生的观念范畴具有相同的知识背景与共同的心理逻辑，并不依赖具体的文学活动或一般所谓的"社会文化语境"，因此，其核心的问题意识既内在又超越，有着自足的逻辑脉络与自主的生命力，因此，如何揭示出思想系统演化的内在条理、内在秩序以及结构形态、发展规律，是这种研究的价值指向。譬如在倡导"观念史"的诺夫乔伊看来，历史上有一些最基本的或重复出现的概念，包括"一些含蓄的或不完全清楚的设定，或者在个体或一代人的思想中起作用的，或多或少未意识到的思想习惯"，这些东西是"心照不宣地被假定"，无须论证，甚至日用不知，但是"他们有可能在任何事情上影响人的反思进程"①。对于这些概念的研究，常常可以穿越不同的时空、语言、民族、国家，而且可以贯通不同的学科领域。正因为如此，"概念脉络中的批评史"的写作与研究，成为20世纪中西学术实践中，一种相当行之有效的研究进路。

"编年意义上的批评史"，不同于"概念脉络中的批评史"注重研究的整体性、连续性及其问题意识的自主性，而是更重视阐释者的历史性以及阐释的循环效应。关于此一研究途径的理论假设，史华兹的观点具有参考价值。在他看来："在文本和解释者之间存在着一种永恒辩证的互动关系……说到底，我们必须仔细斟酌对于原始文本的理解，对文本的关注反过来又必定激发人们对于文本得以诞生的历史环境的关注。"② 因此，人们如何对其所处环境进行有意识的回应，以及这种回应是否会随着时代的变化而变化，是编年批评史所面对的问题。其主要的研究路径，是通过分析作者的论点和路数，考察其师承源流、家学背景、依据资料以及理论的源流统绪，以期重返文本形成之初赖以生成的具体的复杂的历史情境，重建当时的文化语境，重现过往的思想发展历程。也正因为

---

① ［美］诺夫乔伊：《存在巨链——对一个观念的历史的研究》，张传有等译，邓晓芒等校，江西教育出版社2002年版，第5、9、18—19页。

② ［美］本杰明·史华兹：《古代中国的思想世界》，程钢译，刘东校，江苏人民出版社2004年版，第2页。

建立在具体的历史情境基础上，编年史的研究更多地关注一个体系自身的多重性和多方面性，在确认思想体系内含多重性、多方面性的同时，试图从不同侧面解释分析一种思想观念与一定时代的社会历史背景之间的内在根源。

从研究进路看，两种批评史的研究对象、研究范式各不相同。在研究对象的选择上，可以将过往的批评史研究形态分为两种，即批评的类型和批评的个案。就文学批评本身的体系而言，批评的类型主要体现了一套理论系统中居于主导地位的宗旨，以及此一宗旨与该系统中其他的相关的范畴、概念、命题之间的逻辑关联[①]。从文学批评史体系之间的关系来看，它更多地反映了不同思想体系之间的内在理论脉络。因此，以类型为主要范型的文学批评史，也就成为"概念脉络中的批评史"的常见写法。与批评类型相对的，则是批评个案。个案是指文学批评史上业已产生的，也即"文学史上真正发生过什么事"，以及作为文学传统在思想史上的效应，常常在批评家的历史性和文本阐释的循环效应中，引发出若干的问题意识。因此，以个案为主要范型的文学批评史，也就成为"编年意义上的批评史"研究的常见进路。

具体而言，类型研究，通常按照不同的标准或方式划分。借用诺夫乔伊的说法，考察的是"单位观念"（unit-ideas）的某些思想成分是否或者以何种方式出现在批评家的思考之中，以及这种成分是否达到了"单位观念"所理应达到的那种"理想类型"。就文学批评史的角度而言，过往的研究大多采用这样的一些区分类型。譬如从理论体系区分，文学批评史上常常有概念、范畴、命题等不同的理论类型。概念是命题的综合，命题是概念与概念之间的关系，而作为反映事物本质属性和普遍联系的范畴是理论中最高的概括形式，其中出现最早的、包容性和衍生性最强的则为元范畴。在过往的文学批评史研究中，常常以元范畴为核心贯通整个批评史，而每个元范畴都形成了一系列的次生范畴和命题，

---

① 关于类型与个案的区别，参见杨国荣先生《哲学史研究的若干问题》，《历史中的哲学》，华东师范大学出版社 2009 年版，第 402 页。

这些元范畴、次生范畴和命题相互联系，相辅相成，形成前后照应、左右互摄、上下交错的理论体系。除理论体系之外，也可以从审美取向的角度、文体类型的角度以及学派流派的角度，来区分不同的类型研究，与此相关的概念史、范畴史、观念史、文体史等，业已成为"概念脉络中的批评史"写作的常见模式。

不同于类型研究于历史变化中寻找不变，个案研究旨在于变化中找寻规律，因而常常通过第一手文献的大量收集、整理、编著，对文学活动过程的解释、对文学思潮和文学流派演变的理解以及对批评家的历史定位，尤其是对同一时期各种文学活动之间的联系详加勘查，对其间原委乃至细节予以合理的解释，以期还原批评史的本来面目。同时，不同于类型研究追求理论的同一性、一致性原则，个案研究更注重揭示出差异性、异质性的一面，尤其关注从经验层面上考察制约思想体系的多重原因，包括文化制度、审美风尚乃至师承关系、个人际遇以及诠释者的心路历程与价值立场等对文学思想产生的影响。此一思路左右下的编年史研究，注重考察的是批评家在具体历史处境中所面临的问题及其进行回应的全部努力，与此相关的思想史、文化史、心态史、精神史等，构成"编年意义上的批评史"写作的常见模式。

二

从研究范式及其运思逻辑看，两种批评史各具特色、长短互见。"概念脉络中的批评史"注重内在逻辑的论证与推衍，常常以归纳、提纯、抽象的手段，以分类、层级的形态加以呈现。作为研究方法，这种论证、推衍，就同一系统内部而言，主要在于揭示、提炼出此一系统的主导原则、普遍观念、永恒问题及其各种原则、观念之间的关系；就不同的系统而论，则更多地侧重于揭示各个系统之间的一致趋向、脉络走向与逻辑关联。这种运思逻辑，强调理论体系及其概念范畴的整体性、同一性和连续性，倾向于围绕着一个中心，譬如原则、意义、精神、世界观、整体形式等，把所有的现象集中起来，展开一种全面的描述，而这在强调断裂、不连续性、界限、极限、转换等问题域的后现代研究视野中，则是难以接受的。譬如在福柯看来："某种概念的历史并不总是，也不全是这个观念的逐步完善的历史以及它的合理性不断增加、它的抽象化渐进的历史，而是这个概念的多种多样的构成和有效范围的历史，这个概念的逐渐演变成为使用规律的历史。"① 情况的确如此，"概念脉络中的批评史"研究，并不像总体历史研究那样展开的是"某一扩散的空间"，而是排除任何不连续性的概念，以逻辑的、科学的后设价值来范围古代的概念范畴，并追究其历史发展的规律，而更多不合乎这种逻辑脉络或规律标准的内容，则被当成没有思想含义的东西视而不见了。

这种"提纯""纯化"的路数，在 20 世纪初中国文学批评史的创始阶段，体现得颇为充分。第一代研究者为了学科边界的划定，常常将文论话语从哲学、历史的思想语境中剥离出来，以便使理论体系显得更为明晰条贯一些。譬如郭绍虞先生 1929 年的《文气的辨析》一文，是从桐城姚鼐"文之精"的"神、理、气、味"说开的。郭先生认为，其中文气的界限最易混淆不清，他的解决之道是："本文删除枝叶，所以不旁涉到哲学上论气的话。当然，不是说哲学上的论气和文学上的论气没有关系，但是为要使文气说的理论简单化一些，还以避免不谈为宜。"② 这种剥离的做法，充分体现了第一代研究者的路数，即将文论话语从整体思想体系中剥离出来，从而确立言说范围、学科边界，当然，就郭氏本人的学术兴趣而言，显然更多关注于传统诗文创作的价值，而不是现代学者所膜拜的理论系统，他写批评史的目的在于印证文学史。如此这般所建构的"纯文学"的古代文论批评范式，切断了与文、史、哲合一的整体意义世界的关联，也就将中国文学批评史背后复杂丰富的思想系谱与知识链接，有意或无意地过滤、遮蔽了③。

"编年意义上的批评史"研究，大多借助考订、校勘、训诂等方法，

---

① ［法］福柯：《知识考古学》，谢强、马月译，顾嘉琛校，生活·读书·新知三联书店 1998 年版，第 3 页。

② 郭绍虞：《照隅室古典文学论集》（上册），上海古籍出版社 1983 年版，第 116 页。

③ 关于第一代学者研究的反思，参见夏静《文气话语形态研究》，商务印书馆 2014 年版。

以实证的态度，将研究个案还原到抽象之前，也即具体的、细节的甚至泛化的原初状态。不同于抽象之后的类型研究，常常有意或无意略去不直接体现脉络主旨的方面、特征，个案研究常常深入具体的系统或特定的语境中，以描述、阐释的形式展示研究对象在历史过程中的全部丰富性和多方面的内容，同时，对于思想要素之间的张力和紧张感及其形成的内在根源，也会予以更多的关注。在倡导思想史研究的柯林武德看来，历史事件之所以成为历史事件，皆是由于它有思想，因而他提出要把杂乱支离的史学研究改造成真正能够提出明确问题并给出明确答案的史学。在他看来，历史研究中最大的错误莫过于假定，他认为："历史的过程不是单纯事件的过程而是行动的过程，它有一个由思想的过程所构成的内在方面；而历史学家所要寻求的正是这些思想过程。"① 所谓历史地理解思想，是认为所有文化均孕育、发展于特定的、独有的自然、社会的历史条件之中，因此，它所具有的价值和独特之处，就在于它的历史性，当然，这也就意味着没有任何思想能够摆脱历史的制约，同时，也就不可避免地带有历史的局限性。

史事层面与意义层面的模糊，事实判断与价值判断的含混，是中国传统学术的重要特征之一，但自20世纪20年代以来的"去价值化""去道德化"后，"价值"和"事实"分离，尤其是传统的义理价值与历史事实的分离，带来一切载籍文献的"对象化"、一切研究对象的"历史化"以及研究方法上的"学术化""科学化"追求，学问也就从传统的"为己"之学变为"为人"之学。譬如在史学研究领域，强调证据的"集众式研究"就颇为流行，傅斯年先生对此解释为"大家互相补其所不能，互相引会，互相订正"，他据此断言："孤立的制作渐渐的难，渐渐的无意谓，集众的工作渐渐的成一切工作的样式。"② 这种史料至上的风气，极大地扩充了史料的来源，深刻地影响了中国现代学术品格的形

---

① ［英］柯林武德：《历史的观念》，何兆武、张文杰译，商务印书馆1997年版，第302—303页。
② 傅斯年：《历史语言研究所工作之旨趣》，载《"中研院"历史语言研究所集刊论文类编》"历史编·先秦卷"一，中华书局2009年版，第10页。

成。但与之相伴的则是各种"窄而深"的专业化研究，囿于缺乏大理论以及对整体全面的历史文化的把握，整体性的丧失与意义感的失落，也就不可避免了。对此，倡导文学编年史的陈文新先生认为，纪传体、编年体是两种传统的文学史范型，由于纪传体所具有的空间意识和时间意识优势，对于时代风会的描述常常言简意赅，达到以少许胜多许的境界。但是问题在于，风会之说仅能言其大概，对于"个别""例外"，对于作者时代归属与作品实际创作以及传播和接受等问题，往往力不从心，而使用编年史的方法，解决起来就方便多了，因为它在呈现中国文学发展历程方面可以比纪传体或纪事本末体更接近于原生态，更具有客观性和丰富性①。即便如此，对于编年史的缺失，陈先生仍然保持了清醒的认识："与纪传体相比，编年史在展现文学历程的复杂性、多元性方面获得了极大的自由，但在时代风会的描述和大局的判断上，则远不如纪传体来得明快和简洁。"② 因此，在其主编的十八卷本《中国文学编年史》中，在充分发挥编年史长处的同时，从时间段的设计、历史人物的活动和思想文化活动等方面，则尽量对其短处加以弥补。

上述两种研究途径，只是大体而论，实际上，两者虽然取径不同，方法各异，但是相辅相成，很难截然分开。如果忽视"概念脉络中的批评史"的逻辑论证，仅仅专注于编年批评史的历史解释，往往就会使批评史研究流于一些琐碎细节的关注、单纯材料的杂陈或者具体个案的描述，而难以真正把握批评史发展所具有的内在脉络关联。反之，如果仅仅关注"概念脉络中的批评史"的逻辑论证，而忽视了编年批评史的历史解释，在具体的批评史研究中，往往就会有意或无意地忽略文学思想演变过程所具有的复杂性和丰富内涵，将批评史变成抽象的概念范畴演化过程与空洞的逻辑框架。鉴于此，如何取两者之长而补其弊者，不妨借用余英时先生的折中之法。在他看来，一切的知识，如果要具有科学性的话，必须经历相同的程序，即观察（observation）、概念思考（con-

---

① 陈文新主编：《中国文学编年史研究》，中华书局 2009 年版，第 136 页。
② 陈文新主编：《中国文学编年史》（周秦卷），湖南人民出版社 2006 年版，"总序"第1—2 页。

ceptual reflection）和实证（verification）。其中，观察是收集大量的事实，概念思考是用归纳的方法建立通则（general laws），而实证则是再根据事实来验证所建立的法则的有效性①。

三

通过上述两种批评史研究模式的比较，我们可以比较清楚地认识到问题的复杂多面性，在具体的研究过程中，单单关注逻辑脉络面向或者单单关注历史思想面向，均不足以把握批评史的全部内容。换言之，仅仅停留在类型的研究层面上，或者仅仅停留在一个又一个具体个案的解释上，对于能否再现真实的批评史，仍然是存疑的。

就"概念脉络中的批评史"的路数而言，其内在的缺陷是明显的。对于这种研究方法的批判，英国"剑桥学派"的昆廷·斯金纳颇具代表性。他否定在经典文本中包含有"普遍观念"与"永恒问题"等理论预设的存在，在他看来，观念史研究的最大错误，就在于证实某种"观念"的"基本意义"必然存在，并且假定这种意义基本"保持不变"。如此一来，所有考察的学说被化约为某一实体，其发展过程则被描述成一个不断成长的有机体，于是主体消失了，代之是观念之间的格斗，在这样的历史写作中，我们的叙述很快便与言说主体失去关联②。同样，在否定"纯历史""纯知识"的怀特海看来，独立的存在只是一种神话，在有关观念史的建构过程中，"纯知识"这一类高度抽象的概念，应该从我们头脑中被清除，因为知识的产生，总是伴随着情感、目的等附件的。在《观念的冒险》一书的"前言"中，怀特海认为要建构一个思辨的观念体系来解释历史的进程，这无异于一场"冒险"，因为他的解释有可能并不符合真实的历史进程，因为观念的历史来自我们对历史的观念，也就是说，观念的历史基于我们理智的立场。据此，他断言观念史

---

① ［美］余英时：《论戴震与章学诚》，生活·读书·新知三联书店 2000 年版，第 274 页。
② Quentin Skinner, "Meaning and Understanding in the History of Ideas", *History and Theory*, Vol. 8, No. 1, 1969, pp. 3 – 53.

研究的巨大危险在于简化，所以观念之史便是错误之史①。

同时，还可以注意到，概念脉络层面的研究，常常将复杂万变的历史现象加以"区隔化"（distinction），并且分割政治史、经济史、社会史等各个不同领域的问题，并且假设各个区隔之间互不相关，形成经典诠释中的盲点，从而构成现代史学研究领域所谓的"隧道效应"（tunnel effects）和"隧道历史的谬误"（the fallacy of tunnel history）② 等问题。这种状况的形成，与后世诠释者的历史性有着极为密切的关系，因此，进一步的理论反思也就不可避免。张祥龙先生认为："自胡适和冯友兰以来，以'逻辑的、科学的'方法来治中国古学的做法几乎被各门派共同信奉。于是，'道'、'仁'、'阴阳'、'气'等就被当作西方传统哲学和逻辑学意义上的'概念范畴'，还要追究其'逻辑发展的规律'。而任何不合乎这条概念化标准者，就被当作无思想含义的东西。"③ 显而易见，仅仅依靠概念批评史的研究方法，无法克服自身的缺陷，辅助于其他研究方法，就显得很有必要了。

在具体的批评实践中，概念、范畴、命题乃至体系、系统的逻辑义理，既是历史思想文化的理论抽象，又与之有着密不可分的关系，其间错综复杂、互动频繁，而个案众多，个性多于共性的事实很难用简单的归类、对应来总括，欲从中找寻一般性的规律尤难。因此，习见的提炼、纯化、抽象等研究方法，常常是将具有一些观念意蕴的批评性话语，从文、史、哲合一的整形性文本中抽离出来，借助种种后设价值及"后见之明"（hindsight）的种种方式方法，以期发现其理论之间具有某种原则导向或归属取向的逻辑关联。正如葛兆光先生所言："近代的中国哲学史叙事，则是对中国古代思想进行西方哲学意义上的'系谱化'，系谱化是把各种各样复杂的、偶然的、喧闹的、杂乱的历史和思想，用西方的

---

① ［英］阿尔弗雷德·诺思·怀特海：《观念的冒险》，周邦宪译，译林出版社2012年版，第9、11、29、31页。

② J. H. Hexter, *Reappraisals in History*, London：Longmans, 1961, pp. 194 – 195. David H. Fischer, *Historian's Fallacies*：*Toward a Logic of Historical Thought*, New York：Harper & Row, 1970, pp. 142 – 143.

③ 张祥龙：《从现象学到孔夫子》，商务印书馆2001年版，"序"。

现代的哲学的'后见之明'来清理、筛选、编织和解释，编织出一个'脉络'，这个'脉络'常常以一种哲学的、理性的、顺畅的方式，把历史和思想变得可理解。"① 情况的确如此，近代以来相当多的文、史、哲著述，均建立在这样的理论预设上。

当然，问题的复杂性还在于，批评史的形成，不仅仅是对文学批评存在的反思判断，更涉及颇为复杂的历史文化经验与价值意义。历史地看，批评史的研究，如果隔绝了与思想文化系统的生命联系，就罕有抽丝剥茧般的深度分析。同时，思想文化的历史状况，恐怕也可能比我们所了解的一般规律复杂得多，其演变也并非那么按部就班地循着同一种规律来进行，因此历史和逻辑越是结合得天衣无缝，它在知识学意义上的可信度就越小。胡适先生认为："一切太整齐的系统，都是形迹可疑的，因为人事从来不会如此容易被装进一个太整齐的系统里去。"② 陈寅恪先生认为："其言论愈有条理统系，则去古人学说之真相愈远。"③ 这些看法对于我们今天文学批评史的研究，仍然是具有启发意义的。

四

比较而言，不同于概念脉络的研究路数，强调各种先见之明，如斯金纳批判的"学说的神话"（the mythology of doctrines）、"融贯性的神话"（the mythology of coherence）、"预见的神话"（the mythology of prolepsis），等等，"编年意义上的批评史"研究，则常常不可避免地带上经典阐释者的种种"后见之明"，这类似于"古史辨"所谓的"层累地叠加"，或利科所谓解释学上"多出来的意义"（surplus meaning），这些因素也会给后世理解文本的本来意图带来各种障碍。

同时，值得注意的是，就过往的编年批评史研究而言，也存在不同

---

① 葛兆光：《道统、系谱与历史——关于中国思想史脉络的来源与确立》，《文史哲》2006年第3期。
② 罗尔纲：《生涯再忆——罗尔纲自述》，山西人民出版社1997年版，第42页。
③ 参见冯友兰《中国哲学史》下"审查报告"（一），中华书局1961年版，第12页。

程度的局限。首先，编年批评史的研究，往往集中于特定的批评家，即便这样做的目的，可能只是建构一种更为广阔图景的手段，而被筛选出来作为分析对象的批评家往往以卓越的批评才能，或文学天赋，或读者众多见长。而从习见的研究套路来看，其研究的重点，往往在于过往时代的主流或较为高级的思想观念，特别是同一时代的公共话语或学说流派，以及那些在文学实践活动中提出自己独特见解的知识分子。

其次，编年批评史的材料偏于内在循环，从文字到文字，从文献到文献，旨在佐证或厘清文献里的记载，尽可能地与经、史、子、集或其他文学史料相联系、相印证。因此，在这样的研究范式中，重视的是功力，不是理解，确如王汎森先生所言："从文献到文献的过程中，即使下了极大的功夫，累积了极深厚的功力，许多问题还是无法得以确解。"①诸如此类的研究，无论"求其古"，还是"求其是"，最终也不免落入"古董式之学术"的境地。

再次，一切编年批评史的研究，不仅意味着人们必须历史地、设身处地地思考古人在做某一件事情时是如何思想的，而且意味着一切过去的历史必须联系当下才能得以理解和阐明。但是，问题还在于，历史上的经典批评文本，即使在特定的历史语境产生，然而一经形成，本身在很大程度上也就具有了超越具体语境的独立性。因此，超越具体的语境进行普遍性的研究思考，素来是批评家在从事批评活动时所具有的原初意图，无论这一意图是否得以真正实现。至于而后的经典诠释者是否有能力把握所要考察的思想观念的社会历史语境，能否写出"值得信赖的编年史论著"，仍然是存在着相当多疑问的。见于过往各种"窄而深"的编年类著述，囿于阐释者缺乏对历史思想的总体性理解，常常"只见树木，不见森林"，对于重大的思想文化事件以及大的思想转型，无法进行有效的阐释。这就如同诺夫乔伊所言，文学研究者如果缺乏合适的哲学训练，那么，这些观念的历史世系、逻辑内含、言外之意以及在人类

---

① 王汎森：《什么可以成为历史证据——近代中国新旧史料观点的冲突》，《中国近代思想与学术的系谱》，吉林出版集团 2011 年版，第 349 页。

思想中别的表现形式，也即文学的哲学背景就很难得以说明①。

　　即便有上述局限的存在，但是，较之于概念脉络一类的"内在路径"研究范式所带来的更多问题，编年批评史的研究范式，也就显得并不那么招人反感了，从许多方面来看，它意味着研究材料更为广泛，研究方法更为多样，即便是历史上那些玄妙深奥的观念也只是其中的一个部分而已。而且对于很多中国学者来讲，这也恰恰成为西风日盛之下进行有效抵抗的一种当然之选。譬如霍松林先生认为，编年史之所以在近年受到重视，其中的一个原因是它以中国文学为本位，以史料为基础，便于完整地呈现其真实面貌。编年史可以有效地阻止西方观念对中国文学事实的简单阉割，它的大规模采用，标志着中国文学研究经由螺旋式上升的历程进入了一个新的境界②。同样，重视思想史研究的葛兆光先生提出"回到历史场景"，打通知识史、思想史、社会史和政治史的研究界限。在他看来，西方单一的脉络化叙事忽略了古代思想世界具体的历史环境、政治刺激和社会生活，缺少这样的历史场景，思想过程就成了纯粹思辨和抽象概念的连缀，仿佛鱼离开了水，思想就成了纯粹文本的自言自语，仿佛显微镜下干枯的标本，而历史就成了实验室里纯净的真空状态③。

　　编年批评史所面对的问题，不同于概念脉络史注重理论的内在逻辑关联，编年批评史研究注重的是对史料的整理、对史实的理解以及对这种理解的反思，因此，在研究策略的选择上，常常习惯于将批评史中纯粹理论形态的范畴、命题以及方法论的形成回溯到其原生的历史文化语境中，重新梳理其由本及末的源流，以及承流会变的轨迹。譬如在斯金纳倡导的历史语境分析方法中，主张研究各种不同词语的使用功能及其语境，以及作者使用这些修辞文本所要表达的意图。这种还原的研究方

---

　　① ［美］诺夫乔伊：《存在巨链——对一个观念的历史的研究》，张传有等译，邓晓芒等校，江西教育出版社 2002 年版，第 17 页。
　　② 霍松林：《评陈文新主编的十八卷本〈中国文学编年史〉》，《文学评论》2007 年第 1 期。
　　③ 葛兆光：《道统、系谱与历史——关于中国思想史脉络的来源与确立》，《文史哲》2006 年第 3 期。

法，常常习惯于将其思考的对象放在特定的历史时空与文化语境中去审视，而并不习惯于将对象从历史脉络中抽离出来进行纯粹观念的抽象演绎，这种思维习惯左右下构成的现场感、情境性乃至衍生的原生性观察视角，不仅使得当代人更为容易理解历史人的时空情境，也有利于疏缓两者之间的紧张感。因此，对于习惯"知人论世""设身处地"运思的中国学者而言，编年批评史的研究无疑具有相当的亲和力。

编年批评史研究的价值，主要在于它为经典诠释提供了多种多样的可能性，抑或历史的全部丰富性。编年批评史的研究可以穷尽一切可能的情况，因为可能的世界总是远远大于现实的世界，仅仅现实并不就构成历史，历史包括现实以及没有成为现实的一切可能，因此，只有放在其全部可能出现的情况的背景之中，才能理解历史的全部丰富性①。这样的研究，不仅可以使我们了解少数几个伟大心灵的精神世界，同时，还可以通过研究过往时代的主流或较为高级的思想观念，如何不断渗透、融入一般的、边缘的观念，从而引领我们的研究转向同时代那些并无多少原创性的思想或人物，这样也更有可能显现出思想演化中那些被中心挤压不断边缘甚至隐而不显的批评史资源，也就能为我们的研究带来新的、更多的可能性。正是在这个意义上，在传统的思想史、观念史研究模式之外，编年批评史研究的理论和实践，或许可以为我们提供重新审视批评史资源的新视野。

编年批评史研究的内容，大多以时间为序，辑录历史人物的言论与行踪，并且对其时一些重要的文化政策、文化思潮以及文学流派的谱系，加以重点关注，对思想文化经典的各种诠释活动，包括撰写、出版以及友朋间信函、作品序跋等，一一加以搜辑、整理和辨析。具体而言，不仅可以包括批评家的生卒年与家族源流、家学背景，一生的功名仕官，譬如入学、中举、进士、引见、赴任、致仕、罢官、复职、归隐、隐退等，还可以搜辑批评家的文化生活，如缔交、唱和、集会、结盟、论辩、

① 何兆武：《可能性、现实性和历史构图》，《历史理性批判论集》，清华大学出版社2001年版，第57、58页。

游玩等，与之相应，有关批评文本的成书、刻书、刊行、进书、序跋的研究，也是题中应有之义。同时，与文学活动相关的重要政治文化政策，如朝廷举行的乡试、会试、颁书、下诏修书、禁书乃至文字狱之类，也是应该加以参照的。

编年批评史研究的方法，理应融会贯通传统编年体、纪传体、纪事本末体的种种长处。譬如"以事见人""因人存事"的编年体传统，长于以实证的方法，在史料的广度和宽度上，展示出历史流程的复杂性、丰富性。又譬如以作家、批评家为坐标的纪传体传统，常常通过大局的研判，揭示出某一个阶段或时代文学批评的整体过程、特征或走向，以及文学思潮的转折、批评流派的兴衰、文学接受的特色，等等。总之，建立在各种传统史传体式长处的基础上，既可以在结构上凸显出编年批评史的立体感和纵深感，亦可以在方法上彰显出编年批评史在时空意识上前后相继、纵横交错的张力，并且通过这种互动相生、交相辉映关系的揭示，展示出研究对象的理论多面向性与历史的全部丰富性，同时，对于这种多样性、具体性和丰富性形成的思想根源予以历史的解释。就上述的内容、结构、方法而言，也就大体上可以实现当年陈寅恪先生所设想的"考定时间先后，空间离合，而总汇一书"① 的编年史要求了。

（作者单位：曲阜师范大学文学院）

---

① 陈寅恪：《元白诗笺证稿》，《陈寅恪集》，生活·读书·新知三联书店 2009 年版，第9 页。